GOLDMANN

Buch

Das alte Messingtablett hat seit undenklichen Zeiten auf der Anrichte eines Farmhauses in der Nähe von London gestanden. Niemand hat es je sonderlich beachtet, bis es eines Tages im örtlichen Museum ausgestellt wird und man entdeckt, daß es aus reinem Gold besteht und von großem archäologischen Wert ist. Fotografien lösen einen Sturm von Kaufangeboten aus, und als Jemmy Wheale eines Morgens zur heimatlichen Farm kommt, die sein Bruder bewirtschaftet, liegt dieser tödlich verletzt vor dem Haus. Ohne das Bewußtsein wiederzuerlangen, stirbt er.

Mit diesem Mord beginnt das verhängnisvolle Abenteuer; denn das Messingtablett ist in Wirklichkeit die eine Hälfte eines Spiegels, in dem vor vierhundert Jahren ein von den Mayas gefangener spanischer Goldschmied eine Botschaft hinterlassen hat, eine Botschaft, die von den unermeßlichen Schätzen der versunkenen Stadt Uaxuanoc kündet.

Vor dem authentischen Hintergrund der untergegangenen Maya-Kultur und moderner archäologischer Forschung ist Desmond Bagley wieder einmal ein packender Abenteuerroman gelungen, der sich würdig an seine früheren Erfolge anschließt.

Autor

Desmond Bagley wurde 1923 in Kendal/Westmorland geboren. Er arbeitete als Laufbursche in einer Druckerei, in Bergwerken und in einer Flugzeugwerft. Nach Kriegsende wanderte er auf dem Landweg nach Südafrika. In Natal entdeckte er seine Begabung zum Schriftsteller. Heute lebt Bagley, erfolgreicher Autor zahlreicher Abenteuerromane, in Devonshire.

Vom gleichen Autor
sind außerdem im Goldmann-Verlag erschienen:

Erdrutsch. Roman (6701)
Sog des Grauens. Roman (6748)

DESMOND

BAGLEY

Die verhängnisvolle Botschaft

Roman

GOLDMANN VERLAG

Titel der englischen Originalausgabe: The Vivero Letter
Übertragen von Wilm W. Elwenspoek
Originalverlag: Collins, London

Der Goldmann Verlag
ist ein Unternehmen der Verlagsgruppe Bertelsmann

Made in Germany · 3/88 · Jubiläumsausgabe
Genehmigte Taschenbuchausgabe

Umschlaggestaltung: Design Team München
Umschlagfoto: G + J Fotoservice, Jacobi, Hamburg
Satz: Mohndruck Graphische Betriebe GmbH, Gütersloh
Druck: Elsnerdruck, Berlin
Verlagsnummer: 6714
Lektorat: Elga Sondermann/UK
Herstellung: Klaus D. Voigt
ISBN 3-442-66714-3

Jener altehrwürdigen Einrichtung,
dem englischen Pub, gewidmet,
insbesondere
der Kingsbridge Inn in Totnes
und der Cott Inn in Dartington

Dank schulde ich Captain T. A. Hampton vom British Underwater Centre, Dartmouth, für detaillierte Informationen über die Technik des Tauchens.

Ferner danke ich Gerard L'E. Turner, Assistent Curator of the Museum of the History of Science, Oxford, für Informationen über gewisse Bronzespiegel, insbesondere Amida's Mirror.

Ihnen gebührt das Verdienst an Genauigkeit. Ungenauigkeiten sind meine Fehler.

Erster Teil

I

Auf dem Weg ins West Country kam ich gut vorwärts. Die Straße war frei, und nur gelegentlich blendeten mich die Scheinwerfer eines entgegenkommenden Wagens. Außerhalb von Honiton fuhr ich an den Straßenrand, stellte den Motor ab und zündete mir eine Zigarette an. Ich wollte nicht zu einer gottlos frühen Zeit auf dem Hof ankommen, und außerdem hatte ich über einiges nachzudenken.

Es heißt, der Lauscher an der Wand hör' seine eigne Schand. Vom logischen Standpunkt aus betrachtet, ist das eine fragwürdige Behauptung, aber durch meine Erfahrung hatte ich sie nicht widerlegt. Ich hatte gar nicht beabsichtigt zu lauschen. Es war eine jener Situationen gewesen, in die man durch einen Zufall hineingerät und aus der man mit Anstand keinen Ausweg findet. Also hatte ich stillgehalten und zugehört und Dinge vernommen, die ich lieber nicht gehört hätte.

Es hatte sich am Tag zuvor zugetragen, bei einer Party, einer dieser üblichen halbimprovisierten Zusammenkünfte, wie sie in Swinging London zustande kommen. Sheila kannte einen Mann, der den Mann kannte, der die Party veranstaltete, und wollte hingehen; folglich gingen wir hin. Das Haus lag in dem Teil von Golder's Green, der es lieber hört, wenn man ihn Hampstead nennt, und unser Gastgeber war einer dieser fixen Jungen, arbeitete bei einer Schallplattenfirma und beteiligte sich nebenbei an Motorbootrennen. Seine Unterhaltung teilte sich fünfzig zu fünfzig auf Geschwätz im Stil Marshal MacLuhans und Breittreten von Werbeslogans und war sehr anstrengend für die Trommelfelle. Persönlich kannte ich ihn nicht, und Sheila kannte ihn auch nicht. Es war eine Party dieser Sorte.

Man ließ seinen Mantel wie üblich im Schlafzimmer und mischte sich dann in die Gespräche, versuchte verzweifelt, einen menschlichen Kontakt zu finden, während man ein Glas warmen Whisky umklammert hielt. Die meisten waren mir völlig fremd, obwohl sie sich untereinander zu kennen schienen, und das machte es für einen einsamen Eindringling schwer. Ich versuchte den Sinn der kurzen, abgehackten Sätze, die bei solchen Gelegenheiten als Gespräche ausgegeben werden, zu erfassen und fing recht bald an, mich zu langweilen. Aber Sheila schien sich zu amüsieren, und ich erkannte, daß es ein langer Abend werden würde, seufzte also resigniert und machte mich auf die Suche nach einem neuen Whisky.

Als der Abend halb verstrichen war, gingen mir die Zigaretten aus, und ich erinnerte mich, daß ich noch eine Packung in meinem Mantel hatte. Deswegen ging ich hinauf ins Schlafzimmer, um sie mir zu holen. Jemand hatte die Mäntel inzwischen vom Bett heruntergeräumt, und ich fand sie hinter einem großen, avantgardistischen Wandschirm in einem Haufen auf dem Boden. Ich wühlte auf der Suche nach meinem Mantel darin herum, als noch jemand ins Zimmer kam. Eine weibliche Stimme sagte: »Der Mann, mit dem du hier bist, ist wohl ziemlich langweilig, wie?«

Ich erkannte die Stimme als die von Helen Soundso, einer Blondine, die von einem dieser Typen begleitet wurde, die bei einer Party Leib und Seele ausmachen. Ich griff in die Tasche meines Mantels, fand meine Zigaretten und hielt inne, als ich Sheila sagen hörte: »Ja, das ist er.«

Helen sagte: »Ich verstehe nicht, daß du dich mit ihm abgibst.«

»Ich tu's auch nicht«, antwortete Sheila. Sie lachte. »Aber er ist ein Mann, der ganz nützlich ist, wenn man ihn zur Hand hat. Ein Mädchen braucht ja jemand, der sie begleitet.«

»Du hättest dir einen lebhafteren aussuchen können«, sagte Helen. »Der ist ein Dummkopf. Was macht er denn?«

»Ach, er ist irgend so ein Buchhalter. Er redet nicht viel darüber. Ein grauer kleiner Mann mit einem grauen kleinen Job. Ich lasse ihn fallen, sobald ich etwas Interessanteres finde.« Ich verhielt mich in meiner lächerlichen, halbgeduckten Stellung hinter dem Wandschirm sehr still. Nachdem ich das gehört hatte, konnte ich mich doch nicht offen zeigen. Vom Frisiertisch erklang gedämpftes Klappern, als die Mädchen sich zurechtmachten. Sie schwatzten ein paar Minuten lang über ihre Frisuren, bis Helen fragte: »Was ist eigentlich aus Jimmy Wie-hieß-er-noch geworden?«

Sheila kicherte. »Oh, der. Der war zu wölfisch. Bei dem war man überhaupt nicht sicher. Das war wirklich sehr aufregend. Aber seine Firma hat ihn im vergangenen Monat ins Ausland geschickt.«

»Ich kann mir nicht vorstellen, daß du deinen jetzigen sehr aufregend findest.«

»Ach, Jemmy ist in Ordnung«, sagte Sheila unbefangen. »Bei dem brauche ich für meine Tugend nichts zu befürchten. Das ist zur Abwechslung sehr erholend.«

»Er ist doch nicht etwa schwul?« fragte Helen.

»Das glaube ich nicht«, antwortete Sheila. Ihre Stimme klang zweifelnd. »Den Eindruck hat er mir nie gemacht.«

»Man kann das nie wissen. Viele von denen können sich gut verstellen. Das ist ein hübscher Ton, dieser Lippenstift. Wie heißt er?«

Sie verfielen in feminine Trivialitäten, während ich hinter dem Wandschirm schwitzte. Es schien eine Stunde zu dauern, ehe sie gingen, aber wahrscheinlich waren es nicht mehr als fünf Minuten, und als ich die Tür zuschlagen hörte, richtete ich mich vorsichtig auf, kam aus meiner Deckung heraus und ging nach unten, um mich der Party wieder anzuschließen. Ich hielt durch, bis Sheila endlich genug hatte, und brachte sie dann nach Hause. Ich war halb entschlossen, ihr auf die einzig mögliche Weise zu demonstrieren, daß ich nicht schwul war, verwarf den Gedanken aber dann doch. Eine Vergewaltigung entspricht nicht der Vorstellung, die ich mir von einem Vergnügen mache. Ich setzte sie vor der Wohnung ab, die sie mit zwei anderen Mädchen teilte, und sagte ihr freundlich gute Nacht. Ich würde aber schon sehr großes Bedürfnis nach Gesellschaft haben müssen, ehe ich sie wiederzusehen wünschte.

Ein grauer kleiner Mann mit einem grauen kleinen Job!

Wirkte ich wirklich so auf andere? Ich hatte nie darüber nachgedacht. Solange in der Wirtschaft Zahlen benötigt werden, wird man Buchhalter brauchen, um mit ihnen zu jonglieren, und mir war das nie als eine besonders graue Tätigkeit erschienen, besonders nicht, nachdem die Computer aufkamen. Ich sprach über meine Arbeit nicht, weil sie wirklich kein Thema für eine leichte Unterhaltung mit einem Mädchen war. Plaudereien über die Vorteile der verschiedenen Computer-Sprachen wie *Cobol* und *Algol* haben nicht so viel Glanz wie das, was John Lennon bei seiner letzten Schallplattenaufnahme gesagt hatte.

Soviel über meinen Beruf, aber was über mich? War ich trübsinnig und langweilig? Grau und uninteressant?

Das mochte vielleicht so sein – für andere Leute. Ich war nie ein Mensch gewesen, der sein Herz auf der Zunge trug, und vielleicht war ich nach den besonderen Gebräuchen unserer Zeit ein Trottel. Für den Aspekt des Swinging im England der mittleren sechziger Jahre hatte ich nicht besonders viel übrig. Ich fand ihn billig, überspannt und manchmal schlicht und einfach abscheulich und konnte darauf verzichten. Vielleicht war ich gegen meine Zeit geboren.

Ich hatte Sheila vor einem Monat kennengelernt, eine zufällige Bekanntschaft. Wenn ich an das Gespräch in dem Schlafzimmer dachte, mußte das zu der Zeit gewesen sein, als Jimmy Wie-hieß-er-noch aus ihrem Leben verschwand und sie sich mich als zeitweisen Ersatz geangelt hatte. Aus verschiedenen Gründen, unter denen der wichtigste etwas mit dem Sprichwort vom gebrannten Kind, das das Feuer scheut, zu tun hatte, war es nicht meine Gewohnheit geworden, mit weiblichen Bekanntschaften unbedenklich schon nach kurzer Zeit ins Bett zu hüpfen, und falls Sheila das erwartet oder gar gewünscht hatte, war sie an den Falschen geraten. Eine Gesellschaft, in der ein halbwegs zurückhaltender Mann sofort in den Verdacht der Homosexualität gerät, ist abstoßend.

Vielleicht war es dumm von mir, daß ich mir das boshafte Geschwätz hohlköpfiger Frauen so zu Herzen nahm, aber sich selbst mit den Augen anderer zu sehen, ist eine heilsame Erfahrung und führt dazu, sich selbst kritisch von außen zu betrachten. Und gerade das tat ich, während ich außerhalb von Honiton in meinem Wagen saß.

Eine grobe Skizze: Jeremy Wheale, von solider bäuerlicher Herkunft mit starken Bindungen an die Familie, besuchte die Universität – keine der vornehmen –, schloß sein Studium der Mathematik und Volkswirtschaft mit erstklassigen Zensuren ab, jetzt einunddreißig Jahre alt, Buchhalter, auf die Arbeit mit Computern spezialisiert und mit guten Zukunftsaussichten. Charakter: introvertiert und zurückhaltend, wenn auch nicht übertrieben. Im Alter von fünfundzwanzig hatte er eine leidenschaftliche Liebesaffäre, die ihn mit verletzten Gefühlen zurückließ; seitdem vorsichtig im Umgang mit Frauen. Hobbys: höhere Mathematik, Fechten und Tiefseetauchen. Vermögenslage im gegenwärtigen Augenblick: Bankkonto £ /102/18/4, Aktien und Wertpapiere mit einem Marktwert von £ 940. Weitere Werte: einen durchschnittlichen Ford Cortina, in dem er gerade saß und brütete; eine Hi-Fi-Anlage von überragender Qualität; eine Tiefseetaucherausrüstung im Kofferraum seines Wagens. Verbindlichkeiten: nur sich selbst gegenüber.

Und was gab es daran auszusetzen? Wenn ich es recht bedachte – was war daran anerkennenswert? Vielleicht hatte Sheila recht, wenn sie mich als grau bezeichnete, wenn auch nur als Umschreibung. Sie hatte mit Sean Connery als James Bond verkleidet gerechnet, und was hatte sie bekommen? Mich – nur einen guten, altmodischen Durchschnittstyp.

Aber eines hatte sie geschafft. Sie hatte mich dazu gebracht, mich selbst unter die Lupe zu nehmen, und was ich sah, stimmte mich nicht zuversichtlich. Wenn ich so weit, wie ich konnte, in die Zukunft blickte, konnte ich mich bei nichts anderem sehen, als daß ich zunehmend komplizierter werdende Zahlen in zunehmend komplizierter werdende Computer fütterte, und das auf Geheiß von Männern, die den Rahm für sich abschöpften. Düstere Aussichten – von der überstrapazierten Vokabel »grau« gar nicht zu reden. Vielleicht fuhr ich wirklich schon auf ausgefahrenen Gleisen und nahm vorzeitig die Haltung eines alternden Mannes an.

Ich warf den Stummel meiner dritten Zigarette aus dem Fenster und ließ den Motor an. Mir schien, daß ich gegen das alles nicht viel unternehmen konnte, und eigentlich war ich mit meinem Los ganz zufrieden.

Allerdings nicht ganz so glücklich und zufrieden, wie ich gewesen war, ehe Sheila ihr Gift verspritzt hatte.

Von Honiton bis zum Hof kurz vor Totnes hat man einen Weg von etwa anderthalb Stunden, wenn man früh am Morgen fährt, um den Wochenendverkehr auf der Umgehungsstraße von Exeter zu vermeiden, und auf die Minute pünktlich hielt ich wie immer auf dem kleinen Grundstück bei Cutter's Corner, wo sich das Gelände ins Tal senkt und wo in der hohen Hecke eine Lücke ist. Ich stieg aus und stützte mich bequem auf den Zaun.

Vor einunddreißig Jahren war ich in dem Tal geboren worden, in dem Gutshaus, das geborgen auf der Talsohle stand und eher wie natürlich gewachsen als wie von Menschenhand geschaffen aussah.

Von einem Wheale war es gebaut worden, und Wheales hatten seit über vierhundert Jahren in ihm gelebt. Es war Familientradition, daß der älteste Sohn den Hof erbte und die jüngeren Söhne zur See gingen. Ich hatte die Tradition durchbrochen, indem ich in die Wirtschaft ging, aber mein Bruder Bob übernahm die Hay Tree Farm und hielt das Land in guter Form. Ich beneidete Bob nicht um den Hof, denn er war ein besserer Landwirt, als ich je geworden wäre. Ich kann mit Rindern und Schafen nichts anfangen, und die Arbeit hätte mich verrückt gemacht. Das Äußerste, was ich damit zu tun haben wollte, beschränkte sich darauf, daß ich Bobs Buchführung übernahm und ihn bei seinen Investitionen beriet.

Neben den Wheales nahm ich mich wie ein bunter Vogel aus. Eine lange Reihe fuchsjagender, fasanenmordender Gutsbesitzer hatte Bob und mich hervorgebracht. Bob führte die Linie fort. Er bestellte das Land gut, ritt wie ein Irrer hinter den Hunden, war ein recht guter Fechter, und nichts war ihm lieber als ein strapaziöser Tag auf der Jagd. Ich allein tanzte aus der Reihe, fand als Junge keinen Geschmack daran, Kaninchen mit dem Luftgewehr abzuknallen, noch viel weniger als erwachsener Mann mit einer Schrotflinte. Solange meine Eltern lebten, sahen sie meinem Verhalten ratlos zu, und ich muß ihren schlichten Sinn ernstlich beunruhigt haben. Ich war kein natürlicher Junge und stellte keine Dummheiten an. Statt dessen entwickelte ich die der Natur eines Wheale im höchsten Maß widersprechende Neigung, Bücher zu lesen, und die Fähigkeit, Zahlen durch Reifen springen zu lassen. Das löste manches zweifelnde Kopfschütteln und häufig die Frage aus: »Was soll aus dem Jungen nur noch werden?«

Ich zündete mir eine Zigarette an, blickte dem in der frischen Morgenluft verfliegenden Rauchwölkchen nach und grinste plötzlich, als ich bemerkte, daß aus keinem Kamin des Gutshauses Rauch aufstieg. Bob würde wohl lange schlafen. Das tat er, wenn er an einem Abend in der Kingsbridge Inn oder der Cott Inn, den Gasthäusern, die er bevorzugte, lange gefeiert hatte. Das war eine liebenswerte Gewohnheit, die ihr Ende finden würde, sobald er unter der Haube war. Ich war froh, daß er endlich heiraten wollte. Ich war schon etwas beunruhigt gewesen, denn Hay Tree Farm ohne einen Wheale war unvorstellbar, und falls Bob unverheiratet starb, war ich der letzte übriggebliebene Wheale, und Landwirt wollte ich ganz gewiß nicht werden.

Ich stieg wieder in den Wagen, fuhr ein Stück weiter und bog auf die Zufahrt zum Hof ab. Bob hatte sie begradigen und befestigen lassen, wovon er schon seit Jahren geredet hatte. Ich fuhr gelassen dahin, an der großen Eiche vorbei, die einer Familienlegende zufolge von meinem Urgroßvater gepflanzt worden war, und hinter der Kurve geradewegs auf den Hof zu.

Dann trat ich scharf auf die Bremse, weil mitten auf dem Weg jemand lag.

Ich stieg aus und blickte auf den Mann hinab. Er lag der Länge nach da, einen Arm weit von sich gestreckt, und als ich niederkniete und seine Hand berührte, fand ich sie eiskalt. Auch mir wurde eiskalt, als ich seinen Hinterkopf sah. Vorsichtig versuchte ich seinen Kopf zu wenden, aber von der Totenstarre war er steif, und ich mußte ihn herumwälzen, um sein Gesicht sehen zu können. Seufzend atmete ich aus, als ich sah, daß es ein mir völlig Fremder war.

Er war schwer, aber schnell gestorben. Sein Gesichtsausdruck verriet, daß er schwer gestorben war. Mit einer gequälten Grimasse bleckte er die Zähne, und seine Augen standen offen und starrten über meine Schulter hinweg in den Morgenhimmel. Unter ihm stand eine große Lache halbgetrocknetes Blut, das auch seine Brust bedeckte. Niemand könnte so viel Blut langsam verloren haben – es mußte mit einem plötzlichen Ausbruch herausgesprudelt sein und einen raschen Tod verursacht haben.

Ich richtete mich auf und sah mich um. Alles war sehr still, und ich hörte nichts als das Flöten einer verfrühten Amsel und das Knirschen des Kieses unnatürlich laut, als ich meine Stellung veränderte. Vom Haus her kam das klagende Jaulen eines Hundes und dann ganz aus der Nähe ein schrilles Kläffen, und ein junger Schäferhund schoß um die Hausecke und schnappte wild nach mir. Er war noch nicht alt, nicht älter als neun Monate, und ich nahm an, daß er einer der jungen Hunde der alten Jess war.

Ich streckte die Hand aus und schnippte mit den Fingern. Aus dem aggressiven Bellen wurde ein begeistertes Winseln. Der junge Hund wedelte heftig mit dem Schwanz und kam mit seitwärts gerichteten Sprüngen näher. Aus dem Haus erklang das Heulen eines anderen Hundes, und bei diesem Laut sträubten sich mir die Haare im Nacken.

Ich ging auf den Gutshof und entdeckte sofort, daß die Küchentür nur angelehnt war. Behutsam stieß ich sie auf und rief: »Bob!«

Die Vorhänge an den Fenstern waren zugezogen und das Licht ausgeschaltet, deshalb war die Beleuchtung schwach. Irgendwo bewegte sich etwas, und es folgte ein bösartiges Knurren. Ich stieß die Tür ganz auf, damit Licht in die Küche fiel, und sah die alte Jess mit gefletschten Zähnen drohend auf mich zustelzen. »Schon gut, Jess«, sagte ich sanft. »Es ist alles in Ordnung, guter Hund.«

Sie erstarrte zur Unbeweglichkeit und beäugte mich mißtrauisch, dann senkten sich ihre Lefzen über ihr Gebiß. Ich klopfte mich auf meinen Oberschenkel. »Komm, Jess, komm!«

Aber sie wollte nicht kommen. Statt dessen winselte sie, drehte sich um und verschwand hinter dem Küchentisch. Ich folgte ihr und fand sie, wie sie schützend über Bobs Körper stand.

Seine Hand war kalt, aber nicht eiskalt, und an seinem Handgelenk konnte ich schwach einen flatternden Pulsschlag spüren. Frisches Blut drang aus einer Wunde in seiner Brust und durchtränkte sein Hemd. Mir waren schwere Verletzungen vertraut genug, und ich verzichtete auf jeden Versuch, ihn zu bewegen, sondern rannte die Treppe hinauf, riß die Wolldecken von seinem Bett und brachte sie hinunter, um ihn zuzudecken und warmzuhalten.

Dann ging ich ans Telefon und wählte 999. »Hier spricht Jemmy Wheale auf der Hay Tree Farm. Hier auf dem Hof hat es eine Schießerei gegeben. Ein Mann ist tot, ein anderer schwer verletzt. Ich brauche einen Arzt, einen Krankenwagen und die Polizei – in dieser Reihenfolge.«

2

Eine Stunde später sprach ich mit Dave Goosan. Der Arzt und der Krankenwagen waren gekommen und wieder fortgefahren, und Bob war im Krankenhaus. Er befand sich in schlechter Verfassung, und Dr. Grierson hatte mir ausgeredet, ihn zu begleiten. »Es hat keinen Zweck, Jemmy. Sie ständen nur im Weg herum und wären allen lästig. Sie wissen, daß wir alles tun, was wir können.«

Ich nickte. »Was hat er für Aussichten?« fragte ich.

Grierson schüttelte den Kopf. »Es sieht nicht gut aus. Ich kann Ihnen mehr sagen, wenn ich ihn genauer untersucht habe.«

Infolgedessen sprach ich mit Dave Goosan, der bei der Polizei war. Als ich ihm das letztemal begegnete, war er Detektive Sergeant gewesen, jetzt war er Detective-Inspector. Mit seinem jüngeren Bruder Harry, der gleichfalls Polizist war, hatte ich zusammen die Schule besucht. Der Polizeidienst war bei den Goosans Familientradition.

»Das ist schlimm, Jemmy«, sagte er. »Für mich ist das zu groß. Von Newton Abbot schicken sie einen Superintendenten herüber. Mein Rang ist nicht hoch genug, um einen Mordfall zu bearbeiten.«

Ich starrte ihn an. »Wer ist ermordet worden?«

Er hob den Arm, um auf den Gutshof hinauszuzeigen, doch dann wurde er verwirrt. »Entschuldigung«, sagte er, »ich will damit nicht sagen, daß dein Bruder jemand ermordet hat. Aber in jedem Fall liegt ein gewaltsamer Tod vor.«

Wir hielten uns im Wohnzimmer auf, und durch das Fenster konnte ich sehen, was im Hof vorging. Der Tote lag noch an der gleichen Stelle, war aber mit einer Plastikdecke bedeckt. Es waren ein Dutzend Polizeibeamte da, manche in Zivil, andere in Uniform. Einige schienen nichts zu tun, als miteinander zu plaudern, andere dagegen suchten den Hof sorgfältig ab.

»Wer war das, Dave?« fragte ich.

»Wir wissen es noch nicht.« Er runzelte die Stirn. »Aber jetzt erzähle mir alles noch einmal – ganz von Anfang an. Wir müssen alles ganz klar haben, oder der Super macht mir die Hölle heiß. Das ist der erste Mordfall, an dem ich arbeite.« Er sah besorgt aus.

Ich erzählte ihm also die ganze Geschichte noch einmal, wie ich auf das Gut gekommen war und den Toten und Bob gefunden hatte. Als ich geendet hatte, fragte Dave: »Du hast den Toten nur umgedreht – nicht mehr als das?«

»Ich dachte, es wäre Bob«, antwortete ich. »Er hat die gleiche Figur und auch den gleichen Haarschnitt.«

»Ich will dir etwas sagen«, meinte Dave. »Er könnte Amerikaner sein. Seine Kleidung ist jedenfalls amerikanisch. Sagt dir das irgend etwas?«

»Nichts.«

Er seufzte. »Nun ja, wir werden früher oder später dahinterkommen. Er wurde durch die Ladung aus einer Flinte auf kurze Entfernung getötet. Grierson sagte, er glaube, daß die Aorta durchtrennt worden wäre – deshalb hat er so stark geblutet. An der Flinte deines Bruders waren beide Läufe abgeschossen.«

»Bob hat ihn also erschossen«, sagte ich. »Deswegen muß es noch kein Mord sein.«

»Selbstverständlich nicht. Wir haben ziemlich genau rekonstruiert, was sich abgespielt hat, und es scheint ein Fall von Notwehr zu sein. Der Mann war ein Dieb. Soviel wissen wir.«

Ich blickte auf. »Was wollte er stehlen?«

Dave deutete mit dem Kopf. »Komm, ich werde es dir zeigen. Aber tritt genau auf dieselben Stellen wie ich und laufe nicht unnötig herum.«

Ich folgte ihm in den Hof, hielt mich auf seiner Spur, als er in einem Bogen auf die Küche zuging. Er blieb stehen und fragte: »Hast du das je zuvor schon einmal gesehen?«

Ich sah auf die Stelle auf dem Boden, auf die er deutete. Dort lag das Tablett, das, solange ich mich erinnern kann, immer auf dem obersten Fach des Küchenregals gestanden hatte. Hin und wieder hatte meine Mutter es heruntergenommen, um es zu polieren, aber benutzt wurde es eigentlich nur an Fest- und Feiertagen. Zu Weihnachten stand es immer mit Obst gehäuft voll mitten auf dem Eßtisch.

»Du wirst doch nicht behaupten wollen, daß er getötet wurde, weil er versuchte, ein Messingtablett zu klauen? Daß er Bob deswegen beinahe ums Leben gebracht hat?«

Ich bückte mich, um das Tablett aufzuheben, aber Dave hielt mich schnell zurück. »Berühre es nicht.« Er sah mich nachdenklich an. »Vielleicht weißt du es noch nicht, aber das ist kein Messing, Jemmy. Das ist Gold.«

Ich glotzte ihn an und schloß dann hastig den Mund, ehe mir die Fliegen hineinflogen. »Es ist aber immer aus Messing gewesen«, sagte ich dümmlich.

»Das meinte Bob auch«, stimmte Dave zu. »Es kam auf folgende Weise heraus. Das Museum in Totnes veranstaltete eine Sonderausstellung von bemerkenswerten Gegenständen aus der hiesigen Gegend, und Bob wurde gefragt, ob er das Tablett dafür ausleihen wollte. Soviel wie ich weiß, befindet es sich schon lange im Besitz der Familie.«

Ich nickte. »Ich erinnere mich, daß mein Großvater mir erzählt hat, sein Großvater habe schon von dem Tablett gesprochen.«

»Ah ja, das liegt also schon lange zurück. Jedenfalls überließ Bob das Tablett dem Museum, und es wurde mit den anderen Gegenständen ausgestellt. Dann kam jemand und behauptete, es wäre aus Gold, und das war es tatsächlich. Daraufhin wurde die Leitung des Museums unruhig und bat Bob, er möge es wieder abholen. Verstehst du, es war nicht ausreichend versichert, und man befürchtete, es könne gestohlen werden. Die Zeitungen hatten ausführlich über die Ausstellung berichtet und Bilder von dem Tablett gebracht, und jeder helle Junge kann das Museum in Totnes mit einer Haarnadel aufschließen.«

»Ich habe in den Zeitungen nichts gesehen.«

»In die große Presse ist es wohl nicht hineingekommen, aber die lokalen Blätter haben es gebracht. Jedenfalls holte Bob das Tablett wieder ab. Sag mal, hat er gewußt, daß du dieses Wochenende herkommen wolltest?«

Ich nickte. »Ich habe am Donnerstag mit ihm telefoniert. Ich habe für das Gut einen Investitionsplan ausgearbeitet, von dem ich glaubte, daß er Bob interessieren würde.«

»Das erklärt es vielleicht. Mag sein, daß er dich mit der Nachricht überraschen wollte. Die Entdeckung wurde erst vor zehn Tagen gemacht.«

Ich sah auf das Tablett hinunter. »Die Überraschung ist gelungen«, sagte ich voller Bitterkeit.

»Schon durch den Goldwert muß es sehr wertvoll sein«, sagte Dave, »und konnte die Aufmerksamkeit eines Diebs wecken. Und die Experten sagen, es sei auch etwas Besonderes, was seinen Wert noch steigert, aber ich bin kein Antiquar und kann dir nicht sagen, was es ist.« Er kratzte sich am Hinterkopf. »Aber etwas an der Geschichte macht mir wirklich Sorge. Komm und sieh selbst, aber faß es nicht an.«

Er führte mich über den Hof in die Nähe des Toten, wo etwas Klumpiges auf dem Boden mit einem undurchsichtigen Plastiktuch bedeckt war. »Damit ist dein Bruder verletzt worden.« Er lüftete das Plastiktuch, und ich sah eine Waffe – eine antike Reiterpistole.

»Aber wer kann eine solche Waffe benutzen?« fragte ich entsetzt.

»Niederträchtig, wie?«

Ich bückte mich und sah sie mir genauer an. Ich hatte mich geirrt. Das war keine Reiterpistole, sondern eine Doppelflinte mit sehr kurzen Läufen, bei der der Kolben so weit abgesägt worden war, daß nur noch ein kurzer Griff für die Hand übrigblieb.

»Welcher Einbrecher, der bei gesundem Verstand ist, würde sich mit diesem Ding bewaffnen?« fragte Dave. »Schon ihr Besitz würde ihn für ein Jahr hinter Gitter bringen. Aber noch etwas – es waren zwei.«

»Schußwaffen?«

»Nein – Personen. Mindestens zwei. Oben auf der Zufahrt zum Hof hat ein Wagen geparkt. Wir haben Reifenspuren und Ölflecke gefunden. Auf Grund der Wetterbedingungen wissen wir, daß der Wagen gestern abend nach zehn oben auf der Straße gewendet hat. Grierson nimmt an, daß der Mann vor Mitternacht erschossen wurde; damit steht es hundert zu eins, daß zwischen dem Wagen und dem Mann eine Verbindung besteht. Er kann ihn selbst nicht fortgefahren haben, folglich war ein weiterer Mann mit im Spiel.«

»Oder eine Frau«, sagte ich.

»Kann sein«, räumte Dave ein.

Plötzlich kam mir ein Gedanke. »Waren die Edgecombes gestern abend hier?« Jack Edgecombe war Bobs Hauptfaktotum auf dem Gut, und dessen Frau Madge versah Bobs Haushalt. Sie hatten im Gutshaus eine kleine Wohnung für sich. Die anderen Landarbeiter wohnten alle in ihren eigenen Häuschen.

»Ich habe das nachgeprüft«, antwortete Dave. »Sie sind zu ihrem Jahresurlaub auf Jersey. Dein Bruder war allein.«

Ein Polizist kam aus dem Haus und rief: »Inspektor, Sie werden am Telefon verlangt.«

Dave entschuldigte sich und ging ins Haus. Ich blieb draußen und beobachtete, was vor sich ging. Ich konnte noch keinen klaren Gedanken fassen. Mein Verstand war benommen, und nur sinnlose Gedankenfetzen wirbelten mir im Kopf herum. Dave blieb nicht lange fort, und als er zurückkam, war sein Gesicht ernst. Ich wußte, was er sagen würde, noch ehe er den Mund öffnete. »Bob ist tot«, sagte ich tonlos.

Er nickte ernst. »Vor zehn Minuten.«

»Lieber Gott im Himmel«, murmelte ich. »Und ich habe eine halbe Stunde bei Honiton vertan. Sie hätte entscheidend sein können.«

»Du brauchst dir wirklich keinen Vorwurf zu machen. Es hätte überhaupt nichts genützt, selbst wenn du ihn zwei Stunden früher gefunden hättest. Die Verletzung war zu schwer.« Plötzlich wurde seine Stimme hart. »Aber jetzt geht es um Mord, Jemmy, und wir müssen den Täter finden. Jenseits von Newton Abbot haben wir einen verlassenen Wagen entdeckt. Vielleicht ist er nicht der richtige, aber das wird uns eine Überprüfung der Reifen verraten.«

»Weiß Elizabeth Horton es schon?«

Dave runzelte die Stirn. »Wer ist das?«

»Bobs Verlobte.«

»Mein Gott. Er wollte doch heiraten, nicht wahr? Nein, sie weiß noch nichts.«

»Dann ist es wohl besser, wenn ich sie benachrichtige«, sagte ich.

»Ja, das mußt du wohl. Außerdem mußt du dich um den Hof kümmern. Kühe melken sich nicht selbst. Wenn nicht eine feste Hand die Zügel ergreift, kann alles leicht ins Schleifen kommen. Ich rate dir, Jack Edgecombe zurückzurufen. Aber darum brauchst du dich nicht zu kümmern. Ich lasse feststellen, wo er ist, und schicke ihm ein Telegramm.«

»Danke, Dave«, sagte ich. »Aber ist das nicht Einsatz über die Grenze der Pflichterfüllung hinaus?«

»Es gehört mit zum Dienst«, sagte er und versuchte seinen Worten einen leichten Ton zu geben. »Wir kümmern uns um unsere Angelegenheiten. Ich mochte Bob sehr gern, wie du weißt.« Er machte eine Pause. »Wer war sein Anwalt?«

»Solange ich mich zurückerinnern kann, hat der alte Mount die Familie juristisch beraten.«

»Dann ist es das beste, daß du ihn so bald wie möglich aufsuchst«, riet Dave. »Es muß ein Testament vorliegen, und andere juristische Fragen werden zu klären sein.« Er blickte auf seine Uhr. »Hör zu, wenn der Superintendent kommt und du dann hier bist, wirst du wahrscheinlich für Stunden festgehalten. Du verschwindest besser und erledigst, was du zu tun hast. Ich unterrichte den Super über deine Aussage inzwischen, und falls er dich sprechen will, kann das später noch geschehen. Aber tu mir den Gefallen und rufe in ungefähr zwei Stunden an, damit wir wissen, wo du bist.«

3

Als ich Totnes erreichte, blickte ich auf meine Uhr und stellte zu meinem Erstaunen fest, daß es noch keine neun war. Der Alltag für den einfachen Menschen hatte gerade erst begonnen, doch ich hatte das Gefühl, als hätte ich in den vergangenen drei Stunden eine ganze Lebenszeit hinter mich gebracht. Ich hatte noch nicht begonnen, richtig nachzudenken, doch tief in mir spürte ich die ersten Regungen des Zorns unter meinem Kummer aufkommen. Daß ein Mensch in seinem eigenen Heim mit einer derart barbarischen Waffe erschossen werden konnte, war eine ungeheuerliche, fast unvorstellbare Pervertierung des normalen Lebens. In der stillen Landschaft von Devon war kurz ein Schleier beiseite gerissen worden und hatte eine andere Welt enthüllt, eine primitive Welt, in der ein plötzlicher Tod eine schockierende Alltäglichkeit war. Es empörte mich bis zur Raserei, daß eine solche Welt mich und die meinen überfallen konnte.

Die Begegnung mit Elizabeth war erschütternd. Als ich es ihr sagte, wurde sie sehr still und saß regungslos mit starrem Gesicht da. Zuerst glaubte ich, sie gehöre zu jenem Typ Engländerin, für die eine Bekundung von Gefühlen ein Zeichen für äußerst schlechten Geschmack sei, doch nach fünf Minuten brach sie in eine hemmungslose Tränenflut aus und mußte von ihrer Mutter aus dem Zimmer geführt werden. Sie tat mir sehr leid. Sie sowohl wie auch Bob waren hinsichtlich der Ehe Spätentwickler, und jetzt war für sie das Ende gekommen, noch ehe es begonnen hatte. Ich kannte sie nicht gut genug, um beurteilen zu können, ob sie für Bob die richtige Frau geworden wäre.

Mr. Mount nahm es natürlich gefaßter auf. Für ihn als Rechtsanwalt war der Tod etwas, womit er schon von Berufs wegen vertraut war, aber er war über die Ursache von Bobs Tod bestürzt. Ein plötzlicher Todesfall war ihm nichts Fremdes, und wenn Bob sich bei einer Fuchsjagd das Genick gebrochen hätte, wäre das für ihn traditionsgemäß und hinnehmbar gewesen. Doch hier lagen die Dinge anders. Es war seit Menschengedenken der erste Mord in Totnes.

Doch trotz seiner Betroffenheit faßte er sich schnell und verlieh einer berstenden Welt durch die Zuversicht auf Recht und Ordnung wieder Halt. »Selbstverständlich liegt ein Testament vor«, sagte er. »Ihr Bruder wollte mit mir über eine Neufassung sprechen, denn Sie wissen vielleicht, daß bei einer Heirat alle vorher aufgesetzten Testamente ungültig werden. Deshalb mußte er ein neues Testament machen. Da es jedoch nicht mehr zu einer Unterschrift gekommen ist, behält das bereits existierende Dokument seine Gültigkeit.«

Er verzog sein Gesicht zu dem dünnen Lächeln des Juristen. »Ich glaube nicht, daß es sinnvoll ist, um die Dinge herumzureden, Jemmy. Von einigen kleinen Legaten für Angestellte auf dem Gut und persönliche Freunde abgesehen sind Sie der Haupterbe. Die Hay Tree Farm gehört Ihnen – oder sie wird unter Treuhandverwaltung gestellt. Selbstverständlich sind Erbschaftssteuern abzuführen, aber landwirtschaftlich genutzte Grundstücke erhalten eine Begünstigung von fünfundvierzig Prozent der gültigen Sätze.« Er machte sich eine Notiz. »Wegen der Einzelheiten des Kontos Ihres Bruders muß ich mich mit seiner Bank ins Benehmen setzen.«

»Sie können sie zum größten Teil von mir erhalten«, sagte ich. »Ich habe Bobs Bücher geführt. Tatsächlich habe ich sogar alle Unterlagen bei mir. Ich arbeitete an einem neuen Investitionsplan für den Hof – das ist auch der Grund, weshalb ich an diesem Wochenende gekommen bin.«

»Das ist sehr nützlich«, sagte Mount. Er überlegte. »Ich würde sagen, daß sich bei der Schätzung für das Gut ein Wert von etwa £ 125 000 ergeben wird. Darin ist nicht das lebende und tote Inventar eingerechnet.«

Ich hob überrascht den Kopf. »Mein Gott! So viel?«

Er warf mir einen amüsierten Blick zu. »Wenn ein Hof so lange im Besitz der gleichen Familie ist wie der Ihre, neigt man leicht dazu, den Kaufwert des Bodens zu übersehen – man betrachtet ihn nicht mehr als investiertes Kapital. Der Bodenwert ist in den letzten Jahren erheblich gestiegen, Jemmy, und Sie besitzen 500 Morgen erstklassigen Boden auf roter Erde. Bei einer Versteigerung würde er nicht weniger als £ 250 je Morgen erbringen. Wenn Sie den Wert des Viehs dazu addieren und dabei die bewundernswerte Milchviehherde, die Bob aufgezogen hat, und die von ihm vorgenommenen Modernisierungen berücksichtigen, dann würde ich sagen, daß der Wert für eine treuhänderische Verwaltung nicht weit unter £ 170 000 liegt.«

Ich nahm diese kaum glaublichen Informationen widerspruchslos hin. Er war Rechtsanwalt auf dem Lande und verstand vom Bodenwert der Höfe ebensoviel wie jeder illusionslose Landwirt, der mit kritischen Augen die Felder seiner Nachbarn abschätzt. »Wenn Sie verkauften, kämen Sie in Besitz eines beträchtlichen Vermögens, Jemmy«, sagte er.

Ich schüttelte den Kopf. »Ich könnte den Hof nicht verkaufen.«

Er nickte verständnisvoll. »Nein«, stimmte er nachdenklich zu, »das können Sie wohl nicht. Es wäre etwa dasselbe, wie wenn die Queen den Buckingham Palace an ein Wohnungsbauunternehmen verkaufen wollte. Aber was beabsichtigen Sie? Den Hof selbst zu bewirtschaften?«

»Ich weiß es nicht«, antwortete ich etwas verzweifelt. »Ich habe noch nicht darüber nachgedacht.«

»Sie haben Zeit, es sich zu überlegen«, sagte er begütigend. »Eine Möglichkeit wäre, daß Sie einen Verwalter einsetzen. Ihr Bruder hatte eine hohe Meinung von Jack Edgecombe. Sie würden nicht schlecht fahren, wenn Sie ihm die landwirtschaftliche Seite der Verwaltung übertragen, von der Sie nichts verstehen – und selbst die wirtschaftliche Leitung übernehmen, von der er nichts versteht. Ich glaube nicht, daß es notwendig wäre, daß Sie Ihren gegenwärtigen Beruf aufgeben.«

»Ich will mir das überlegen«, versprach ich.

»Aber sagen Sie mir eines. Sie sprachen von einem Investitionsplan für das Gut. Darf ich wissen, worin er besteht?«

»Die Versuchsgüter der Regierung haben Computer eingesetzt, um die optimale Nutzung ihrer Höfe zu ermitteln. Nun, mir steht ein Computer zur Verfügung, und ich habe ihm alle Daten über die Hay Tree Farm eingegeben und ihn so programmiert, daß er den optimalen Gewinn errechnet.«

Mount lächelte nachsichtig. »Ihr Hof ist seit vierhundert Jahren gut bewirtschaftet worden. Ich bezweifle, daß sich eine bessere Methode finden läßt, als die Methoden, die in diesem Gebiet hier traditionell befolgt worden sind.«

Dieser Einstellung war ich schon oft begegnet und glaubte zu wissen, wie ich auf sie reagieren sollte. »Traditionelle Methoden sind gut, aber niemand kann behaupten, daß sie vollkommen sind. Wenn man alle Variablen nimmt, die selbst bei einem kleineren Gut gegeben sind – die richtige Mischung zwischen bestelltem Land und Weiden, welche Tiere und wie viele man halten soll, welche Futtermittel man selbst anbaut und welche man kauft – wenn man alle diese Variablen nimmt und sie zueinander in Beziehung setzt und miteinander kombiniert, erhält man eine Matrix von mehreren Millionen Möglichkeiten. Traditionelle Methoden haben zu einem beachtlichen Leistungsniveau geführt, und es lohnt sich für einen Landwirt nicht, sie verbessern zu wollen. Er müßte ein gewiegter Mathematiker sein, und für seine Berechnungen würde er vermutlich fünfzig Jahre brauchen. Aber ein Computer schafft das in fünfzehn Minuten. Im Fall der Hay Tree Farm beträgt der Unterschied im Ertrag zwischen der guten traditionellen Methode und der besten Methode einen Zuwachs im Nettogewinn von fünfzehn Prozent.«

»Das überrascht mich«, sagte Mount interessiert. »Darüber müssen wir uns ausführlich unterhalten – aber zu einer angemesseneren Zeit.«

Es war ein Thema, über das ich stundenlang hätte sprechen können, aber, wie er zutreffend sagte, zu einer angemesseneren Zeit. Ich fragte: »Hat Bob mit Ihnen jemals über das Tablett gesprochen?«

»Doch, das hat er getan«, erwiderte Mount. »Er brachte es hierher in mein Büro, direkt vom Museum, und wir unterhielten uns über die Frage der Versicherung. Es ist ein sehr wertvolles Stück.«

»Wieviel ist es wert?«

»Also, das ist schwer zu sagen. Wir haben es gewogen, und wenn es reines Gold ist, beträgt der Metallwert allein rund £ 2500. Aber auch der Kunstwert muß berücksichtigt werden – es ist ein sehr schönes Stück – und der Altertumswert. Wissen Sie irgend etwas über seine Vorgeschichte?«

»Nichts«, antwortete ich. »Aber es war immer bei uns im Haus, solange ich mich erinnern kann.«

»Es müßte als ein Teil des Vermögens bewertet werden. Am besten läßt man es wohl durch Sotheby schätzen.« Mount machte sich wieder eine Notiz. »Wir müssen uns mit den Angelegenheiten Ihres Bruders gründlich befassen. Hoffentlich ist genügend ... hm ... Bargeld vorhanden, um die Erbschaftssteuer zu begleichen. Es wäre ein Jammer, wenn ein Teil des Gutes verkauft werden müßte. Hätten Sie etwas dagegen, das Tablett zu verkaufen, wenn es sich als notwendig erweisen sollte?«

»Nicht das geringste – wenn das dazu verhilft, das Gut zusammenzuhalten.« Vermutlich würde ich es sowieso verkaufen, dachte ich. Für meinen Geschmack klebte zuviel Blut daran. Mir wäre unbehaglich zumute, wenn ich es im Haus behielte.

»Nun, ich glaube nicht, daß wir im Augenblick mehr tun können«, sagte Mount. »Ich werde die rechtlichen Schritte einleiten – das können Sie alles mir überlassen.« Er stand auf. »Ich bin Testamentsvollstrecker, Jemmy, und ein Testamentsvollstrecker hat weitreichende Vollmachten, besonders wenn er sich in den Gesetzen auskennt. Sie werden über Geld verfügen müssen, um das Gut weiterzuführen – um die Leute zu bezahlen, zum Beispiel –, und das kann dem Vermögen entnommen werden.« Er schnitt eine Grimasse. »Rechtstechnisch gesehen bin ich verpflichtet, den Hof zu bewirtschaften, bis die Rechtslage geklärt ist, aber damit kann ich einen Fachmann beauftragen, und nichts könnte mich daran hindern, Sie mit dieser Aufgabe zu betrauen, und dabei wollen wir es, glaube ich, auch belassen. Was meinen Sie? Oder wäre es Ihnen lieber, wenn ich bis zur Übergabe einen Gutsverwalter einsetzte?«

»Lassen Sie mir ein paar Tage Zeit«, bat ich. »Ich möchte es mir überlegen. Vor allem möchte ich zuerst mit Edgecombe sprechen.«

»In Ordnung«, stimmte Mount zu, »aber lassen Sie es nicht zu lange anstehen.«

Ehe ich Mounts Büro verließ, rief ich die Hay Tree Farm an, wie ich Dave Goosan versprochen hatte, und erfuhr, daß Detektive Superintendent Smith mich bitten lasse, ihn um drei Uhr an diesem Nachmittag im Polizeirevier von Totnes aufzusuchen. Ich sagte zu, und als ich danach auf die Straße hinauskam, fühlte ich mich etwas verloren und fragte mich, was ich bis dahin unternehmen könne. In mir nagte etwas, ich konnte aber nicht klar sagen, was es wäre, bis ich es plötzlich erkannte. Ich hatte Hunger!

Ich sah auf meine Uhr und entdeckte, daß es beinahe zwölf war. Ich hatte nicht gefrühstückt und am vergangenen Abend nur sehr bescheiden gegessen, deshalb war mein Hunger nicht überraschend.

Aber dennoch war mir nicht danach zumute, mich zu einer förmlichen Mahlzeit niederzusetzen, deshalb setzte ich mich in den Wagen und fuhr zur Cott Inn, wo ich ein Sandwich bekommen konnte.

Der Schankraum war bis auf einen älteren Mann und eine Frau, die still in einer Ecke saßen, leer. Ich trat an die Bar und sagte zu Paula: »Ich möchte ein Glas Bier, bitte.«

Sie blickte auf. »Oh, Mr. Wheale, mir tut es ja so leid, was ich gehört habe.«

Es hatte nicht lange gedauert, bis die Neuigkeit sich herumgesprochen hatte, aber das war in einer kleinen Stadt wie Totnes nicht anders zu erwarten. »Ja«, sagte ich, »es ist eine schreckliche Geschichte.«

Sie wandte sich ab, um das Bier zu zapfen, und aus dem anderen Gastraum kam Nigel herein. »Tut mir leid, was ich da von Ihrem Bruder gehört habe, Jemmy«, sagte er.

»Danke«, sagte ich, »aber verstehen Sie mich, Nigel, ich möchte nur ein Bier und ein paar Sandwiches. Mir ist noch nicht danach, darüber zu reden.«

Er nickte und sagte: »Ich lasse Sie in einem Nebenzimmer bedienen, wenn Sie wollen.«

»Nein, das ist nicht nötig. Ich bleibe gern hier.«

Er gab die Bestellung an die Küche weiter und sprach dann mit Paula, die in das Gastzimmer hinüberging. Ich trank einen Schluck von meinem Bier und bemerkte Nigel, der wieder an die Theke gekommen war. »Ich weiß, daß Sie nicht darüber reden wollen«, sagte er, »aber ich muß Ihnen etwas sagen, was Sie wissen sollten.«

»Was denn?«

Er zögerte. »Stimmt es, daß der Tote – der Einbrecher – auf dem Hof Amerikaner ist?«

»Es steht noch nicht als sicher fest, aber er ist es wahrscheinlich«, antwortete ich.

Er stülpte überlegend die Lippen vor. »Ich weiß nicht, ob es was zu bedeuten hat, aber Harry Hannaford sagte mir vor ein paar Tagen, daß ein Amerikaner Bob ein Angebot für das Tablett gemacht hätte – Sie wissen schon, für das, von dem man festgestellt hat, daß es wertvoll ist.«

»Wo war das gewesen?«

Nigel machte eine flüchtige Handbewegung. »Hier. Ich war gerade nicht anwesend, aber Harry sagte, er hätte alles mit angehört. Er saß mit Bob zusammen beim Bier.«

»Kennen Sie diesen Amerikaner?« fragte ich.

»Ich glaube nicht. Zu uns kommen eine Menge Yankees. Mit einem Gasthaus, so alt wie die Cott Inn, hat man ein Kulturdenkmal. Aber zu der Zeit hatten wir gerade keine Amerikaner als Logiergäste. Jetzt haben wir allerdings gerade einen. Er ist gestern angekommen.«

»So? Was ist das für ein Mann?«

Nigel lächelte. »Oh, schon älter – um die Sechzig, würde ich sagen. Heißt Fallon. Muß auch eine Menge Geld haben, nach der Telefonrechnung, die er macht. Aber ich würde nicht sagen, daß er ein verdächtiger Typ ist.«

»Kommen wir wieder zu Hannaford und dem anderen Yank. Können Sie mir nicht mehr darüber sagen?«

»Ich weiß weiter nichts darüber. Nur, daß der Ami das Tablett kaufen wollte – mehr hat Harry nicht gesagt.« Er sah auf die Uhr. »Wahrscheinlich wird er bald selbst kommen. Im allgemeinen ist er um die Zeit schon hier. Kennen Sie ihn?«

»Ich kann mich nicht an ihn erinnern.«

»Macht nichts«, sagte Nigel. »Wenn er kommt, gebe ich Ihnen einen Wink.«

Die Sandwiches kamen, und ich brachte sie an einen Ecktisch neben dem Kamin. Als ich mich setzte, fühlte ich mich plötzlich müde, kaum überraschend, da ich die ganze Nacht über unterwegs gewesen war und anschließend für viele Stunden unter einer entsetzlichen Spannung gestanden hatte. Langsam aß ich die Sandwiches und trank dazu ein paar Schlucke Bier. Erst jetzt begann ich den Schock zu überwinden, der mich getroffen hatte, als ich Bob fand, und der Schmerz überkam mich richtig.

Die Schankstube füllte sich langsam, und ich sah das eine oder andere Gesicht, das ich kannte, aber niemand behelligte mich, wenn ich gelegentlich einen neugierigen Blick aus Augen abfing, die sich schnell abwandten. Bei der Landbevölkerung herrschte ein angeborener Anstand, der ihnen jede offene Neugier verbot. Schließlich sah ich Nigel mit einem großen Mann in einer Tweedjacke sprechen, dann kam er zu mir und sagte: »Hannaford ist da. Wollen Sie mit ihm sprechen?«

Ich sah mich in der vollen Schankstube um. »Hier lieber nicht. Haben Sie nicht einen Raum, in dem wir ungestört sind?«

»Gehen Sie in mein Büro«, antwortete Nigel sofort. »Ich schicke Ihnen Harry nach.«

»Schicken Sie auch zwei Gläser Bier«, sagte ich und verließ die Schankstube durch die hintere Tür.

Hannaford folgte mir wenige Minuten später. »Tut mir mächtig leid, was ich da von Bob gehört habe«, sagte er mit tiefer Stimme. »Wir haben hier viel miteinander gelacht. Er war ein guter Mann.«

»Ja, Mr. Hannaford. Das war er.« Das Verhältnis zwischen Bob und Hannaford war leicht zu durchschauen. Wenn jemand regelmäßig Gast in einer Schankstube ist, schließt er dort leicht unverbindliche Bekanntschaften. Meistens führen sie nicht sehr weit, und zu Begegnungen außerhalb des Gasthauses kommt es vielleicht nie. Doch deshalb braucht die Beziehung noch nicht seicht zu sein, sondern einfach nur unkompliziert und freundlich.

»Nigel sagte mir, da wäre ein Amerikaner gewesen, der Bob das Tablett abkaufen wollte.«

»Das stimmt, und es war nicht nur einer. Soviel ich weiß, bekam Bob zwei Angebote, beide von Amerikanern.«

»Tatsächlich? Wissen Sie etwas über diese Leute, Mr. Hannaford?«

Hannaford zupfte sich am Ohr. »Mr. Gatt war ein richtig freundlicher Herr – nicht so überheblich wie viele dieser Amis. Er war ein Mann in mittlerem Alter und gut angezogen. Aber er war sehr begierig, Bob das Tablett abzukaufen, das muß man sagen.«

»Hat er ein festes Angebot gemacht – einen bestimmten Preis genannt?«

»Das kann man nicht sagen. Ihr Bruder erklärte, er hätte an einem festen Angebot kein Interesse, solange das Tablett nicht geschätzt worden wäre, und Mr. Gatt sagte, er wolle Ihrem Bruder den Schätzwert bezahlen – wie hoch er auch sein würde. Aber Bob lachte und antwortete, vielleicht würde er das Tablett überhaupt nicht verkaufen, da es ein Familienerbstück sei. Mr. Gatt war sehr enttäuscht, als er das hörte.«

»Und wer war der andere?«

»Der junge Bursche? Mir gefiel er nicht besonders. Für meinen Geschmack benahm er sich zu hochnäsig. Ein Angebot hat er nicht gemacht – jedenfalls nicht in meiner Gegenwart –, aber er war enttäuscht, als Bob ihm sagte, daß er gar nicht besonders interessiert wäre, zu verkaufen. Darauf wurde der Bursche ziemlich unverschämt, bis seine Frau ihn zurechtwies.«

»Seine Frau?«

Hannaford lächelte. »Also beschwören kann ich das nicht – einen Trauschein hat er mir nicht gezeigt –, aber ich nehme an, daß sie seine Frau ist, vielleicht auch seine Schwester.«

»Hat er seinen Namen genannt?«

»Ja, das tat er. Wie war er noch? Hall? Nein, so hieß er nicht. Steadman? Nein, nein. Einen Augenblick, er fällt mir gleich wieder ein.« Sein großes, rotes Gesicht verzog sich beim Nachdenken in tiefe Falten, bis es sich plötzlich wieder glättete. »Halstead, so hieß er. Halstead war der Name. Er gab Ihrem Bruder seine Karte, daran entsinne ich mich. Er sagte, er würde sich wieder melden, wenn das Tablett geschätzt worden sei. Bob antwortete ihm, daß er seine Zeit vergeuden würde, und danach verlor Halstead die Selbstbeherrschung und wurde ausfallend.«

»Können Sie sich an sonst noch etwas erinnern?« fragte ich. Hannaford schüttelte den Kopf. »Das ist ungefähr alles. Ah ja, Mr. Gatt sagte noch, er sammele Stücke dieser Art. Vermutlich ist er einer dieser amerikanischen Millionäre.«

Mir schien es, als ob gegenwärtig die reichen Amerikaner in der Umgebung der Cott Inn dicht gesät wären. »Wann war das gewesen?« fragte ich.

Hannaford rieb sich das Kinn. »Lassen Sie mich überlegen – es war, nachdem die *Western Morning News* darüber berichtet hatten, zwei Tage später, wenn ich mich recht erinnere. Das wäre also vor fünf Tagen gewesen, folglich war es am Dienstag.«

»Vielen Dank, Mr. Hannaford. Sie werden sich denken, daß die Polizei sich auch für das alles interessieren wird.«

»Ich werde es dort genauso schildern wie Ihnen«, sagte er ernst und legte seine Hand auf meinen Arm. »Wann wird das Begräbnis sein? Ich möchte teilnehmen, um Bob die letzte Ehre zu erweisen.«

Daran hatte ich noch gar nicht gedacht. In zu kurzer Zeit hatte sich zuviel ereignet. »Ich weiß es noch nicht«, antwortete ich. »Zuerst muß wohl ein Inquest vorgenommen werden.«

»Selbstverständlich«, bestätigte Hannaford. »Am besten sagen

Sie Nigel Bescheid, sobald Sie es wissen. Er kann es mich dann wissen lassen, und andere auch. Bob Wheale war hier in der Gegend sehr beliebt.«

»Das werde ich tun.«

Wir gingen zurück in die Gaststube, und Nigel hielt meinen Blick fest. Ich stellte mein Bierglas auf die Theke, und er deutete mit dem Kopf durch den Raum. »Da drüben sitzt der Ami, der jetzt hier wohnt, dieser Fallon.«

Ich drehte mich um und sah einen unnatürlich mageren Mann mit einem Whiskyglas in der Hand neben dem Feuer sitzen. Er war etwa sechzig Jahre alt. Sein Kopf war hager und fleischlos, und seine Haut hatte die Färbung von altem, abgenutztem Leder angenommen. Während ich zu ihm hinübersah, schien er zu schaudern, und er rückte dichter an das Feuer.

Ich wandte mich wieder Nigel zu, der zu mir sagte: »Mir hat er erzählt, daß er sich oft und lange in Mexiko aufhält. Das englische Klima gefällt ihm nicht, er findet es hier zu kalt.«

4

Die Nacht verbrachte ich allein auf der Hay Tree Farm. Vielleicht hätte ich in der Cott Inn bleiben sollen und mir dadurch viel Kummer erspart. Statt dessen wanderte ich durch die stillen Zimmer, die von schattenhaften Gestalten der Erinnerung bevölkert wurden, und wurde immer deprimierter.

Ich war der letzte Wheale – außer mir gab es niemand mehr.

Keinen Onkel, keine Tante, keinen Vetter, keine Schwestern, keine Brüder – nur noch mich. Das widerhallende leere Haus, beladen mit der Last von Jahrhunderten, hatte eine lange Prozession gesehen – geradezu eine Revue von Wheales – zur Zeit Elizabeths I. und König Jakobs, der Restauration, des Regency, Victorias und der Edwards. Länger als vier Jahrhunderte hatten Wheales in guten wie in schlechten Zeiten auf dem kleinen Flecken englischer Erde um das Haus ihren Schweiß vergossen, und jetzt hatte es sich alles auf einen Punkt zugespitzt – auf mich. Auf mich – einen kleinen grauen Mann mit einem kleinen grauen Job.

Das war nicht fair.

Ich fand mich in Bobs Zimmer wieder. Das Bett war noch zerwühlt, seit ich die Decken heruntergerissen hatte, um ihn zu wärmen, und fast automatisch strich ich die Laken glatt und zog die Überdecke zurecht. Sein Frisiertisch war so unordentlich wie immer, und auf der einen Seite stak unter dem Spiegelrahmen seine Sammlung ungerahmter Fotos – eines von unseren Eltern, eins von mir, eins von Stalwart, dem riesigen Hengst, der sein Lieblingsreitpferd war, und ein nettes Bild von Elizabeth. Ich zog das heraus, um es genauer zu betrachten, dabei flatterte etwas auf die Platte des Frisiertischs.

Ich griff danach. Es war Halsteads Karte, von der Hannaford gesprochen hatte. Ich las ohne Interesse, was darauf stand: *Paul Halstead, Avenida Quintillana 1534, Mexico City.*

Das Telefon klingelte, schrillte erschreckend laut, und als ich nach dem Hörer griff, hörte ich die Stimme von Mr. Mount. »Hallo, Jemmy«, sagte er, »ich wollte Ihnen nur sagen, daß Sie sich um das Begräbnis nicht zu kümmern brauchen. Ich nehme Ihnen das alles ab.«

»Das ist sehr freundlich von Ihnen«, sagte ich, dann verschlug es mir die Stimme.

»Ihr Vater und ich waren sehr gut befreundet«, sagte er, »aber ich glaube nicht, daß ich es Ihnen je anvertraut habe: Wenn er Ihre Mutter nicht geheiratet hätte, dann hätte ich es wahrscheinlich getan.« Damit hängte er ein.

Ich schlief diese Nacht in meinem Zimmer, dem Zimmer, das ich seit meiner Kindheit bewohnt hatte. Und an diesem Abend weinte ich mich in den Schlaf, wie ich es seit meiner Kindheit nicht mehr getan hatte.

Zweiter Teil

I

Erst bei dem Inquest erfuhr ich den Namen des Toten. Er hieß Victor Niscemi und war amerikanischer Staatsbürger. Die Verhandlung dauerte nicht lange. Zunächst erfolgte die formelle Identifizierung, dann schilderte ich, wie ich die Leiche von Niscemi und meinen Bruder sterbend in der Küche des Gutshauses aufgefunden hatte. Dann wurde Dave Goosan aufgerufen und berichtete über die Ermittlungen der Polizei, und das goldene Tablett und die Schußwaffen wurden als Beweisstücke vorgelegt.

Der Coroner faßte die Ergebnisse sehr schnell zusammen, und der Spruch bei Niscemi lautete, daß er von Robert Blake Wheale in Notwehr getötet worden war. Der Spruch bei Bob lautete, daß er von Victor Niscemi und einem oder mehreren Unbekannten ermordet worden war.

Ich traf Dave Goosan in der Straße vor dem Rathaus, in dem der Inquest stattgefunden hatte. Er nickte mit dem Kopf in Richtung von zwei kräftigen Männern, die davongingen. »Scotland Yard«, erklärte er. »Jetzt sind sie dafür zuständig. Sie übernehmen jeden Fall, bei dem es internationale Verwicklungen geben kann.«

»Wohl, weil Niscemi Amerikaner war?«

»Ja. Und ich will dir noch etwas sagen, Jemmy. Er ist auf der anderen Seite des Atlantik vorbestraft. Diebstahl und Raub mit Körperverletzung. Nichts Besonderes.«

»Für Bob hat es genügt«, sagte ich böse.

Dave seufzte und nickte zustimmend. »Ehrlich gesagt, die ganze Geschichte ist etwas undurchsichtig. Niscemi war als Dieb nicht besonders erfolgreich. Er hatte nie Geld. Auf keinen Fall hatte er je genug Geld für die Reise hierher – jedenfalls nicht, wenn er nicht ein Ding gedreht hat, das für seine Verhältnisse größer war als üblich. Und niemand kann sagen, warum er nach England gekommen ist. Hier wäre er wie ein Fisch auf dem Trockenen, genauso fremd wie ein Einbrecher aus Bermondsey in New York. Jedenfalls gehen wir der Sache nach.«

»Was hat Smith über Halstead und Gatt herausgebracht, die beiden Amerikaner, auf die ich hingewiesen habe?«

Dave blickte mir gerade in die Augen. »Das kann ich dir nicht sagen, Jemmy. Ich kann mit dir nicht über den Stand der polizeilichen Ermittlungen sprechen, selbst wenn du Bobs Bruder bist. Der Super würde mir den Kopf abreißen.« Er tippte mir mit dem Finger gegen die Brust. »Vergiß nicht, daß du auch unter Verdacht gestanden hast, Junge.« Er mußte meine Überraschung an meinem Gesicht erkennen. »Also, verdammt, wer hat durch Bobs Tod den größten Nutzen? Die ganze Geschichte mit dem Tablett könnte doch nichts als Flunkerei gewesen sein. Ich weiß, daß du es nicht warst, aber für den Super bist du nur einer, der nach dem Verbrechen am Tatort herumgelaufen ist.«

Ich atmete langsam tief aus. »Ich vermute, daß ich noch immer auf seiner Liste der Verdächtigen stehe«, sagte ich ironisch.

»Denke nicht mehr daran, aber ich will nicht behaupten, daß der Super es nicht mehr tut. Er ist der mißtrauischste Schurke, dem ich je begegnet bin. Wenn er mal über eine Leiche stolpern sollte, würde er sich selbst auch auf die Liste der Verdächtigen setzen.« Dave zupfte sich am Ohr. »Soviel will ich dir sagen. Dem Anschein nach ist Halstead entlastet. Er war in London und hat ein Alibi für die entscheidende Zeit.« Er grinste. »Er wurde zur Vernehmung aus dem Lesesaal des Britischen Museums herausgeholt. Die Bullen in London müssen wirklich sehr taktvoll sein.«

»Wer ist er? Was ist er?«

»Er behauptet, Archäologe zu sein«, antwortete Dave und sah mit gedämpftem Unwillen über meine Schulter hinweg. »Mein Gott, da kommen diese verdammten Reporter. Paß auf, verschwinde in die Kirche – sie werden nicht die Unverschämtheit besitzen, dir dahin zu folgen. Ich werde sie so lange aufhalten, bis du durch die Seitentür und die Sakristei entweichen kannst.«

Ich verließ ihn schnell und eilte über den Kirchhof. Als ich die Kirche betrat, hörte ich hinter mir aufgeregtes Gekläffe, ganz wie von einer Meute, die den Hirsch gestellt hat.

Das Begräbnis fand am Tag nach dem Inquest statt. Es waren viele Leute gekommen, von denen ich die meisten kannte, viele aber auch nicht. Alle Mitarbeiter und Helfer von der Hay Tree Farm waren da, einschließlich Madge und Jack, die von Jersey zurückgekehrt waren. Die Trauerfeier war kurz, aber ich war trotzdem froh, als sie zu Ende war und ich all diesen mitfühlenden Menschen entrinnen konnte. Ehe ich ging, sprach ich kurz mit Jack Edgecombe. »Ich komme zu Ihnen auf den Hof. Es gibt ein paar Dinge, die wir besprechen müssen.«

Tief deprimiert fuhr ich zum Gutshaus. Das also war das! Bob war begraben, und Niscemi vermutlich auch, falls die Polizei seine Leiche nicht in irgendeinem Kühlraum in Verwahrung behalten hatte. Bis auf die offene Frage nach Niscemis hypothetischem Komplicen war alles ordentlich aufgeklärt, und die Welt konnte sich wieder wie üblich an ihre eitlen Geschäfte begeben.

Ich dachte an das Gut und daran, was dort geschehen mußte und wie ich Jack zu behandeln hatte, der als konservativer Landwirt sich meinen neumodischen Ideen bestimmt widersetzen würde. So mit meinen Gedanken beschäftigt, bog ich automatisch in den Gutshof ein und hätte beinahe von hinten einen großen Mercedes gerammt, der dort vor dem Haus parkte.

Ich stieg aus, gleichzeitig mit dem Fahrer des Mercedes, der seine hagere Größe wie einen langen Streifen Rohleder entknotete. Es war Fallon, der Amerikaner, auf den Nigel mich in der Cott Inn aufmerksam gemacht hatte.

Er sagte: »Mr. Wheale?«

»Der bin ich.«

»Ich weiß zwar, daß ich Sie im Augenblick nicht behelligen sollte, aber ich befinde mich in Zeitdruck. Mein Name ist Fallon.«

Er streckte seine Hand aus, und was ich ergriff, waren skelettartig dünne Finger. »Was kann ich für Sie tun, Mr. Fallon?«

»Wenn Sie ein paar Minuten für mich entbehren könnten. Es läßt sich nicht leicht in wenigen Worten erklären.« Sein Akzent war nicht prononciert amerikanisch.

Ich zögerte. »Vielleicht kommen Sie lieber hinein«, sagte ich. Er beugte sich in seinen Wagen und nahm eine Aktentasche heraus. Ich führte ihn in Bobs – mein – Arbeitszimmer, deutete für ihn auf einen Sessel und setzte mich ihm gegenüber, ohne etwas zu sagen.

Er hüstelte nervös. Anscheinend wußte er nicht, wie er anfangen sollte, und ich half ihm nicht. Er hüstelte noch einmal und sagte dann: »Es ist mir bewußt, daß ich vielleicht einen wunden Punkt berühre, Mr. Wheale, aber ich hätte gern gewußt, ob ich das goldene Tablett sehen könnte, das sich in Ihrem Besitz befindet.«

»Ich fürchte, daß das völlig ausgeschlossen ist«, entgegnete ich nüchtern.

Mit alarmierten Augen sah er mich an. »Sie haben es doch nicht etwa verkauft?«

»Es ist noch in den Händen der Polizei.«

»Ah so.« Er schien erleichtert und ließ das Schloß seiner Aktentasche aufschnappen. »Das ist bedauerlich. Aber ich wüßte gern, ob Sie diese Aufnahmen identifizieren können.«

Er reichte mir einen Stoß Fotos im Format achtzehn mal vierundzwanzig, den ich auseinanderschob. Es waren gestochen scharfe Hochglanzabzüge, offensichtlich die Arbeit eines guten Berufsfotografen, aus jedem möglichen Winkel aufgenommene Bilder des Tabletts. Manche zeigten es ganz, andere waren eine Reihe von Detailaufnahmen des zierlichen Weinrankenmusters auf dem Rand des Tabletts.

»Vielleicht sagen diese Bilder mehr«, sagte Fallon und reichte mir einen weiteren Packen. Es waren Farbfotos im gleichen Format, nicht so scharf wie die Schwarzweiß-Aufnahmen, gaben aber eine bessere Vorstellung davon, wie das Tablett wirklich aussah.

Ich blickte auf. »Woher haben Sie diese Bilder?«

»Ist das wichtig?«

»Die Polizei könnte dieser Meinung sein«, erwiderte ich schroff. »Dieses Tablett spielt in einem Mordfall eine Rolle, und die Polizei mag wissen wollen, wie Sie an diese ausgezeichneten Aufnahmen meines Tabletts gekommen sind.«

»Nicht Ihres Tabletts«, widersprach er milde. »Meines Tabletts.«

»Was soll dieses dumme Gerede?« fragte ich erregt. »Dieses Tablett wurde, wie mir bekannt ist, in diesem Haus hundertfünfzig Jahre lang benutzt. Ich begreife wirklich nicht, wie Sie behaupten können, daß es Ihnen gehört.«

Er machte eine Handbewegung. »Wir reden aneinander vorbei. Diese Aufnahmen zeigen ein Tablett, das mir gehört und sich gegenwärtig sicher verwahrt in einem Panzerschrank befindet. Ich bin gekommen, um festzustellen, ob Ihr Tablett dem meinen überhaupt ähnelt. Ich glaube, Sie haben meine Frage völlig eindeutig beantwortet, noch ehe ich sie ausgesprochen habe.«

Ich betrachtete die Aufnahmen noch einmal und kam mir dabei etwas albern vor. Das hier sah genau wie das Tablett aus, das ich so oft gesehen hatte, obwohl es sich nur schwer sagen ließ, ob es sich um eine genaue Nachbildung handelte. Am vergangenen Samstagmorgen hatte ich das Tablett kurz gesehen, als Dave Goosan es mir gezeigt hatte, aber wann das letztemal davor? Es mußte bei meinem letzten Besuch bei Bob gewesen sein, aber da hatte ich es nicht besonders beachtet. Genau angesehen hatte ich es mir nicht mehr, seit ich ein Junge gewesen war.

Fallon fragte: »Ist das wirklich Ihr Tablett?«

Ich erklärte ihm mein Dilemma, und er nickte verständnisvoll und sagte: »Würden Sie in Erwägung ziehen, mir Ihr Tablett zu verkaufen, Mr. Wheale? Ich werde Ihnen einen angemessenen Preis dafür bezahlen.«

»Ich kann es nicht verkaufen.«

»Wieso? Ich dachte, Sie hätten es geerbt?«

»Das stimmt, aber ich befinde mich rechtlich in einem Zwischenzustand. Ich kann nicht darüber verfügen, solange das Testament meines Bruders noch nicht vollzogen ist.« Ich sagte Fallon nicht, daß Mount mir geraten hatte, ich solle das verdammte Ding verkaufen. Ich wollte ihn an der Leine behalten und feststellen, auf was er es in Wirklichkeit abgesehen hatte. Ich vergaß keinen Augenblick lang, daß Bob wegen dieses Tabletts gestorben war.

»Ich verstehe.« Er trommelte mit den Fingern auf der Armlehne des Sessels. »Ich nehme an, daß die Polizei es Ihnen wieder aushändigen wird?«

»Ich sehe nicht ein, warum sie es nicht sollte.«

Er lächelte. »Mr. Wheale, würden Sie mir erlauben, daß ich das Tablett ansehe, es fotografiere? Es braucht dazu nicht aus dem Haus gebracht zu werden. Ich habe eine sehr gute Kamera zur Verfügung.«

Ich grinste. »Ich sehe nicht ein, warum ich das tun sollte.«

Das Lächeln auf seinem Gesicht verschwand wie weggewischt. Nach einem langen Augenblick kehrte es in Form eines sardonischen Verziehens seiner Mundwinkel wieder. »Ich sehe schon, daß Sie . . . mir mißtrauen.«

Ich lachte. »Sie haben völlig recht. Täten Sie das an meiner Stelle nicht?«

»Doch, ich glaube schon«, gab er zu. »Ich habe mich dumm benommen.«

Ich habe einmal einen Schachmeister einen offenkundig falschen Zug machen sehen, der selbst einem blutigen Anfänger nicht unterlaufen wäre. Sein überraschtes Gesicht war unsagbar komisch gewesen, und Fallons Ausdruck war in diesem Augenblick der gleiche. Er machte den Eindruck eines Mannes, der sich selbst in den Hintern trat.

Ich hörte draußen einen Wagen vorfahren, darum stand ich auf und öffnete die Fenstertür. Jack und Madge stiegen gerade aus ihrem Kleinwagen. Ich rief ihnen zu: »Lassen Sie mir noch ein paar Minuten Zeit, Jack. Im Augenblick bin ich beschäftigt.«

Jack winkte mir zu und ging über den Hof, aber Madge kam zum Fenster herüber. »Möchten Sie eine Tasse Tee?«

»Das ist keine schlechte Idee. Was meinen Sie, Mr. Fallon? Möchten Sie Tee?«

»Das wäre sehr freundlich«, antwortete er.

»Dann bitte Tee für zwei Personen hierher, Madge.« Sie ging, und ich wandte mich wieder Fallon zu. »Es wäre vielleicht angebracht, wenn Sie mir nun sagten, worauf Sie wirklich hinauswollen.«

Besorgt antwortete er: »Ich versichere Ihnen, daß ich absolut nichts von den Ereignissen weiß, die zum Tode Ihres Bruders führten. Meine Aufmerksamkeit wurde durch einen Artikel und ein Foto in den *Western Morning News*, die ich erst mit Verspätung erhielt, auf das Tablett gelenkt. Ich kam sofort nach Totnes, wo ich spät am Freitagabend eintraf ...«

». . . und in der Cott Inn abstieg.«

Er blickte überrascht auf. »Ja, das stimmt. Ich beabsichtigte, Ihren Bruder am Samstagmorgen aufzusuchen, doch dann erfuhr ich, was geschehen war und ...«

»Und verzichtete auf den beabsichtigten Besuch. Das war sehr taktvoll von Ihnen, Mr. Fallon. Vermutlich ist Ihnen bewußt, daß ich das alles der Polizei mitteilen muß.«

»Ich sehe nicht ein, warum.«

»Wirklich nicht? Dann will ich es Ihnen sagen. Wissen Sie nicht, daß der Mann, der meinen Bruder erschossen hat, ein Amerikaner namens Victor Niscemi war?«

Fallon schien völlig überrascht zu sein und schüttelte nur den Kopf.

»Haben Sie denn nicht den Bericht über den Inquest heute morgen gelesen? Die meisten Zeitungen haben ihn gebracht.«

»Ich habe heute morgen keine Zeitung gelesen«, entgegnete er matt.

Ich seufzte. »Folgendes, Mr. Fallon. Ein Amerikaner tötet meinen Bruder, und es ging dabei um das Tablett. Vier Tage, bevor mein Bruder ermordet wurde, versuchen zwei Amerikaner ihm das Tablett abzukaufen. Und jetzt kommen Sie, noch ein Amerikaner, und wollen auch das Tablett kaufen. Sind Sie nicht auch der Ansicht, daß Sie dafür eine Erklärung schuldig sind?«

Er schien um fünf Jahre gealtert zu sein, und sein Gesicht verriet seine Anspannung, aber er blickte lauernd auf. »Wer waren diese Amerikaner, die das Tablett kaufen wollten? Wissen Sie, wie sie heißen?«

»Vielleicht können Sie es mir sagen«, entgegnete ich.

»Hieß einer von ihnen Halstead?«

»Jetzt müssen Sie mit der Sprache herausrücken«, sagte ich grimmig. »Das beste wäre wohl, ich brächte Sie auf der Stelle zum Polizeirevier. Superintendent Smith wird sich bestimmt für Sie interessieren.«

Er starrte eine Zeitlang finster zu Boden, dann hob er den Kopf. »Sie sollten sich nicht so dumm anstellen, Mr. Wheale. Glauben Sie wirklich, ich wäre heute ganz offen hierhergekommen, wenn ich etwas mit dem Mord zu tun hätte? Ich wußte nicht, daß Halstead an Ihren Bruder herangetreten war, und ich wußte auch nicht, daß der Einbrecher ein Amerikaner war.«

»Aber Halsteads Name ist Ihnen bekannt.«

Mit einer müden Handbewegung wehrte er ab. »In den letzten drei Jahren habe ich in Mittelamerika und Europa immer wieder Halsteads Wege gekreuzt. Manchmal war ich als erster da, manchmal war er es. Ich kenne Halstead. Er war vor einigen Jahren einmal mein Schüler.«

»Was lernte er bei Ihnen?«

»Ich bin Archäologe«, antwortete Fallon. »Das ist Halstead auch.«

Madge kam mit dem Tee, und sie hatte Hörnchen und Erdbeermarmelade und geschlagene Sahne mitgebracht. Sie stellte das Tablett auf den Schreibtisch, lächelte mir flüchtig zu und verließ das Zimmer wieder. Während ich Hörnchen anbot und Tee einschenkte, überlegte ich, daß diese trauliche, häusliche Szene wenig in Einklang mit unserem Gesprächsthema stand. Ich stellte die Kanne hin und fragte: »Was ist mit Gatt? Kennen Sie ihn?«

»Von diesem Mann habe ich nie etwas gehört«, antwortete Fallon.

Ich überlegte eine Weile. Eines fiel mir auf: Ich hatte Fallon nicht einmal bei einer Lüge ertappt. Er hatte gesagt, Halstead sei Archäologe, und das war von Dave Goosan bestätigt worden. Er hatte gesagt, er wäre am Freitagabend in der Cott Inn eingetroffen, und das hatte Nigel bestätigt. Daran dachte ich, und dann streckte ich den Arm aus und zog das Telefon an mich. Ohne etwas zu sagen, wählte ich die Nummer der Cott Inn und beobachtete Fallon, der seinen Tee trank.

»Ja, hallo, Nigel. Hören Sie mal, dieser Fallon – um welche Zeit ist er am Freitag angekommen?«

»Gegen halb sieben am Abend. Warum, Jemmy?«

»Ach, kein besonderer Grund. Können Sie mir sagen, was er an diesem Abend gemacht hat?« Ich fixierte Fallon, ohne zu blinzeln, der sich durch meine Fragen jedoch in keiner Weise gestört zu fühlen schien. Er strich nur Schlagsahne auf ein Hörnchen und biß ab.

»Ich kann Ihnen alles sagen, was er an diesem Abend getan hat«, antwortete Nigel. »Wir hatten eine kleine improvisierte Party, und die hat dann eine ganze Weile gedauert. Ich habe mich ziemlich viel mit Fallon unterhalten. Das ist ein ganz interessanter alter Knabe. Er erzählte mir von seinen Erlebnissen in Mexiko.«

»Können Sie dafür eine Zeit angeben?«

Nigel schwieg kurz. »Also, er war gegen zehn Uhr in der Bar – und er war immer noch da, als die Party zu Ende ging. Es war ziemlich spät geworden, etwa Viertel vor zwei morgens.« Er zögerte. »Wollen Sie darüber die Polizei unterrichten?«

Ich grinste. »Dann haben Sie also die Polizeistunde überschritten?«

»Durchaus nicht. Alle, die teilnahmen, wohnten in der Cott Inn. Hausgäste haben besondere Vorrechte und so weiter.«

»Sind Sie ganz sicher, daß er ständig da war?«

»Da bin ich ganz sicher.«

»Vielen Dank, Nigel. Sie haben mir sehr geholfen.« Ich legte den Hörer auf und sah Fallon an. »Sie sind entlastet.«

Er lächelte und tupfte sich behutsam die Fingerspitzen an einer Serviette ab. »Sie sind ein sehr logisch vorgehender Mann, Mr. Wheale.«

Ich lehnte mich in meinem Sessel zurück. »Wieviel ist das Tablett Ihrer Meinung nach wert?«

»Diese Frage ist schwer zu beantworten. Dem Material nach nicht sehr viel. Das Gold ist mit Silber und Kupfer legiert. Künstlerisch gesehen ist es ein sehr schönes Stück, und der Altertumswert ist gleichfalls hoch. Ich möchte sagen, daß es bei einer Auktion in einem guten Haus etwa siebentausend Pfund bringen würde.«

»Wie ist es denn mit seinem archäologischen Wert?«

Er lachte. »Das Tablett ist eine spanische Arbeit aus dem sechzehnten Jahrhundert. Wo soll da ein archäologischer Wert herkommen?«

»Das sagen Sie. Ich weiß nur, daß die Leute, die es kaufen wollen, Archäologen sind.« Ich musterte ihn nachdenklich. »Machen Sie ein Angebot.«

»Ich gebe Ihnen siebentausend Pfund«, sagte er sofort.

»Das kann ich auch bei Sotheby bekommen«, hielt ich ihm entgegen. »Außerdem könnte Halstead mir mehr bieten, oder auch Gatt.«

»Ich bezweifle, daß Halstead so weit gehen kann«, erwiderte Fallon gelassen. »Aber ich will Ihnen entgegenkommen, Mr. Wheale. Ich biete Ihnen zehntausend Pfund.«

Ironisch erwiderte ich: »Sie wollen mir also dreitausend Pfund für den archäologischen Wert geben, den das Tablett nicht hat. Sie sind sehr großzügig, Mr. Fallon. Würden Sie sich selbst reich nennen?«

Ein flüchtiges Lächeln spielte um seine Lippen. »Ja, das würde ich wohl.«

Ich stand unvermittelt auf und sagte schroff: »An der Geschichte ist für meinen Geschmack zuviel Geheimniskrämerei. Sie wissen etwas von diesem Tablett, was Sie mir nicht sagen. Es ist wohl besser, wenn ich mich erst einmal gründlich damit befasse, ehe ich eine endgültige Entscheidung treffe.«

Falls er enttäuscht war, gelang es ihm gut, das zu verbergen. »Das wäre nur klug, aber ich bezweifle, daß Sie lediglich durch eine genaue Betrachtung viel herausbekommen.« Er blickte seine Hände an. »Mr. Wheale, ich habe Ihnen ein sehr großzügiges Angebot gemacht, aber ich möchte noch weiter gehen. Wollen Sie mir eine Option auf das Tablett einräumen? Ich gebe Ihnen auf der Stelle tausend Pfund unter der Bedingung, daß Sie das Tablett von niemand anderem, insbesondere nicht durch Dr. Halstead, untersuchen lassen. Für den Fall, daß Sie sich entschließen, das Tablett mir zu verkaufen, werden diese tausend Pfund meinem ursprünglichen Angebot hinzugefügt. Falls Sie sich gegen einen Verkauf entscheiden, können Sie die tausend Pfund behalten, solange Sie das Abkommen Ihrerseits einhalten.«

Ich holte tief Atem. »Sie sind wirklich ein mißgünstiger Köter, kann man da nur sagen. Wenn Sie es nicht bekommen, soll es auch kein anderer haben. Nichts zu machen, Mr. Fallon. Ich lasse mir nicht die Hände binden.« Ich setzte mich wieder. »Ich frage mich nur, wie weit Sie gehen würden, wenn ich Ihr Angebot wirklich hochtreiben wollte.«

Seine Stimme nahm einen eindringlichen Ton an. »Mr. Wheale, für mich ist das eine Sache von äußerster Wichtigkeit. Warum nennen Sie mir nicht Ihren Preis?«

»Wichtigkeit ist etwas Relatives«, entgegnete ich. »Wenn diese Bedeutung archäologischer Natur ist, ist sie mir verdammt gleichgültig. Ich kenne ein vierzehnjähriges Mädchen, für das die wichtigsten Menschen auf der Welt die Beatles sind. Für mich sind sie es allerdings nicht.«

»Die Archäologie mit den Beatles zu vergleichen, läßt kaum auf ausgewogene Wertmaßstäbe schließen.«

Ich hob die Schultern. »Und weshalb nicht? Bei beidem geht es um Menschen. Es zeigt nur, daß Ihre Wertmaßstäbe sich von meinen unterscheiden. Aber vielleicht nenne ich Ihnen meinen Preis, Mr. Fallon, wenn auch vielleicht nicht in Geld. Ich werde darüber nachdenken und gebe Ihnen Bescheid. Können Sie morgen wiederkommen?«

»Ja, ich kann wiederkommen.« Er blickte mir in die Augen. »Und was ist mit Dr. Halstead? Was werden Sie tun, wenn er an Sie herantritt?«

»Ich werde ihn anhören«, erwiderte ich, ohne zu zögern. »Genau wie ich Sie angehört habe. Ich bin bereit, jedem zuzuhören, der mir etwas sagen will, was ich nicht weiß. Bisher ist allerdings nicht viel dabei herausgekommen.«

Auf diesen Stich reagierte er nicht, sondern sagte: »Ich sollte Sie informieren, daß Dr. Halstead in manchen Kreisen als nicht ganz ehrlich angesehen wird. Und das ist alles, was ich über ihn zu sagen habe. Wann soll ich morgen kommen?«

»Nach dem Mittagessen. Würde Ihnen halb drei passen?« Er nickte, und ich fuhr fort: »Wie Sie wissen, muß ich die Polizei über Ihren Besuch unterrichten. Es ist ein Mord begangen worden, und bei Ihnen liegt für ein zufälliges Zusammentreffen zuviel vor.«

»Ich verstehe Ihren Standpunkt«, sagte er müde. »Vielleicht ist es das beste, wenn ich selbst hingehe – wenn auch nur, um irgendwelchen Unsinn auszuräumen. Ich werde sofort hingehen. Wo finde ich sie?«

Ich erklärte ihm, wo das Polizeirevier lag. »Fragen Sie nach Detective-Inspector Goosan oder Superintendent Smith.«

Unbegreiflicherweise fing er an zu lachen. »Goosan!« rief er keuchend. »Mein Gott! Das ist wirklich komisch.«

Ich sah ihn fassungslos an. Ich sah darin nichts Komisches.

»Das ist in Devon kein ungewöhnlicher Name«, erklärte ich.

»Gewiß nicht«, sagte er begütigend und unterdrückte sein Gelächter. »Wir sehen uns also morgen wieder, Mr. Wheale.« Ich begleitete ihn aus dem Haus und rief dann Dave Goosan an. »Da war noch jemand, der das Tablett kaufen will«, sagte ich. »Noch ein Amerikaner. Interessiert dich das?«

Sein Ton war scharf. »Ich glaube doch, daß uns das sehr interessiert.«

»Er heißt Fallon und wohnt gegenwärtig in der Cott Inn. Er ist im Augenblick gerade auf dem Weg zu dir – er müßte innerhalb der nächsten zehn Minuten an deine Tür klopfen. Falls er das nicht tut, könnte es sich lohnen, nach ihm zu suchen.«

»Ich hab's verstanden«, bestätigte Dave.

»Wie lange wollt ihr das Tablett noch behalten?« fragte ich.

»Wenn du willst, kannst du es gleich zurückhaben. Bobs Flinte muß ich allerdings noch hierbehalten. Der Fall ist noch nicht abgeschlossen.«

»Soll mir recht sein. Ich komme mir also das Tablett holen. Aber kannst du mir einen Gefallen tun, Dave? Fallon wird euch nachweisen müssen, wer und was er ist. Kannst du mich darüber informieren. Ich weiß gern, mit wem ich Geschäfte machen soll.«

»Wir sind die Polizei und nicht ein Auskunftsbüro wie Dunn and Bradstreet. Aber schön, ich werde dir sagen, was ich kann, vorausgesetzt, daß es nicht gegen die Vorschriften verstößt.«

»Danke«, sagte ich und hängte ein. Einige Minuten lang saß ich regungslos am Schreibtisch und dachte angestrengt nach. Dann nahm ich mir die Aufzeichnungen vor, die ich über die Reorganisation des Gutes gemacht hatte, um mich auf den Zweikampf mit Jack Edgecombe vorzubereiten, aber mit meinen Gedanken war ich nicht richtig bei der Sache.

2

Spät am Nachmittag fuhr ich zum Polizeirevier, um das Tablett abzuholen. Sobald Dave mich sah, brummte er unwirsch: »Einen schönen Verdächtigen hast du dir da ausgesucht.«

»Dann ist er also sauber?«

»So sauber, wie man sich nur denken kann. Am Freitag ist er nicht einmal in die Nähe deines Hofs gekommen. Das sagen vier Zeugen – drei davon kenne ich, und mit dem vierten bin ich persönlich befreundet. Deswegen aber keinen Vorwurf, daß du ihn zu uns geschickt hast. An einem solchen Zufall konntest du nicht vorbeigehen.« Er schüttelte den Kopf. »Aber du hast dir schon den Richtigen ausgesucht.«

»Was soll das heißen?«

Er nahm einen Packen Papier von seinem Schreibtisch und wedelte mir damit unter der Nase. »Wir haben ihn überprüfen lassen. Hier ist der fernschriftliche Bericht von Scotland Yard. Hör zu und brich in Tränen aus: John Nasmith Fallon, geboren 1908 in Massachusetts; sehr gebildet, studierte in Harvard und Göttingen, anschließend private Studien in Mexico City. Er ist Archäologe mit allen Ehrungen und Auszeichnungen, die man sich nur denken kann. Sein Vater starb 1936 und hinterließ ihm über 30 Millionen Dollar.

Dieses Vermögen hat er seither mehr als verdoppelt. Die Gabe der Familie, Geld zu machen, hat er also nicht eingebüßt.«

Ich lachte kurz auf. »Und ich habe ihn gefragt, ob er sich als einen reichen Mann ansähe. Nimmt er seine Archäologie denn ernst?«

»Er ist kein Dilettant«, antwortete Dave. »Scotland Yard hat beim Britischen Museum nachgefragt. Auf seinem Gebiet, und das ist Mittelamerika, steht er an der Spitze.« Er wühlte in den Papieren. »Er veröffentlicht sehr viel in wissenschaftlichen Zeitschriften. Seine letzte Arbeit hieß: ›Einige Untersuchungen über die Kalender-Glyphen von Dzi . . .Dzibi. . .‹ Ich kann das nicht so schnell lesen . . . ›Dzibilchaltun‹. Meine Güte, er untersucht da was, was ich nicht mal aussprechen kann! 1949 stiftete er den Fallon Archeological Trust mit einem Kapital von zehn Millionen Dollar. Er konnte sich das leisten, da ihm anscheinend alle Ölquellen gehören, die Paul Getty entgangen sind.« Er warf die Papiere auf seinen Schreibtisch. »Und das ist dein Mordverdächtiger.«

»Und wie steht es mit Halstead und Gatt?«

Dave hob die Schultern. »Was soll mit ihnen sein? Halstead ist selbstverständlich auch Archäologe. Wir haben ihn nicht zu gründlich durchleuchtet, und Gatt haben wir noch nicht überprüft.«

»Halstead war Schüler von Fallon. Fallon mag ihn nicht.« Dave zog die Augenbrauen hoch. »Hast du Detektiv gespielt? Hör mal zu, Jemmy, was mich betrifft, ich habe mit dem Fall nichts mehr zu tun, soweit das für einen Polizeibeamten möglich ist. Das heißt, ich bin nicht ausdrücklich an der Aufklärung beteiligt. Alles, was ich erfahre, gebe ich an die Oberbullen in London weiter. Das ist jetzt deren Bier, und ich bin nur Briefträger. Laß dir einen Rat geben. Du kannst so viele Überlegungen anstellen, wie du willst, ohne daß dadurch ein Schaden entsteht, versuche aber nicht, aktiv einzugreifen wie manche dieser halbausgebackenen Helden in Kriminalromanen. Die Jungs von Scotland Yard sind keine völligen Dummköpfe. Die können sehr viel schneller als du zwei und zwei zusammenaddieren, ihnen stehen mehr Hilfsmittel zur Verfügung als dir, und sie haben die Kräfte, einen Schritt bis zum Ende durchzustehen, wenn sie sich zu einem entschließen. Überlasse es den Profis. Es gibt keinen Roger Sherringham oder Peter Wimsey im wirklichen Leben.«

»Nun rede dich nicht gleich in Hitze«, entgegnete ich sanft.

»Ich will ja nur nicht, daß du dich zum Narren machst.« Er stand auf. »Ich hole das Tablett. Es ist im Safe.«

Er verließ das Büro, und ich griff nach dem Fernschreiben und las es. In den Einzelheiten war es ziemlich detailliert, enthielt dem Kern nach aber mehr oder weniger das, was Dave gesagt hatte. Es erschien im höchsten Maß unwahrscheinlich, daß ein Mann wie Fallon irgend etwas mit einem kleinen Ganoven wie Niscemi gemeinsam haben konnte. Und dennoch – da war das Tablett. Beide interessierten sich dafür, und Halstead und Gatt ebenfalls. Vier Amerikaner und das Tablett.

Dave kam mit dem Tablett zurück und legte es auf den Schreibtisch. »Ganz schön schwer«, sagte er. »Wenn es wirklich Gold ist, muß es eine Menge wert sein.«

»Es ist Gold, aber kein besonders reines.«

Er klopfte mit dem Daumennagel gegen den Boden. »Das ist kein Gold – sieht aus wie Kupfer.«

Ich nahm das Tablett auf und betrachtete es genau, zum erstenmal seit vielleicht zwanzig Jahren. Es maß fünfzehn Zoll im Durchmesser und war kreisförmig. Ringsum war es von einem drei Zoll breiten Rand umgeben, einem kunstvollen Muster aus Weinranken in reinem Gold, und der Innenteil maß neun Zoll im Durchmesser und bestand aus glattem Kupfer. Ich drehte das Tablett um und stellte fest, daß die Unterseite aus massivem Gold war.

»Du packst es wohl besser ein«, sagte Dave. »Ich suche nach Papier.«

»Habt ihr Aufnahmen davon gemacht?« fragte ich.

»Eine Menge«, antwortete er. »Aus jedem Blickwinkel.«

»Könnte ich einen Satz der Abzüge bekommen?«

Die Bitte war ihm peinlich. »Du scheinst die Polizei für eine Hilfstruppe für Jemmy Wheale zu halten. Aber darin irrst du dich.« Er schüttelte den Kopf. »Tut mir leid, Jemmy. Die Negative sind schon nach London geschickt worden.«

Er suchte in seinem Büro herum, bis er eine alte Zeitung fand, in die er das Tablett einwickelte. »Bob hatte doch eine eigene Dunkelkammer. Du hast zu Hause eine komplette Ausrüstung, dir deine eigenen Aufnahmen zu machen.«

Das stimmte. Bob und ich hatten als Jungen fleißig fotografiert. Er noch mehr als ich. Er hatte es weitergeführt, während ich es aufgegeben hatte, als ich von zu Hause fort und auf die Universität ging. Ich glaubte aber, noch genug davon zu verstehen, um Filme belichten und entwickeln und Abzüge machen zu können. Ich hatte keine Lust, das einem andern zu überlassen, und wollte in Anbetracht der Bedeutung, die Fallon der Untersuchung des Tabletts beigemessen hatte, alles selbst in den Händen behalten.

Als ich ging, sagte Dave: »Denke an das, was ich dir gesagt habe, Jemmy. Wenn du die Neigung verspürst, irgend etwas Halbgares anzupacken, dann komm erst zu mir. Meine Chefs würden es nicht gern sehen, wenn du ihnen Sand ins Getriebe wirfst.«

Ich ging nach Hause und suchte Bobs Kamera. Ich darf behaupten, daß man ihn einen fortgeschrittenen Amateur nennen konnte und er eine gute Ausrüstung besaß – eine Qualitätskamera mit einer reichen Auswahl an Objektiven und einen Vergrößerungsapparat mit allem erforderlichen Zubehör in einer angemessen ausgestatteten Dunkelkammer. Ich fand eine Spule unbelichteten Schwarzweißfilm, legte ihn in die Kamera ein und machte mich an die Arbeit. Sein kompliziertes Blitzlichtgerät bereitete mir einige Schwierigkeiten, bis ich dahinterkam, wie es funktionierte, und blitzte zweimal unerwartet auf, aber schließlich hatte ich den ganzen Film belichtet und entwickelte ihn mehr oder minder erfolgreich. Ich konnte keine Vergrößerungen machen, solange der Film nicht getrocknet war, und ging deshalb früh zu Bett, jedoch nicht, bevor ich das Tablett im Safe eingeschlossen hatte.

3

Am nächsten Morgen begann ich den Kampf mit Jack Edgecombe, der neuen Ideen eigensinnig Widerstand entgegensetzte. Er sagte mißmutig: »Achtzig Kühe und hundert Morgen sind zuviel, Mr. Wheale, Sir. Das haben wir noch nie gemacht.«

Ich unterdrückte den Impuls zu schreien und antwortete geduldig: »Aber hören Sie doch, Jack. Bisher hat diese Farm ihr eigenes Viehfutter angebaut. Warum?«

Er hob die Schultern. »So ist es immer gemacht worden.«

Das war keine Antwort, und er wußte das. Ich sagte: »Wir können Viehfutter für weniger kaufen, als uns der Anbau kostet. Warum also, zum Teufel, sollen wir es anbauen?« Noch einmal erläuterte ich den Plan, den der Computer ermittelt hatte, gab aber Gründe an, die der Computer nicht angeführt hatte. »Wir erhöhen die Milchviehherde auf achtzig Köpfe und räumen ihr dieses Gelände ein, das ohnehin ziemlich sauren Boden hat, und alles zusätzliche Futter kaufen wir.« Ich strich mit der Hand über die Karte. »Dieses hügelige Gelände ist für nichts anderes zu brauchen als für Schafe, folglich kommen Schafe hin. Ich würde gern eine schöne Herde aufziehen. Die Schafe können wir wirtschaftlich füttern, wenn wir in der Niederung am Fluß Hackfrüchte anbauen und die Felder abwechselnd mit Braugerste bestellen. Und das allerbeste ist, wenn wir den Gemüseanbau einstellen. Wir haben eine Farm und keinen Schrebergarten. Gemüse macht zuviel Arbeit, und wir liegen zu weit von einer größeren Stadt entfernt, daß es was einbringt.«

Jack zeigte sich verständnislos und widerborstig. So machte man das nicht, so hatte man es nie gemacht, und er sah nicht ein, warum man es so machen sollte. Ich war in einer schwierigen Situation, denn wenn ich Jack nicht überzeugen konnte, würden wir nie miteinander auskommen.

Wir wurden von Madge unterbrochen. »Da ist eine Dame, die Sie sprechen will, Mr. Wheale.«

»Hat sie ihren Namen genannt?«

»Es ist eine Mrs. Halstead.«

Das machte mich nachdenklich. Schließlich sagte ich: »Bitten Sie sie, ein paar Minuten zu warten. Sie solle es sich inzwischen bequem machen, und fragen Sie sie, ob sie eine Tasse Tee möchte.«

Ich wandte mich wieder Jack zu. Eins nach dem anderen, war mein Grundsatz. Ich wußte, wovor er sich fürchtete. Wenn er Gutsverwalter und gleichzeitig die Bewirtschaftung des Hofes radikal geändert wurde, setzte er sich unzähligen Sticheleien durch die benachbarten Bauern aus. Er mußte auf seinen Ruf bedacht sein.

»Sehen Sie es doch so an, Jack«, sagte ich. »Wenn wir damit anfangen, sind Sie der Gutsverwalter und ich bin der mehr oder minder abwesende Gutsbesitzer. Falls dieser Plan mißlingt, können Sie die Schuld daran mir zuschieben, denn Sie tun doch nur, was ich Ihnen sage. Wenn er erfolgreich ist – und wenn wir uns beide die richtige Mühe geben, wird er das sein –, dann gebührt ein großer Teil des Verdienstes Ihnen, denn Sie sind derjenige, der dafür gesorgt hat, daß er klappt. Sie sind der Praktiker, nicht ich. Ich bin nur ein Mann der grauen Theorie. Aber ich denke, daß wir den Leuten hier in der Gegend einiges vormachen können.«

Er dachte über dieses Argument nach, und sein Gesicht erhellte sich sichtlich. Ich hatte ihm einen Ausweg gewiesen, bei dem seine Selbstachtung nicht zu Schaden kam. Langsam sagte er: »Wissen Sie, den Gemüseanbau aufzugeben, das gefällt mir schon. Damit haben wir immer Ärger gehabt – schon wegen der vielen Handarbeit.« Er blätterte in den Papieren. »Wissen Sie, Sir, wenn wir das einstellen, dann glaube ich, daß wir den Hof mit einem Mann weniger bewirtschaften können.«

Das war schon berechnet worden – von dem Computer, nicht von mir –, aber ich war durchaus bereit, Jack das Verdienst an dem Einfall zuzugestehen. »Ja, das könnten wir tatsächlich! Aber ich muß jetzt gehen. Bleiben Sie ruhig und sehen Sie sich alles noch einmal durch. Und wenn Sie noch mehr so gute Einfälle haben, lassen Sie es mich wissen.«

Ich verließ ihn und ging zu Mrs. Halstead. Ich trat ins Wohnzimmer und sagte: »Verzeihen Sie, daß ich Sie warten ließ.« Dann blieb ich unvermittelt stehen, denn Mrs. Halstead war eine bemerkenswerte Frau – rotes Haar, grüne Augen, ein reizendes Lächeln und eine Figur, die es jedem Mann schwierig machte, seine Hände bei sich zu behalten – selbst einem kleinen grauen Mann wie mir.

»Keine Ursache, Mr. Wheale«, antwortete sie. »Ihre Haushälterin hat mich gut versorgt.« Ihre Stimme paßte zu allem übrigen. Sie war zu vollkommen, um Wirklichkeit zu sein.

Ich setzte mich ihr gegenüber hin. »Was kann ich für Sie tun, Mrs. Halstead?«

»Soviel ich weiß, besitzen Sie ein goldenes Tablett.«

»Das stimmt.«

Sie öffnete ihre Handtasche. »Ich habe einen Bericht in einer Zeitung gefunden. Ist es dieses Tablett?«

Ich nahm den Zeitungsausschnitt und betrachtete ihn. Es war der Artikel, der in den *Western Morning News* erschienen war und von dem ich gehört, den ich aber selbst nicht gelesen hatte. Die Abbildung war etwas unscharf. »Ja«, bestätigte ich, »das ist das Tablett.«

»Das Bild ist nicht besonders gut, wie? Könnten Sie mir sagen, ob Ihr Tablett diesem hier irgendwie ähnlich ist?«

Sie reichte mir ein Foto in Postkartengröße. Es war eine bessere Aufnahme eines Tabletts, aber es war nicht mein Tablett. Anscheinend war das Bild in einem Museum aufgenommen worden, denn das Tablett befand sich in einem Glasschrank, und ein Reflex beeinträchtigte die Deutlichkeit des Bildes. Jeder schien mir Fotos von Tabletts unter die Nase halten zu wollen, und ich fragte mich, wie viele davon es wohl gäbe. Zurückhaltend erwiderte ich: »Eine gewisse Ähnlichkeit ist schon vorhanden, aber dieses Bild ist auch nicht gerade das denkbar beste.«

»Wäre es möglich, daß ich mir Ihr Tablett ansehen kann, Mr. Wheale?«

»Warum?« fragte ich schroff. »Wollen Sie es vielleicht kaufen?«

»Das wäre möglich – wenn der Preis erschwinglich ist.«

»Und was nennen Sie einen erschwinglichen Preis?« drängte ich weiter.

Sie parierte sehr gut. »Das hängt von dem Tablett ab.«

Nachdrücklich sagte ich: »Der gegenwärtige Marktwert wurde mit 7000 Pfund beziffert. Könnten Sie das bieten?«

Gelassen erwiderte sie: »Das ist eine Menge Geld, Mr. Wheale.«

»Das stimmt«, bestätigte ich, »aber dieser Betrag wurde meines Wissens meinem Bruder von einem Amerikaner geboten. Mr. Gatt sagte, er würde den Schätzpreis bezahlen.«

Sie erschien mir etwas betrübt, als sie antwortete: »Ich glaube nicht, daß sich Paul – das ist mein Mann – bewußt war, daß der Preis so hoch sein würde.«

Ich beugte mich vor. »Ich glaube, ich sollte Ihnen sagen, daß ich von Mr. Fallon sogar ein noch höheres Angebot erhalten habe.«

Ich beobachtete sie genau, und ihr Mund schien sich etwas zu spannen, eine kaum bemerkbare Bewegung, die sie aber schnell beherrschte. Ruhig erwiderte sie: »Wenn es um Geld geht, können wir mit Professor Fallon kaum konkurrieren.«

»Nein«, bestätigte ich, »anscheinend besitzt er davon mehr als die meisten anderen.«

»Hat Professor Fallon das Tablett gesehen?« fragte sie.

»Nein. Er hatte mir unbesehen einen sehr hohen Betrag geboten. Finden Sie das nicht merkwürdig?«

»Nichts von allem, was Professor Fallon tut, finde ich merkwürdig. Skrupellos, sogar kriminell, aber nicht merkwürdig. Er hat für alles, was er tut, seine Gründe.«

»Ich wäre mit solchen Äußerungen vorsichtig, Mrs. Halstead«, sagte ich freundlich. »Besonders in England. Die Gesetze gegen Verleumdungen sind bei uns strenger als in Amerika.«

»Ist eine Aussage verleumderisch, wenn sie bewiesen werden kann?« entgegnete sie. »Werden Sie das Tablett an Professor Fallon verkaufen?«

»Ich habe mich noch nicht entschieden.«

Sie überlegte eine Weile, dann richtete sie sich auf. »Selbst wenn es uns nicht möglich sein sollte, das Tablett zu kaufen, hätten Sie etwas dagegen einzuwenden, daß mein Mann es sich betrachtet? Das könnte hier geschehen, und ich versichere Ihnen, daß es dabei nicht beschädigt werden würde.«

Fallon hatte ausdrücklich verlangt, daß das Tablett Halstead nicht gezeigt werden sollte. Zum Teufel damit! »Ich sehe nicht ein, warum das nicht möglich sein sollte«, antwortete ich.

»Heute vormittag?« fragte sie begierig.

Ich log unverfroren. »Ich fürchte, das geht nicht. Ich habe es nicht hier. Aber heute nachmittag kann es hier sein. Würde Ihnen das passen?«

»Aber ja«, antwortete sie mit strahlendem Lächeln. Keine Frau hatte das Recht, einen Mann in dieser Art anstrahlen zu können, besonders nicht einen Mann, der sie in eine Falle locken wollte. Es könnte ihn in seiner Entschlossenheit schwächen. Sie stand auf. »Ich will Ihre Zeit heute morgen nicht länger in Anspruch nehmen, Mr. Wheale. Sie haben sicher sehr viel zu tun. Um wieviel Uhr sollen wir heute nachmittag kommen?«

»Oh, gegen halb drei«, antwortete ich beiläufig. Ich begleitete sie zur Haustür und sah ihr nach, als sie mit einem kleinen Wagen fortfuhr. Diese Archäologen schienen ein merkwürdiges Volk zu sein. Fallon hatte Halstead Unredlichkeit nachgesagt, und Mrs. Halstead beschuldigte Fallon unverblümt der Kriminalität. In akademischen Kreisen schienen die Kämpfe hinter den Kulissen mit scharfen Messern geführt zu werden.

Mir fiel der chemische Experimentierkasten ein, den ich als Junge besessen hatte. Er war eine wunderbare Zusammenstellung aus vielen kleinen Flaschen und Phiolen mit Pulvern in den verschiedensten Farbtönen. Wenn man die Pulver miteinander vermischte, passierten die unwahrscheinlichsten Dinge, aber die Substanzen waren völlig träge, solange sie voneinander getrennt blieben.

Die Trägheit, die Fallon und Halstead an den Tag legten, hatte ich satt. Keiner von beiden war so aufrichtig gewesen, mir zu sagen, warum er das Tablett haben wollte. Ich fragte mich, welche absonderlichen Dinge wohl eintreten mochten, wenn ich sie heute nachmittag um halb drei zusammenbrachte.

4

Ich ging zurück und führte eine weitere Diskussion mit Jack Edgecombe. Wenn er auch nicht gerade Feuer gefangen hatte, so hatte er sich doch an den Rändern schon etwas erwärmt, und dadurch wurde das Gespräch zu einem weniger heftigen Kampf gegen den Strom. Ich redete weiter auf ihn ein, und es gelang mir, einen weiteren Funken der Begeisterung in ihm zu zünden, und ich schickte ihn dann fort, damit er sich das Gut aus einer neuen Perspektive ansähe.

Den übrigen Vormittag verbrachte ich in der Dunkelkammer. Ich zerschnitt den inzwischen getrockneten Film und machte Kontaktabzüge, um festzustellen, wie viele der Aufnahmen gelungen waren. Das Ergebnis schien nicht schlecht zu sein, denn die meisten waren brauchbar; darum machte ich mich daran, eine Reihe Vergrößerungen in den Maßen 18 mal 24 zu machen. Sie fielen nicht so fachmännisch aus wie jene, die Fallon mir gezeigt hatte, waren aber gut genug, um sie mit seinen zu vergleichen.

Ich vergrößerte sogar die mißlungenen Negative, die entstanden waren, als die Blitzlichtlampe plötzlich aufgeleuchtet hatte. Eine von diesen erwies sich als so interessant, daß ich sie unter der Lupe untersuchte. Sie gab wirklich Rätsel auf, und ich verspürte den dringenden Wunsch, das Tablett noch einmal aufzubauen, um weitere Aufnahmen zu machen, doch hatte ich dazu nicht mehr genügend Zeit, bis meine Besucher kamen.

Die Halsteads trafen fünfzehn Minuten zu früh ein und verrieten damit ihre Begierde. Halstead war ein Mann von etwa fünfunddreißig, der von seinen Nerven zu zehren schien. Vermutlich konnte er als in gewisser Weise gutaussehend gelten, wenn man Raubvogelgesichter schätzte. Seine Jochbeine waren stark ausgeprägt, und seine Augen lagen tief in dunklen Höhlen, so daß er aussah, als ob er mit den Folgen einer wochenlangen Sauftour zu kämpfen habe. Seine Bewegungen waren hastig, und seine Sprechweise war abgehackt, und ich vermutete, daß es recht anstrengend sein mußte, längere Zeit in seiner Gesellschaft zu verbringen. Mrs. Halstead schien gut damit fertig zu werden und wahrte nach außen eine gefaßte Gelassenheit, die dem Paar eine gewisse Ruhe verlieh und einen Ausgleich für Halsteads Nervosität bildete. Vielleicht bemühte sie sich darum sehr.

Sie stellte ihren Mann vor, und schon nach den denkbar knappsten gesellschaftlichen Floskeln trat eine plötzliche Stille ein. Halstead sah mich erwartungsvoll an und zuckte ein wenig. »Das Tablett?« fragte er in herausforderndem Ton, wobei er die Stimme etwas mehr als notwendig hob.

Ich blickte ihn nachsichtig an. »Richtig«, sagte ich. »Hier sind ein paar Aufnahmen, die Sie vielleicht interessieren werden.« Ich reichte sie ihm und bemerkte dabei, daß seine Hände zitterten.

Er sah sie schnell durch, blickte dann auf und fragte scharf: »Sind das Fotos von Ihrem Tablett?«

»Gewiß.«

Er wandte sich an seine Frau. »Es ist das richtige – sieh dir die Weinblätter an. Genau wie die an dem mexikanischen Tablett. Daran besteht kein Zweifel.«

Zweifelnd antwortete sie: »Es scheint das gleiche zu sein.«

»Rede keinen Unsinn«, fuhr er auf. »Es ist das gleiche. Ich habe das mexikanische Tablett lange genug studiert. Wo ist unser Bild?«

Mrs. Halstead nahm es aus ihrer Tasche, und sie verglichen die Bilder. »Es ist nicht genau das gleiche«, verkündete Halstead, »aber die Ähnlichkeit ist sehr groß. Zweifellos von der gleichen Hand geschaffen. Sieh dir die Rippen auf den Blättern an.«

»Wahrscheinlich hast du recht.«

»Ich habe recht«, erklärte er nachdrücklich und wandte mir den Kopf mit einer ruckartigen Bewegung zu. »Meine Frau sagte, Sie würden mir das Tablett zeigen.«

Sein Auftreten gefiel mir nicht – er war so verdammt anmaßend und unhöflich, und vielleicht mochte ich auch die Art und Weise nicht, in der er mit seiner Frau sprach. »Ich habe ihr gesagt, daß ich keinen Grund dafür sähe, warum ich es Ihnen nicht zeigen sollte. Andererseits sehe ich aber keinen Grund dafür, warum ich es Ihnen zeigen sollte. Könnten Sie mich darüber aufklären?«

Er konnte Widerstand oder Opposition nicht vertragen. »Das ist eine rein berufliche und wissenschaftliche Angelegenheit«, erwiderte er steif. »Sie ist ein Teil meiner gegenwärtigen Forschungen. Ich bezweifle, daß Sie sie verstehen würden.«

»Versuchen Sie es ruhig«, sagte ich milde, obwohl mich seine überhebliche und herablassende Haltung reizte. »Ich kann zweisilbige Wörter verstehen – möglicherweise sogar dreisilbige, wenn Sie sie sehr langsam aussprechen.«

Mrs. Halstead mischte sich ein. »Wir wären Ihnen sehr dankbar, wenn Sie uns das Tablett zeigten. Sie würden uns damit einen großen Gefallen erweisen, Mr. Wheale.« Sie wollte sich für das unschickliche Verhalten ihres Mannes nicht entschuldigen, gab sich aber große Mühe, das gesellschaftliche Getriebe durch ein paar höfliche Öltropfen zu schmieren.

Wir wurden von Madge unterbrochen. »Es ist ein Herr gekommen, der Sie sprechen möchte, Mr. Wheale.«

Ich grinste Halstead an. »Danke, Mrs. Edgecombe. Führen Sie ihn bitte herein.«

Als Fallon eintrat, zuckte Halstead zusammen. Er wandte sich mir zu und fragte mit schriller Stimme: »Was hat er hier zu suchen?«

»Professor Fallon ist auf meine Einladung hin hier, genau wie Sie«, erwiderte ich freundlich.

Halstead sprang auf. »Bei diesem Mann bleibe ich nicht. Komm, Katherine.«

»Einen Augenblick, Paul. Was ist mit dem Tablett?«

Das veranlaßte Halstead, innezuhalten. Er sah erst mich, dann Fallon unsicher an. »Ich verwahre mich dagegen«, sagte er mit zitternder Stimme. »Dagegen verwahre ich mich nachdrücklich.«

Fallon war ebenso erstaunt, Halstead zu sehen, wie Halstead darüber, daß er Fallon sah. Er stand aufrecht unter der Tür und sagte: »Glauben Sie etwa, ich sei damit einverstanden? Aber ich werde deswegen noch nicht laut wie ein schlecht erzogenes Kind. Sie sind schon immer zu leicht explodiert, Paul.« Er kam in das Zimmer. »Darf ich fragen, was Sie sich dabei gedacht haben, Wheale?«

»Vielleicht veranstalte ich eine Auktion«, antwortete ich gelassen.

»So? Dann vergeuden Sie Ihre Zeit. Die beiden da haben keinen Pfennig.«

Katherine Halstead sagte schneidend: »Ich habe immer gedacht, daß Sie sich Ihren Ruf gekauft haben, Professor Fallon. Und was Sie sich nicht kaufen können, das stehlen Sie.«

Fallon fuhr zu ihr herum. »Donnerwetter noch mal. Wollen Sie mich als Dieb bezeichnen, junge Frau?«

»Genau das tue ich«, antwortete sie fest. »Sie haben doch Viveros Brief, oder nicht?«

Fallon wurde sehr still. »Was wissen Sie von Viveros Brief?«

»Ich weiß, daß er uns vor zwei Jahren gestohlen wurde, und ich weiß, daß Sie ihn jetzt haben.« Sie blickte zu mir herüber. »Welche Folgerungen ziehen Sie daraus, Mr. Wheale?«

Ich sah Fallon nachdenklich an. Die Chemikalien reagierten deutlich aufeinander, und vielleicht kam dabei ein Stückchen Wahrheit zutage. Ich war ganz dafür, die Suppe weiter kochen zu lassen. »Haben Sie diesen Brief?« fragte ich Fallon. Fallon nickte widerstrebend. »Ja – ich habe ihn völlig legal in New York gekauft, und ich besitze eine Quittung, mit der ich das beweisen kann. Aber, Teufel auch, diese beiden sind ein sauberes Paar, um von Diebstahl zu sprechen! Was ist denn mit den Papieren, die Sie mir in Mexiko gestohlen haben, Halstead?«

Halsteads Nasenflügel wurden weiß. »Ich habe Ihnen nichts gestohlen, was nicht mir gehörte. Und was haben Sie mir gestohlen? Nur meinen Ruf, weiter nichts. In diesem Beruf gibt es zu viele diebische Halunken wie Sie, Fallon. Nichtskönner, die sich ihren Ruf durch die Arbeiten anderer erwerben.«

»Sie Schweinehund«, brüllte Fallon. »Sie sind in den Journalen zu Wort gekommen, und niemand hat auf Sie geachtet. Bilden Sie sich ein, daß irgend jemand diesen Quatsch glaubt?«

Sie standen einander gegenüber wie Kampfhähne, und im nächsten Augenblick wären sie sich gegenseitig an die Kehle gefahren, wenn ich nicht mit höchster Lautstärke geschrien hätte: »Ruhe!« Sie drehten sich beide um, und in ruhigerem Ton sagte ich: »Setzen Sie sich, Sie beide. Nie in meinem Leben habe ich zwei erwachsene Männer sich schamloser benehmen gesehen. In meinem Haus verhalten Sie sich gesittet, oder ich werfe Sie alle miteinander hinaus, und keiner von Ihnen wird dieses verdammte Tablett je zu Gesicht bekommen.«

Fallon sagte verlegen: »Es tut mir leid, Wheale, aber dieser Mann hat mich aufs höchste gereizt.« Er setzte sich.

Auch Halstead nahm wieder Platz. Er blickte Fallon mit funkelnden Augen an, sagte aber nichts. Katherine Halsteads Gesicht war weiß geworden und hatte rosa Flecken auf den Wangen. Sie sah ihren Mann an, preßte die Lippen aufeinander, und da er beharrlich weiterschwieg, sagte sie: »Ich bitte um Entschuldigung für unser Verhalten, Mr. Wheale.«

Schroff antwortete ich: »Sie können sich für Ihre Person entschuldigen, Mrs. Halstead, aber nicht für andere – nicht einmal für Ihren Mann.« Ich machte eine Pause und wartete darauf, daß Halstead etwas sagte, doch als er sein eigensinniges Schweigen beibehielt, ignorierte ich ihn und wandte mich an Fallon. »Das Hinundher Ihrer fachlichen Auseinandersetzungen interessiert mich nicht besonders, ich muß allerdings sagen, daß die Anschuldigungen, die heute nachmittag hier erhoben wurden, mich überraschen.«

Fallon lächelte grimmig. »Ich habe nicht angefangen, mit Schmutz zu werfen.«

»Das ist mir völlig gleichgültig«, entgegnete ich. »Jedenfalls ist Ihr aller Benehmen unglaublich. Sie sind so tief in Ihre kleinlichen wissenschaftlichen Streitereien verstrickt, daß Sie darüber vergessen haben, wegen dieses Tabletts ist gemordet worden. Zwei Männer sind, um Himmels willen, bereits tot.«

Katherine Halstead sagte: »Es tut mir leid, wenn wir herzlos erscheinen. Sie müssen das befremdlich finden.«

»Das tue ich bei Gott. Und nun hören Sie mir genau zu, Sie alle. Anscheinend habe ich in diesem Spiel eine hohe Karte zugeteilt bekommen – ich habe das Tablett, das so verdammt wichtig zu sein scheint. Aber niemand wird es auch nur von weitem zu sehen kriegen, wenn mir nicht gesagt wird, um was es in diesem Spiel geht. Blindekuh spiele ich nicht mit. Fallon, was sagen Sie dazu?«

Er richtete sich ungeduldig auf. »Also gut, das ist abgemacht. Ich werde Ihnen alles sagen, was Sie wissen wollen, aber privat. Ich will nicht, daß Halstead eingeweiht wird.«

»Kommt nicht in Frage«, entgegnete ich. »Wenn Sie mir etwas zu sagen haben, müssen Sie es hier und jetzt, in diesem Zimmer tun, und das gilt auch für Sie, Halstead.«

Halstead antwortete mit kalter Wut: »Das ist ungeheuerlich. Soll ich die Ergebnisse von zwei Jahren Forschungsarbeiten diesem Scharlatan preisgeben?«

»Sie werden sich fügen oder schweigen.« Ich deutete mit ausgestrecktem Finger auf die Tür. »Diese Tür steht offen, und Sie können jederzeit gehen, wenn es Ihnen paßt. Niemand hält Sie zurück. Doch wenn Sie gehen, überlassen Sie das Tablett Fallon.«

Unschlüssigkeit jagte über sein Gesicht, und seine Knöchel wurden weiß, als er die Armlehnen des Sessels packte. Katherine Halstead nahm ihm die Entscheidung ab. Fest sagte sie: »Wir nehmen Ihre Bedingung an. Wir bleiben.« Halstead sah sie schockiert an. »Es ist schon gut, Paul«, sagte sie. »Ich weiß, was ich tue.«

»Fallon, was sagen Sie?«

»Anscheinend sitze ich fest«, antwortete er, und langsam erschien ein Lächeln auf seinem Gesicht. »Halstead sprach von zwei Jahren Forschungsarbeit. Nun, ich habe selbst einige Jahre dafür aufgebracht. Es würde mich nicht überraschen, wenn wir beide über das Problem alles wüßten, was man wissen kann. Lieber Himmel, in jedem Museum in Europa bin ich über dieses Paar gestolpert. Ich bezweifle, daß der Austausch von Informationen irgend etwas Neues ergeben wird.«

»Ich könnte Sie überraschen«, sagte Halstead scharf. »Sie haben kein Monopol auf Verstand.«

»Unterlassen Sie das«, sagte ich kalt. »Die Regeln für diese Aussprache bestimme ich, und die besagen: von keiner Seite irgendwelche Seitenhiebe. Habe ich mich klar und verständlich ausgedrückt?«

Fallon sagte: »Wissen Sie, Wheale, als ich Sie das erstemal sah, hatte ich keine besonders hohe Meinung von Ihnen. Sie überraschen mich.«

Ich grinste. »Manchmal überrasche ich mich selbst.« Und das stimmte. Was war nur aus dem grauen kleinen Mann geworden?

Dritter Teil

1

Es war eine erstaunliche, eine unglaubliche, ja, eine völlig unsinnige Geschichte, und hätte ich nicht eine seltsame und unerklärliche Aufnahme in meiner Dunkelkammer gehabt, so hätte ich sie kurzerhand zurückgewiesen. Trotzdem, Fallon war kein Narr und glaubte daran, und Halstead auch, obwohl ich auf seine Zurechnungsfähigkeit keine Wette abgeschlossen hätte.

Ich leitete die Verhandlung mit fester Hand, in der die Geschichte berichtet wurde. Gelegentlich kam es zu Temperamentsausbrüchen, hauptsächlich von Halstead, aber auch ein paar erbitterte Attacken von Fallon erfolgten, und ich mußte scharf dazwischenfahren. Offenkundig war keiner der beiden mit meinem Vorgehen einverstanden, aber es blieb ihnen nichts anderes übrig, als sich zu fügen. Daß ich das Tablett besaß, war ein Trumpf in diesem seltsamen und verzwickten Spiel, und weder Fallon noch Halstead waren bereit, dem anderen den Gewinn zu überlassen.

Fallon schien der vernünftigere und objektivere der beiden zu sein, darum überließ ich es ihm, den Bericht einzuleiten, und bat ihn zu beginnen. Er zupfte sich am Ohr und sagte: »Ich weiß nicht recht, wo ich anfangen soll.«

»Am Anfang«, sagte ich. »Wie sind Sie in die Sache hineingekommen?«

Er zupfte abschließend an seinem Ohr und legte dann seine hageren Hände übereinander. »Ich bin Archäologe und arbeite vorwiegend in Mexiko. Wissen Sie etwas über die Mayas?«

Ich schüttelte den Kopf.

»Das hilft uns natürlich sehr«, sagte er bissig, »aber in diesem Stadium spielt es vielleicht keine Rolle, weil die Ursprünge mit den Mayas überhaupt nichts zu tun hatten – oberflächlich jedenfalls nicht. Bei meiner Arbeit stieß ich verschiedentlich auf Hinweise auf die Familie de Vivero in Mexiko. Die de Viveros waren eine alte spanische Familie – Jaime de Vivero, der Ahnherr, sicherte sich seine Ansprüche in Mexiko kurz nach der Zeit von Cortés, raffte eine Menge Land an sich, und seine Nachkommen beuteten es weidlich aus. Sie wurden Großgrundbesitzer, Viehzüchter, Minenbesitzer und gegen das Ende Industrielle. Sie wurden eine der großen mexikanischen Familien, die die Herrschaft eigentlich in der Hand hatten. Man konnte ihnen nicht nachsagen, daß sie von Verantwortungsbewußtsein gegenüber der Allgemeinheit besessen waren, und der größte Teil ihres Geldes stammte daher, daß sie die Bauern ausbeuteten. Sie unterstützten Maximilian bei dem verdammenswerten Versuch der Habsburger, im neunzehnten Jahrhundert in Mexiko ein Kaiserreich aufzurichten.

Das war ihr erster Fehler, denn Maximilian konnte das Tempo nicht mithalten und ging unter. Doch das genügte nicht, um die de Viveros zu brechen, aber Mexiko befand sich in Aufruhr. Diktator folgte auf Diktator, Revolution folgte auf Revolution, und jedesmal setzten die de Viveros auf das falsche Pferd. Im Zeitraum von hundert Jahren wurden die de Viveros zerschlagen. Falls es noch welche geben sollte, halten sie sich sehr zurück, denn ich bin nie einem begegnet.« Er warf Halstead einen fragenden Blick zu. »Haben Sie je einen lebenden de Vivero zu sehen bekommen?«

»Nein«, antwortete Halstead kurz.

Fallon nickte befriedigt. »Nun, zu ihrer Zeit war es eine sehr wohlhabende Familie, selbst für Mexiko, und eine wohlhabende mexikanische Familie ist wirklich etwas. Sie hatten eine Menge Besitztümer, die bei dem Zusammenbruch verstreut wurden, und darunter befand sich ein ebensolches goldenes Tablett wie Ihres, Wheale.« Er griff nach seiner Aktentasche und öffnete sie. »Ich will Ihnen etwas darüber vorlesen.«

Er zog einen Stoß Papiere heraus. »Das Tablett war eine Art Familienerbstück, und die de Viveros behandelten es sorgsam. Sie benutzten es nicht, außer bei förmlichen Festlichkeiten, und meistens war es eingeschlossen. Aus dem achtzehnten Jahrhundert liegt darüber ein Bericht von einem Franzosen namens Murville vor, der Mexiko besucht und ein Buch darüber geschrieben hat. Er weilte auf einer der Besitzungen der de Viveros, als die Familie dort eine Gesellschaft für den Gouverneur der Provinz gab. Hier ist die betreffende Stelle.«

Er räusperte sich. »›Nie habe ich auch an unserem französischen Hof eine prächtigere Tafel gesehen. Die Granden von Mexiko leben wie die Fürsten und essen von goldenen Tellern, die es hier in reicher Fülle gibt. Die Mitte der Tafel wurde von reichen Arrangements mit Früchten des Landes auf goldenen Platten eingenommen, deren prachtvollste mit einem seltsamen Ornament aus verschlungenen Weinreben in exquisit kunstvoller Arbeit geschmückt war. Einer der Söhne der Familie belehrte mich, daß mit diesem Tablett eine Legende verbunden sei, die besage, dieses Tablett sei von einem Vorfahren der de Viveros geschaffen worden. Das klingt unwahrscheinlich, denn es ist allgemein bekannt, daß die de Viveros adeliger Herkunft sind und bis weit in die Geschichte des alten Spaniens zurückverfolgt werden können und sich kaum mit Arbeiten dieser Art, so kunstvoll sie auch sein mag, beschäftigt haben dürften. Ich wurde ferner darüber unterrichtet, daß das Tablett in dem Ruf stehe, ein Geheimnis zu bergen, dessen Entschleierung den glücklichen Entdecker weit über alle Maßen reich machen werde. Mein Informant lächelte, als er mir diese Mitteilung machte, und fügte hinzu, da die de Viveros bereits über alle Berechnungen hinaus reich seien, könne die Enthüllung des Geheimnisses sie kaum noch spürbar reicher machen.‹«

Fallon schob die Papiere in seine Aktentasche zurück. »Damals sagte mir das nicht viel, aber da ich mich für jedes Geheimnis interessiere, das sich auf Mexiko bezieht, schrieb ich die Passage aus reiner Routine ab und bewahrte sie auf. Übrigens ist der Hinweis auf die adelige Abstammung der de Viveros Unsinn. Die de Viveros waren Emporkömmlinge, die es zu etwas gebracht hatten. Aber darauf kommen wir später noch zu sprechen.

Von da an stieß ich immer wieder auf die de Viveros, gleichgültig, in welche Richtung ich mich wandte. Sie kennen das sicher – man trifft in einem Buch auf ein fremdes Wort, dem man nie zuvor begegnet ist, und findet es in der gleichen Woche gleich zweimal wieder. So ging es mir mit den de Viveros und ihrem Tablett. Den Namen de Vivero erwähnt zu finden ist in Mexiko nichts Besonderes – sie waren eine mächtige Familie gewesen –, aber im Verlauf des nächsten Jahres fand ich nicht weniger als sieben Hinweise auf das Tablett, und drei davon bezogen sich auch auf dieses angebliche Geheimnis. Dem Anschein nach war das Tablett für die de Viveros wichtig gewesen. Aber ich bewahrte das Material einfach nur auf. Es handelte sich für mich um ein geringfügiges Problem von nebensächlicher Bedeutung und bezog sich nicht auf mein Arbeitsgebiet.«

»Und was ist das?« fragte ich.

»Die präkolumbianische Zivilisation Zentralamerikas«, antwortete er. »Ein spanisches Tablett aus dem sechzehnten Jahrhundert bedeutete mir damals nicht viel. Ich arbeitete an einer Ausgrabung im Süden von Campeche. Neben anderen war Halstead damals bei mir. Als die Grabung für die Saison beendet wurde und wir in die Zivilisation zurückgekehrt waren, brach er mit mir einen Streit vom Zaun und verließ mich. Mit ihm verschwanden meine Aufzeichnungen über die de Viveros.«

Halsteads Stimme knallte wie eine Peitsche: »Das ist eine Lüge.«

Fallon hob nur die Schultern. »So war es aber.«

Bisher waren wir noch zu keinem Punkt gekommen, bei dem das Tablett eine wesentliche Rolle spielte, aber zum erstenmal wurde der tiefverwurzelte Streit zwischen diesen beiden Männern erwähnt, und da sich daraus Folgen ergeben mochten, bohrte ich nach. »Um was ging es bei dem Streit?«

»Er hat mir die Früchte meiner Arbeit gestohlen«, sagte Halstead schroff.

»Den Teufel habe ich getan!« Fallon wandte sich mir zu. »Das ist so eine Geschichte, die in wissenschaftlichen Kreisen immer wieder auftaucht, wie ich zu meinem Bedauern sagen muß. Es spielt sich folgendermaßen ab. Da sind junge Männer, die gerade ihre Studien abgeschlossen haben, bei der Arbeit im Feld mit älteren und erfahreneren Männern. Ich habe das gleiche vor vielen Jahren mit Murray getan. Aufsätze werden geschrieben, und manchmal meinen die jüngeren Leute, sie würden darin nicht angemessen gewürdigt. Es passiert immer wieder.«

»War es in diesem Fall so?«

Halstead wollte sprechen, aber seine Frau legte ihm die Hand aufs Knie und winkte ihm zu, zu schweigen. Fallon antwortete: »Ganz gewißlich nicht. Ah, ich gebe zu, daß ich einen Artikel über einige Aspekte der Quetzalcoatl-Legende geschrieben habe, von denen Halstead behauptet, daß ich sie von ihm gestohlen hätte, aber es war ganz und gar nicht so.« Er schüttelte mißmutig den Kopf. »Sie müssen es richtig sehen. Man ist bei einer Ausgrabung und arbeitet angestrengt den ganzen Tag über, und abends neigt man dann dazu, sich zu entspannen und trinkt vielleicht auch etwas. Und wenn Sie zu einem halben Dutzend zusammen sind, ergibt sich ein

Gespräch, und man kommt ins Fachsimpeln. Jeder wirft mit seinen Ideen um sich, und niemand weiß nachher noch sicher, wer was oder wann gesagt hat. Diese Ideen werden oft als Allgemeineigentum angesehen. Nun mag es sein, daß der Artikel, den ich geschrieben habe, darin seinen Ursprung hatte, und es mag sein, daß es Halsteads Anregung gewesen ist, aber ich kann das nicht beweisen, und er kann es, bei Gott, auch nicht.«

Halstead erwiderte: »Sie wissen verdammt gut, daß der zentrale Gedanke dieses Artikels von mir stammt.«

Fallon spreizte die Hände und wandte sich mir zu. »Sie sehen, wie es ist. Es wäre vielleicht völlig untergegangen, wenn dieser junge Narr nicht an die Journale geschrieben und mich öffentlich des geistigen Diebstahls beschuldigt hätte. Ich hätte ihn durch einen Verleumdungsprozeß bis aufs Hemd ausziehen können, aber ich habe es unterlassen. Ich habe ihm privat geschrieben und ihm empfohlen, davon abzusehen, eine öffentliche Kontroverse auszulösen, denn ich würde mich auf keinen Fall in wissenschaftlichen Publikationen auf eine derartige Auseinandersetzung einlassen. Aber er setzte seine Attacken fort, bis die Redakteure schließlich nicht einmal mehr seine Leserbriefe abdrucken wollten.«

Halsteads Stimme klang bösartig. »Sie wollen damit wohl sagen, bis Sie die verdammten Redakteure alle gekauft hatten.«

»Denken Sie, was Sie wollen«, erwiderte Fallon angewidert. »Jedenfalls stellte ich fest, daß meine Aufzeichnungen über die de Viveros verschwunden waren, nachdem Halstead fort war. Damals maß ich dem nicht viel Bedeutung bei, und als es für mich wichtig wurde, machte es mir keine großen Schwierigkeiten, die ursprünglichen Quellen wieder zu erschließen. Doch als ich dann hinter jeder Ecke wieder und wieder auf Halstead stieß, zählte ich zwei und zwei zusammen.«

»Sie wissen aber nicht, daß er Ihre Aufzeichnungen an sich gebracht hat«, sagte ich. »Sie könnten es vor Gericht nicht beweisen.«

»Nein, das könnte ich nicht«, räumte Fallon ein.

»Dann ist es um so besser, je weniger darüber gesagt wird.« Dazu machte Halstead ein befriedigtes Gesicht, darum fügte ich hinzu: »Sie scheinen beide keine Hemmungen zu haben, mit Beschuldigungen um sich zu werfen. Meiner Vorstellung von der Würde der Wissenschaft entspricht das nicht.«

»Sie haben noch nicht alles gehört, Mr. Wheale«, sage Mrs. Halstead.

»Also, bleiben wir bei der Sache«, sagte ich. »Fahren Sie fort, Professor Fallon – oder haben Sie irgend etwas zu sagen, Dr. Halstead?«

Halstead sah mich düster an. »Noch nicht«, antwortete er in Unheil verkündendem Ton, an dem ich erkannte, daß noch weiteres Feuerwerk bevorstand.

»Danach ereignete sich für einige Zeit nichts Besonderes«, sagte Fallon. »Als ich dann in New York war, erhielt ich ein Telegramm von Mark Gerryson, in dem er mich aufforderte, ihn aufzusuchen. Gerryson ist ein Antiquitätenhändler, dessen ich mich von Zeit zu Zeit bedient habe, und er sagte, er habe einige Maya-Schokoladenkrüge – keine gewöhnlichen Tonkrüge, sondern welche aus Gold. Sie müßten aus einem aristokratischen Haus stammen. Er sagte ferner, er hätte den Teil eines Federmantels und ein paar andere Dinge.«

Halstead grunzte verächtlich und murmelte hörbar: »Einen elenden Federmantel!«

»Ich wußte, daß es eine Fälschung war«, sagte Fallon, »und habe ihn nicht gekauft. Aber die Schokoladenkrüge waren echt. Gerryson wußte, daß ich interessiert sein würde – um gewöhnliche Maya-Spezialisten kümmert Gerryson sich nicht, weil sie nicht das Geld haben, das Gerryson verlangt. Seine Kunden sind im allgemeinen Museen und reiche Sammler. Nun, ich unterhalte selbst ein Museum – neben anderem –, und ich habe früher schon manches gute Stück von Gerryson gekauft. Wir feilschten eine Weile hin und her, und ich sagte ihm, was ich von seinem Federmantel hielte. Darüber lachte er und sagte, er habe mich damit nur aufziehen wollen. Die Schokoladenkrüge aber waren wirklich echt, und ich habe sie gekauft. Dann bat er mich um meine Meinung über etwas, das er gerade erst bekommen hatte – es war der handschriftliche Bericht eines Spaniers, der im frühen sechzehnten Jahrhundert bei den Mayas gelebt hatte, und er wollte wissen, ob er echt wäre.«

»Er wandte sich also an Sie als Fachmann auf diesem Gebiet?« fragte ich. Ich bemerkte, daß Katherine Halstead sich gespannt vorbeugte.

Fallon nickte. »Ganz richtig. Der Name des Spaniers lautete de

Vivero, und die Handschrift war ein Brief an seine Söhne.« Er verfiel in Schweigen.

Halstead drängte: »Brechen Sie nicht ab, Fallon, gerade dann, wenn es anfängt, interessant zu werden.«

Fallon sah mich an. »Wissen Sie über die Eroberung von Mexiko Bescheid?« fragte er.

»Nicht besonders gut«, antwortete ich. »Auf der Schule habe ich etwas darüber gelernt, aber die Einzelheiten habe ich vergessen, falls ich sie je gewußt haben sollte.«

»Genau wie die meisten. Haben Sie eine Karte von Mexiko?«

Ich ging durch das Zimmer und nahm den Atlas aus dem Bücherschrank, dann zog ich einen Beitisch heran und legte den Atlas an der richtigen Stelle aufgeschlagen darauf. Fallon beugte sich darüber und sagte: »Ich muß Sie über einige Details unterrichten, sonst bleibt Ihnen der Brief unverständlich.« Er legte den Finger auf die Karte von Mexiko auf eine Stelle nahe an der Küste bei Tampico. »Während der beiden ersten Jahrzehnte des sechzehnten Jahrhunderts hatten die Spanier ihr Augenmerk auf das Gebiet gerichtet, das jetzt Mexiko ist. Über dieses Land gingen Gerüchte um – Geschichten von unvorstellbarem Reichtum –, und sie bereiteten sich darauf vor, dieses Gebiet zu erobern.«

Sein Finger beschrieb einen Bogen um den Golf von Mexiko. »Hernandez de Cordoba erforschte 1517 die Küste, und Juan de Grijalva folgte ihm 1518. 1519 wagte Hernán Cortés den Vorstoß ins Innere des Landes und rüstete eine Expedition aus, und was dann geschah, wissen wir. Er stieß auf die Azteken, und durch eine meisterliche Mischung aus Gewalt, staatsmännischem Geschick, Aberglauben und reinem Betrug unterwarf er sie – eine der überraschendsten Taten, die ein Mensch je begangen hat. Aber danach stellte er fest, daß es noch andere Welten zu erobern galt. Im Süden bestand in einem Gebiet, das das heutige Yukatan, Guatemala und Honduras umfaßt, ein weiteres Eingeborenenreich – das der Mayas.

Von den Azteken hatte er nicht so viel Gold bekommen, wie er erwartet hatte, aber die Mayas besaßen es im Überfluß, wenn die Berichte, die aus dem Süden kamen, zutrafen. Deshalb marschierte er 1525 gegen die Mayas. Er verließ Tenochtitlan – das heutige Mexiko City – und traf hier, bei Coatzacualco auf die Küste und zog den Isthmus entlang zum See Peten und erreichte damit Coban. Doch er gewann nicht viel, trotz aller Mühen, denn die Hauptkräfte der Mayas lagen nicht im Hochland von Anahuac, sondern auf der Halbinsel Yucatan.«

Ich beugte mich über seine Schultern und folgte aufmerksam seinen Erklärungen. Fallon fuhr fort: »An diesem Punkt gab Cortés das persönliche Kommando ab – er wurde nach Spanien zurückgerufen –, und die nächste Expedition wurde von Francisco de Montejo geführt, der die Küste von Yucatan vom Meer aus erforscht hatte. Er verfügte über eine respektable Streitmacht, stellte aber fest, daß die Mayas ein ganz anderer Fall als die Azteken waren. Sie nahmen den Kampf auf und wehrten sich tapfer, und Montejo war kein Cortés. Die Spanier wurden in den ersten Schlachten zurückgeschlagen.

Bei Montejo befand sich auch Manuel de Vivero. Ich nehme nicht an, daß Vivero etwas anderes als ein einfacher Soldat war, aber ihm widerfuhr etwas Merkwürdiges. Er wurde von den Mayas gefangen, sie töteten ihn aber nicht, sondern ließen ihn als eine Art Sklaven und Maskottchen am Leben. Montejo ist es nie gelungen, Yucatan zu erobern oder gar die Mayas zu unterwerfen. Das ist übrigens niemals jemandem gelungen. Sie wurden geschwächt und in einem gewissen Maß assimiliert, aber sie wurden nie in einer Schlacht geschlagen. 1549, zweiundzwanzig Jahre, nachdem Montejo ausgezogen war, herrschte er kaum über die Hälfte von Yucatan – und diese ganze Zeit über lebte Vivero als Gefangener im Innern der Halbinsel.

Das war eine sehr merkwürdige Periode in der Geschichte der Mayas, und damals ist etwas geschehen, wovor die Archäologen lange Zeit ratlos gestanden haben. Sie stellten fest, daß die Spanier und die Mayas Seite an Seite, jeder in seiner eigenen Kultur, gelebt haben. Sie fanden Maya-Tempel und spanische Kirchen, die nebeneinander errichtet worden waren, und das darüber hinaus auch noch zur gleichen Zeit. Das war rätselhaft, bis der Ablauf der Ereignisse aufgeklärt worden war, wie ich ihn gerade geschildert habe.

Jedenfalls, da waren die Mayas und die Spanier und lebten Seite an Seite. Sie kämpften gegeneinander, aber nicht ununterbrochen. Die Spanier herrschten über das östliche Yucatan, wo die großen Maya-Städte Chichen Itza und Uxmal liegen, aber das westliche

Yucatan war ihnen ein Buch mit sieben Siegeln. Das ist es weitgehend auch heute noch. Es muß jedoch ein ziemlich lebhafter Handel zwischen den beiden Hälften stattgefunden haben, und Vivero gelang es, obwohl er Gefangener war, an seine Söhne einen Brief zu schreiben und hinauszuschmuggeln. Das ist Viveros Brief.«

Er griff wieder in seine Aktentasche. »Ich habe hier eine Übersetzung dieses Briefes, falls Sie ihn lesen wollen.«

Ich klappte den Aktendeckel auf, den er mir gab, und fand darin ein recht umfangreiches Dokument. »Wollen Sie, daß ich ihn gleich lese?« fragte ich.

»Das wäre das Beste«, antwortete er. »Wir würden dann mit allem übrigen schneller vorwärtskommen. Sie können nichts verstehen, solange Sie ihn nicht kennen.«

»Gut«, sagte ich. »Ich gehe damit in mein Arbeitszimmer. Kann ich mich darauf verlassen, daß Sie beide sich während meiner Abwesenheit nicht gegenseitig umbringen?«

Katherine Halstead sagte kühl: »Es wird keine Schwierigkeiten geben.«

Ich grinste sie vergnügt an. »Ich werde Ihnen von Mrs. Edgecombe Tee bringen lassen. Das sollte mäßigend auf die Temperamente wirken. Niemand mordet beim Tee. Es wäre einfach unzivilisiert.«

2

Meinen Söhnen Jaime und Juan Grüße von Manuel de Vivero y Castuera, ihrem Vater.

Seit vielen Jahren, meine Söhne, habe ich nach Mitteln und Wegen gesucht, mit Euch sprechen zu können, um Euch von meiner Sicherheit in diesem heidnischen Land zu vergewissern. Viele Male habe ich zu fliehen versucht, und ebenso viele Male bin ich wieder gefangen worden, und ich weiß jetzt, daß eine Flucht aus meiner Gefangenschaft nicht gelingen kann, weil ich ständig bewacht werde. Doch durch geheime Listen und dank der Freundschaft zweier Männer unter den Mayas bin ich in der Lage, Euch diese Botschaft zu senden, in der Hoffnung, daß sie Eure Herzen erleichtert und Ihr nicht über mich trauert als einen Toten. Doch Ihr müßt wissen, meine Söhne, daß ich niemals aus diesem Land der Mayas herausgelangen werde und auch nicht aus dieser Uaxuanoc genannten Stadt. Wie die Kinder Israels werde ich ein Gefangener sein, solange es Gott, unserem Herrn, gefällt, mich am Leben zu erhalten.

In diesem Brief werde ich schildern, wie ich hierhergekommen bin, wie Gott mir mein Leben bewahrt hat, als so viele meiner Kameraden erschlagen wurden, und wie mein Leben bei diesen Menschen, den Mayas, verlaufen ist. Seit zwölf Jahren bin ich hier und habe viel Wunderbares gesehen, denn dies ist die große Stadt der Mayas, der Preis in den Amerikas, nach dem wir alle gestrebt haben. Uaxuanoc ist im Vergleich mit Tenochtitlan, das Hernán Cortés erobert hat, das, was Madrid im Vergleich mit dem geringsten Dorf in Huelva ist, der Provinz, aus der unsere Familie stammt. Ich war bei Cortés bei der Eroberung von Tenochtitlan und sah den mächtigen Montezuma und seinen tiefen Sturz, doch dieser mächtige König war nichts als ein Bauer, ein armer Mann ohne Reichtum im Vergleich mit einem gewöhnlichen Edelmann in Uaxuanoc.

Ihr müßt wissen, daß ich im Jahre des Herrn eintausendfünfhundertundsiebenundzwanzig mit Francisco de Montejo in Yucatan gegen die Mayas einmarschiert bin. Meine Position in der Kompanie war hoch, und ich führte eine Gruppe unserer spanischen Soldaten. Ich hatte eine Stimme bei Cortés, als ich unter diesem großen Soldaten diente, und hatte einen hohen Rang in den Räten von Francisco de Montejo, und deshalb kenne ich die inneren Gründe für viele der geheimen Listen dieses Feldzugs. Da ich bei den Mayas lebe, habe ich sie kennengelernt, mit ihren Worten sprechen und ihre Gedanken denken gelernt, und darum weiß ich auch, warum diese Listen zuschanden wurden.

Francisco de Montejo war mein Freund – und ist es hoffentlich noch. Aber Freundschaft darf nicht blind machen für seine Fehlschläge als Soldat und als Staatsmann. Ohne jeden Zweifel ist er tapfer, aber es ist die Tapferkeit des wilden Ebers oder der Bullen des Baskenlandes, die geradewegs ohne Täuschung oder Umschweife angreifen und so leicht zu besiegen sind. Für den Soldaten genügt Tapferkeit nicht, meine Söhne. Er muß listig und unredlich sein, Lügen aussprechen, wenn er dem Anschein nach die Wahrheit sagt, selbst gegenüber seinen Leuten, wenn er es notwendig findet.

Er muß sich zurückziehen, um einen Vorteil zu erringen, die unwissenden Vorhaltungen tapferer, aber geringerer Soldaten ignorieren. Er muß Fallen stellen, um den Feind einzuschließen, und er muß die Kräfte des Feindes gegen diesen selbst einsetzen, wie Cortés es tat, als er sich mit den Tlascalans gegen die Männer von Mexiko verbündete. Hernán Cortés wußte das sehr gut. Er sprach freundlich zu allen und von allen, aber er behielt seine Gedanken für sich und ging seine eigenen Wege. Es mag sein, daß dieser Gebrauch der Lüge und der Täuschung, diesen Erfindungen des Teufels, gegen die Lehren der Heiligen Kirche ist und sogar verwerflich im Kampf gegen Mitchristen, aber hier kämpften wir gegen die Kinder des Teufels selbst und wandten seine eigenen Waffen gegen ihn in der Gewißheit, daß unsere Sache gerecht ist und daß wir mit der Hilfe unseres Herrn, Jesus Christus, diese unwissenden Heiden zu dem einzigen und wahren Glauben führen könnten.

Doch sei dem wie es sei, Francisco de Montejo mangelten – und mangeln noch – diese Fähigkeiten, die ich genannt habe, und seine Anstrengungen, die Mayas zu unterwerfen, führten zu nichts. Noch heute, zwölf Jahre, nachdem wir so fröhlich zu unserem Heiligen Kreuzzug auszogen, ist der Maya stärker als je, wenn auch einige seiner Städte verlorengingen. Doch will ich nicht alle Schuld Francisco zusprechen, denn dies ist das seltsamste Land, das ich auf allen meinen Reisen in den Amerikas gesehen habe, wo man täglich merkwürdige und wundersame Dinge erleben kann.

Dies will ich Euch sagen: Das Land Yucatan ist wie kein anderes. Als Hernán Cortés das Heer der Mayas auf seinem Weg nach El Peten und den Honduras schlug, kämpfte er im Hochland von Anahuac, wo das Gelände offen ist und wo alle edlen Mittel der Kriegskunst, in der wir so weit fortgeschritten sind, angewendet werden können. Als wir in Yucatan mit Montejo gegen die zentralen Festungen des Feindes marschierten, fanden wir eine grüne Wildnis, einen dichten Forst von Bäumen, der so groß war, daß er ganz Alt-Spanien bedecken würde.

An diesem Ort konnten unsere Pferde, die die unwissenden Wilden in solche Furcht versetzen, nicht in der Schlacht benutzt werden, aber darüber waren wir nicht verzagt und wollten sie als Packtiere verwenden. Doch zu unserer bitteren Enttäuschung wurden sie von Krankheit befallen und begannen einzugehen, jeden Tag mehr. Und jene, die überlebten, waren von geringem Wert, denn die Bäume standen dicht beieinander, und ein Mensch kann an Stellen vorgehen, wo ein Pferd nicht durchkommt, und von unserem höchstgeschätzten Besitz sanken sie zu einer Behinderung für unsere Expedition ab.

Ein weiterer mißlicher Umstand dieses Landes ist sein Mangel an Wasser, der sehr seltsam ist, denn bedenkt: wie kann es sein, daß starke Bäume und Büsche der verschiedensten Arten wachsen, wo es kein Wasser gibt? Wenn Regen kommt, was selten, aber zu gewissen Zeiten im Jahr häufiger geschieht, wird er sofort vom festen Boden aufgesogen, so daß es keine Bäche und Flüsse in diesem Land gibt. Doch manchmal gibt es einen Teich oder eine Quelle, die die Mayas Cenote nennen und deren Wasser frisch und gut ist, obwohl sie nicht von fließenden Bächen gespeist werden, sondern von Zuflüssen, die aus den Eingeweiden der Erde strömen.

Weil diese Stellen in den Wäldern selten sind, werden sie von den Mayas heilig gehalten, die dort auch ihre Tempel errichten und ihre heidnischen Götter dort zum Dank für das gute Wasser lobpreisen. Dort errichten sie auch ihre Burgen und Festungen, und darum mußten wir, als wir mit Montejo marschierten, um alles Wasser kämpfen, das wir brauchten, um die Kraft zu gewinnen, weiterkämpfen zu können.

Die Mayas sind ein starrsinniges Volk, das seine Ohren der Botschaft Christi verschließt. Sie wollten weder auf Francisco de Montejo noch einen seiner Hauptleute hören, mich eingeschlossen, und auch nicht auf den gütigen Priester Gottes in unserem Troß, der sie im Namen unseres Heilands um Gehör anflehte. Sie wiesen das Wort des Lammes Gottes von sich und widersetzten sich uns mit Waffengewalt, obwohl ich in meiner Gefangenschaft gefunden habe, daß sie in Wahrheit ein friedliebendes Volk sind, das nur langsam in Zorn gerät, aber in seiner Wut schrecklich ist.

Zwar sind ihre Waffen dürftig, hölzerne Schwerter mit Schneiden aus Stein und Speere mit Steinspitzen, aber sie leisteten uns gewaltigen Widerstand, denn ihre Zahl war groß, und sie kannten die geheimen Pfade ihres Landes, und sie stellten uns Fallen, und in diesen Hinterhalten wurden viele meiner Kameraden erschlagen, und in einem von ihnen geriet ich, Euer Vater, zu meiner Schande in ihre Gefangenschaft.

Ich konnte nicht weiterkämpfen, denn mein Schwert war mir aus der Hand geschlagen worden, noch konnte ich gegen ihre Schwerter anrennen und sterben, denn ich war mit Stricken gefesselt und hilflos. An eine Stange gebunden, wurde ich über viele verschlungene Pfade getragen und kam so in das Lager ihres Heeres, wo ich von einem großen Kaziken des längeren verhört wurde. Die Sprache dieses Volkes unterscheidet sich nicht sehr von der Sprache der Tolteken, die ich verstehen konnte, aber ich verstellte mich und verriet meine Kenntnisse nicht, und auf diese Weise konnte ich vor ihnen den Aufenthalt unserer Hauptstreitmacht verborgen halten, und sie konnten ihn auch nicht durch Folter von mir erzwingen, weil sie sich mir nicht verständlich machen konnten.

Ich glaubte, sie würden mich töten, aber ein Priester unter ihnen deutete auf mein Haar, das, wie Ihr wißt, die Farbe von reifem Korn im Sommer hat, was für einen Spanier ungewöhnlich und in den Ländern des Nordens natürlicher ist. Und deshalb wurde ich aus dem Lager fortgebracht und unter Bewachung in die große Stadt Chichen Itza geschickt. In dieser Stadt befindet sich eine große Cenote, und Chichen bedeutet in der Sprache der Mayas der Mund einer Quelle. In diesen großen Teich werden Jungfrauen gestürzt, damit sie in die Unterwelt eindringen und zurückkehren, um von den Geheimnissen zu berichten, die sie im Hades gesehen haben. Sie sind gewißlich eine Teufelsbrut!

In Chichen Itza wurde ich vor einen Kaziken geführt, der noch größer war als der erste, ein vornehm gekleideter Edelmann mit einem bestickten Gewand und einem Federmantel, und er war von Papas oder den Priestern seines Volkes umgeben. Wieder wurde ich verhört, aber ohne jeden Erfolg, und viel Aufsehen erregte mein Haar, und unter den Papas wurden Stimmen laut, daß ich gewiß Kukulcan sei, er, den Ihr aus der Sprache der Tolteken als Quetzalcoatl kennt, den weißen Gott, der aus dem Westen kommen wird, ein Glaube bei den Heiden, der uns viel genützt hat.

In Chichen Itza verbrachte ich einen Monat streng bewacht in einer steinernen Zelle, doch sonst geschah mir kein Harm. Ich wurde regelmäßig mit dem Korn dieses Landes und Fleisch sowie einem bitteren Getränk versorgt, das sie Chocolatl nennen. Nach einem Monat wurde ich wieder unter Bewachung in ihre Hauptstadt geschickt. Das ist Uaxuanoc, und dort bin ich immer noch. Die Wachen waren aber junge Edelleute, vornehm gekleidet in bestickte Baumwollrüstungen und mit guten Waffen ihrer Art ausgerüstet. Ich halte ihre Rüstungen nicht für so gut wie unsere eisernen Panzer, aber zweifellos sind sie ausreichend, wenn sie untereinander kämpfen. Ich war lose gefesselt, doch sonst wurde mir nichts angetan, aber die Ketten waren schwer, denn sie waren aus Gold.

Uaxuanoc ist eine große Stadt mit vielen Tempeln und großen Gebäuden, und das größte davon ist der Tempel des Kukulcan, der zu seinen Ehren mit der gefiederten Schlange geschmückt ist. Dorthin wurde ich gebracht, damit die Papas des Tempels mich anschauen und ihr Urteil treffen konnten, ob ich wirklich Kukulcan, ihr Hauptgott, sei. Es gab lange Diskussionen zwischen den Papas. Manche sagten, ich wäre nicht Kukulcan, denn warum sollte ihr Hauptgott gegen sie kämpfen? Andere fragten, warum Kukulcan nicht seine Krieger bringen sollte, sie mit Zauberwaffen zu züchtigen, wenn sie gegen das Gesetz der Götter verstoßen hätten; sie sollten besser in ihren Herzen forschen, welche Verfehlungen sie begangen hätten. Wieder andere sagten, daß dies nicht Kukulcan sein könne, denn er spreche ihre Sprache nicht, und andere fragten, warum sollten die Götter eine irdische Sprache sprechen, wenn sie untereinander zweifellos über Dinge sprächen, die menschliche Lippen nicht äußern könnten.

Ich zitterte vor ihnen, doch bewahrte nach außen meine Ruhe, denn befand ich mich nicht in großer Gefahr? Wenn ich nicht Kukulcan war, würden sie mich in seinem Tempel in der Art der Azteken in Tenochtitlan opfern und mir das zuckende Herz aus dem Körper reißen.

Sie beendeten ihre Diskussion damit, daß sie mich vor ihren König führten, damit er das Urteil fälle, denn er war in Angelegenheiten des Staates und der Religion der einzige Schiedsrichter unter ihnen. Er galt bei den Mayas als großer Mann, wenn er unseren Augen auch nicht als sehr groß erschienen wäre. Er hatte ein edles Antlitz und war vornehm in einen Mantel aus den leuchtenden Federn von Paradiesvögeln gekleidet und trug reichen Schmuck aus Gold. Er saß auf einem goldenen Thron, und über seinem Kopf befand sich eine Darstellung der gefiederten Schlange aus Gold und Edelsteinen und schönem Email.

Und er urteilte in folgender Weise: daß ich nicht geopfert werden, sondern in Obhut genommen und in der Sprache der Mayas unterrichtet werden sollte, damit ich selbst aussprechen und ihnen verständlich machen könne, wer und was ich war.

Über dieses salomonische Urteil war ich so überglücklich, daß ich beinahe vor ihm in die Knie gesunken wäre, hielt mich aber davor bei dem Gedanken zurück, daß ich ihre Sprache ja nicht verstehe – oder das meinten sie wenigstens – und daß ich sie zu lernen viele Monate, wenn nicht Jahre brauchen werde. Durch diese List rettete ich mein Leben und mein Seelenheil.

Ich wurde in die Obhut und unter die Aufsicht des ältesten der Papas gestellt, der mich zu dem großen Tempel führte, wo ich in den Räumen des Papas eine Unterkunft angewiesen bekam. Bald stellte ich fest, daß ich in der Stadt gehen und kommen konnte, wie ich wollte, jedoch immer von zwei edlen Wächtern begleitet wurde und nach wie vor mit meinen goldenen Ketten klirrte. Viele Jahre später entdeckte ich, daß die Papas mir diese Freiheit aus Furcht einräumten, ich könnte tatsächlich Kukulcan sein und später Rache üben, wenn ich in ein Gefängnis gesperrt werden würde. Und die goldenen Ketten? War Gold nicht das Metall der Götter? Vielleicht würde Kukulcan durch Gold nicht entehrt – falls ich wirklich Kukulcan sein sollte. Der König selbst trug goldene Ketten, wenn sie ihn auch nicht fesselten. Das waren die Überlegungen der Papas aus Furcht vor der Ungnade, falls sie sich in irgendeiner Weise geirrt haben sollten.

Sie lehrten mich ihre Sprache, und ich lernte langsam, denn meine Zunge war schwerfällig und meine Aussprache holperig, und auf diese Weise vergingen zur Enttäuschung der Papas viele Monate. Während dieser Zeit sah ich in dem großen Tempel viele Ungeheuerlichkeiten: junge Männer, die Kukulcan geopfert wurden, ihre Körper gesalbt, ihre Köpfe mit Blumengirlanden geschmückt, die willig zu dem blutbefleckten Altar schritten, um sich von den Papas das Herz herausreißen und in ihr Blickfeld halten zu lassen, ehe ihre Augen brachen. Ich wurde gezwungen, an diesen gotteslästerlichen Zeremonien vor dem Idol der gefiederten Schlange teilzunehmen, wobei meine Wächter mich an den Armen festhielten, damit ich nicht entfliehen konnte. Jedesmal schloß ich die Augen und betete zu Christus und der Jungfrau um ihren Beistand vor dem schrecklichen Geschick, zu dem ich mich verurteilt fand.

Andere Opfer erfolgten an der großen Cenote in der Mitte der Stadt. Ein Höhenrücken trennte die Stadt der Länge nach von Osten nach Westen, und auf der höchsten Erhebung stand der Tempel von Yum Chac, dem Regengott, von dem die törichten Menschen glaubten, daß sein Palast auf dem Grund der Cenote stände. Bei Zeremonien zu Ehren von Yum Chac werden Jungfrauen von dem Tempel in den tiefen Teich am Fuß der Klippen gestürzt und verschwinden in den dunklen Wassern. Bei diesen heidnischen Greueln war ich nicht Zeuge. Während dieser Zeit fand ich meine Erlösung aus dem schrecklichen Dilemma, das auf mir lastete. Ihr müßt wissen, daß die Mayas große Künstler in der Bearbeitung von Stein und Gold sind, wenn auch ein großer Teil ihrer Arbeit der Herstellung heidnischer Idole gewidmet ist, eine Aufgabe, die sich christlichen Händen nicht geziemt. Meine Söhne, Euer Großvater und mein Vater waren Goldschmied in der Stadt Sevilla, und als ich jung war, erlernte ich das Handwerk auf seinen Knien. Ich beobachtete, daß die Mayas die Methode der Verwendung von Wachs, die in Spanien verbreitet ist, nicht kannten, darum bedrängte ich die Papas, mir Gold und Bienenwachs zu geben und mich einen Ofen benutzen zu lassen, um Gold zu schmelzen.

Sie berieten darüber und überließen mir Gold und Bienenwachs und beobachteten mich genau, um zu sehen, was ich tue. Da war ein junges Mädchen, nicht älter als vierzehn, das mich in meiner Wohnung bediente und meine Wünsche erfüllte, und ich machte aus dem Wachs eine kleine Statue von ihr, während die Papas zusahen und die Stirnen runzelten, denn sie fürchteten einen Zauber. Die Mayas kennen keinen Gips, darum mußte ich gut gewässerten Ton benutzen, um die Statue einzuhüllen und oben ein Loch für das Eingießen des Goldes zu machen.

Mir wurde erlaubt, die Schmiede des Tempels zu benutzen, und die Papas stießen laute Rufe der Verwunderung aus, als das Gold in die Einfüllöffnung floß und das heiße Wachs aus dem Abflußloch sprühte, während ich aus Furcht schwitzte, daß die Tonform bersten könne, was sie aber nicht tat, und ich war mit meiner kleinen Statue recht zufrieden, welche die Papas dem König brachten und ihm berichteten, wie sie gemacht worden war. Danach machte ich viele Gegenstände aus Gold, wollte aber keine Idole für den Tempel und keine Geräte, die dort benutzt wurden, machen. Der König befahl, daß ich die königlichen Schmiede in dieser neuen Kunst der Goldverarbeitung unterrichte, und das tat ich, und viele der großen Kaziken des Landes kamen zu mir und ließen sich Schmuckstücke von mir machen.

Der Tag kam, an dem ich meine Kenntnis der Maya-Sprache nicht länger verheimlichen konnte, und die Papas brachten mich vor den König, damit er über mich urteile, und er forderte mich auf, mit meinem eigenen Mund zu sagen, wer oder was ich war. Offen sprach ich aus, daß ich wirklich nicht Kukulcan sei, sondern ein Edelmann aus Ländern im Osten und ein getreuer Untertan des großen Kaisers Karl V. von Spanien, der mir befohlen hatte, zu den Mayas zu kommen, um das Wort Christi unter ihnen zu verbreiten.

Die Papas murmelten untereinander und bedrängten den König und sagten, daß die Götter der Mayas stark seien und daß sie keinen anderen Gott brauchten und daß ich als Gotteslästerer im Tempel von Kukulcan geopfert werden sollte. Kühn sprach ich zu dem König und fragte ihn, ob er einen Mann wie mich töten lassen wolle, der seine Schmiede viele Wunder gelehrt hatte, so daß sein Königreich weit schöner als alle anderen geschmückt werden konnte.

Der König lächelte mich an und befahl, daß ich tatsächlich nicht geopfert, sondern daß mir ein Haus und Diener gegeben werden sollten und daß ich zum Wohl des Königreichs alle Schmiede unterrichten sollte, daß ich aber unter Androhung des Todes die Botschaft Christi nicht lehren dürfte. Das letztere sagte er, um die Papas des Kukulcan zufriedenzustellen. Und ich bekam ein Haus mit einer Schmiedewerkstatt und vielen dienenden Mädchen, und die Schmiede des Landes kamen und saßen zu meinen Füßen, und meine Ketten wurden mir abgenommen.

Zweimal entfloh ich danach und verirrte mich in den großen Wäldern, und die Soldaten des Königs fanden mich und brachten mich nach Uaxuanoc zurück, doch der König war nachsichtig und bestrafte mich nicht. Doch als ich das dritte Mal entflohen und wieder in die Stadt zurückgebracht worden war, war er zornig wie ein Unwetter und drohte und sagte, daß seine Geduld am Ende sei und ich, wenn ich noch einmal entfliehe, im Tempel des Kukulcan geopfert werden würde, deshalb beugte ich mich der Gewalt und blieb in der Stadt.

Hier bin ich nun zwölf lange Jahre, meine Söhne, und gelte jetzt wirklich als einer der ihren, außer den Wachen um mein Haus und denen, die mir folgen, wenn ich zum Markt gehe. Ich gehe aber nicht in die Tempel, sondern habe mir in meinem Haus eine Kapelle für Jesus und die Jungfrau eingerichtet, wo ich täglich bete, und daran werde ich nicht gehindert, denn der König sagte: Jeder soll zu den Göttern seines Herzens beten. Doch er will mich nicht das Wort Christi in der Stadt predigen lassen, und ich tue es nicht aus Angst vor dem Tode und bin beschämt darüber.

Uaxuanoc ist eine große und schöne Stadt mit viel Gold. Selbst die Regenrinnen, die das Wasser von den Tempeldächern in die Zisternen ableiten, sind aus Gold, und ich selbst benutze in meiner Küche goldene Löffel und bin darin größer als jeder König der Christenheit. Ich glaube, daß diese Menschen hier den Lenden jener Ägypter entsprossen sind, welche die Israeliten in Gefangenschaft gehalten haben, denn ihre Tempel sind Pyramiden in der Art der Ägypter, wie sie mir von einem Reisenden geschildert wurden, der diesen Teil der Welt gesehen hat. Doch der Palast des Königs ist ein quadratisches Bauwerk, sehr groß, und die Wände innen und außen und selbst die Fußböden sind mit Goldplatten bedeckt, so daß man dort auf Gold tritt. Und diese Menschen beherrschen die Kunst des Emaillierens, wie ich es noch nie gesehen habe, aber sie benutzen diese Kunst gotteslästerlich, um ihre Idole zu schaffen, machen aber viele schöne Schmuckstücke, und selbst die gewöhnlichen Leute tragen Gold und Emailleschmuck.

Das Leben ist leicht für mich, denn ich bin wegen meiner Arbeit in der Schmiede hochgeachtet, und weil ich die Freundschaft des Königs besitze, der mir viele Geschenke macht, wenn ihm meine Arbeit gefällt. Doch in den Nächten weine ich oft und wünsche, ich wäre zurück in Spanien, selbst in einer ordinären Taverne in Cadiz, wo musiziert und gesungen wird, denn die Mayas haben nur eine ärmliche Musik, da sie nur die Flöte und Trommeln kennen, und ich zu wenig von der Kunst der Musik verstehe, um sie mehr zu lehren.

Aber ich sage Euch, meine Söhne, Gott hat dieses Land mit seinem Finger angerührt und beabsichtigt gewiß, daß es unter dem Mantel Christi geborgen wird, denn ich habe hier Wunder über Wunder gesehen und sogar ein noch größeres Mirakel, das eine

Mahnung für alle ist, zu sehen, daß die milde Hand Christi die ganze Welt umschließt und daß es keinen Winkel gibt, der Ihm entgeht. Ich habe dieses Zeichen in flammendem Gold auf einem Berg aus Gold geschrieben gesehen, der nicht weit vom Zentrum der Stadt entfernt sich erhebt und der in unvergänglichem Ruhm heller glänzt als der goldene Palast des Königs der Mayas. Und ganz gewißlich bedeutet dieses Zeichen, daß Christen dieses Land als ihr Eigentum besitzen sollen und daß die Heiden unterworfen werden und daß die Anhänger Christi die Idole in den Tempeln stürzen und das Gold von den Tempeldächern und dem Palast des Königs reißen und von dem goldenen Berg und dem brennenden Zeichen darauf, das ein Wunder für alle Augen ist, die es erblicken, Besitz ergreifen sollen.

Deshalb, meine Söhne Jaime und Juan, lest diesen Brief aufmerksam, denn es ist mein Wunsch, daß dieser Ruhm der Familie de Vivero zukommen und sie dadurch erhöht werden soll. Ihr wißt, daß die de Viveros von altem Adel sind, aber in vergangenen Zeiten durch die Herrschaft der Mohren in Spanien unterdrückt worden sind, so daß ihr Vermögen verlorenging und die Köpfe der Familie zu gewöhnlichem Handel gezwungen wurden. Mein Vater war Goldschmied, was mir in diesem Land, gelobt sei der Herr, mein Seelenheil gerettet hat. Als die ungläubigen Mohren aus Spanien vertrieben wurden, nahm das Glück unserer Familie eine Wendung, und durch das Erbteil meines Vaters war ich in der Lage, in der Provinz Huelva Land zu kaufen und Alcalde zu werden. Aber ich blickte in die Ferne nach den neuen Ländern im Westen und dachte, daß ein Mann einen größeren Besitz als Erbteil für seine Söhne erwerben könnte, die dann Gouverneure von Provinzen unter dem König dieser neuen Länder werden mochten. Auf diese Weise kam ich mit Hernán Cortés nach Mexiko.

Wer auch immer diese Stadt Uaxuanoc erobert, soll auch diesen Berg aus Gold besitzen, von dem ich geschrieben habe, und sein Name soll in der ganzen Christenheit widerhallen, und er soll zur Rechten der christlichen Könige sitzen und vor allen anderen Menschen geehrt werden, und es ist mein Wunsch, daß dieser Mann de Vivero heißen soll. Doch es hat mich bekümmert, daß meine Söhne miteinander verfeindet sein sollen wie Kain und Abel und aus geringen Gründen einander bekämpfen und Schande über den Namen de Vivero bringen, statt sich zum Wohl der Familie zu vereinigen. Deshalb befehle ich Euch im Namen Gottes, Euren Frieden miteinander zu schließen. Du, Jaime, sollst die Verzeihung des Bruders für die Sünden erbitten, die Du gegen ihn begangen hast, und Du, Juan, sollst das gleiche tun, und Ihr beide sollt in Freundschaft miteinander leben und gemeinsam nach dem gleichen Ziel streben, nämlich diese Stadt und den goldenen Berg mit seinem Wunderzeichen zu erobern.

Deshalb sende ich Euch mit diesem Brief Geschenke, eines für jeden, die in jener wundervollen Weise angefertigt sind, die mein Vater von jenem Fremdling aus dem Osten lernte, den die Mohren vor vielen Jahren nach Cordoba gebracht haben und von dem ich Euch erzählt habe. Werft die Schuppen der Feindschaft von Euren Augen ab und betrachtet diese Geschenke mit dem richtigen Blick, der Euch mit starken Banden zusammenführen soll, damit der Name de Vivero für alle Zeiten in der Christenheit widerhallen wird.

Die Männer, die Euch diese Geschenke überbringen, sind Mayas, die ich im geheimen entgegen dem Wunsch des Königs im Namen Christi getauft und die ich zur Hilfe und zu ihrer größeren Sicherheit auf der Suche nach Euch unsere spanische Sprache gelehrt habe. Nehmt sie freundlich und in Ehren auf, denn es sind tapfere Männer und wahre Christen, die für ihre Dienste große Belohnung verdienen.

Geht mit Gott, meine Söhne, und fürchtet die Fallen nicht, die in diesem Waldland von Euren Feinden gelegt sind. Bedenkt, was ich Euch über die Tugenden des wahren Soldaten gesagt habe, damit Ihr in der Schlacht siegreich bleibt und die Bosheit der Heiden überwindet, um dieses Land und das große Wunder, das es birgt, zu besitzen und dadurch den Namen de Vivero auf ewig zu erhöhen.

Es mag sein, daß ich tot sein werde, wenn das vollbracht ist, denn der König der Mayas wird alt, und jener, der nach ihm König sein wird, sieht mich nicht gnädig an, denn er wurde von den Papas des Kukulcan aufgehetzt. Aber betet für mich und mein Seelenheil, denn ich fürchte, daß ich lange Zeit im Fegefeuer verbringen muß, weil ich aus Todesfurcht kleinmütig war und nicht gewagt habe, diese Menschen zur Lehre Christi zu bekehren. Ich bin nur ein sterblicher Mensch und habe große Angst, darum betet für Euren Vater, meine Söhne, und laßt für seine Seele Messen lesen.

Geschrieben im April des Jahres des Herrn eintausendfünfhundertundneunundreißig.

Manuel de Vivero y Castuera,
Alcalde in Spanien,
Freund des Hernan Cortes
und des Francisco de Montejo.

3

Ich legte die Übersetzung von Viveros Brief in den Aktendeckel zurück, blieb noch einen Augenblick sitzen und dachte an diesen schon lange toten Mann, der sein Leben in Gefangenschaft beendet hatte. Was war ihm geschehen? War er geopfert worden, als der König starb? Oder war es ihm gelungen, sich noch etwas einfallen zu lassen und die Mayas zu überreden, ihn am Leben zu lassen?

Welch ein widerspruchsvoller Mensch war er gewesen – unseren modernen Ansichten zufolge. Er betrachtete die Mayas so, wie der Mensch den Löwen betrachtet: »Dieses Tier ist gefährlich; es wehrt sich, wenn man es angreift.« Das schmeckte nach Heuchelei, aber de Vivero war unter anderen Traditionen erzogen worden. Es lag kein Widerspruch darin, die Heiden zu bekehren und gleichzeitig ihr Gold zu plündern. Für ihn war das so natürlich wie zu atmen.

Unzweifelhaft war er ein tapferer und standhafter Mann gewesen, und ich hoffte, daß er nicht von Ängsten vor dem Fegefeuer und der Hölle gequält gestorben war.

Im Wohnzimmer herrschte eine gespannte Atmosphäre, und es war offenkundig, daß die Vögelchen in ihren kleinen Nestern sich nicht gut vertragen hatten. Ich warf den Aktendeckel auf den Tisch und sagte: »Gut, ich habe den Brief gelesen.«

»Was halten Sie davon?« fragte Fallon.

»Er war ein guter Mann.«

»Ist das alles?«

»Sie wissen verdammt gut, daß das nicht alles ist«, antwortete ich ohne Schärfe. »Ich erkenne den entscheidenden Punkt ganz genau. Würde es zutreffen, wenn ich sage, daß diese Stadt Ua... Uaxua...« Ich brachte den Namen nicht zusammen.

»Wasch-wan-ok«, sagte Fallon überraschend. »So wird es ausgesprochen.«

»Von mir aus. Daß diese Stadt von Ihnen nicht gefunden worden ist.«

»Ein Punkt für Sie«, bestätigte Fallon. Er klopfte auf den Aktendeckel und sagte nachdrücklich: »Nach Viveros Aussage war Uaxuanoc größer als Chichen Itza, größer als Uxmal, und das sind ganz schön große Städte. Es war das Zentrum der Zivilisation der Mayas, und der Mann, der die Stadt findet, wird sich damit einen großen Namen machen. Er wird in der Lage sein, viele Fragen zu beantworten, die jetzt unbeantwortbar sind.«

Ich wandte mich an Halstead. »Stimmen Sie dem zu?«

Er sah mich mit glühenden Augen an. »Stellen Sie keine dummen Fragen. Selbstverständlich stimme ich dem zu. Das ist so ungefähr das einzige, worin Fallon und ich übereinstimmen.«

Ich setzte mich. »Und darum liegen Sie in einem Wettrennen – schlitzen sich gegenseitig den Bauch auf, um der erste zu werden. Mein Gott, das setzt die Wissenschaft in ein schönes Licht!«

»Einen Augenblick«, widersprach Fallon scharf. »Das ist nicht ganz zutreffend. Gut, ich gebe zu, daß ich versuche, vor Halstead dorthin zu gelangen, aber nur, weil ich ihm bei einer so wichtigen Sache nicht traue. Er ist zu ungeduldig, zu hastig für eine große Ausgrabung. Er will sich schnell einen Ruf sichern – ich kenne ihn seit langem –, und auf diese Weise werden wichtige Funde vernichtet.«

Halstead erhob keinen Einspruch, wie ich erwartet hatte; statt dessen sah er mich mit einem sardonischen Ausdruck an. »Da haben Sie ein schönes Beispiel für berufliches Ethos«, sagte er spöttisch. »Fallon ist bereit, den Ruf jedes anderen in Grund und Boden zu verdammen, wenn er das bekommt, was er will.« Er beugte sich vor und wandte sich unmittelbar an Fallon. »Ich nehme nicht an, daß Sie Ihren Ruf durch die Entdeckung von Uaxuanoc vergrößern wollen?«

»Mein Ruf ist bereits gesichert«, erwiderte Fallon milde. »Ich stehe schon an der Spitze.«

»Und Sie wollen nicht, daß irgend jemand Sie übertrifft«, sagte Halstead schneidend.

Diese Streitereien hatte ich nunmehr satt und wollte das aussprechen, als Katherine Halstead sich einmischte. »Und Professor Fallon hat seine eigenen Methoden, dafür zu sorgen, daß er nicht übertroffen wird.«

Ich hob die Augenbrauen und fragte: »Können Sie das erläutern?«

Sie lächelte. »Nun, er hat das Original von Viveros Brief gestohlen.«

»Jetzt sind wir wieder da angelangt«, sagte Fallon angewidert. »Ich habe Ihnen erklärt, daß ich es von Gerryson in New York gekauft habe, und das kann ich beweisen.«

»Genug damit«, sagte ich schroff. »Es reicht jetzt mit diesen gegenseitigen Anschuldigungen. Bleiben wir bei der Sache. Soweit ich es übersehen kann, hat der alte de Vivero seinen Söhnen den Brief und Geschenke gesandt. Sie meinen, daß diese Geschenke zwei goldene Tabletts waren und daß an diesen Tabletts etwas ist, was Bedeutung für Uaxuanoc hat. Stimmt das?«

Fallon nickte und griff nach dem Aktenordner. »In Uaxuanoc gab es eine Unmenge Gold – er erwähnt es immer wieder –, und er machte es ganz deutlich, daß er wünschte, seine Söhne sollten bei der Teilung der Beute an führender Stelle stehen. Was er nicht getan hat, obwohl es logischerweise zu erwarten gewesen wäre, ist, ihnen mitzuteilen, wo die Stadt zu finden war. Statt dessen schickte er ihnen Geschenke.«

Hier mischte Halstead sich ein. »Ich bin überzeugt, daß ich den Grund genauso gut herausbekommen habe wie Fallon. Viveros Familienleben war nicht besonders glücklich. Anscheinend haßten die Söhne sich gegenseitig bis aufs Blut, und das gefiel Vivero nicht. Ich halte es für logisch, daß er jedem der beiden einen Teil der Information gegeben hat und daß beide Teile zusammen erst einen Sinn ergaben. Die Brüder mußten einfach zusammenarbeiten.« Er spreizte die Hände. »Die Information war nicht in dem Brief enthalten, folglich mußte sie in den Geschenken sein – in den Tabletts.«

»Dieser Ansicht bin ich auch«, sagte Fallon. »Darum machte ich mich auf die Jagd nach den Tabletts. Ich wußte, daß das mexikanische Tablett 1782 noch existierte, denn damals hat Murville darüber geschrieben, und von da an nahm ich die Spur auf.«

Halstead kicherte höhnisch, und Fallon sagte gereizt: »Ja, ich weiß, damit habe ich mich schön zum Narren gemacht.« Er wandte sich mir zu und sagte mit einem verlegenen Grinsen: »Ich bin durch ganz Mexiko dahinterher gejagt und fand es schließlich in meinem eigenen Museum – ich hatte es die ganze Zeit über schon besessen.«

Halstead lachte laut heraus. »Und darin bin ich Ihnen zuvorgekommen. Ich wußte vor Ihnen, daß es dort war.« Das Grinsen verschwand von seinem Gesicht. »Dann haben Sie es der Besichtigung durch die Öffentlichkeit entzogen.«

Ich schüttelte verständnislos den Kopf. »Wie, zum Teufel, können Sie einen solchen Wertgegenstand besitzen und doch nichts davon wissen?« fragte ich ungehalten.

»Ihre Familie wußte es selbstverständlich«, erklärte Fallon verständnisvoll, »aber mein Fall liegt etwas anders. Ich habe eine Stiftung geschaffen, deren Verwaltungsrat unter anderem auch das Museum betreut. Ich bin nicht persönlich für alles verantwortlich, was das Museum ankauft, und ich kenne auch nicht jeden einzelnen Gegenstand, den es besitzt. Aber jedenfalls hatte das Museum das Tablett.«

»Das ist das eine Tablett. Was ist mit dem anderen?«

»Das war wohl etwas schwieriger, wie, Paul?« Er lächelte durch das Zimmer Halstead zu. »Manuel de Vivero hatte zwei Söhne, Jaime und Juan. Jaime blieb in Mexiko und gründete den mexikanischen Zweig der de Viveros – von ihnen haben Sie inzwischen schon gehört –, aber Juan hatte von Amerika genug und kehrte nach Spanien zurück. Er brachte reiche Beute mit und wurde wie sein Vater Alcalde – das ist eine Art Verwaltungsbeamter und Richter auf dem flachen Land. Er hatte einen Sohn Miguel, der es noch weiter brachte und zu einem reichen Reeder wurde.

Es kam die Zeit, in der sich die Spannungen zwischen Spanien und England verschärften, und Philipp II. beschloß, dem ein für allemal ein Ende zu machen, und begann die Armada zu bauen. Miguel de Vivero stellte als seinen Beitrag ein Schiff, die *San Juan de Huelva,* über das er selbst das Kommando übernahm. Es segelte mit der Armada und kehrte nicht zurück, ebensowenig Miguel. Die Reederei starb nicht mit Miguel, ein Sohn übernahm sie, und sie bestand noch lange Zeit, bis zum Ende des achtzehnten Jahrhunderts. Zum Glück hatten die Leute die Gepflogenheit, Aufzeichnungen aufzubewahren, und darin fand ich einen wertvollen Hinweis. Miguel hatte in einem Brief seine Frau aufgefordert, ihm ›das Tablett, das mein Großvater in Mexiko gemacht hat‹, zu schicken. Er hatte es bei sich auf seinem Schiff, als er mit der Armada gegen England segelte. Da dachte ich, daß die ganze Angelegenheit damit ihr Ende gefunden hätte.«

»Den Brief habe ich vor Ihnen gefunden«, sagte Halstead befriedigt.

»Das klingt alles wie eine Kreuzung zwischen einem Bilder-Puzzle und einem Kriminalroman«, sagte ich. »Was haben Sie dann getan?«

»Ich kam nach England«, antwortete Fallon. »Nicht, um nach dem Tablett zu suchen, sondern auf einen Urlaub. Ich hielt mich in Oxford in einem der Colleges auf und erwähnte rein zufällig meine Nachforschungen in Spanien. Einer der Dons – ein staubtrockener Literaturmensch – sagte, er erinnere sich dunkel, darüber etwas im Briefwechsel von Herrick gelesen zu haben.«

Ich starrte Fallon verblüfft an. »Dem Dichter Herrick?«

»Ganz richtig. Er war Rektor von Dean Prior – das ist nicht weit von hier. Ein Mann namens Goosan hatte ihm einen Brief geschrieben. Goosan war ein Kaufmann am Ort, ein Nichts. Sein Brief wäre nicht erhalten geblieben, wenn er ihn nicht an Herrick geschrieben hätte.«

Halstead war aufmerksam geworden. »Davon wußte ich nichts. Sprechen Sie weiter.«

»Eigentlich hat es nichts zu bedeuten«, sagte Fallon müde. »Wir wissen jetzt ja, wo das Tablett ist.«

»Mich interessiert es«, sagte ich.

Fallon hob die Schultern. »Herrick langweilte sich bei diesem Landleben zu Tode, aber er war nun einmal an Dean Prior gebunden. Viel zu tun gab es für ihn nicht, deshalb nehme ich an, daß er sich für seine Pfarrkinder mehr interessierte als die übrige langweilige Bande von Landgeistlichen. Jedenfalls interessierte er sich für Goosan und bat ihn, zu Papier zu bringen, was Goosan ihm einmal erzählt hatte. Um eine lange Geschichte kurz zu machen, Goosans Familienname hatte ursprünglich Guzman gelautet, und sein Großvater war einmal Matrose auf der *San Juan* gewesen. Während ihres Angriffs auf England hatten sie Furchtbares durchgemacht, und nach alldem war das Schiff vor Start Point untergegangen. Der Kapitän, Miguel de Vivero, war schon vorher am Schiffsfieber – nämlich Typhus – gestorben, und als Guzman an Land kam, brachte er das verdammte Tablett als Teil seiner persönlichen Beute mit. Guzmans Enkel, das war der Goosan, der an Herrick geschrieben hat, zeigte Herrick das Tablett sogar. Wie es in den Besitz Ihrer Familie kam, weiß ich nicht.«

»Deshalb haben Sie also gelacht, als ich Ihnen riet, Sie sollten Dave Goosan aufsuchen.«

»Das versetzte mir einen gewissen Schock«, gab Fallon zu.

»Von Herrick habe ich nichts gewußt«, sagte Halstead. »Ich verfolgte nur den Weg der Armada und versuchte herauszufinden, wo die *San Juan* gesunken war. Ich war zufällig in Plymouth, als ich das Foto des Tabletts in der Zeitung sah.« Fallon hob die Augen zur Decke. »Reine Glückssache«, knurrte er geringschätzig.

Halstead grinste. »Aber ich war vor Ihnen hier.«

»Ja, das stimmt«, bestätigte ich gedehnt. »Und dann wurde mein Bruder ermordet.«

Er fuhr auf. »Was, zum Teufel, wollen Sie mit dieser Bemerkung sagen?«

»Ich treffe nur eine der Wahrheit entsprechende Feststellung. Kannten Sie Victor Niscemi?«

»Vor dem Inquest hatte ich noch nie von ihm gehört. Aber ich kann nicht sagen, daß mir Ihr Gedankengang sonderlich zusagt, Wheale.«

»Mir gefällt er auch nicht«, erwiderte ich bissig. »Aber lassen wir das für den Augenblick. Professor Fallon, ich nehme an, daß Sie Ihr Tablett gründlich untersucht haben. Was konnten Sie feststellen?«

Er grunzte. »Ich bin nicht bereit, darüber in Gegenwart von Halstead zu sprechen. Ich bin schon weit genug gedrängt worden.« Er schwieg einen Augenblick, seufzte dann und fuhr fort: »Also gut. Genaugenommen, konnte ich nichts feststellen. Ich vermute, daß alles, was man finden kann, erst ans Licht kommt, wenn man die Tabletts nebeneinander vergleichen kann.« Er stand auf. »Und jetzt habe ich von alldem genug. Vorhin haben Sie zu Halstead gesagt, er solle Farbe bekennen oder den Mund halten. Die gleiche Forderung richte ich jetzt an Sie. Wieviel wollen Sie für das Tablett haben? Nennen Sie Ihren Preis, und ich schreibe Ihnen auf der Stelle einen Scheck aus.«

»Sie haben nicht genug Geld, um meinen Preis bezahlen zu können«, erwiderte ich, und er blickte mich überrascht an. »Ich habe Ihnen gesagt, mein Preis müsse nicht unbedingt bares Geld sein. Setzen Sie sich wieder und hören Sie sich an, was ich zu sagen habe.«

Langsam ließ Fallon sich wieder auf den Sessel sinken, ohne seinen Blick von mir abzuwenden. Ich sah zu Halstead hinüber und zu seiner Frau, die in der sinkenden Abenddämmerung fast nicht zu erkennen war. »Ich stelle drei Bedingungen, unter denen ich mich von dem Tablett trennen werde. Alle diese Bedingungen müssen vorher erfüllt werden. Ist das klar?«

Fallon grunzte, und ich deutete das als Zustimmung. Halstead musterte mich scharf und nickte dann steif mit dem Kopf.

»Professor Fallon besitzt eine Menge Geld, was sich als nützlich erweisen wird. Wir werden also die Expedition finanzieren, die erforderlich ist, um Uaxuanoc zu finden. Dagegen können Sie keinen Einspruch erheben, Fallon, weil Sie diese Expedition ja sowieso unternehmen werden. Aber ich werde an der Expedition teilnehmen. Einverstanden?«

Fallon sah mich prüfend an. »Ich weiß nicht, ob Sie dem gewachsen sind«, sagte er etwas geringschätzig. »Das läßt sich mit einem Ausflug ins Dartmoor nicht vergleichen.«

»Ich stelle Sie nicht vor eine Wahl«, entgegnete ich, »sondern ich stelle Ihnen ein Ultimatum.«

»Also gut«, sagte er. »Es geht ja um Ihre Haut.«

»Die zweite Bedingung ist, daß Sie mir mit allen Ihren Kräften helfen festzustellen, warum mein Bruder ermordet worden ist.«

»Würde das nicht durch Ihren Abstecher nach Yucatan erschwert werden?« gab er zu bedenken.

»Da bin ich nicht so sicher. Ich meine, der Mann, der das Tablett so dringend an sich bringen wollte, daß er einen mit einer abgesägten Flinte Bewaffneten ausschickte, muß auch gewußt haben, daß das Tablett ein Geheimnis birgt. Möglicherweise begegnen wir ihm in Yucatan. Wer kann das wissen?«

»Das ist zwar völlig verrückt, aber wie Sie wollen«, sagte er. »Ich bin einverstanden.«

»Gut«, sagte ich freundlich und machte mich bereit, ihm den Fangstoß zu geben. »Meine dritte Bedingung ist, daß Halstead mit uns kommt.«

Fallon richtete sich jäh auf und brüllte: »Ich will verdammt sein, wenn ich diesen Schweinehund mitnehme.«

Halstead sprang von seinem Sessel auf. »Das ist heute das zweite Mal, daß Sie mich so beschimpfen. Ich sollte Ihnen die Zähne. . .«

»Ruhe!« fuhr ich donnernd dazwischen. In die plötzliche Stille hinein sagte ich: »Sie beide machen mir übel. Den ganzen Nachmittag haben Sie aufeinander losgehackt. Bei Ihren Nachforschungen haben Sie beide bisher gute Erfolge zu verzeichnen – Sie erreichten beide zur gleichen Zeit denselben Punkt, und damit stehen Sie pari. Und Sie beide haben die gleichen Anschuldigungen gegeneinander vorgebracht, und damit ist auch auf diesem Gebiet der Ausgleich geschaffen.« Fallon zeigte ein abweisendes Gesicht, als ich fortfuhr: »Sehen Sie es folgendermaßen an: Sie wissen doch genau, was passiert, wenn wir zwei uns verbünden. Halstead wird sich an unsere Fersen heften. Er ist ebenso zäh wie Sie und wird unserer Spur folgen, wohin immer sie führen wird. Aber um diese Frage geht es ja gar nicht mehr. Ich habe doch gesagt, daß alle meine drei Bedingungen akzeptiert werden müssen, und, bei Gott, wenn Sie sich damit nicht einverstanden erklären, gebe ich Halstead mein Tablett. Auf diese Weise werden Sie beide dann eins haben, und damit stehen Sie dann bei der nächsten Runde dieser wissenschaftlichen Rauferei auf der gleichen Grundlage. Wie ist es also? Nehmen Sie an oder nicht?«

In seinem Gesicht arbeitete es, und schließlich schüttelte er resigniert den Kopf. »Ich bin einverstanden«, flüsterte er.

»Halstead?«

»Ich bin einverstanden.«

Dann fragten beide gleichzeitig: »Wo ist das Tablett?«

Vierter Teil

1

Mexiko war heiß und stand im Trubel der Olympischen Wettkämpfe. Die Hotels waren bis zum Bersten überfüllt, aber glücklicherweise besaß Fallon ein Landhaus unmittelbar vor der Stadt, in dem wir unser Hauptquartier aufschlugen. Auch die Halsteads hatten eine Wohnung in Mexico City, hielten sich aber dennoch die meiste Zeit in Fallons privatem Palast auf.

Ich muß gestehen, wenn Fallon einen Entschluß gefaßt hatte, handelte er schnell. Wie ein guter General zog er seine Streitkräfte nahe bei dem Angriffspunkt zusammen. Er gab ein kleines Vermögen für Telefongespräche aus, und das Ergebnis war eine Konzentration der Kräfte in Mexico City. Auch ich mußte eine schnelle Entscheidung treffen. Ich hatte eine gute Stellung und keine Lust, sie ohne weiteres aufzugeben, er, Fallon, bedrängte mich hart. Ich suchte meinen Chef auf, berichtete ihm von Bobs Tod, und er war so freundlich, mir sechs Monate unbezahlten Urlaub zu gewähren.

Ihm gegenüber hatte ich die Bewirtschaftung des Gutshofs stark in den Vordergrund gestellt, was in gewisser Weise wohl ein Täuschungsmanöver war, ich meine jedoch, daß meine Reise nach Yucatan als Wahrung des Nachlasses von Bob ausgedeutet werden konnte.

Fallon setzte auch Mittel ein, die man nur durch Geld erwerben kann. »Großunternehmen haben Sicherheitsprobleme«, sagte er, »folglich haben sie ihre eigenen Sicherungsgruppen, die jederzeit ebenso gut wie die Polizei und in den meisten Fällen besser als sie sind. Die Bezahlung ist höher. Ich habe eigene Nachforschungen nach Niscemi anstellen lassen.«

Bei dem Gedanken wurde mir etwas schwindelig. Wie die meisten hielt ich Millionäre einfach für Leute, die viel Geld haben, darüber hinaus hatte ich aber nicht an die Macht und den Einfluß gedacht, den Geld verleihen kann. Daß ein Mann nach dem Telefon greifen und eine private Polizeimacht in Marsch setzen konnte, öffnete mir die Augen und machte mich nachdenklich.

Fallons Haus war groß und kühl und stand auf einem vierzig Morgen großen, makellos gepflegten Grundstück. Es war still, trotz aller Aktivität, die unmerklich einsetzte, sobald sein Herr es betrat. Leichtfüßige Dienerschaft war anwesend, sobald man sie wünschte, und nicht vorhanden, wenn man sie nicht brauchte, und ohne jede Gewissensbisse gab ich mich einem schwelgerischen Luxus hin.

Fallons Tablett war noch nicht aus New York eingetroffen, und er verbrachte viel Zeit damit, mit Halstead über die archäologischen Streitfragen zu diskutieren. Zu meiner Befriedigung beobachtete ich, daß Temperamentsausbrüche sich jetzt auf wissenschaftliche Probleme beschränkten und keine der früheren persönlichen Wendungen nahmen. Offenbar war das weitgehend Katherine Halstead zuzuschreiben, die ihren Mann streng zügelte.

Am Morgen nach unserer Ankunft ging es wieder hoch her. »Ich glaube, daß der alte Vivero ein verdammter Lügner war«, erklärte Halstead.

»Selbstverständlich war er das«, erwiderte Fallon gereizt. »Aber dieser Punkt steht hier gar nicht zur Diskussion. Er berichtete, daß er nach Chichen Itza gebracht wurde . . .«

»Und ich behaupte, daß das nicht stimmen kann. Das Neue Reich war schon seit langem auseinandergefallen – Chichen Itza war verlassen worden, als Hunac Ceel die Itzas vertrieb. Es war eine tote Stadt.«

Fallon schnaubte ungeduldig. »Betrachten Sie es doch einmal nicht von Ihrem Standpunkt. Sehen Sie es so, wie Vivero es sah. Er war ein durchschnittlicher, unwissender spanischer Soldat und besaß nicht die Kenntnisse und Einsichten, die wir haben. Er sagte, er sei nach Chichen Itza gebracht worden – er nennt die Stadt ausdrücklich, und Chichen Itza ist nicht der einzige Name, den er ihr in seinem Manuskript gibt. Ihm war es verdammt gleichgültig, ob Sie glauben, daß Chichen Itza bewohnt war – er wurde dorthin gebracht, und das sagt er.« Er brach kurz ab. »Wenn Sie recht haben, bedeutet das selbstverständlich, daß der Brief Viveros eine moderne Fälschung ist und daß wir alle auf dem Holzweg sind.«

»Ich halte ihn nicht für eine Fälschung«, entgegnete Halstead. »Ich bin nur der Meinung, daß Vivero ein geborener Lügner war.«

»Ich halte den Brief auch nicht für eine Fälschung«, sagte Fallon. »Ich habe ihn begutachten lassen.« Er ging durch das Zimmer und zog eine Schublade auf. »Hier ist das Gutachten.«

Er reichte es Halstead, der es überflog und auf den Tisch fallen ließ. Ich griff danach und fand eine Menge Tabellen und Graphiken, doch der Kern stand auf dem letzten Blatt unter der Überschrift: *Schlußfolgerung.* »Das Dokument scheint echt zu sein und ist im Spanisch der ersten Hälfte des sechzehnten Jahrhunderts abgefaßt. Sein Zustand ist mangelhaft – das Pergament minderwertiger Qualität und vielleicht schon ursprünglich falsch bearbeitet. Eine Messung mit der Radiokarbon-Uhr ergab als Entstehungsdatum das Jahr 1534 mit einer möglichen Abweichung von plus oder minus fünfzehn Jahren. Die Tinte zeigt gewisse Eigenarten in der Zusammensetzung, stammt aber unzweifelhaft aus der gleichen Periode wie das Pergament, wie eine Messung mit der Radiokarbon-Uhr ergab. Eine erschöpfende linguistische Analyse deckte keine Abweichungen von den Normen der spanischen Sprache des sechzehnten Jahrhunderts auf. Zwar sehen wir von einer Beurteilung des Inhalts des Dokumentes ab, konnten aber auf Grund der in ihm enthaltenen Merkmale keine Hinweise darauf finden, daß es etwas anderes ist, als es zu sein vorgibt.«

Ich dachte an Vivero, der seine Häute selbst zu Pergament gegerbt und sich seine Tinte selbst gemacht hatte – alles stimmte miteinander überein. Katherine Halstead streckte die Hand aus, und ich gab ihr den Bericht und wandte meine Aufmerksamkeit wieder der Diskussion zu.

»Ich glaube, Sie irren, Paul«, sagte Fallon. »Chichen Itza wurde erst sehr viel später vollständig aufgegeben. Es war selbst nach dem Eintreffen der Spanier noch ein religiöses Zentrum. Wie war das mit der Ermordung von Ah Dzun Kiu? Das war 1536, nicht weniger als neun Jahre nach der Gefangennahme von Vivero.«

»Wer, zum Teufel, war denn das?« fragte ich.

»Der Häuptling der Tutal Kiu. Er organisierte eine Pilgerfahrt nach Chichen Itza, um die Götter zu besänftigen. Sämtliche Teilnehmer wurden von Nachi Cocom, seinem Erzfeind, hingeschlachtet. Doch das ist alles unwesentlich – worauf es ankommt, ist, daß wir wissen, wann es geschehen ist, und das stimmt mit Viveros Behauptung überein, daß er nach Chichen Itza gebracht wurde, eine Behauptung, die Paul in Frage zieht.«

»Also gut, das räume ich Ihnen ein«, sagte Halstead. »Aber in dem Brief steht noch sehr viel mehr, was sich widerspricht.«

Ich überließ sie ihrem Disput und ging zum Fenster. In der Ferne wurde das Licht vom Wasser eines Schwimmbassins blendend reflektiert. Ich sah Katherine Halstead an. »Für solche logischen Haarspaltereien bin ich nicht zu brauchen«, sagte ich. »Sie gehen über meinen Horizont.«

»Über meinen auch«, stimmte sie mir zu. »Ich bin auch keine Archäologin und weiß nicht mehr als das, was ich durch eine Art Osmose von Paul aufgeschnappt habe.«

Ich blickte wieder zu dem Schwimmbassin hinunter – es sah sehr verlockend aus. »Wie wäre es mit Schwimmen?« schlug ich vor. »Ich habe einige Geräte mit, die ich erproben möchte, und hätte dabei gern Gesellschaft.«

Ihr Gesicht leuchtete auf. »Das ist eine gute Idee. Ich treffe Sie dort draußen in zehn Minuten.«

Ich ging in mein Zimmer, zog meine Badehose an, packte mein Tauchgerät aus und nahm es mit zu dem Bassin hinunter.

Ich hatte es in der Hoffnung mitgenommen, irgendwann unterwegs eine Möglichkeit zu finden, in der Karibischen See zu schwimmen, und diese Chance wollte ich nicht verpassen. Bisher hatte ich nur einmal in klarem Wasser geschwommen, und das war im Mittelmeer gewesen.

Mrs. Halstead befand sich schon unten an dem Schwimmbassin und sah in einem einteiligen Badeanzug sehr verführerisch aus. Ich ließ die Stahlflaschen und die Ausrüstung neben dem Bassin zu Boden gleiten und ging weiter zu der Stelle, an der sie saß. Aus dem Nichts tauchte ein Diener in weißer Jacke auf und sagte etwas schnell und abgehackt auf spanisch. Ratlos hob ich die Schultern und wandte mich hilfesuchend an sie. »Was hat er gesagt?«

Sie lachte. »Er möchte wissen, ob wir etwas zu trinken haben wollen.«

»Keine schlechte Idee. Etwas Langes und Kühles mit Alkohol darin.«

»Ich schließe mich Ihnen an.« Sie rasselte etwas auf spanisch herunter, worauf der Diener verschwand. Dann sagte sie: »Ich habe Ihnen noch nicht für das gedankt, was Sie für Paul getan haben, Mr. Wheale. Alles ist so schnell gegangen – ich bin gar nicht dazu gekommen, richtig darüber nachzudenken.«

»Sie haben mir für nichts zu danken«, antwortete ich. »Er bekam nur, was ihm zustand.« Ich versagte mir, auszusprechen, der wahre Grund, weshalb ich Halstead zugezogen hatte, sei, daß ich ihn in der Nähe haben wollte, wo ich ihn beobachten konnte. Ehemann Paul gefiel mir ganz und gar nicht. Er war mit Anschuldigungen zu schnell bei der Hand, und sein Temperament war mir zu unbeherrscht. Jemand war bei Niscemi gewesen, als Bob ermordet worden war, und wenn es auch nicht Halstead gewesen sein konnte, so bedeutete das noch nicht, daß er nichts mit der Sache zu tun hatte. Ich lächelte seine Frau freundlich an. »Es hat nichts zu besagen«, versicherte ich ihr.

»Ich fand es sehr großmütig, wenn man bedenkt, wie er sich benommen hat.« Sie sah mich fest an. »Beachten Sie ihn nicht, wenn er wieder einmal seine Beherrschung verliert. Er hat . . . er ist schwer enttäuscht worden. Hier bekommt er seine große Chance, und das zerrt an seinen Nerven.«

»Kein Grund zur Sorge«, sagte ich besänftigend. Im stillen war ich jedoch entschlossen, Halstead sofort eins in die Schnauze zu schlagen, sobald er wieder ausfallend werden sollte. Wenn ich es nicht tat, würde es Fallon tun, so alt wie er war. Dann wäre es besser, wenn ich es tat, da ich neutral war, weil dann geringere Gefahr bestand, daß diese alberne Expedition platzen würde.

Die Drinks kamen – ein weißliches Getränk in hohen, beschlagenen Gläsern, in denen Eis wie Silberglöckchen klingelte. Ich weiß nicht, was es war, aber es war kühl und erfrischend. Mrs. Halstead war nachdenklich geworden. Sie trank von ihrem Glas und fragte dann behutsam: »Wann, glauben Sie, werden Sie sich auf den Weg nach Yucatan machen?«

»Fragen Sie mich nicht. Das hängt von den Experten da oben ab.« Ich deutete mit dem Kopf auf das Haus. »Wir wissen ja noch nicht, wo wir eigentlich hin wollen.«

»Glauben Sie, daß die Tabletts ein Rätsel bergen? Und daß wir es lösen können?«

»Das tun sie, und das werden wir«, antwortete ich knapp. Ich sagte ihr nicht, daß ich die Lösung bereits zu kennen glaubte. Es gab eine Unmenge Dinge, die ich Mrs. Halstead nicht sagte – und auch keinem anderen.

»Was meinen Sie, wie Fallon sich verhalten würde, wenn ich vorschlüge, mit nach Yucatan zu kommen?« fragte sie.

Ich lachte. »Er würde an die Decke gehen. Da besteht für Sie keine Chance.«

Sie neigte sich vor und sagte ernst: »Es wäre besser, wenn ich mitkäme. Ich habe Befürchtungen wegen Paul.«

»Was wollen Sie damit sagen?«

Sie machte eine unschlüssige Handbewegung. »Ich gehöre nicht zu den gehässigen Frauen, die vor anderen über ihre Männer abträglich sprechen«, sagte sie, »aber Paul ist kein alltäglicher Mensch. Er hat eine Neigung, heftig zu werden, die er nicht beherrschen kann – jedenfalls nicht allein. Wenn ich bei ihm bin, kann ich mit ihm reden, ihn veranlassen, die Dinge in einem anderen Licht zu sehen. Ich wäre keine Belastung für Sie – ich bin früher schon mit auf Expeditionen gewesen.«

Sie sprach, als ob Halstead irgendwie ein Geisteskranker wäre, der ständig eine Pflegerin um sich haben mußte. Ich begann mich zu fragen, welche Verbindung zwischen diesen beiden bestand; manche Ehen beruhen auf ungeheuer merkwürdigen Beziehungen.

Sie sagte: »Fallon würde zustimmen, wenn Sie darauf drängten. Sie könnten ihn dazu überreden.«

Ich schnitt eine Grimasse. »Ich habe ihm schon einmal den Arm umgedreht. Ich glaube nicht, daß ich es noch einmal schaffe. Fallon ist nicht der Mann, der sich leicht herumschubsen läßt.« Ich trank einen weiteren Schluck aus meinem Glas und spürte, wie mir das Getränk kühl durch die Kehle rann. »Ich werde es mir überlegen«, sagte ich schließlich.

Doch ich wußte jetzt schon, daß ich Fallon den Vorschlag machen würde – und ihn zwingen, ihn anzunehmen. Katherine Halstead hatte etwas an sich, das mich anzog, etwas, das ich seit Jahren bei keiner Frau mehr empfunden hatte. Doch was das auch sein mochte, es war besser, wenn ich es unterdrückte. Der Zeitpunkt war nicht geeignet, mit einer verheirateten Frau ein Spiel anzufangen – besonders nicht, wenn sie mit einem Mann wie Paul Halstead verheiratet war.

»Wollen wir nicht das Wasser ausprobieren?« schlug ich vor und stand auf und ging zum Rand des Bassins.

Sie folgte mir. »Wozu haben Sie das da mitgebracht?« fragte sie und deutete auf die Taucherausrüstung.

Ich erklärte es ihr und fügte hinzu: »Ich habe sie eine ganze Zeit lang nicht mehr benutzt und sollte sie deshalb überprüfen. Haben Sie jemals getaucht?«

»Oft«, antwortete sie. »Ich habe einen Sommer auf den Bahamas verlebt und brachte fast jeden Tag im Wasser zu. Es macht mir großen Spaß.«

Ich nickte zustimmend und machte mich daran, die Ventile zu überprüfen. Ich stellte fest, daß alles funktionierte, und legte den Taucheranzug an. Während ich die Maske ausspülte, verschwand Katherine Halstead mit einem sauberen Kopfsprung im Wasser, tauchte wieder auf und bespritzte mich. »Kommen Sie rein«, rief sie mir zu.

»Sagen Sie mir nur nicht, daß es im Wasser angenehm ist.« Ich setzte mich auf die Kante des Bassins; mit Luftflaschen auf dem Rücken macht man keine Kopfsprünge. Wie üblich fiel es mir zunächst schwer, den richtigen Atemrhythmus zu finden. Das verlangt Übung, und daran fehlte es mir. Da der Einatmungsdruck unter Wasser größer als der der Lungen ist, besteht ein Druckunterschied, den zu überwinden anfangs unangenehm ist. Dann muß man so atmen, daß man mit der Luft sparsam wirtschaftet, und das ist ein Trick, hinter den manche Taucher nie kommen. Aber ziemlich bald hatte ich es wieder heraus und atmete in dem unregelmäßigen Rhythmus, der einem zuerst so unnatürlich erscheint.

Ich schwamm über dem Boden des Bassins umher und nahm mir vor, die Gürtelgewichte zu verändern. Ich hatte, seit ich die Ausrüstung zum letztenmal getragen hatte, an Gewicht zugenommen, und dadurch war der Auftrieb verändert worden. Über mir konnte ich Katherine Halsteads sonnengebräunte Glieder sehen, und ich schoß mit einem Schlag meiner Schwimmflossen nach oben und packte ihre Knöchel. Als ich sie unter Wasser zog, bemerkte ich die Kette der Luftbläschen, die gleichmäßig in einer geraden Linie von ihrem Mund zur Oberfläche stiegen. Falls ich sie überrascht haben sollte, ließ sie das in keiner Weise erkennen. Sie war geistesgegenwärtig genug, nicht die Luft aus ihren Lungen auf einmal entweichen zu lassen.

Plötzlich knickte ihr Körper zusammen, und ihre Hände griffen nach meinem Luftschlauch. Mit einer plötzlichen Drehung riß sie mir das Mundstück fort, und ich schluckte Wasser und ließ ihre Knöchel los. Ich tauchte auf, trat keuchend Wasser und fand sie lachend neben mir. Ich spuckte etwas Wasser aus und fragte: »Wo haben Sie den Trick gelernt?«

»Am Strand auf den Bahamas gibt es manche grobe Rowdies«, antwortete sie. »Da lernt man es als Mädchen, sich zu wehren.«

»Ich tauche wieder unter«, sagte ich. »Ich bin außer Übung.«

Wieder ließ ich mich auf den Boden des Bassins sinken und ging mein kleines Repertoire an Tricks durch – nahm das Mundstück ab und ließ den Schlauch sich mit Wasser füllen und leerte ihn wieder, nahm die Maske ab und schließlich auch das ganze Gerät und legte es wieder an. Das war nicht nur ein müßiges Spiel. Bei der einen oder anderen Gelegenheit hatte ich das alles in einer Situation machen müssen, in der es eindeutig lebensgefährlich gewesen wäre, wenn ich es nicht gekonnt hätte. Das Wasser ist in keiner Tiefe das natürliche Element des Menschen, und nur derjenige überlebt, der sich aus einer Gefahr zu retten weiß.

Ich war etwa fünfzehn Minuten unter Wasser gewesen, als ich ein Geräusch hörte. Ich blickte nach oben und sah ein Spritzen, deshalb tauchte ich auf, um festzustellen, was es gebe. Mrs. Halstead schlug mit der flachen Hand auf das Wasser, und hinter ihr stand Fallon. Ich kletterte aus dem Bassin, und er sagte: »Mein Tablett ist angekommen – jetzt können wir die beiden vergleichen.«

Ich legte die Taucherausrüstung und den Gürtel mit den Gewichten ab. »Ich komme hinauf, sobald ich mich abgetrocknet habe.«

Neugierig sah er auf meine Taucherausrüstung. »Können Sie damit auch in größere Tiefen tauchen?«

»Es kommt darauf an, wie tief«, antwortete ich vorsichtig. »Die größte Tiefe, in die ich getaucht bin, waren etwas über vierzig Meter.«

»Das würde wahrscheinlich ausreichen«, meinte er. »Vielleicht erweisen Sie sich doch noch als ganz brauchbar, Wheale. Es könnte sein, daß wir eine Cenote erforschen müssen.« Unvermittelt ließ er das Thema fallen. »Machen Sie so schnell, wie Sie können.«

Nahe dem Bassin stand eine lange Kabine, die sich als Umkleideraum erwies. Ich duschte, trocknete mich ab, streifte einen Bademantel aus Frottee über und ging zum Haus hinauf. Als ich durch die Fenstertür ins Haus trat, sagte Fallon gerade: ». . .dachte, es könnte in den Weinranken versteckt sein, und gab es deshalb einem

Kryptographen. Es mochte die Zahl der Adern auf den einzelnen Blättern sein, oder der Winkel, in dem die Blätter zum Stengel standen, oder jede beliebige Kombination solcher Faktoren. Nun, der Mann nahm sich alles vor, fütterte seine Ergebnisse in einen Computer, und heraus kam dabei nichts.«

Das war ein raffinierter Einfall, aber er lag völlig daneben. Ich trat zu der Gruppe um den Tisch und sah auf die beiden Tabletts hinunter. Fallon sagte: »Nachdem wir jetzt also zwei Tabletts haben, wollen wir das Ganze noch einmal durchexerzieren. Vivero könnte seine Botschaft auf beide verteilt haben.«

Gelassen fragte ich: »Von welchen Tabletts reden Sie?«

Halstead riß den Kopf zu mir herum, und Fallon drehte sich um und sah mich verständnislos an. »Was soll das? Die beiden hier, selbstverständlich.«

Ich blickte auf den Tisch. »Ich sehe keine Tabletts«, sagte ich.

Fallon wurde verwirrt und begann zu glotzen. »Sind Sie – sind Sie komplett verrückt? Für was, zum Teufel, halten Sie denn das hier? Für fliegende Untertassen?«

Halstead sah mich gereizt an. »Was soll das Theater?« fragte er schroff. »Murville hat das eine hier ein Tablett genannt. Der alte Vivero hat das andere ein Tablett genannt, und Goosan nannte es in seinem Brief an Herrick auch so.«

»Das ist mir völlig gleichgültig«, erwiderte ich ungerührt. »Auch wenn jeder ein Unterseeboot ein Flugzeug nennt, kann es deswegen noch nicht fliegen. Der alte Vivero hat sie nicht als Tabletts bezeichnet, und er hat sie gemacht. Er hat nicht geschrieben: ›Hier, meine Jungen, schicke ich euch ein paar schöne Tabletts‹, sondern ... Sehen wir doch mal nach, was er geschrieben hat. Wo ist die Übersetzung?«

In Fallons Augen stand ein Funkeln, als er mir den Stoß Papiere hinhielt, die er nie sehr weit von sich fort ließ. »Ich rate Ihnen, daß Sie etwas Gutes zu bieten haben.«

Ich blätterte durch die Papiere bis zur letzten Seite. »Hier steht: ›Deshalb sende ich Euch Geschenke, die in jener wundervollen Weise angefertigt sind, die mein Vater von jenem Fremdling aus dem Osten lernte ...‹ Und ferner schrieb er: ›Werft die Schuppen der Feindschaft von Euren Augen ab und betrachtet diese Geschenke mit dem richtigen Blick ...‹ Sagt Ihnen das irgend etwas?«

»Nicht viel«, erklärte Halstead.

»Das sind Spiegel«, sagte ich ruhig. »Und daran ändert auch die Tatsache nicht, daß sie von allen als Tabletts benutzt worden sind.«

Halstead gab einen gereizten Laut von sich, aber Fallon beugte sich vor und betrachtete sie genau. »Die Fläche dieses ›Tabletts‹ ist nicht aus Kupfer – sie ist aus Spiegelmetall und leicht konvex. Ich habe sie gemessen.«

»Damit könnten Sie recht haben«, gab Fallon zu. »Dann sind es also Spiegel. Aber wo führt uns das hin?«

»Sehen Sie genauer hin«, riet ich ihm.

Fallon hob einen der Spiegel hoch, und Halstead nahm den anderen.

Nach einer Weile sagte Halstead: »Ich kann nichts entdecken außer der Reflexion meines Gesichts.«

»Mir geht es nicht besser«, sagte Fallon. »Und die reflektierende Fläche ist nicht einmal besonders gut.«

»Was erwarten Sie von einem Metallspiegel, auf dessen Fläche seit mindestens vierhundert Jahren irgendwelche Gegenstände gelegt worden sind? Aber es ist ein hübscher Trick, und ich bin nur durch einen Zufall dahintergekommen. Haben Sie eine Projektionsleinwand?«

Fallon lächelte. »Da kann ich mit Besserem dienen – ich habe einen Vorführraum mit kompletter Einrichtung.«

Wie sollte es anders sein? Mit Kleinigkeiten begnügte sich der Millionär Fallon nicht. Er führte uns in einen Teil des Hauses, den ich noch nicht betreten hatte, und in ein Miniaturkino mit etwa zwanzig Sitzplätzen. »Ich finde das für informelle Vorträge recht praktisch«, sagte er.

Ich sah mich um. »Wo ist der Bildwerfer?«

»Im Projektionsraum. Dort hinten.«

»Ich möchte ihn hier draußen haben.«

Er sah mich nachdenklich an. »Na schön, ich lasse ihn herausbringen.«

Es dauerte etwa zehn Minuten, bis zwei seiner Diener den Bildwerfer herausgebracht und nach meinen Anweisungen auf einem Tisch in der Mitte des Vorführraums aufgestellt hatten. Fallon sah interessiert zu, Halstead zeigte ein gelangweiltes Gesicht, Mrs. Halstead sah schön aus. Ich blinzelte ihr zu. »Wir werden eine schöne

Vorstellung erleben«, versprach ich. »Mrs. Halstead, wollen Sie diesen Spiegel einmal halten?«

Ich machte mir an dem Bildwerfer zu schaffen. »Ich benutze den Apparat als sehr starken Scheinwerfer«, erklärte ich, »und werde das Licht von dem Spiegel dort oben auf die Leinwand reflektieren lassen. Sagen Sie mir, was Sie sehen.«

Ich schaltete die Bildwerferlampe ein, worauf Fallon plötzlich scharf einatmete und Halstead sein gelangweiltes Gesicht abwarf und praktisch vor Aufmerksamkeit strammstand. Ich drehte mich um und sah das Muster auf der Leinwand an. »Wofür halten Sie das?« fragte ich. »Es ist etwas verschwommen, aber ich halte es für eine Landkarte.«

»Teufel auch«, sagte Fallon. »Wie kommt es . . .? Ach, lassen wir das. Könnten Sie das Ding etwas drehen, Mrs. Halstead?«

Das leuchtende Gebilde auf der Leinwand schwankte und wurde verzerrt und wurde dann wieder in einer neuen Stellung deutlich. Fallon schnalzte mit der Zunge. »Ich glaube, Sie haben recht. Das ist eine Karte. Wenn die Einbuchtung dort unten rechts die Chetumal Bai ist – und sie hat die richtige Form –, dann haben wir darüber die Buchten von Espiritu Santo und Ascension. Demnach ist es die Westküste der Halbinsel Yucatan.«

»Was soll der Kreis da in der Mitte?« fragte Halstead.

»Dazu kommen wir gleich«, antwortete ich und schaltete den Bildwerfer aus. Fallon beugte sich zu dem Spiegel, den Mrs. Halstead noch in den Händen hielt, und schüttelte ungläubig den Kopf. Er sah mich fragend an. »Ich bin rein zufällig hinter diesen raffinierten Trick gekommen«, erklärte ich. »Ich machte Aufnahmen von meinem Tablett oder Spiegel und benahm mich dabei ungeschickt. Ich drückte versehentlich auf den Auslöser, und das Blitzlicht flammte auf. Als ich den Film entwickelte, fand ich, daß ich bei dieser Aufnahme nur einen Teil des Spiegels im Bild hatte, der größte Teil aber zeigte ein Stück der Wand. Der Spiegel hatte das Licht auf die Wand geworfen, aber an dem Spiegelbild kam mir einiges verdammt komisch vor, und deshalb beschäftigte ich mich mit der Sache etwas intensiver.«

Halstead nahm seiner Frau den Spiegel aus den Händen. »Das ist unmöglich«, sagte er. »Wie kann die Reflexion einer ebenen Fläche ein willkürlich geschaffenes Muster zeigen?« Er hob den Spiegel hoch und bewegte ihn vor seinen Augen hin und her. »Hier ist nicht das geringste zu sehen.«

»Es ist kein ebener Spiegel – er ist leicht konvex. Ich habe ihn gemessen. Er hat einen Krümmungsradius von ungefähr drei Metern. Das ist ein chinesischer Trick.«

»Chinesisch?«

»Der alte Vivero sagte darüber folgendes: ›. . . jenem Fremdling aus dem Osten . . . den die Mohren . . . nach Cordoba gebracht haben . . .‹ Das war ein Chinese. Ich war darüber etwas ratlos. Wie, zum Teufel, kam ein Chinese im späten fünfzehnten Jahrhundert nach Spanien. Aber wenn man genau überlegt, ist das gar nicht so merkwürdig. Das arabische Reich erstreckte sich von Spanien bis nach Indien. Man kann sich ganz gut vorstellen, daß ein chinesischer Handwerker diesen ganzen Weg zurückgelegt hat. Schließlich waren zu dieser Zeit auch schon Europäer in China.«

Fallon nickte. »Das ist eine plausible Theorie.« Er klopfte auf den Spiegel. »Aber wie, zum Teufel, wird so ein Ding gemacht?«

»Durch Glück kam ich dahinter«, antwortete ich. »Ich ging in Torquay in die öffentliche Bibliothek und fand dort alles in der neunten Auflage der Encyclopaedia Britannica. Der glückliche Umstand war, daß die Bibliothek in Torquay etwas altmodisch ist, denn in späteren Ausgaben der Encyclopaedia wurde der betreffende Artikel fallengelassen.«

Ich nahm Halstead den Spiegel ab und legte ihn flach auf den Tisch. »Es wird folgendermaßen gemacht. Denken Sie jetzt nicht an das schmückende Beiwerk aus Gold, sondern konzentrieren Sie sich auf den Spiegel selbst. Alle frühen chinesischen Spiegel waren aus Metall, im allgemeinen aus Bronze gegossen. Gußmetall ergibt keine gute Spiegelfläche; sie mußte also mit Schabern nachbearbeitet werden, um sie zu glätten. Man schabte von der Mitte aus zum Rand hin, und dadurch wurde der Spiegel etwas konvex.«

Fallon zog eine Füllfeder aus der Tasche, setzte sie auf den Spiegel und ahmte das Schaben nach. Er nickte und sagte knapp: »Weiter.«

»Nach einiger Zeit begann man, kunstvollere Spiegel zu machen. Ihre Herstellung war teuer, und die Hersteller fingen an, sie zu verzieren. Eine Methode war, auf der Rückseite des Spiegels Ornamente anzubringen. Im allgemeinen war es ein Ausspruch Buddhas, der in erhabenen Zeichen gegossen wurde. Und jetzt überlegen Sie einmal, was eintreten könnte, wenn ein solcher Spiegel geschabt wird. Er liegt mit der Rückseite auf einer festen Unterlage, doch nur die erhabenen Schriftzeichen kommen mit der Unterlage in Berührung – der übrige Spiegel wird von nichts gestützt. Wenn der Druck des Schabers erfolgt, geben die nicht gestützten Stellen etwas nach, und von den gestützten Stellen wird eine Winzigkeit mehr Metall abgeschabt.«

»Also, der Teufel soll mich holen«, sagte Fallon. »Und das bewirkt einen Unterschied?«

»Konvexe Spiegel haben die Eigenschaft, das Licht zu zerstreuen«, erläuterte ich, »aber wo die Schriftzeichen sind, sind ebene Stellen vorhanden, die das Licht parallel reflektieren. Die Konvexität ist so gering, daß sie mit dem bloßen Auge nicht wahrgenommen werden kann, doch bei der Reflexion zeigt sie sich infolge der kurzen Wellenlänge der Lichtstrahlen.«

»Wann haben die Chinesen das entdeckt?« wollte Fallon wissen.

»Irgendwann im elften Jahrhundert. Ursprünglich war es reiner Zufall, aber später begannen sie, die Erscheinung bewußt auszunutzen. Dann stellten sie kombinierte Spiegel her – auf der Rückseite stand unverändert ein Ausspruch Buddhas, doch der Spiegel reflektierte etwas ganz anderes. Im Ashmolean in Oxford ist einer – auf seiner Rückseite steht ›Anbetung für Buddha‹, und die Reflexion zeigt Buddha selbst. Es ging dabei nur darum, dem Spiegel eine falsche Rückseite zu geben, wie Vivero es hier getan hat.«

Halstead drehte den Spiegel um und klopfte suchend auf dessen goldener Rückseite. »Hierunter soll also eine in Bronze gegossene Karte sein?«

»So ist es. Ich neige zu der Vermutung, daß Vivero den kombinierten Spiegel noch einmal erfunden hat. Es sind nur drei Exemplare davon bekannt. Der im Ashmolean, ein weiterer im Britischen Museum und noch einer irgendwo in Deutschland.«

»Wie bekommen wir die Rückseite herunter?«

»Langsam. Ich lasse nicht zu, daß mein Spiegel ruiniert wird. Wenn man die Oberfläche mit Quecksilberamalgam behandelt, wird die Reflexion um hundert Prozent erhöht. Eine noch bessere Methode wären aber Röntgenaufnahmen.«

»Das werde ich veranlassen«, entschied Fallon. »Zunächst wollen wir ihn uns aber noch einmal ansehen. Schalten Sie den Projektor ein.«

Ich knipste das Licht an, und wir studierten die verschwommenen, leuchtenden Linien auf der Projektionsleinwand. Nach einer Weile sagte Fallon: »Es sieht genau wie die Küstenlinie von Quintana Roo aus. Wir können sie mit einer Karte vergleichen.«

»Stehen um den Rand herum nicht Worte?« meinte Katherine Halstead.

Ich strengte meine Augen an, konnte aber in dem verwischten Durcheinander krauser Linien nichts ausmachen. Nichts war deutlich. »Es könnte sein«, sagte ich zweifelnd.

»Und dieser Kreis in der Mitte«, sagte Halstead. »Was könnte der bedeuten?«

»Dieses Problem habe ich, glaube ich, gelöst«, sagte ich. »Der alte Vivero wollte seine Söhne miteinander aussöhnen, darum gab er jedem einen Spiegel. Das Rätsel kann nur mit beiden Spiegeln gelöst werden. Dieser hier gibt einen allgemeinen Überblick und legt das Gebiet fest. Aber ich bin bereit, eins gegen zehn zu wetten, daß der andere Spiegel in größerem Maßstab zeigt, was in dem kleinen Kreis enthalten ist. Für sich allein ist jeder der beiden Spiegel ziemlich nutzlos.«

»Das wollen wir nachprüfen«, sagte Fallon. »Wo ist der andere Spiegel?«

Die beiden Spiegel wurden gegeneinander ausgetauscht, und wir sahen uns das andere Muster an. Mir sagte es nicht viel, aber den anderen auch nicht. »Es ist nicht deutlich genug«, sagte Fallon unzufrieden. »Wenn ich das noch lange anstarre, werde ich blind.«

»Er ist vierhundert Jahre als Tablett benutzt worden, und das hat ihn mitgenommen«, sagte ich. »Aber die Rückseite war gut geschützt. Ich glaube, daß Röntgenaufnahmen ausgezeichnete Bilder ergeben werden.«

»Ich werde sie so schnell wie möglich machen lassen.«

Ich schaltete das Licht aus und bemerkte, daß Fallon sich die Augen mit seinem Taschentuch abtupfte. Er lächelte mir zu. »Sie machen sich bezahlt, Wheale«, sagte er. »Wir hätten das ohne Sie vielleicht nicht herausbekommen.«

»Sie hätten es bestimmt entdeckt«, antwortete ich überzeugt. »Sobald Ihr Kryptograph die Arbeit enttäuscht aufgegeben hätte, hätten Sie sich diese und jene Frage vorgelegt – zum Beispiel, was unter der Bronzefläche verborgen sein mochte. Was mir unerklärlich ist, ist die Frage, warum Viveros Söhne nichts mit den Spiegeln unternommen haben.«

Nachdenklich sagte Halstead: »Beide Zweige der Familie betrachteten diese beiden Stücke als Tabletts und nicht als Spiegel. Vielleicht haben sie Viveros sehr dunklen Hinweis nicht verstanden. Es mag sein, daß man ihnen die Geschichte von den chinesischen Spiegeln erzählt hat, als sie noch Kinder und zu jung waren, um sie richtig zu begreifen.«

»Das kann sein«, stimmte Fallon zu. »Es kann auch sein, daß sich der Streit zwischen den beiden Söhnen – um was es dabei auch gegangen sein mag – nicht so leicht beilegen ließ. Jedenfalls haben sie offenkundig nichts unternommen. Der spanische Zweig verlor seinen Spiegel, und für den mexikanischen Zweig beschränkte sich seine Bedeutung auf eine Art Familienlegende.« Er legte besitzergreifend seine Hand auf den einen Spiegel. »Aber jetzt haben wir sie –, und das ist ein anderer Fall.«

2

Wenn ich zurückdenke, dann glaube ich mich zu erinnern, daß etwa um diese Zeit Fallon anfing, seine vorherrschende Stellung einzubüßen. Eines Tages fuhr er in die Stadt, und als er zurückkam, war er düster und bedrückt, und danach passierte es hin und wieder, daß er unvermittelt in ein gedankenverlorenes Schweigen verfiel. Ich schrieb es den Sorgen zu, die ein Millionär haben muß – vielleicht waren die Börsenkurse gefallen oder etwas Derartiges – und maß dem weiter keine besondere Bedeutung bei. Doch was es auch gewesen war, seine Planung der Expedition nach Uaxuanoc wurde dadurch nicht beeinträchtigt, denn er trieb sie mit dämonischer Energie voran. Mir erschien es seltsam, daß er diesem Projekt seine ganze Zeit widmen sollte, denn ein Millionär mußte doch auch seine finanziellen Interessen im Auge behalten, aber Fallon sorgte sich um nichts anderes als um Uaxuanoc und die andere Sache, die ihn zu bedrücken schien.

In der gleichen Woche lernte ich Pat Harris kennen. Fallon rief mich in sein Arbeitszimmer und sagte: »Ich möchte Sie mit Pat Harris bekannt machen. Ich habe ihn mir von einer Ölgesellschaft ausgeliehen, an der ich beteiligt bin. Damit erfüllte ich einen Teil meiner Verpflichtungen. Harris hat sich mit Niscemi befaßt.«

Ich sah Harris interessiert an, obwohl er oberflächlich wenig Aufregendes zu bieten hatte. Er erschien in jeder Weise durchschnittlich. Weder zu groß noch zu klein, weder zu fett noch zu dürr. Er trug einen durchschnittlichen Anzug und sah aus wie ein vollkommen durchschnittlicher Mensch. Er hätte von einem Bevölkerungsstatistiker entworfen worden sein können. Er hatte jedoch einen überdurchschnittlich scharfen Verstand, aber das war ihm äußerlich nicht anzusehen.

Er streckte seine Hand aus. »Freut mich, Sie kennenzulernen, Mr. Wheale«, sagte er mit farbloser Stimme.

»Berichten Sie Wheale, was Sie herausgefunden haben«, befahl ihm Fallon.

Harris legte seine Hände vor seinem durchschnittlich amerikanischen Bauch zusammen. »Victor Niscemi - ein kleiner Ganove«, sagte er knapp. »Nicht viel über ihn zu sagen. Er war nie viel und hat nie viel getan - außer daß er sich in England umbringen ließ. Der Aufenthalt in einer Erziehungsanstalt zog Schwerwiegenderes nach sich, aber nicht sehr viel schwerer Wiegendes. Eine Vorstrafe für die Ausplünderung von Betrunkenen kam hinzu, aber das ist schon lange her. Während der letzten vier Jahre lag nichts gegen ihn vor, er erschien nicht einmal im Polizeibericht, will ich damit sagen. Soweit es um die Akten der Polizei geht, ist er sauber.«

»Das gilt doch wohl nur für die offiziellen Unterlagen der Polizei, nehme ich an. Aber wie sieht es inoffiziell aus?«

Harris sah mich mit einem anerkennenden Blick an. »Da stehen die Dinge selbstverständlich ganz anders«, stimmte er mir zu. »Eine Zeitlang betätigte er sich als Leibwächter für einen illegalen Buchmacher, dann wechselte er zum illegalen Lotto über - erst Leibwächter für einen Kassierer, dann selbst Kassierer. Für ihn hatte ein bescheidener Aufstieg begonnen, dann ging er nach England und ließ sich dort umlegen. Exit Niscemi.«

»Ist das alles?«

»Bei weitem nicht«, warf Fallon schroff dazwischen.

»Sprechen Sie weiter, Harris.«

Harris rückte sich in seinem Sessel zurecht und wirkte plötzlich viel gelassener. »Bei einem Mann wie Niscemi gibt es Dinge, die man nicht außer acht lassen darf – er hat Freunde. Sehen Sie sich seine Laufbahn an: Erziehungsanstalt, kleine kriminelle Vergehen und so weiter. Dann erscheint er seit vier Jahren plötzlich nicht mehr im Polizeibericht. Er war nach wie vor kriminell und nach wie vor ein kleiner Ganove, aber er hatte keinen Ärger mehr mit der Polizei. Er hatte Freunde gefunden.«

»Wer war denn das?«

»Mr. Wheale, Sie sind Engländer und kennen vielleicht die Probleme nicht, die wir in den Vereinigten Staaten haben. Darum mag Ihnen das, was ich jetzt schildere, äußerst ungewöhnlich erscheinen. Sie werden es mir einfach abnehmen müssen. Einverstanden?«

Ich lächelte. »Nachdem ich Mr. Fallon kennengelernt habe, gibt es nur noch wenig, was ich für unglaubwürdig halte.«

»Also gut. Mich interessiert die Waffe, mit der Niscemi Ihren Bruder erschossen hat. Können Sie sie mir beschreiben?«

»Es war eine Flinte mit abgesägtem Lauf«, antwortete ich.

»Und auch der Kolben war gekürzt, stimmt es?« Ich nickte.

»Das war eine ›Lupara‹. Das ist ein italienischer Ausdruck, und Niscemi war italienischer oder, um genauer zu sein, sizilianischer Abstammung. Vor etwa vier Jahren wurde Niscemi in die Organisation aufgenommen. Das organisierte Verbrechen ist eine der übelsten Erscheinungen in den Vereinigten Staaten, Mr. Wheale, und überwiegend stehen Italo-Amerikaner dahinter. Es läuft unter verschiedenen Namen – die Organisation, das Syndikat, La Cosa Nostra, die Mafia – obwohl die Bezeichnung Mafia strikt auf die Mutterorganisation in Sizilien beschränkt werden sollte.«

Ich sah Harris unsicher an. »Wollen Sie mir einreden, daß die Mafia – die Mafia, um Gottes willen – meinen Bruder ermordet hat?«

»Nicht ganz«, antwortete er. »Ich glaube, daß Niscemi in diesem Punkt versagt hat. Zweifellos hat er darin versagt, daß er sich selbst umbringen ließ. Aber es ist wohl besser, wenn ich Ihnen schildere, was mit einem jungen Halunken passiert, wenn er in die Organisation aufgenommen wird. Als erstes wird ihm erklärt, daß er seine Nase sauber zu halten hat, daß er der Polizei aus dem Weg geht und tut, was ihm sein Capo – sein Chef – sagt, und sonst nichts. Das ist wichtig, und das erklärt, weshalb von einem bestimmten Tag an Niscemi nicht mehr im Polizeibericht auftauchte.« Harris deutete mit dem Finger auf mich. »Aber es funktioniert auch anders herum. Wenn Niscemi gegenüber Ihrem Bruder böse Absichten hatte, dann bedeutet das ohne jeden Zweifel, daß er auf Befehl hin handelte. Die Organisation duldet bei ihren Mitgliedern keine Aktionen auf eigene Rechnung.«

»Dann war er also geschickt worden?«

»Mit neunundneunzig Prozent Wahrscheinlichkeit.«

Das überstieg meine Begriffe, und ich konnte es nicht ganz glauben. Ich wandte mich Fallon zu. »Wenn ich mich nicht irre, sagten Sie, daß Mr. Harris Angestellter bei einem Ölunternehmen ist. Welche Qualifikationen besitzt er, daß er das alles annehmen kann?«

»Harris war beim FBI«, antwortete Fallon.

»Fünfzehn Jahre lang«, bestätigte Harris. »Im übrigen hatte ich erwartet, daß Sie das alles ungewöhnlich fänden.«

»Das kann man wohl sagen«, entgegnete ich und dachte darüber nach. »Woher haben Sie diese Informationen über Niscemi bekommen?«

»Von der Polizei in Detroit. Dort hatte er sein Revier.«

»Scotland Yard interessiert sich auch dafür«, sagte ich. »Arbeitet die amerikanische Polizei mit Scotland Yard zusammen?«

Harris lächelte nachsichtig. »Trotz aller sensationellen Berichte über Interpol kann in Fällen wie diesem wenig getan werden. Wen sollen sie für die Tat belangen? Die amerikanischen Behörden sind froh, daß sie Niscemi vom Hals haben, und für sie war er ohnehin nur ein kleiner Fisch.« Er grinste und brachte überraschend ein parodiertes Zitat vor. »›Das war in einem andern Land, und außerdem ist der Kerl tot.‹«

»Das geht alles noch sehr viel weiter«, sagte Fallon. »Harris hat seinen Bericht noch nicht beendet.«

»Nun gut«, fuhr Harris fort, »wir kommen jetzt zu der Frage: Wer hat Niscemi nach England geschickt – und warum? Niscemis Capo ist Jack Gatt, aber es könnte sein, daß Jack damit einem anderen Capo einen Gefallen erweisen wollte, was ich jedoch nicht glaube.«

»Gatt!« platzte ich heraus. »Er war zur Zeit des Todes meines Bruders in England.«

Harris schüttelte den Kopf. »Nein, das war er nicht. Das habe ich nachgeprüft. An dem Tag, an dem Ihr Bruder ums Leben kam, war er in New York.«

»Aber er wollte von Bob etwas kaufen«, widersprach ich. »Er machte ihm vor Zeugen ein Angebot. Er war in England gewesen.«

»Der Flugverkehr ist etwas Großartiges«, sagte Harris. »Man kann London um 9 Uhr 30 verlassen und in New York um 11 Uhr 30 eintreffen – Ortszeit. Gatt hat Ihren Bruder bestimmt nicht ermordet.« Er stülpte die Lippen vor und fügte hinzu: »Nicht persönlich.«

»Wer und was ist er?«

»Oberboss in Detroit«, antwortete Harris, ohne zu zögern.

»Herrscht über Michigan und einen großen Teil von Ohio. Ursprünglich hieß er Giacomo Gattini, amerikanisiert zu Jack Gatt. In der Organisation rangiert er nicht sehr weit oben, aber er ist einer der Capos, und das verleiht ihm Bedeutung.«

»Das müssen Sie mir näher erklären.«

»Also, die Organisation kontrolliert die Verbrecherwelt, aber sie ist kein zentralisiertes Unternehmen wie etwa General Motors. Tatsächlich ist der Zusammenhalt recht locker, so locker, daß manchmal einzelne Teile miteinander in Konflikt geraten. Das nennt sich dann Bandenkrieg, ist aber schädlich fürs Geschäft, erregt zu stark die Aufmerksamkeit der Polizei, deshalb kommen von Zeit zu Zeit die Capos zu einer Beratung zusammen, einer Art Aufsichtsratssitzung, um ihre Schwierigkeiten untereinander auszubügeln. Sie weisen Reviere zu, pfeifen Hitzköpfe zurück und entscheiden, wann und wie sie ihre Regeln mit Gewalt durchsetzen sollen.«

Das war die rohe und primitive Welt, die über die Hay Tree Farm im weit entfernten Devon hereingebrochen war. »Wie machen sie das?« fragte ich.

Harris zuckte mit den Schultern. »Angenommen, ein Capo wie Gatt beschließt, sich über seine Oberbosse hinwegzusetzen und auf eigene Faust zu handeln. Sehr bald würde ein junger Halunke wie Niscemi in der Stadt auftauchen, Gatt umlegen und wieder verschwinden. Falls er versagen sollte, würde es ein anderer versuchen, und früher oder später würde es einem gelingen. Gatt weiß das, deshalb verstößt er nicht gegen die Regeln. Aber solange er sich an die Regeln hält, ist er Capo – König in seinem Revier.«

»Ich verstehe. Aber warum sollte Gatt nach England gehen?«

»Ja«, sagte Harris, »jetzt kommen wir zum Kern der Sache. Wir wollen uns Gatt einmal genau ansehen. Er ist ein amerikanischer Mafioso in der dritten Generation. Er ist kein kürzlich eingewanderter sizilianischer Bauer, der kein Englisch sprechen kann. Er ist auch kein halbgebildeter, brutaler Schurke wie Al Capone. Jack ist zivilisiert, Jack ist kultiviert.

Seine Tochter besucht ein Internat in der Schweiz, ein Sohn studiert an einem guten College im Osten, und der andere betreibt sein eigenes Geschäft – ein legitimes Geschäft. Jack geht in die Oper und ins Ballett. Ich habe sogar gehört, daß er praktisch als einziger Mäzen eine Ballettgruppe unterstützt. Er sammelt Bilder, und mit Sammeln meine ich hier nicht, daß er sie stiehlt. Wie jeder andere Millionär bietet er in der Parke-Bernet Gallery in New York oder bei Sotheby's und Christie's in England mit. Er hat eine gutaussehende Frau und ein schönes Haus, verkehrt in der besten Gesellschaft und hält jedem Vergleich mit den besten Leuten stand, von denen keiner etwas anderes von ihm weiß, als daß er ein respektabler Geschäftsmann ist. Das ist er selbstverständlich neben dem anderen auch, und es würde mich nicht überraschen, Mr. Fallon, wenn er einer Ihrer Großaktionäre wäre.«

»Ich werde das nachprüfen lassen«, sagte Fallon säuerlich. »Und woher bezieht er den Hauptanteil seines Einkommens? Aus den illegalen Geschäften?«

»Glücksspiel, Rauschgifthandel, Prostitution, Erpressung, bezahlte Protektion«, leierte er herunter. »Und jede Kombination und Variation. Jack hat da ein paar sehr einträgliche Einfälle gehabt.«

»Mein Gott«, murmelte Fallon.

»Das sei so, wie es sei«, sagte ich. »Aber wieso tauchte Niscemi so plötzlich auf dem Gutshof auf? Das Foto des Tabletts war nur wenige Tage vorher in der Zeitung erschienen. Wie hatte Gatt das so schnell erfahren?«

Harris zögerte und sah Fallon fragend an. Fallon sagte finster: »Warum sollen Sie nicht alles erfahren? Ich war über Halsteads Anschuldigung, daß ich ihm den Brief Viveros gestohlen hätte, so verstört, daß ich Harris der Sache nachgehen ließ.« Er nickte Harris zu.

»Gatt hat Mr. Fallon verfolgen und beobachten lassen, und Halstead wahrscheinlich auch«, sagte Harris. »Abgespielt hat es sich folgendermaßen: Halstead hatte den Brief Viveros vor Mr. Fallon besessen. Er hatte ihn hier in Mexiko für 200 Dollar gekauft. Er nahm ihn mit in die Vereinigten Staaten – damals wohnte er in Virginia –, und dann wurde in sein Haus eingebrochen. Der Brief gehörte zu den Dingen, die gestohlen wurden.« Er legte die Fingerspitzen zusammen und sagte: »So wie ich es sehe, wurde der Brief durch einen reinen Zufall mitgenommen. Er war in einer Aktentasche eingeschlossen, die mit dem anderen Zeug gestohlen wurde.«

»Was war das andere Zeug?« fragte ich.

»Haushaltsgüter. Ein Fernsehgerät, Radios, eine Uhr, einige Kleidungsstücke und etwas Geld.«

Fallon warf mir einen sarkastischen Blick zu. »Können Sie sich vorstellen, daß ich mich für getragene Anzüge interessiere?«

»Ich halte den Einbruch für die Tat eines kleinen Ganoven«, sagte Harris. »Das leicht verkäufliche Zeug konnte er schnell absetzen – es gibt reichlich skrupellose Händler, die es annehmen. Und ich behaupte, daß der Dieb von dem Inhalt der Aktentasche enttäuscht war.«

»Aber er kam an den richtigen Mann, an Gerryson«, entgegnete ich. »Wie ist er in dessen Hände gekommen?«

»Das habe ich mich auch gefragt«, antwortete Harris. »Und ich habe mir Gerryson gründlich vorgenommen. Sein Ruf ist nicht besonders gut. Die New Yorker Polizei ist überzeugt, daß er ein Hehler höchster Klasse ist. Und etwas Merkwürdiges hat sich herausgestellt: Er ist mit Jack Gatt befreundet. Wenn er nach Detroit kommt, wohnt er bei Jack Gatt in dessen Haus.« Er beugte sich vor. »Was jetzt folgt, ist eine rein hypothetische Rekonstruktion. Der Einbrecher, der Halsteads Wohnung plünderte, fand sich im Besitz von Viveros Brief. Er nützte ihm nichts, denn selbst wenn er erkannte, daß der Brief von Wert war, wußte er nicht, wieviel er wert war und wie und wo er ihn sicher verkaufen konnte. Nun, es gibt Mittel und Wege. Ich vermute, daß er weitergegeben wurde, bis er an jemand kam, der seinen Wert erkannte, und wer anders sollte das gewesen sein als Jack Gatt, der kultivierte Gangster, der ein eigenes kleines Museum besaß. Nun kenne ich zwar den Inhalt dieses Briefes nicht, vermute aber, daß er, wenn er ihn aufregend gefunden hat, den Weg des Briefes bis zu der Stelle zurückverfolgte, von der er kam – zu Halstead.«

»Und was ist mit Gerryson?«

»Vielleicht hat Gatt sich bei ihm eine zweite Beurteilung des Briefes beschafft«, meinte Harris nüchtern. »Mr. Fallon und ich haben schon darüber gesprochen und sind zu gewissen Schlußfolgerungen gekommen.«

Fallon sah mich verlegen an. »Nun ... äh ... es ist so ... ich ... also, ich habe Gerryson 2000 Dollar für den Brief bezahlt.«

»Na und?« sagte ich.

Er wich meinem Blick aus. »Ich wußte, daß dieser Preis zu niedrig war. Er ist mehr als das wert.«

Ich grinste. »Sie glaubten, er könnte heiß sein? Heiß ist doch das richtige Wort, Mr. Harris?«

Harris kniff ein Auge zusammen. »Genau das richtige.«

»Nein«, widersprach Fallon heftig. »Ich dachte, Gerryson irre sich. Wenn ein Händler sich irrt, ist das seine Sache. Sie nehmen uns Sammler oft genug aus. Ich glaubte, ich würde Gerryson zur Abwechslung einmal übervorteilen.«

»Aber inzwischen sind Sie anderer Meinung geworden?«

Harris sagte: »Ich glaube, Mr. Fallon wurde aufs Eis geführt. Ich glaube, daß Gatt ihm durch Gerryson den Brief zukommen ließ, um zu sehen, was er damit unternehmen würde. Schließlich konnte er sich nicht auf Halstead verlassen, der ein junger, unerfahrener Archäologe ist. Doch wenn er den Brief Fallon in die Hände spielte, der der erste Mann auf diesem Gebiet ist, und Fallon dann anfing, im gleichen Kreis herumzulaufen wie Halstead, hatte Gatt die Gewähr, daß er auf der richtigen Spur war.«

»Das klingt einleuchtend, ist aber wohl im höchsten Maß unwahrscheinlich«, entgegnete ich.

»Meinen Sie wirklich? Jack Gatt ist kein Dummkopf«, sagte Harris ernst. »Er ist hochintelligent und gebildet genug, einen Profit in Dingen zu sehen, die über den Horizont anderer Gangster weit hinausgehen. Wenn in dieser Geschichte Geld steckt, dann macht Gatt sich dahinter her.«

Ich dachte an die goldenen Regenrinnen an den Dächern in Uaxuanoc und den außen und innen mit Gold verkleideten Königspalast, den Vivero geschildert hatte. Harris mochte durchaus recht haben.

Harris sagte: »Ich glaube, daß Halstead und Mr. Fallon beschattet wurden, wo sie sich auch aufgehalten haben. Ich glaube, daß Niscemi einer der Bewacher gewesen ist und deshalb an Ort und Stelle war, als Ihr goldenes Tablett entdeckt wurde. Er informierte Gatt, und Gatt kam nach England geflogen und machte Ihrem Bruder sein Angebot. Ich habe nachgeforscht, was er unternommen hat, und fand alles bestätigt. Als Ihr Bruder ihn abwies, befahl er Niscemi, das Tablett mit Gewalt zu beschaffen. Da kennt Jack Gatt keine Hemmungen, aber er sorgte sehr gewissenhaft dafür, daß er nicht einmal in England war, als sein Befehl ausgeführt wurde. Und dann hat Niscemi und wer immer ihm half, die Sache verpatzt und ließ sich dabei umbringen.«

Und Gatt war der Mann gewesen, der dem einfachen Bauern Hannaford in Devonshire so gut gefallen hatte. »Wie können wir an den Schuft herankommen?« fragte ich.

»Das ist alles nur ganz theoretisch«, sagte Harris. »Einer Prüfung vor Gericht würde es nicht standhalten.«

»Vielleicht ist es sogar zu theoretisch«, sagte ich zweifelnd. »Vielleicht hat es sich gar nicht so abgespielt?«

Harris lächelte dünn und sagte: »Gatt läßt dieses Haus im Augenblick beobachten – und Halsteads Haus in der Stadt auch. Ich kann Ihnen die Leute zeigen, die Sie überwachen.«

Das ließ mich überrascht aufhorchen, und ich sah Fallon fragend an. Fallon nickte. »Harris läßt die Beobachter beschatten.«

Damit sah alles wieder ganz anders aus. »Sind es Gatts Leute?« fragte ich.

Harris runzelte die Stirn. »Das ist schwer zu sagen. Wir wollen einmal annehmen, daß jemand in Mexiko Gatt einen Gefallen erweist. Die Organisation arbeitet in dieser Weise. Man erweist sich ständig gegenseitig Gefälligkeiten.«

»Ich muß gegen Gatt etwas unternehmen«, verkündete Fallon.

Harris sah ihn neugierig an. »Und was wäre das?«

»Ich habe einigen Einfluß«, antwortete Fallon. »Hundert Millionen Dollar verleihen ein gewisses Gewicht.« Er lächelte selbstgefällig. »Ich werde ihn einfach unter Druck setzen.«

Harris war alarmiert. »Das täte ich an Ihrer Stelle nicht, nicht bei Jack Gatt. Einem gewöhnlichen Konkurrenten im Geschäftsleben gegenüber könnten Sie das versuchen, aber nicht bei ihm. Er läßt sich nicht gern unter Druck setzen.«

»Was sollte er dagegen tun?« fragte Fallon verächtlich.

»Er könnte Sie ausschalten lassen – für immer. Eine Kugel hat mehr Gewicht als hundert Millionen Dollar, Mr. Fallon.«

Fallon schien plötzlich zusammenzuschrumpfen. Zum erstenmal war er auf eine Situation gestoßen, in der sein Reichtum nicht zählte, in der er nicht das kaufen konnte, was er haben wollte. Ich hatte ihm eine kleine Dosis der gleichen Medizin verabreicht, aber das war nichts im Vergleich mit dem Schock, den Harris ihm versetzt hatte. Der alte Fallon war kein übler Kerl, aber er besaß schon so lange Geld, daß er dazu neigte, mit ungerührter Rücksichtslosigkeit davon Gebrauch zu machen als Keule, um das zu erobern, was er sich wünschte. Und jetzt war er auf einen Mann gestoßen, der sich noch rücksichtsloser zeigte und dem Fallons einzige Waffe völlig gleichgültig war. Das schien ihn bis ins Mark zu treffen.

Er tat mir leid, und mehr aus Mitgefühl mit ihm als aus einem anderen Grund unterhielt ich mich mit Harris, um Fallon Zeit zu geben, sich zu fassen. »Ich glaube, es ist an der Zeit, daß Sie erfahren, um was es hier geht«, sagte ich. »Dann sind Sie vielleicht in der Lage zu erkennen, was Gatt unternehmen wird. Aber es ist eine lange Geschichte.«

»Ich weiß nicht recht, ob ich sie wissen will«, erwiderte Harris nüchtern. »Wenn die Sache so groß ist, daß sie Jack Gatt von Detroit fortlockt, dann muß Dynamit drinstecken.«

»Ist er aus Detroit fortgefahren?«

»Er ist nicht nur aus Detroit fort, er ist hier in Mexiko City.« Harris spreizte die Hände. »Er behauptet, er wäre wegen der Olympischen Spiele hier – weswegen auch sonst?« fügte er zynisch hinzu.

Fünfter Teil

1

Als ich mich am nächsten Morgen anzog, dachte ich über die seltsamen Wendungen nach, die das Leben eines Menschen nehmen kann. Vor vier Wochen noch war ich ein Londoner Buchhalter gewesen – einer von der Bowlerhut-Brigade –, und jetzt befand ich mich im exotischen Mexiko und bereitete mich auf einen Sprung in noch viel exotischeres Gebiet vor. Aus dem, was ich von Fallon erfuhr, bezeichnete der geheimnisvolle Name Quintana Roo etwas, das einem Höllenloch gleichkam. Und warum ging ich nach Quintana Roo? Um, um alles in der Welt, nach einer untergegangenen Stadt zu jagen. Wenn mir vor vier Wochen das jemand als ernsthafte Voraussage geboten hätte, würde ich ihn als Kandidaten für eine Gummizelle angesehen haben.

Ich knüpfte meine Krawatte und betrachtete prüfend den Mann im Spiegel vor mir, Jemmy Wheale, Neu-Elizabethaner, Abenteurer unterwegs – *besitze Waffe, will reisen.* Der Gedanke brachte mich zum Lächeln, und der Mann im Spiegel vor mir lächelte verächtlich zurück. Ich besaß keine Waffe, und ich bezweifelte, ob ich mit einer Waffe überhaupt wirksam umgehen konnte. Ich nehme an, ein James-Bond-Typ hätte seinen tragbaren Hubschrauber ausgepackt und hätte sich schon lange auf die Jagd nach Jack Gatt gemacht, um sich dessen Skalp und ein paar seiner ausgesuchtesten Blondinen zu holen. Zum Teufel, ich sah Sean Connery nicht einmal ähnlich.

Was sollte ich also wegen Jack Gatt unternehmen? Nach dem, was Pat Harris gesagt hatte, befand sich Gatt in einer rechtlich unangreifbaren Position, selbst wenn er Niscemi den Befehl gegeben hatte. Gegen ihn konnte man nicht eine einzige Beschuldigung erheben, die man auch beweisen konnte. Und Gatt mit seinen eigenen Waffen anzugreifen, wäre für mich unvorstellbar dumm gewesen – der treffendste Vergleich, der mir dafür einfiel, wäre, wenn Monaco Rußland oder den Vereinigten Staaten den Krieg erklärte.

Was, zum Teufel, hatte ich in Mexiko überhaupt zu suchen? Ich blickte auf die uncharakteristischen Aktionen in meiner jüngsten

Vergangenheit zurück und kam zu der Ansicht, daß vermutlich die bissigen Worte dieser albernen kleinen Hexe Sheila mich in Bewegung versetzt hatten. In vergangenen Zeiten waren viele Menschen ermordet worden, aber ihre Brüder waren deswegen nicht voller Rachedurst in der Welt umhergeirrt. Sheilas beiläufige Worte hatten mich im Innersten getroffen, und alles, was ich seitdem getan hatte, war geschehen, um mir selbst zu beweisen, daß das, was sie gesagt hatte, nicht zutraf. Was auch nur zu dem Nachweis beitrug, daß ich unreif und wahrscheinlich ein bißchen weich im Kopf war.

Doch ich hatte diese Aktionen unternommen und mußte jetzt die Konsequenzen dafür tragen. Wenn ich jetzt aufgab und nach England zurückkehrte, würde ich das vermutlich für den Rest meines Lebens bedauern. Immer würde der Verdacht in mir nagen, daß ich vor dem Leben davongelaufen sei und mich irgendwie selbst betrogen hätte, und ich wußte, daß ich damit nicht würde leben können. Ich fragte mich, wie viele Menschen sich auf gefährliche Dummheiten einließen, weil sie befürchteten, daß sonst ihre Selbstachtung beeinträchtigt werden würde.

Für eine kurze Zeit hatte ich große Reden geführt. Durch Drohungen hatte ich einen Millionär gezwungen, etwas zu tun, das ich von ihm verlangte, aber das hatte ich nur gekonnt, weil ich ein gewichtiges Faustpfand besaß - den Spiegel von Vivero. Jetzt hatte Fallon den Spiegel und kannte sein Geheimnis, und ich war wieder auf meine eigenen Hilfsmittel angewiesen. Ich glaubte nicht, daß er sein Versprechen brechen würde, aber ich konnte nichts gegen ihn unternehmen, wenn er abtrünnig wurde.

Der kleine graue Mann war noch vorhanden. Er hatte sich in ein angeberisches, schlecht sitzendes Gewand gehüllt und trug seine Verkleidung mit unverfrorener Frechheit, wünschte sich aber inbrünstig, er wäre wieder in seinem konventionellen Straßenanzug und seinem Bowlerhut und hätte seinen zusammengerollten Regenschirm statt dieser albernen Lanze in der Hand. Ich schnitt dem Mann im Spiegel - Jemmy Wheale, das Schaf im Wolfspelz - eine verächtliche Grimasse.

Meine Stimmung war ungewiß und zwiespältig, als ich das Zimmer verließ.

Ich traf Pat Harris unten mit einem Stethoskop und einem kleinen schwarzen Kasten, von dem eine ausziehbare Antenne aufragte. Er winkte mir heftig zu, legte einen Finger auf die Lippen und gab mir durch sein Mienenspiel nachdrücklich zu verstehen, daß ich still sein solle. Er kreiste durch das Zimmer wie ein Hund in einem ihm fremden Raum, bewegte sich im Zickzack hin und her und konzentrierte seine Aufmerksamkeit mehr und mehr auf den großen Refektoriumstisch aus spanischer Eiche.

Plötzlich ließ er sich auf Knie und Hände nieder und verschwand unter dem Tisch, wobei er die Ähnlichkeit mit einem Hund vollständig machte. Alles, was ich von ihm sehen konnte, waren sein Hosenboden und seine Schuhsohlen. Die Hose war in Ordnung, aber die Schuhe sollten neu besohlt werden. Nach einer Weile kam er rückwärts wieder vorgekrochen, grinste mich an und legte wieder den Finger auf die Lippen. Er winkte mir, daß ich zu ihm kommen solle, darum kauerte ich mich nieder und kam mir dabei ziemlich albern vor. Er knipste eine kleine Taschenlampe an und lenkte ihren dünnen Strahl über die Unterseite der Tischplatte an eine bestimmte Stelle und deutete darauf. Ich sah einen kleinen grauen Metallkasten, der von einer Querstrebe halb verborgen war.

Er deutete mit dem Daumen über die Schulter, und wir krochen unter dem Tisch hervor. Er führte mich schnell aus dem Raum und durch den Gang zu Fallons Arbeitszimmer, das leer war. »Man hat uns Wanzen ins Haus gesetzt«, sagte er.

Ich riß Mund und Augen auf. »Wollen Sie damit sagen, dieses Ding da wäre . . .?«

». . . ein Funkgerät.« Mit der Miene eines Arztes, der schlimme Neuigkeiten verkündet, nahm er das Stethoskop aus den Ohren. »Dieses Ding hier ist ein Wanzendetektor. Ich suche die Frequenzen ab, und wenn in der Nähe ein Sendegerät arbeitet, heult es mir durch den Kopfhörer die Ohren voll. Um es dann zu finden, brauche ich nur das Meßgerät zu beobachten.«

Nervös fragte ich: »Wäre es nicht besser, hier darüber zu schweigen?« Ich sah mich in dem Arbeitszimmer um. »Dieser Raum . . .«

». . . ist sauber«, unterbrach er mich. »Ich habe ihn überprüft.«

»Lieber Gott. Was brachte Sie denn nur auf den Gedanken, daß hier so etwas sein könnte?«

Er grinste. »Ein hinterlistiger, mißtrauischer Geist und mein

Glaube an die menschliche Natur. Ich überlegte einfach, was ich tun würde, wenn ich an Jack Gatts Stelle wäre und wissen wollte, was in dem Haus hier vorgeht. Außerdem gehört es in meinem Beruf zum normalen Verfahren.« Er rieb sich das Kinn. »Wurde in dem Raum irgend etwas gesagt, irgend etwas von Bedeutung?«

Vorsichtig fragte ich: »Wieviel wissen Sie von dem, was wir beabsichtigen?«

»Haben Sie keine Sorge. Fallon hat mich über alles unterrichtet. Wir sind gestern abend noch ziemlich lange aufgeblieben.« Seine Augen leuchteten auf. »Was für eine ungeheuerliche Geschichte – wenn sie wahr ist.«

Ich versuchte mich zu erinnern. »Wir standen alle um den Tisch und sprachen über die Tabletts. Bei dieser Gelegenheit belehrte ich sie darüber, daß es in Wirklichkeit Spiegel sind.«

»Das ist nicht sehr angenehm«, sagte Harris.

»Doch dann gingen wir in den Vorführraum, und ich führte ihnen vor, was passiert, wenn man einen Lichtstrahl auf die Spiegel lenkt. Alles weitere wurde dort gesagt.«

»Zeigen Sie mir den Vorführraum«, sagte Harris. Ich führte ihn hin, und er legte sein Stethoskop wieder an und drehte ein paar Minuten lang an den Knöpfen seines Geräts. Schließlich nahm er die Hörer wieder ab. »Hier ist nichts. Folglich besteht eine hohe Wahrscheinlichkeit, daß Gatt nur weiß, es handele sich bei diesen Dingern um Spiegel, aber daß er ihre besondere Bedeutung nicht kennt.«

Wir kehrten in das Arbeitszimmer zurück und trafen dort Fallon und Halstead. Fallon war dabei, einen großen Umschlag zu öffnen, erstarrte aber zur Unbeweglichkeit, als er hörte, was Harris zu berichten hatte. »Dieser hinterhältige Halunke«, sagte er nachdenklich. »Reißen Sie das verdammte Ding raus.«

»Auf keinen Fall«, widersprach Harris. »Ich will, daß das Funkgerät da bleibt, wo es ist.« Er sah uns mit einem verhaltenen Lächeln an.

»Hat sich einer der Herren je als Rundfunksprecher versucht? Ich glaube, wir können Jack Gatt ein paar hübsche Geschichten auf die Nase binden. Sie müssen nur daran denken, daß Sie in dem Raum nichts Wichtiges sagen.«

Fallon lachte. »Sie sind selbst ganz schön hinterhältig, Harris.«

»Ich bin ein Profi«, entgegnete Harris gelassen. »Ich glaube nicht, daß wir eine Live-Sendung bieten sollten. Die Gefahr, daß wir uns verraten, ist dabei zu groß. Hier ist ein sorgfältig redigiertes Band erforderlich, das wir vor dem Mikrofon abspielen können.« Er machte eine Pause. »Ich werde den Raum im Auge behalten. Jemand muß die Batterien erneuern. Sie können nicht ewig halten.«

»Aber wohin sendet das Gerät?« fragte Halstead.

»Wahrscheinlich zu dem Wagen, der ein Stück weit entfernt auf der Straße parkt. Die beiden Burschen darin liegen jetzt schon seit zwei Tagen auf der Lauer. Ich nehme an, daß sie einen Empfänger haben, an den ein Tonbandgerät angeschlossen ist. Ich würde sie nicht behelligen, bis sie die Story geschluckt haben, die wir für sie aushecken werden, und vielleicht auch nicht einmal danach. Etwas zu wissen ist gut, aber noch besser ist es, wenn die Gegenseite nicht weiß, daß man etwas weiß. Ich rate, die Unwissenden zu spielen. Sie dürfen ja nicht einmal ahnen, daß Gatt überhaupt existiert.«

Fallons Urteil über Harris war zutreffend. Er war der arglistigste Mensch, dem ich je begegnet bin, und ein Buchhalter ist kein Dilettant, wenn es darum geht, Schafe zu scheren. Als ich ihn näher kennenlernte, war ich bereit, ihm mein Leben anzuvertrauen, aber ich traute ihm auch zu, daß er über mich mehr wußte als ich selbst. Sein Arbeitsgebiet waren Informationen, und die sammelte er fleißig in und außer Dienst. Sein Verstand funktionierte wie das Gedächtnis eines gut programmierten Computers, aber im Gegensatz zu einem guten Computer neigte er dazu, mit dem, was er wußte, Streiche zu spielen.

Fallon riß den Umschlag auf. »Kommen wir zur Sache. Das sind die Abzüge der Röntgenaufnahmen in Originalgröße.« Er sortierte sie und gab jedem von uns zwei Abzüge, einen von jedem Spiegel.

Sie waren sehr gut, überraschend klar in den Einzelheiten, die in den auf die Projektionsleinwand geworfenen Bildern nur angedeutet gewesen waren. »Mrs. Halstead hatte recht«, sagte ich. »Außen um den Rand herum stehen Wörter.« Ich sah genauer hin. »Ich kann kein Spanisch.«

Fallon griff nach einer Lupe und murmelte etwas vor sich hin. »Soweit ich es erkennen kann, bedeutet es etwa folgendes. Auf Ihrem Spiegel steht: ›Der Pfad zum wahren Ruhm führt durch die Pforte des Todes.‹ Und auf meinem Spiegel: ›Das ewige Leben liegt jenseits des Grabes.‹«

»Sehr morbid«, meinte Harris.

»Keine sehr präzisen Anweisungen«, sagte Halstead ironisch.

»Es könnte durchaus etwas bedeuten«, sagte Fallon nachdenklich. »Eines ist jedoch sicher: das hier ist eindeutig die Küste von Quintana Roo.« Er bewegte die Lupe über dem Foto. »Und sogar die Städte sind eingezeichnet. Sehen Sie diese quadratischen, Festungen ähnelnden Zeichen?«

Ich spürte die allgemein wachsende Spannung.

»Die beiden da oben müssen Coba und Tulum sein«, sagte Halstead aufgeregt. »Und westlich davon Chichen Itza.«

»Und da an der Chetumal Bai ist Ichpatuun. Und was ist das im Süden von Tulum? Sollte das Chunyaxche sein?« Fallon hob den Kopf und starrte vor sich hin. »Dort wurde vor nicht sehr langer Zeit eine Stadt entdeckt und die Theorie aufgestellt, sie sei das Zentrum des Küstenhandels gewesen.«

Halstead stieß mit einem Finger auf seinen Abzug. »Dicht dabei im Inland ist noch eine Stadt eingezeichnet – und hier eine weitere.« Seine Stimme klang krächzend. »Und hier noch eine. Wenn diese Karte zuverlässig ist, werden wir Dutzende von Städten entdecken.«

»Sachte, sachte«, bremste Fallon und legte den Abzug auf den Tisch. »Wir wollen uns einmal Uaxuanoc ansehen.« Er nahm das andere Foto und betrachtete es. »Wenn dieser Ausschnitt dem kleinen Kreis auf der Karte im großen Maßstab entspricht, sollten wir die Lage der Stadt ganz genau bestimmen können.«

Ich sah auf meinen Abzug. Es waren Berge eingezeichnet, aber kein Maßstab angegeben, der erkennen ließ, wie hoch sie sein mochten. Über die Berge verteilt waren rohe Darstellungen von Gebäuden. Ich erinnerte mich, daß Vivero in seinem Brief angegeben hatte, die Stadt läge auf einem Höhenzug, der von Süden nach Norden verläuft.

Halstead sagte: »Der Anlage nach sieht es wie eine Mischung zwischen Chichen Itza und Coba aus, ist aber größer als beide. Sehr viel größer.«

»Da ist die Cenote«, sagte Fallon. »Dann müßte das der Tempel des Yum Chac sein, wenn man Vivero glauben darf. Ich möchte aber wissen, wo der Königspalast liegt?« Er drehte sich um und griff nach einer großen Papprolle, aus der er eine Karte zog. »Für diese Karte habe ich viel Zeit angewandt«, sagte er. »Ein ganzes Leben.«

Er rollte sie auseinander und breitete sie auf dem Schreibtisch aus, wobei er die Ecken mit Büchern beschwerte. »Alles, was die Mayas je erbaut haben, ist hier eingezeichnet. Fällt Ihnen daran irgend etwas auf, Wheale?«

Ich betrachtete die Landkarte prüfend und sagte schließlich: »Der Süden sieht dichter bevölkert aus.«

»Das ist der Peten, doch das war im Alten Reich, das im elften Jahrhundert unterging. Die Itzas kamen erst später dorthin, brachten neues Blut, das auf die Mayas wie eine Transfusion wirkte. Sie besiedelten wieder einige der alten Städte wie Chichen Itza und Coba und erbauten einige neue wie Mayapan. Beachten Sie den Süden nicht weiter. Konzentrieren Sie sich auf die eigentliche Halbinsel Yukatan. Was erscheint Ihnen dort merkwürdig?«

»Der leere Raum im Westen. Warum wurde dort nicht gesiedelt?«

»Wer sagt, daß das nicht geschehen ist?« entgegnete Fallon. »Das ist Quintana Roo. Die Eingeborenen haben eine tiefverwurzelte Abneigung gegen Archäologen.« Er klopfte auf die Karte. »Sie haben hier einen Archäologen umgebracht und sein Skelett in eine zur See gerichtete Mauer eingebaut, als eine Art Dekorierung – und als eine Warnung für andere.« Er grinste. »Wollen Sie immer noch mitkommen?«

Der kleine graue Mann in mir krächzte verstört auf, aber auch ich grinste. »Ich gehe überall hin, wo Sie hingehen.«

Er nickte. »Es ist auch schon einige Zeit her. Die im Urwald lebenden Indios haben ihre Pfeile verschossen, es ist aber immer noch kein Sonntagsausflug. Die Einwohner neigen zur Feindseligkeit, sowohl die Chicleros als auch die Indios von Chan Santa Rosa. Und das Land selbst ist noch schlimmer. Das ist die Erklärung für diese große leere Fläche hier – und Uaxuanoc liegt dort genau mitten drin.«

Er beugte sich über die Karte und verglich sie mit dem Fotoabzug. »Ich würde es genau hier vermuten, mit einer Abweichung von plus/minus zwanzig Meilen. Vivero hatte keine trigonometrischen Aufnahmen zur Verfügung, als er diese Skizze machte. Wir können uns nicht allzuweit darauf verlassen.«

Halstead schüttelte den Kopf. »Es wird eine teuflische Arbeit werden.« Er blickte auf und sah mich lächeln. Ich sah nicht ein, was daran schwierig sein sollte. Ich hatte in Fallons Bibliothek herumgeschnüffelt und Bilder der Maya-Städte studiert. Sie bestanden aus Pyramiden in der Größe des Pentagons in Washington, und ich konnte nicht verstehen, wie sie einem entgehen konnten, wenn man sie suchte.

Halstead sagte kalt: »Nehmen Sie einen Kreis mit einem Durchmesser von zwanzig Meilen. Das sind über dreihundert Quadratmeilen, die Sie absuchen müssen. Sie können in einem Abstand von drei Metern an einem Bauwerk der Mayas vorbeigehen, ohne es zu bemerken.« Er verzog seine Lippen zu einem humorlosen Lächeln. »Sie können sogar darüber hinweglaufen, ohne daß Sie es erkennen. Sie werden schon sehen.«

Ich hob die Schultern und ließ es dabei bewenden. Ich glaubte einfach nicht, daß es so schlimm sein könnte.

Fallon sagte beunruhigt: »Ich verstehe nur nicht, warum dieser Gatt so stark daran interessiert ist. Ich kann für seine Einmischung keinen einleuchtenden Grund erkennen.«

Ich sah Fallon erstaunt an und sagte schließlich: »Das Gold selbstverständlich. Gatt ist ein Schatzjäger.«

Fallons Gesicht nahm einen verblüfften Ausdruck an. »Welches Gold?« fragte er verständnislos.

Jetzt war ich an der Reihe, verblüfft zu sein. »Aber Sie haben doch Viveros Brief gelesen! Schildert er nicht den Königspalast als mit Goldplatten bedeckt? Läßt er sich nicht wieder und wieder über Gold aus? Er schrieb sogar von einem Berg aus Gold.«

Halstead brach in ein hemmungsloses Gelächter aus, und Fallon sah mich an, als ob ich den Verstand verloren hätte. »Woher sollten die Mayas das Gold gehabt haben, um ein Gebäude damit zu bedekken?« hielt er mir entgegen. »Benutzen Sie doch mal Ihren gesunden Menschenverstand, Wheale.«

Für einen Augenblick glaubte ich, jetzt wäre er verrückt geworden. Halstead lachte schallend, und Fallon sah mich mit einem besorgten Gesicht an. Ich wandte mich an Harris, der die Hände spreizte und betont langsam mit den Schultern zuckte. »Da bin ich überfordert«, sagte er.

Halstead kämpfte noch darum, seine Fassung wiederzufinden. Es war das erste Mal, daß ich ihn über etwas echt amüsiert erlebte.

»Ich sehe nicht ein, was daran so komisch ist«, sagte ich eisig.

»Wirklich nicht?« entgegnete er und wischte sich über die Augen. Wieder brach er in ein unterdrücktes Lachen aus. »Das war das Komischste, was ich seit Jahren gehört habe. Erklären Sie es ihm doch, Fallon.«

»Glauben Sie wirklich, daß Uaxuanoc im Gold schwimmt oder es je getan hat?« fragte Fallon. Auch er lächelte so, als ob er von Halstead angesteckt worden wäre.

Ich fing an, wütend zu werden. »Vivero berichtete es doch, oder nicht?« Ich griff nach den Fotos und wedelte mit ihnen Fallon unter der Nase. »An das hier glauben Sie, oder etwa nicht? Vivero hat Städte eingezeichnet, wo, wie Sie wissen, Städte sind. Das glauben Sie ihm also. Was ist dann an seinem übrigen Bericht so verdammt komisch?«

»Vivero war der größte Lügner in der westlichen Hemisphäre«, erwiderte Fallon. Er sah mich verwundert an. »Ich dachte, Sie wüßten das. Ich habe Ihnen gesagt, daß er ein Lügner ist. Sie haben zugehört, wie wir darüber diskutiert haben.«

Ich befahl mir selbst, mich zusammenzunehmen, und sagte gedehnt: »Würden Sie sich bitte die Mühe machen und es mir noch einmal erklären, in einsilbigen Wörtern, wenn möglich.« Ich sah Harris an, der, nach seinem Gesichtsausdruck zu schließen, ebensowenig begriffen hatte wie ich. »Ich bin überzeugt, daß auch Mr. Harris gern verstehen würde, was eigentlich so witzig daran ist.«

»Ach, jetzt verstehe ich«, sagte Fallon. »Sie haben Viveros Brief tatsächlich wörtlich genommen?«

Halstead brach wieder in Lachen aus. Langsam wurde es mir zuviel.

Fallon sagte: »Nehmen wir uns einmal den einen oder anderen Punkt aus Viveros Brief vor. Er behauptet, die Viveros seien eine alte Adelsfamilie gewesen, die von den Mauren zerschlagen worden wäre und durch sie ihr Vermögen verloren hätte. Das ist eine verdammte Lüge. Sein Vater war Goldschmied – das ist wohl wahr –, aber sein Großvater war Bauer und stammte aus einer bäuerlichen Familie, die nichts war. Sein Vater hieß Vivero, und Manuel selbst erst fügte seinem Namen das Adelsprädikat hinzu und änderte den Namen in de Vivero. Das tat er in Mexiko. In Spanien wäre er damit niemals durchgekommen. Zu der Zeit, als Murville den mexikanischen Zweig der Familie besuchte, hatte der Mythos sich schon durchgesetzt, und deshalb wollte Murville nicht glauben, daß tatsächlich ein de Vivero das Tablett gemacht hätte.«

»Na schön, in diesem Punkt hat er also gelogen. Viele Leute verbreiten über sich und ihre Familie Lügen. Aber woher wollen Sie wissen, daß er auch bei dem Gold gelogen hat? Und warum er eine derartige Geschichte erfinden sollte?«

»Alles Gold, das die Mayas je besessen haben, war eingeführt«, antwortete Fallon. »Es kam aus Mexiko, aus Panama und von den Karibischen Inseln. Dieses Volk bestand aus Steinzeitmenschen; sie konnten Metall nicht bearbeiten. Sehen Sie sich doch an, wie Vivero ihre Waffen beschreibt – hölzerne Schwerter mit Schneiden aus Stein. Darin hatte er recht. Allerdings war der Stein Obsidian.«

»Aber die Mayas hatten Gold«, wendete ich ein. »Sehen Sie sich doch nur an, was gefunden wurde, als die Cenote von Chichen Itza trockengelegt wurde.« Darüber hatte ich in der Fachliteratur nachgelesen.

»Und was wurde da gefunden? Eine Menge goldener Gegenstände – und alle waren importiert«, erwiderte Fallon. »Chichen Itza war ein wichtiges religiöses Zentrum, und die Cenote war heilig. In der ganzen Welt findet man heilige Quellen, in die Opfergaben geworfen werden, und in Yukatan haben Cenotes besondere Bedeutung, weil Wasser so kostbar ist. Über Hunderte von Jahren war Chichen Itza das Ziel von Pilgerfahrten.«

Harris sagte: »Man kommt in New York an keinen öffentlichen Brunnen, ohne auf Leute zu treffen, die Münzen in ihn hineinwerfen.«

»Ganz richtig«, bestätigte Fallon mit befriedigtem Ton. »In diesem Sinn scheint Wasser eine primitive Anziehungskraft zu haben. Drei Münzen im Brunnen und so weiter. Aber die Mayas besaßen kein Gold, das sie selbst gewonnen hätten.«

Ich war ratlos. »Aber warum, zum Teufel, sollte Vivero es dann behaupten?«

»Ja, das war mir zunächst auch ein Rätsel, aber als ich dann mit Halstead darüber diskutierte, fanden wir dafür eine mögliche Erklärung.«

»Die ich wirklich gern hören würde«, sagte ich mürrisch.

»Vivero fand etwas von Bedeutung – darin besteht kein Zweifel –, aber was das war, wissen wir nicht. Er hat sich sehr geheimnisvoll darüber geäußert, zweifellos, weil er das Geheimnis an keinen verraten wollte, der den Brief zufällig zu lesen bekam. Der Punkt, in dem er sich ganz eindeutig ausdrückte, war der, daß er wünschte, die Ehre der Entdeckung seinen Söhnen vorzubehalten – der Familie de Vivero. Wenn er seinen Söhnen also das mysteriöse Geheimnis offenbaren konnte, mußte er etwas erfinden, um sie zu reizen – und das war das, was sie zu finden hofften: Gold!«

Ich ließ mich erschöpft in einen Sessel fallen. »Und warum sollten die Spanier erwarten, dort Gold zu finden, wo es keines gab? Sie führen mich doch im Kreis herum.«

»Das ist ganz einfach. Die Spanier kamen auf der Suche nach Beute nach Mexiko – und sie fanden welche. Sie raubten die Azteken aus und fanden Gold in Fülle in den Tempelschätzen und in Montezumas Palast. Was sie aber nicht erkannten, war, daß es sich hier nicht um ununterbrochen weitergehende Lieferungen handelte. Sie waren keine besonders scharf nachdenkenden Leute und kamen nie darauf, daß der Goldschatz, den sie den Azteken raubten, in Jahrhunderten angesammelt worden war, jedes Jahr ein bißchen mehr. Sie glaubten, es müsse dafür eine ergiebige Quelle geben, eine riesige Mine vielleicht. Sie gaben ihr einen Namen. Sie nannten sie Eldorado – und sie haben niemals aufgehört, danach zu suchen. Sie existierte aber nicht. Betrachten Sie sich einmal diese spanischen Soldaten. Nachdem sie die Azteken ausgeplündert hatten, verteilte Cortés die Beute. Nachdem er seine Hauptleute getäuscht und betrogen hatte und die Hauptleute ihre klebrigen Finger in das gesteckt hatten, was übriggeblieben war, blieb für den gemeinen Soldaten nur noch wenig übrig. Eine goldene Kette vielleicht oder ein Becher. Diese Männer waren Soldaten, keine Siedler, und immer lag hinter dem nächsten Berg Eldorado. Deshalb griffen sie die Mayas an, dachten immer, dort fänden sie Eldorado, und nach den Mayas griff Pizarro die Inkas in Peru an. Sie vernichteten ganze Zivilisationen, weil sie nicht bereit waren, Schweiß zu vergießen und das Gold selbst aus der Erde zu graben. Es war da, das stimmt zweifellos, aber es war ganz bestimmt nicht in Yukatan. Gewiß besaßen die Mayas wie die Azteken reichlich Gold, aber nicht in solchen Mengen, daß sie ganze Gebäude damit verkleiden oder Regenrinnen daraus machen konnten. Die Edlen trugen kleine goldene Schmuckstücke, und die Tempelpriester benutzten gewisse goldene Geräte.« Harris fragte: »Dann war also das ganze Gerede von Vivero über Gold nichts anderes als ein Köder, um seine Söhne auf Trab zu bringen?«

»So sieht es aus«, bestätigte Fallon. »Nun, ich will gern zugeben, daß er die Mayas überraschte, als er Gold schmolz und goß. Das war etwas, das sie noch nie gesehen hatten. Ich will Ihnen einmal eine echte Goldarbeit der Mayas zeigen, dann werden Sie verstehen, was ich sagen will.« Er ging zu einem Safe, schloß ihn auf und kam mit einer kleinen goldenen Scheibe zurück. »Dies ist ein Teller, den wahrscheinlich ein Edelmann benutzt hat. Sie können sehen, daß es eine sehr schöne Treibarbeit ist.«

Der Teller war ziemlich dünn und wirkte sehr zerbrechlich. Die Verzierung zeigte einen Krieger mit Speer und Schild und andere Figuren, die seltsam geformte Gegenstände trugen. »Wahrscheinlich handelt es sich hier um ein Nugget, das weit entfernt von Yukatan in einem Bergbach gefunden wurde. Die Mayas hämmerten es flach, bis es seine jetzige Form annahm, und ziselierten die Verzierung mit Steinwerkzeugen ein.«

»Und was ist mit dem Berg aus Gold?« fragte ich. »Was sind die anderen Lügen von Vivero? Kann dort nicht doch eine Mine gewesen sein?«

»Ausgeschlossen«, entgegnete Fallon entschieden. »Die geologischen Verhältnisse sprechen eindeutig dagegen. Die Halbinsel Yukatan wird von einer Kalksteinhaube gebildet, die überhaupt kein Gold führt. Übrigens auch keine anderen Metalle. Die Mayas sind nie über die Steinzeit hinausgelangt, so klug wie sie auch waren.«

Ich seufzte. »Na schön. Ich erkenne es an: kein Gold.«

»Was mich zu Gatt zurückbringt«, sagte Fallon. »Was, zum Teufel, kann er dort suchen?«

»Gold«, erklärte ich.

»Aber ich habe Ihnen doch gerade auseinandergesetzt, daß es dort kein Gold gibt«, erwiderte Fallon gereizt.

»Richtig«, bestätigte ich, »und mich haben Sie überzeugt. Harris übrigens auch.« Ich drehte mich heftig zu Harris um. »Haben Sie geglaubt, daß es in Yukatan Gold gäbe, ehe Sie diese Erklärung gehört haben?«

»Ich dachte, daß es bei dem allen nur darum ging«, antwortete er. »Vergrabene Schätze in Ruinenstädten.«

»Da haben Sie es«, sagte ich. »Wie kommen Sie auf die Vermutung, daß Gatt etwas anderes denken könnte? Er mag ein gebildeter Mann sein, aber von Archäologie versteht er doch nichts. Ich bin selbst nicht gerade ungebildet, und ich glaubte an vergrabene Schätze. Mir fehlten die technischen Kenntnisse, um zu durchschauen, daß Vivero gelogen hat. Warum sollte Gatt das dann erkennen? Selbstverständlich ist er hinter Gold her. Er hat die gleiche Mentalität wie die Konquistadoren – ist nichts anderes als irgendein Gangster, der nicht bereit ist, sich sein Geld durch Schweiß zu verdienen.«

Fallon sah mich überrascht an. »Selbstverständlich. Ich hatte die Unkenntnis von Laien nicht berücksichtigt. Man muß ihm die Wahrheit sagen.«

Harris lächelte hinterhältig. »Und Sie erwarten, daß er Ihnen glaubt?« fragte er sarkastisch. »Doch nicht, nachdem er Viveros Brief gelesen hat. Teufel, ich sehe jetzt noch den Königspalast in der Sonne glänzen, obwohl ich weiß, daß er ein Phantasiegebilde ist. Wenn Sie Gatt überzeugen wollen, dann haben Sie eine höllische Arbeit vor sich.«

»Dann muß er ein dummer Mensch sein«, sagte Fallon.

»Nein, Gatt ist nicht dumm«, widersprach Harris. »Er glaubt einfach, daß Leute, die bereit sind, so viel Zeit für eine Sache aufzuwenden wie Sie in diesem Fall, daß Leute, die bereit sind, in den Urwald zu gehen, um dort etwas zu suchen, etwas sehr Wertvolles zu finden erwarten. Gatt glaubt nicht, daß wissenschaftliche Erkenntnisse besonders wertvoll sind, folglich muß es Gold sein, worum es geht. Er mißt Sie nach seinen eigenen Maßstäben, das ist alles.«

»Der Himmel schütze mich«, sagte Fallon heftig.

»Sie werden mit Jack Ärger bekommen«, prophezeite Harris. »Der gibt nicht so leicht auf.« Er deutete mit einem Kopfnicken auf die Fotos auf dem Schreibtisch. »Wo haben Sie die Abzüge machen lassen?«

»Ich besitze Anteile an einem technischen Unternehmen in Tampico. Dort gibt es ein Röntgenlabor, das ich damit beauftragt habe.«

»Das werde ich lieber nachprüfen«, sagte Harris. »Gatt könnte dahintergekommen sein.«

»Aber ich habe die Negative hier.«

Harris sah ihn mitleidig an. »Was bringt Sie auf die Idee, daß es die einzigen Negative sein könnten? Ich bezweifle, daß die ersten Aufnahmen gleich gelungen waren. Man hat Ihnen zweifellos die besten der Aufnahmenserie gegeben. Ich möchte feststellen, was aus den anderen geworden ist und will sie vernichten lassen, ehe Gatt anfängt, Ihre unterbezahlten Techniker zu schmieren.«

Harris war Profi und gab nie auf. Er war von einem unüberwindlichen Mißtrauen gegen die Güte der menschlichen Natur erfüllt.

2

Fallons Methode, eine archäologische Expedition zu organisieren, bestand darin, daß er sie wie eine militärische Operation behandelte – etwas, an das er die gleichen Maßstäbe anlegte wie an die Landung in der Normandie. Fallon war kein ärmlicher Hungerleider, der die kärglichen Spenden einer Stiftung zusammenkratzen und jeden Pfennig erst zweimal umdrehen mußte. Fallon war ein Multimillionär, den der Ehrgeiz juckte und der Geld ausgeben konnte und ausgab, als ob er eine private Pipeline nach Fort Knox hätte. Das Geld, das er aufwendete, um Uaxuanoc zu finden, hätte ausgereicht, um die verdammte Stadt neu zu bauen.

Zuerst hatte er beabsichtigt, vom Meer aus vorzugehen, aber vor der Küste von Quintana Roo wimmelt es von Inseln und nicht auf Karten verzeichneten Untiefen, und er erkannte die bevorstehenden Schwierigkeiten und gab den Gedanken auf. Das beunruhigte ihn weiter nicht; er charterte einfach eine kleine Flotte Transportflugzeuge und flog seinen Nachschub ein. Dazu mußte er ein Baukommando ausschicken, um an der Ascension-Bucht einen Flugplatz zu bauen, der schließlich zu seinem Hauptlager wurde.

Sobald der Flugplatz fertig war, schickte er ein Aufklärungsflugzeug dorthin, das von dieser Basis aus operierte und kartographische Luftaufnahmen machte, nicht nur von dem Gebiet, in dem Uaxuanoc vermutet wurde, sondern von den gesamten Provinzen Quintana Roo und Yucatan. Mir erschien das etwas extravagant, darum fragte ich ihn, warum er das tue. Seine Antwort war einfach. Er arbeitete mit der mexikanischen Regierung zusammen, als Gegenleistung für gewisse Gefälligkeiten – anscheinend bestand bei der kartographischen Abteilung des zuständigen Ministeriums ein großer Mangel an Informationen über diese Gebiete, und Fallon hatte sich bereit erklärt, ihr ein Fotomosaik zu liefern.

»Der einzige, der je Luftaufnahmen von Quintana Roo gemacht hat, ist Lindbergh«, sagte er, »und das war vor langer Zeit. Für unsere Arbeit wird sich das alles noch als sehr nützlich erweisen.«

Von der Ascension-Bucht aus legten Hubschrauber Lager Zwei im Innern des Landes an. Fallon und Halstead diskutierten lange und ausführlich darüber, wo Lager Zwei eingerichtet werden sollte. Sie maßen die Röntgenaufnahmen auf den Millimeter genau aus und übertrugen die Ergebnisse auf Fallons große Karte und kamen endlich zu einer Entscheidung. Theoretisch hätte Lager Zwei haargenau auf dem Tempel des Yum Chac in Uaxuanoc liegen müssen. Selbstverständlich tat es das nicht, aber das überraschte niemanden.

Halstead bedachte mich mit einem seiner seltenen Lächeln, aber viel wirkliche Freundlichkeit schien nicht darin zu liegen. »Bei einer Forschungsreise ist es wie beim Militär«, sagte er. »Man kann so viele mechanische Hilfsmittel einsetzen wie man will, die entscheidende Arbeit wird von Leuten getan, die auf ihre Füße angewiesen sind. Es wird Ihnen doch noch einmal leid tun, daß Sie sich auf diese Geschichte eingelassen haben, Wheale.«

Ich hatte den deutlichen Eindruck, er wartete nur darauf, daß ich platt auf die Nase fallen würde, sobald wir ins Gelände hinaus kamen. Er war der Typ, der sich darüber totlachte, wenn jemand auf einer Bananenschale ausrutschte und sich ein Bein brach. Ein recht primitiver Humor! Außerdem konnte er mich nicht besonders gut leiden.

Während sich das alles abspielte, wohnten wir in Fallons Haus außerhalb von Mexico City. Die Halsteads hatten ihre eigene Wohnung aufgegeben und waren auch herausgezogen, so daß wir alle unter einem Dach waren. Pat Harris tauchte von Zeit zu Zeit auf. Ohne Vorankündigung verschwand er auf geheimnisvolle Reisen und kam ebenso unerwartet wieder zurück. Ich nehme an, daß er Fallon darüber berichtete, aber uns anderen sagte er nichts, ganz einfach aus dem Grund, weil jeder zu beschäftigt war, um ihn danach zu fragen.

Eines Tages kam Fallon zu mir und fragte: »Wie ist das mit Ihren Erfahrungen als Taucher? Haben Sie das ernst gemeint?«

»Völlig ernst. Ich habe sehr viel getaucht.«

»Gut«, sagte er. »Wenn wir Uaxuanoc finden, werden wir die Cenote erforschen wollen.«

»Dazu brauche ich eine bessere Ausrüstung«, entgegnete ich. »Das Zeug, was ich mithabe, genügt für einen Amateur in Reichweite der Zivilisation, aber nicht für Quintana Roo.«

»Was brauchen Sie denn?«

»Oh, ein Kompressor zum Nachfüllen der Druckluftflaschen ist eines der wichtigsten Geräte.« Ich machte eine Pause. »Wenn in Tiefen von über dreißig Metern getaucht wird, brauchen wir eine Taucherdruckkammer für den Fall, daß Dekompressionsschwierigkeiten auftreten.«

Er nickte. »Gut. Beschaffen Sie sich die nötige Ausrüstung.« Damit wendete er sich ab.

Ich hielt ihn zurück und fragte freundlich: »Und womit soll ich sie bezahlen?«

Er hielt inne. »Ach so. Ich werde meinen Sekretär anweisen, das Notwendige zu veranlassen. Gehen Sie morgen zu ihm.«

»Und wer wird mit mir tauchen?«

»Sie brauchen noch jemand?« fragte er erstaunt.

»Das ist eine Grundregel – man taucht nie allein. Besonders nicht in einem trüben, tiefen Binnengewässer. Unter Wasser kann zu vieles schiefgehen.«

»Also dann engagieren Sie jemand«, sagte er etwas gereizt. Für ihn ging es hier um eine Geringfügigkeit neben dem Hauptproblem, und er war nur zu bereit, sie sich vom Hals zu schaffen.

Ich machte mich also auf und kaufte eine herrliche, teuere Ausrüstung. Das meiste war an Ort und Stelle zu haben, aber bei der Taucherdruckkammer gab es Schwierigkeiten. Ich suchte deswegen Fallons Sekretär auf, und einige Telefongespräche mit den Vereinigten Staaten lösten in Fallons weitverzweigtem Imperium eine kleine Panik aus, hatten aber auch zur Folge, daß mit dem nächsten erreichbaren Frachtflugzeug eine Taucherdruckkammer eintraf. Vielleicht konnte man diese Anschaffung eine Extravaganz nennen, aber es ist etwas anderes, wenn man die Caissonkrankheit in England bekommt, wo die Hafenkrankenhäuser auf ihre Behandlung eingerichtet sind und in Notfällen die Kriegsmarine einspringt, als wenn mitten in einer abgelegenen Wildnis Stickstoffbläschen einem das

Blut wie Champagner schäumen lassen. Ich zog es vor, auf Nummer Sicher zu gehen, außerdem konnte Fallon es sich leisten.

Schließlich hatte ich eine Ausrüstung zur Verfügung, die für einen durchschnittlichen Taucherklub gereicht hätte, und normalerweise hätte mich die Aussicht, alle diese leistungsfähigen und gutkonstruierten Geräte zu benutzen, mit freudiger Erwartung erfüllen sollen – aber so war es nicht. Ich hatte dafür keinen Schweiß vergossen, nicht dafür gespart, um es kaufen zu können, und ich fing an zu erkennen, warum Reiche sich so schnell langweilen und sich mit ausgefallenen Beschäftigungen die Zeit zu vertreiben suchen. Bei Fallon traf das allerdings nicht zu, das mußte man ihm zugestehen. Er nahm seine Arbeit als Archäologe sehr ernst.

Dann suchte ich Katherine Halstead und nahm sie mit zum Schwimmbassin hinunter. »Nun zeigen Sie mal, was Sie können«, forderte ich sie auf.

Sie sah mich überrascht an. »Was soll ich zeigen?«

Ich deutete auf die Taucherausrüstung, die ich mitgebracht hatte. »Zeigen Sie mir, daß Sie damit umgehen können.«

Ich sah ihr zu, wie sie die Ausrüstung anlegte, und traf keine Anstalten, ihr dabei zu helfen. Sie schien durchaus vertraut damit zu sein, wählte auch die Gürtelgewichte sorgfältig aus, und als sie ins Wasser stieg, tat sie es ohne jede Umstände in der richtigen Weise. Ich legte auch meine Taucherausrüstung an und folgte ihr, und wir schwammen über dem Boden des Bassins herum, während ich sie in den verschiedenen internationalen Verständigungssignalen prüfte, die sie zu beherrschen schien. Als wir aus dem Wasser kamen, sagte ich zu ihr: »Sie sind engagiert.«

Sie sah mich verständnislos an. »Als was engagiert?«

»Als zweiter Taucher bei der Uaxuanoc-Expedition.«

Ihr Gesicht leuchtete auf. »Ist das Ihr Ernst?«

»Fallon hat mich beauftragt, jemand zu engagieren – und als Passagier ohne Funktion können Sie ja nicht mitkommen. Ich werde ihm die schlechte Nachricht schon beibringen.«

Wie vorauszusehen, ging er in die Luft, aber ich überredete ihn zuzustimmen, mit dem Argument, daß Katherine zumindest etwas von Archäologie verstehe und daß er auf dieser Seite des Atlantiks keinen anderen archäologischen Taucher finden könnte.

Sie selbst mußte ihren Mann bearbeitet haben, denn er erhob keinen Einwand, aber ich überraschte ihn dabei, daß er mich nachdenklich musterte. Ich glaube, das war der Augenblick, an dem ihn der Stachel der Eifersucht traf und der Verdacht in ihm erwachte, daß ich nichts Gutes im Schilde führen könnte. Doch was er dachte, war mir gleichgültig. Ich war zu sehr davon in Anspruch genommen, seine Frau in der Arbeitsweise und der Bedienung des Luftkompressors und der Taucherdruckkammer zu unterweisen. Wir wurden recht vertraut miteinander und nannten uns bald gegenseitig beim Vornamen. Bis dahin hatte ich sie immer mit Mrs. Halstead angesprochen, aber bei Formalitäten dieser Art kann man kaum bleiben, wenn man ständig in ein Schwimmbassin rein- und rausklettert. Doch ich berührte sie nie auch nur mit einem Finger.

Halstead selbst redete mich nie anders als mit Wheale an.

3

Pat Harris konnte ich gut leiden. Als Mensch war er gemächlich und umgänglich, ungeachtet wie mißtrauisch und verschlagen er bei seiner Arbeit sein mochte. Kurz vor unserer Abreise nach Quintana Roo schien er mehr Zeit in Fallons Haus zu verbringen, und wir gewöhnten uns an, spät am Abend noch gemeinsam einen Nachttrunk zu nehmen. Einmal fragte ich ihn: »Worin besteht eigentlich ganz genau Ihre Arbeit, Pat?«

Er strich mit den Fingern an seinem Bierglas herunter. »Wahrscheinlich könnte man mich Fallons Spionagechef nennen. Wenn man so viel Geld hat wie er, finden sich schrecklich viele Leute, die versuchen, es ihm abzuluchsen. Diese Leute nehme ich mir vor, um festzustellen, ob mit ihnen alles so ist, wie es sein sollte.«

»Haben Sie auch mich überprüft?«

Er grinste und antwortete gelassen: »Selbstverständlich. Ich weiß von Ihnen mehr, als Ihre Mutter über Sie gewußt hat.« Er trank einen Schluck von seinem kühlen Bier. »Ferner treten bei seinen Gesellschaften gelegentlich Sicherheitsprobleme auf, und dann fahre ich hin und forsche nach, was vorgeht.«

»Industriespionage?« fragte ich.

»So nennt man es wohl«, stimmte er zu, »aber bei uns geht es nur um die Fragen der Geheimhaltung. Fallon gibt sich nicht mit schmutzigen Machenschaften ab, und ich beschränke mich strikt auf Spionageabwehr.«

»Wenn Sie sich mit mir befaßt haben, dann müssen Sie sich auch Halstead vorgenommen haben. Mir scheint er eine merkwürdige Erscheinung zu sein.«

Pat lächelte in sein Bier. »Das kann man wohl sagen. Er ist jemand, der sich für ein Genie gehalten hat und später feststellen mußte, daß er nur begabt ist. Das ist für jeden Menschen enttäuschend – sich mit dem zweiten Platz begnügen zu müssen. Die Schwierigkeit bei Halstead besteht darin, daß er sich damit noch nicht abfinden konnte. Das ist es, was wirklich in ihm nagt.«

»Das müssen Sie mir genauer erklären«, antwortete ich.

Pat seufzte. »Also, es ist folgendermaßen. Halstead begann als ein Wunderknabe – galt als Anwärter auf den höchsten Rang und all dieser Quatsch. Wissen Sie, es ist komisch, wie gründlich sich manche Leute in anderen täuschen können. Jedes große Unternehmen steckt bis zum Rand voll von Leuten, die als die wahrscheinlichsten Anwärter für die Spitze gelten, und alle sitzen in zweitklassigen Positionen. Die Männer an der Spitze – die Leute, die wirklich die Macht haben – haben sich mühsam hinaufgerangelt und dabei energisch ihre Ellbogen benutzt. In verdammt vielen Unternehmen sitzen Präsidenten an der Spitze, die nie ein College besucht haben. Oder es sind Leute wie Fallon – der hat gleich an der Spitze angefangen.«

»In seinem Konzern«, entgegnete ich, »nicht als Archäologe.«

»Da muß ich Ihnen recht geben«, stimmte Pat zu. »Fallon würde jedoch bei allem, was er in die Hände nimmt, Erfolg haben. Aber Halstead ist zweitklassig. Er weiß es, aber will es nicht eingestehen, nicht einmal sich selbst, und das steckt ihm in der Kehle. Er wird von seinem Ehrgeiz aufgefressen –, und das ist der Grund, warum er diese Geschichte Uaxuanoc im Alleingang angefangen hatte. Er wollte der Entdecker von Uaxuanoc werden. Das hätte ihm einen Namen gemacht und seine Selbstachtung wiederhergestellt. Aber Sie haben ihm den Arm umgedreht und ihn Fallon aufgezwungen, und das paßt ihm nicht. Er will den Ruhm nicht teilen.«

Darüber dachte ich nach, ehe ich vorsichtig entgegnete: »Beide, sowohl Fallon als auch Halstead, haben sich sehr freimütig Anschuldigungen an den Kopf geworfen. Halstead hat Fallon beschuldigt, den Vivero-Brief gestohlen zu haben. Nun, diesen Punkt haben wir anscheinend geklärt und Fallon von diesem Verdacht befreit. Aber wie steht es mit Fallons Behauptung, daß Halstead das von Fallon gesammelte Material an sich gebracht habe?«

»Ich glaube, daß Halstead sich dessen schuldig gemacht hat«, antwortete Pat unverblümt. »Sehen Sie sich einmal den zeitlichen Ablauf an. Aus Interesse an der Sache stellte Fallon ein Dossier mit Hinweisen auf das Geheimnis Viveros zusammen. Halstead wußte davon, weil Fallon es ihm gesagt hatte. Es war nicht notwendig, das geheimzuhalten, weil es nicht so wichtig erschien. Nach einer Grabung kehrten Fallon und Halstead in die Zivilisation zurück, und Halstead fand den Vivero-Brief. Er kaufte ihn in Durango für zweihundert Dollar von einem alten Mann, der dessen Wert nicht kannte. Aber Halstead erkannte ihn – er wußte, daß er den Schlüssel zu Viveros Geheimnis gefunden haben mochte, worin auch immer es bestand. Und davon ganz abgesehen, war der Brief archäologischer Sprengstoff – eine Stadt, von der noch nie jemand gehört hatte.«

Er streckte die Hand aus und öffnete eine neue Flasche Bier. »Ich habe das Datum, an dem er den Brief kaufte, nachgeprüft. Einen Monat später brach er mit Fallon einen Streit vom Zaun und machte sich davon. Damit verschwand Fallons Vivero-Dossier. Damals maß Fallon dem keine große Bedeutung bei. Wie ich schon gesagt habe, schien die Vivero-Akte nicht so bedeutend zu sein, und er glaubte, Halstead könne einen echten Irrtum begangen und einen Teil von Fallons Unterlagen mit seinen eigenen verwechselt haben. Und er hielt es nicht für der Mühe wert, den Ärger, den Halstead gerade zu dieser Zeit verursachte, noch zu vergrößern. Heute ist er anderer Ansicht.«

Nachdenklich sagte ich: »Das alles sind doch sehr weitgehend Vermutungen.«

»Das trifft in den meisten Fällen auf Beweisführungen zu«, entgegnete Pat. »Verbrechen werden gewöhnlich nicht in Anwesenheit von Zeugen begangen. Ein weiterer Punkt, der mich in der Ansicht bestärkt, daß er es getan hat, ist sein allgemeiner Ruf in Fachkreisen.«

»Nicht gut?«

»Etwas anrüchig. Er steht unter dem Verdacht, einige seiner Ergebnisse frisiert zu haben. Nichts, worauf man ihn festlegen kann, und ganz gewiß nicht genügend, um ihn öffentlich mit Schimpf und Schande zu verdammen. Ganz bestimmt aber genug, um alles, was er in der Zukunft vorlegt, sehr gewissenhaft zu überprüfen. Das ist selbstverständlich nichts Neues, das hat es schon früher gegeben. Sie hatten auch so einen Fall in England.«

»Das war in der Anthropologie«, sagte ich. »Der Piltdown-Mensch. Jeder fragte sich, warum er sich nicht in den Stammbaum der Entwicklung des Menschen einfügen ließ, und es wurden zahlreiche Hypothesen aufgestellt, um ihn irgendwie hineinzuquetschen. Als dann die Methode der Altersbestimmung durch den Radiokarbontest entwickelt wurde, entlarvten die Wissenschaftler den Fund als Fälschung.«

Pat nickte. »Es gibt Leute, die so was tun. Wenn sie sich auf solide Weise keinen Ruhm schaffen können, versuchen sie's auf krummen Wegen. Im allgemeinen sind es Typen wie Halstead – zweitklassige, die sich schnell einen Namen machen wollen.«

»Trotzdem beruht das alles auf Vermutungen«, entgegnete ich eigensinnig. Ich wollte ihm nicht glauben. Für mich war Wissenschaft gleichbedeutend mit Wahrheit, und ich wollte nicht glauben, daß irgendein Wissenschaftler sich durch Betrug erniedrigte. Und vielleicht wollte ich auch nicht glauben, daß Katherine Halstead zu den Frauen gehörte, die einen solchen Mann heirateten.

»Oh, man hat ihm noch nicht nachweisen können, daß er sich die Hände schmutzig gemacht hat«, sagte Pat, »aber ich nehme an, daß das nur eine Frage der Zeit ist.«

»Wie lange sind die beiden verheiratet?« fragte ich.

»Drei Jahre.«

Die Hand, mit der er sein Glas an die Lippen führte, hielt plötzlich inne. »Falls Sie an das denken, was ich jetzt gerade vermute, dann rate ich Ihnen – lassen Sie das! Ich weiß, sie ist sehr attraktiv, aber lassen Sie Ihre Finger davon. Fallon würde es nicht dulden.«

»Sie sind wohl ein großer Gedankenleser, wie?« entgegnete ich sarkastisch. »Mrs. Halstead ist sicher vor mir, das kann ich Ihnen versichern.« Noch als ich die Worte aussprach, fragte ich mich, wie wahr das sei. Mich amüsierte auch die Art und Weise, wie Harris es formuliert hatte – *Fallon würde es nicht dulden.* Pats Loyalität galt zuerst seinem Chef, und es war ihm völlig gleichgültig, wie Halstead reagieren mochte. Ich fragte: »Glauben Sie, daß sie das weiß, was Sie mir gerade gesagt haben – vom Ruf ihres Mannes?«

»Wahrscheinlich nicht«, antwortete Pat. »Ich kann mir nicht vorstellen, daß jemand zu ihr ginge und sagte: ›Mrs. Halstead, ich muß Ihnen mitteilen, daß Ihr Mann in einem miserablen Ruf steht.‹ Sie wird die letzte sein, die etwas davon erfährt.« Er musterte mich interessiert. »Was hat Sie veranlaßt, sie Fallon für die Taucherei aufzudrängen? Das war das zweite Mal, daß Sie den Chef gezwungen haben, eine Kröte zu fressen. Ihr Kredit wird bald erschöpft sein.«

Nachdrücklich antwortete ich: »Sie kann ihren Mann kontrollieren, wenn andere dazu nicht mehr in der Lage sind. Sie kennen sein cholerisches Temperament. Ich habe nicht die Absicht, meine Zeit in Quintana Roo damit zu verbringen, die beiden daran zu hindern, übereinander herzufallen. Ich brauche eine Hilfe.«

Pat neigte den Kopf zur Seite und nickte dann abrupt. »Damit könnten Sie recht haben. Fallon wird keine Schwierigkeiten herbeiführen, aber Halstead könnte irgend etwas anrühren. Ich will nicht behaupten, daß er verrückt ist, aber er ist völlig unberechenbar. Wissen Sie, was ich glaube? Ich befürchte, daß zweierlei passieren kann, wenn der Druck auf ihn um einen Bruchteil zu groß wird – entweder er platzt wie ein verfaultes Ei, oder er explodiert wie eine Bombe. Wenn Sie aber in einer bedrängten Situation sind, schafft Ihnen das eine wie das andere Ärger. In einer Klemme würde ich mich nicht auf ihn verlassen, und ich traue ihm ebensoweit, wie ich das Empire State Building werfen kann.«

»Eine hohe Empfehlung. Es wäre mir peinlich, wenn Sie über mich eine schriftliche Beurteilung abgeben müßten, Pat.«

Er grinste. »Ihre könnte etwas besser ausfallen. Alles, was Sie tun müssen, Jemmy, um hundert Prozent zu bekommen, ist, daß Sie aufhören, so verdammt unauffällig und neutral zu sein. Ich weiß, daß Ihr Engländer im Ruf steht, ruhig zu sein, aber Sie treiben es zu weit. Sie haben doch nichts dagegen, daß ich so offen bin.«

»Kann ich Sie daran hindern?«

Er lachte laut auf. »Wahrscheinlich nicht.« Er hob sein Glas. »Wahrscheinlich bin ich gerade so weit angeheitert, daß ich die Wahrheit sage – einer meiner Fehler, der mir im Laufe der Zeit ein paarmal ein blaues Auge eingebracht hat.«

»Reden Sie ruhig weiter und sagen Sie mir das Schlimmste. Ich verspreche Ihnen, nicht tätlich zu werden.«

»Na gut. Irgendwie besitzen Sie eine eiserne Härte, sonst wären Sie nicht in der Lage gewesen, Fallon, so wie Sie es getan haben, Ihren Willen aufzuzwingen. Mitunter kann man nur schwer mit ihm fertig werden. Aber was haben Sie seither getan? Fallon und Halstead haben alles in der Hand, und Sie sitzen irgendwo daneben am Rand. Wegen Mrs. Halstead haben Sie Fallon jetzt wieder den Arm umgedreht – etwas, das nicht die geringste Bedeutung hat, er Ihnen aber nicht vergessen wird. Was, zum Teufel, haben Sie mit dieser Geschichte überhaupt zu schaffen?«

»Ich hatte die Wahnidee, ich könnte etwas wegen meines Bruders herausbekommen.«

»Das können Sie aufgeben«, erwiderte Pat knapp.

»Dahinter bin ich auch gekommen«, antwortete ich düster.

»Ich bin froh, daß Sie das erkannt haben«, sagte er. »Gatt würde Sie wie eine Fliege zerquetschen und keinen weiteren Gedanken an Sie verschwenden. Warum steigen Sie nicht aus und fahren nach Hause, Jemmy? Gehen Sie auf Ihren kleinen Hof zurück. Sie haben festgestellt, daß es keine Schätze zu heben gibt, und für alle untergegangenen Städte in Lateinamerika geben Sie doch keine zwei Cents, oder? Warum machen Sie noch mit?«

»Ich werde ebensolange mitmachen wie Gatt«, antwortete ich. »Vielleicht öffnet er seine Deckung lange genug, daß ich ihn erwischen kann.«

»Da können Sie so lange warten, bis die Hölle einfriert. Hören Sie zu, Jemmy, ich habe jetzt fünfzehn Agenten auf ihn angesetzt, und ich bin ihm noch keinen Schritt näher auf die Spur gekommen, was er beabsichtigt. Er ist ein gerissener Hund, und er begeht keinen Fehler – jedenfalls keinen solchen. Er hält seine Deckung ununterbrochen aufrecht. Für ihn ist das ein reiner Reflex.«

»Sie geben doch zu, daß er sich für das interessiert, was wir in Quintana Roo unternehmen wollen?«

»Allem Anschein nach tut er das«, sagte Pat. »Jedenfalls hält er sich über das Unternehmen auf dem laufenden.«

»Dann muß er uns auch dorthin folgen«, behauptete ich. »Von Mexiko City aus kann er nichts unternehmen, und wenn er sich für die hypothetischen Schätze von Uaxuanoc so verdammt interessiert, muß er auch dorthin kommen, um die Beute einzukassieren. Das werden Sie doch zugeben?«

»Das ist zu erwarten«, gab er nachdenklich zu. »Ich kann mir nicht vorstellen, daß Jack genug Vertrauen hat, einen anderen zu schicken – nicht, wenn so viel auf dem Spiel steht, wie er glaubt.«

»Dort ist er nicht auf ihm vertrauten Boden, Pat. Er ist ein Großstadtmensch, an die Zivilisation gewöhnt – da draußen ist er in einer völlig fremden Umgebung. Nach allem, was ich gehört habe, ist Quintana Roo ebensowenig mit New York zu vergleichen wie der Mars. Er könnte einen Fehler begehen.«

Pat sah mich erstaunt an. »Und was bringt Sie auf die Vermutung, daß es Ihnen anders gehen wird? Ich gebe zu, Gatt ist ein Großstadtmensch, aber zivilisiert ist er nicht. Sie dagegen sind sowohl ein Großstadtmensch als auch zivilisiert. Jemmy, Sie sind ein Londoner Buchhalter. Sie sind in Quintana Roo in einer Ihnen ebenso völlig fremden Umgebung wie Gatt.«

»Ganz richtig«, stimmte ich zu. »Wir stünden uns dort unter gleichen Bedingungen gegenüber, und das ist mehr, als man im Augenblick behaupten kann.«

Er leerte sein Glas und setzte es mit einem Knall auf dem Tisch ab. »Ich halte Sie für verrückt«, sagte er mißmutig. »Auf eine irgendwie gespenstige Weise klingt das, was Sie sagen, vernünftig, aber ich halte Sie trotzdem für verrückt. Sie sind ebenso übergeschnappt wie Halstead.« Er sah zu mir auf. »Sagen Sie mir eines. Können Sie mit einer Schußwaffe umgehen?«

»Ich habe es nie versucht und weiß es infolgedessen nicht.«

»Zum Donnerwetter, was wollen Sie denn tun, wenn Sie Gatt unter gleichen Bedingungen gegenüberstehen, wie Sie es nennen? Ihn totküssen?«

»Ich weiß es nicht«, entgegnete ich. »Das wird sich zeigen, wenn es soweit ist. Mein Grundsatz ist, mich mit Situationen auseinanderzusetzen, wenn sie eintreten.«

Mit einer nachdenklichen Geste strich er sich mit der Hand über das Gesicht und sah mich eine lange Zeit schweigend an. Dann holte er tief Luft. »Lassen Sie mich eine hypothetische Situation umreißen«, sagte er sanft. »Nehmen wir mal an, es wäre Ihnen gelungen, Gatt von seiner Leibwache zu trennen, und das ist von vornherein eine sehr törichte Annahme. Aber nehmen wir einmal an, Sie beide wären da ganz allein, ein Paar verweichlichte Städter, verirrte Kinder im Wald.« Er reckte einen Zeigefinger hoch. »Das erste – und das letzte –, was Ihnen begegnet wäre, daß er Ihnen mit einer *lupara* aus dem Hinterhalt auflauert und Sie gar nicht mehr dazu kommen, sich mit einer Situation auseinanderzusetzen.«

»Hat Gatt persönlich jemals einen Menschen getötet?« fragte ich.

»Das nehme ich an. Er hat sich in der Organisation hochgedient, hat seine Lehrzeit absolviert, könnte man sagen. In seinen jüngeren Jahren wird er wohl seine ein bis zwei Morde begangen haben.«

»Das ist lange her«, meinte ich. »Vielleicht ist er inzwischen aus der Übung gekommen.«

»Also, mit Ihnen kann man nicht reden«, erwiderte Pat mit mühsam beherrschter Stimme. »Wenn Sie noch einen Rest von Vernunft haben, gehen Sie dahin zurück, wo Sie hergekommen sind. Ich muß hier mitmachen, aber ich weiß wenigstens, was gespielt wird, und ich werde dafür bezahlt. Aber Sie sind einer von denen, über die Kipling geschrieben hat – ›Wer seinen Kopf behält, während alle anderen um ihn herum ihren verlieren, der weiß wohl nicht, was, beim Teufel, vorgeht.‹«

Ich lachte. »Sie haben wirklich eine bemerkenswerte parodistische Begabung.«

»Sie ist längst nicht so gut wie die von Fallon«, antwortete er finster. »Er hat aus der ganzen Geschichte eine Parodie auf jede Sicherheitsvorkehrung gemacht. Ich habe das Ungeziefer, das Gatt bei uns eingeschleppt hat, benutzt, um ihn auf eine falsche Fährte zu locken, und was macht Fallon? Er arrangiert, um alles in der Welt, eine idiotische Fernsehschau. Mich würde es nicht überraschen, wenn Sie auf der Landebahn, die er bauen ließ, ankämen und ein drehbereites Kamerateam der CBS für eine Sendung über das gesamte Sendernetz vorfänden – und dazu ein Ballett aus Radio City, um das Interesse an der Sache zu steigern. Jeder *paisano* in Mexiko weiß doch, was vorgeht. Gatt braucht uns nicht zu bespitzeln, um zu erfahren, was wir machen. Er braucht nur an der nächsten Straßenecke zu fragen.«

»Es ist ein hartes Leben«, sagte ich mitfühlend. »Verhält sich Fallon denn immer so?«

Harris schüttelte den Kopf. »Ich weiß nicht, was in ihn gefahren ist. Er hat die Leitung seiner Unternehmen seinem Bruder anvertraut, ihm Geschäftsvollmacht erteilt. Sein Bruder ist allerdings ein zuverlässiger Mensch, aber bei hundert Millionen Dollar würde ich keinem so weitgehend trauen. Fallon denkt an nichts anderes mehr, als diese Stadt zu finden.«

»Davon weiß ich nichts«, sagte ich nachdenklich. »Mir scheint, daß ihn noch etwas anderes beschäftigt. In den unerwartetsten Augenblicken versinkt er plötzlich in Gedanken.«

»Das ist mir auch aufgefallen. Etwas beschäftigt ihn stark, aber mir hat er nicht anvertraut, was es ist.« Der Gedanke, daß ihm etwas vorenthalten wurde, schien Harris zu kränken. Er stand auf und reckte sich. »Ich gehe ins Bett. Ich habe morgen einiges zu tun.«

4

Da war es also wieder!

Erst Sheila, und jetzt Pat Harris. Er hatte es nicht so unverblümt ausgesprochen wie Sheila, gesagt hatte er es dennoch. Anscheinend boten meine äußere Erscheinung und mein Verhalten ein gutes Bild von Fritzchen Lehmann – dem Mann, der von neun bis fünf an seinem Schreibtisch saß, dem kleinen Angestellten par excellence. Das Ärgerliche daran war, daß ich mir ganz und gar nicht sicher war, ob das Äußere nicht zu dem Inneren paßte.

Nach Pats Schilderung war Gatt lebensgefährlich. Vielleicht schoß er nicht gerade einen nieder, nur weil er wetten wollte, in welche Richtung der Angeschossene fiel, aber er mochte es tun, wenn es dabei um einen Dollar Profit ging. Mir wurde schwach bei dem Gedanken, gegen ihn antreten zu müssen, aber ich wußte, daß ich jetzt nicht mehr aussteigen konnte.

Auch Pats Beurteilung von Halstead war recht interessant, und ich fragte mich, wie weit Katherine über ihren Mann Bescheid wußte. Ich glaubte, daß sie ihn liebe – genaugenommen war ich dessen sicher. Keine Frau, die bei Verstand war, würde sonst einen solchen Mann ertragen, aber vielleicht war ich voreingenommen. Jedenfalls ergriff sie bei jeder Auseinandersetzung, die er mit Fallon hatte, seine Seite. Das Vorbild einer wahrhaft treuen Ehefrau. Noch als ich einschlief, dachte ich an sie.

Sechster Teil

1

Wir flogen in Fallons fliegendem Büro – einer Lear-Düsenmaschine – nach Lager Eins. Pat Harris begleitete uns nicht. Seine Aufgabe war, Gatt im Auge zu behalten. Folglich waren wir vier Passagiere, Fallon, die Halsteads und ich. Fallon und Halstead vertieften sich wieder in eine ihrer nicht endenwollenden Fachdiskussionen, und Katherine Halstead las in einer Zeitschrift. Als wir in das Flugzeug stiegen, hatte Halstead ein kleines Manöver vollzogen, und Katherine saß auf seiner anderen Seite, so weit wie möglich von mir entfernt. Ich konnte mich nicht mit ihr unterhalten, ohne die Fachsimpeleien der beiden zu übertönen, und wendete deshalb meine Aufmerksamkeit dem Boden zu.

Aus der Luft betrachtet sah Quintana Roo wie ein riesiger verschimmelter Käse aus. Die dichte Pflanzendecke wurde nur gelegentlich von einer Lichtung durchbrochen, die sich als schmutziges, weißliches Grau zwischen dem grellen Grün der Bäume zeigte. Ich entdeckte nicht einen einzigen Wasserlauf, keinen Fluß und nicht einmal einen Bach, und begann Halsteads Ansichten über die Schwierigkeiten archäologischer Forschungsexpeditionen in den Tropen zu begreifen.

An einer Stelle unterbrach Fallon seine Diskussion, um über das Bordtelefon mit dem Piloten zu sprechen, und das Flugzeug legte sich langsam auf die Seite und begann zu sinken. Er wandte sich mir zu und sagte: »Wir wollen einen Blick auf Lager Zwei werfen.«

Selbst aus dreihundert Meter Höhe sah der Wald so solide aus, als ob man über ihn gehen könnte, ohne den Boden zu berühren. Unter dem Meer aus Grün hätte eine Stadt von der Größe Londons verborgen liegen können, ohne daß man sie bemerkt hätte. Ich nahm mir vor, in Zukunft nicht so verdammt anmaßend über Dinge zu denken, von denen ich nichts verstand. Halstead mochte ein Fälscher sein, falls zutraf, was Pat Harris gesagt hatte, aber Fälscher, und gerade sie, mußten von ihrem Arbeitsgebiet etwas verstehen. Er hatte recht gehabt, als er behauptete, daß wir vor einer schweren Aufgabe stünden.

Lager Zwei kam und verschwand wieder, noch ehe ich die Möglichkeit fand, es mir genau anzusehen, aber das Flugzeug kehrte um, und wir überflogen auf einer Flügelspitze stehend noch einmal den Platz. Viel zu sehen gab es nicht, nur eine weitere Lichtung mit ein paar vorfabrizierten Hütten und einige winzige Gestalten, die mit den Armen winkten. Die Düsenmaschine konnte hier nicht landen, aber das war auch nicht die Absicht. Wir gingen auf den alten Kurs zurück, stiegen höher und flogen der Küste und Lager Eins zu.

Etwa zwanzig Minuten später und achtzig Meilen weiter waren wir über dem Meer und kehrten in einer Kurve über die weiße Brandung und den schimmernden Strand zurück, um auf der Landebahn von Lager Eins niederzugehen. Die Maschine bockte etwas in den Turbulenzen über der Küste, setzte sanft auf, kam am Ende der Landebahn zum Stehen, wendete und rollte zurück, bis sie vor einem Hangar hielt. Als ich die Maschine verließ, traf mich nach dem Komfort der Klimaanlage in dem Flugzeug die Hitze wie ein unerwarteter Hammerschlag.

Fallon schien die Hitze überhaupt nicht zu bemerken. Jahre des Umherstreifens in diesem Teil der Welt hatten die Säfte in ihm austrocknen lassen und ihn dem Klima völlig angepaßt. Mit flinken Schritten ging er den Landestreifen entlang, von Halstead gefolgt, den die Hitze auch nicht zu stören schien. Katherine und ich folgten ihnen langsamer, und als wir die Hütte erreichten, in der die beiden verschwunden waren, sah sie eindeutig verwelkt aus, und ich selbst kam mir an den Rändern auch etwas angesengt vor.

»Mein Gott!« stöhnte ich. »Ist das hier immer so?«

Halstead drehte sich um und zeigte mir ein Lächeln, in dem sich alle Elemente des Hohns mischten. »Sie sind durch Mexico City verwöhnt«, sagte er. »Dort wird die Hitze durch die Höhe kompensiert. Hier an der Küste ist es noch gar nicht so heiß. Warten Sie nur, bis wir erst in Lager Zwei sind.« Sein Ton unterstellte, daß ich mir dann verdammt leid tun würde.

In der Hütte war es kühler, und die Luft wurde von dem ständigen Summen einer Klimaanlage erfüllt. Fallon stellte uns einem großen, kräftig gebauten Mann vor. »Dies ist Joe Rudetsky, der Leiter von Lager Eins.«

Rudetsky streckte mir eine große, fleischige Hand entgegen.

»Freut mich, Sie kennenzulernen, Mr. Wheale«, dröhnte er. Später kam ich dahinter, wie es Fallon gelungen war, die gesamte Operation so schnell in die Wege zu leiten. Er hatte sich lediglich von einem seiner Ölsucherteams die Organisationsgruppe ausgeborgt. Diese Leute waren daran gewöhnt, in unerschlossenem Gelände und in den Tropen zu arbeiten, und ihre Aufgabe hier unterschied sich wenig von vielen anderen, die sie in Nordafrika, Saudi-Arabien und Venezuela gelöst hatten. Als ich das Lager besichtigte, bewunderte ich die Zweckmäßigkeit, mit der alles angelegt worden war. Diese Leute verstanden es zweifellos, wie man es sich behaglich macht – sogar bis zum eisgekühlten Cola.

Wir blieben den ganzen Tag in Lager Eins und übernachteten auch dort. Fallon und Halstead überprüften den Berg von Ausrüstung, von dem sie offenbar glaubten, daß sie ihn brauchten, deshalb taten Katherine und ich das gleiche mit den Tauchgeräten. Wir wollten sie nicht mit ins Lager Zwei nehmen, weil das sinnlos gewesen wäre. Lager Zwei war ein reiner Stützpunkt für die weitere Erforschung des Geländes und würde aufgegeben werden, sobald wir Uaxuanoc entdeckt und im Gebiet der Stadt Lager Drei eingerichtet hatten.

Wir arbeiteten bis zur Mittagszeit und unterbrachen dann, um etwas zu essen. Ich war nicht sehr hungrig – die Hitze beeinträchtigte meinen Appetit –, aber ich trank genießerisch die Flasche kaltes Bier, die Rudetsky mir in die Hand drückte. Ich schwöre, daß es zischte, als es mir durch die Kehle rann. Katherine und ich hatten unsere Inspektion abgeschlossen und alles komplett und betriebsbereit vorgefunden, aber Fallon und Halstead hatten noch eine ganze Menge vor sich. Ich bot ihnen meine Hilfe an, aber Fallon schüttelte den Kopf. »Wir müssen jetzt vorwiegend Instrumente überprüfen«, sagte er. »Sie wissen nicht, wie man das macht.« Sein Blick wanderte über meine Schulter. »Wenn Sie sich umdrehen, sehen Sie Ihre ersten Mayas.«

Ich wendete mich auf meinem Feldstuhl um und blickte über den Landestreifen. Auf der anderen Seite des geebneten Bodens standen dicht bei den Bäumen zwei Männer. Sie waren in ziemlich weite Hosen und weiße Hemden gekleidet und standen völlig still da. Sie waren zu weit von uns entfernt, als daß wir ihre Gesichtszüge erkennen konnten.

»Sie müssen verstehen, daß sie nicht wissen, was sie von uns halten sollen«, erklärte Fallon. »Für unsere Invasion gibt es für sie kein Vorbild.« Er blickte zu Rudetsky hinüber. »Haben sie irgendwelche Schwierigkeiten gemacht, Joe?«

»Die Eingeborenen? Überhaupt keine, Mr. Fallon. Diese Leute da kommen von der Küste. Sie haben eine winzige Kokosnußpflanzung.«

»Eine Cocal«, erläuterte Fallon. »Diese Menschen führen ein völlig isoliertes Leben, sind von allem abgeschnitten. Auf der einen Seite das Meer, auf der anderen der Urwald. Sie gehören alle zu einer Familie – zwei kann eine Cocal nicht erhalten –, und sie sind vollständig auf ihre eigenen Mittel und Möglichkeiten angewiesen.«

Das mußte ein hartes Leben sein. »Wovon leben sie denn?« fragte ich.

Fallon zuckte mit den Schultern. »Fisch, Schildkröten, Schildkröteneier. Manchmal haben sie das Glück, ein Wildschwein zu schießen. Zweimal im Jahre verkaufen sie ihre Kopra, und dadurch bekommen sie etwas bares Geld, um sich Kleidung und Werkzeug und ein paar Patronen zu kaufen.«

»Sind das die rebellischen Indios, von denen Sie gesprochen haben?«

Fallon lachte. »Diese Leute sind keine Rebellen. Sie wüßten gar nicht, wie sie es anfangen sollten. Rebellischen Indios werden wir im Innern des Landes begegnen, und auch den Chicleros.« Er wandte sich an Rudetsky. »Sind Sie hier auf Chicleros gestoßen?«

Rudetsky nickte grimmig. »Wir haben die Schufte vertrieben. Sie haben uns beinahe arm gestohlen.« Er sah zu Katherine hinüber, die sich mit Halstead unterhielt, und senkte die Stimme. »In der vergangenen Woche haben sie einen Eingeborenen ermordet. Wir haben seine Leiche am Strand gefunden.«

Das schien Fallon nicht zu beunruhigen. Er griff nur nach seiner Pfeife und sagte: »Passen Sie nur gut auf, und lassen Sie sie unter keinen Umständen ins Lager. Und halten Sie auch die Leute im Lager zusammen, damit sie nicht in der Gegend herumstreifen.«

Rudetsky grinste. »Wo sollten sie denn hin?« fragte er.

Ich begann mir Gedanken zu machen, in was für einem Land ich hier war, in dem ein Mord so beiläufig hingenommen werden konnte. Zögernd fragte ich: »Wer oder was sind Chicleros?«

Fallon verzog verdrießlich das Gesicht. »Die Folge eines alten Strafsystems, das hier besteht. In den Wäldern gibt es einen bestimmten Baum, den Zapote. Er wächst nur hier, in Guatemala und Britisch Honduras. Dem Baum wird der Saft abgezapft, und den nennt man Chicle – er ist das Ausgangsmaterial für Kaugummi. Aber kein Mensch, der bei Sinnen ist, geht freiwillig in den Urwald, um Chicle zu sammeln, ganz bestimmt kein Maya, denn sie sind zu intelligent, um ihre Haut zu riskieren. Deshalb setzt die Regierung für diese Arbeit hier Sträflinge ein. Die Saison dauert sechs Monate, aber viele Chicleros bleiben das ganze Jahr über. Sie sind eine Landplage. Die meisten bringen sich gegenseitig um, aber gelegentlich fällt ihnen auch ein Fremder oder ein Eingeborener zum Opfer.« Er zog an seiner Pfeife. »Ein Menschenleben ist in Quintana Roo nicht viel wert.«

Ich dachte darüber nach. Wenn ich Fallon richtig verstanden hatte, war dieser Urwald lebensgefährlich. Wenn die Mayas, die hier ihre Heimat hatten, nicht in den Wäldern arbeiten wollten, dann mußte dort unbestreitbar Lebensgefahr bestehen. »Warum, zum Teufel, werden die Bäume dann nicht in Pflanzungen gezogen?« fragte ich.

Fallons Gesicht verzog sich zu einem schiefen Grinsen. »Mit der gleichen Begründung wird das abgelehnt, die für die Sklaverei vorgebracht wird, seit ein Mensch einen anderen unter das Joch zwang. Es ist billiger, weiter Sträflinge einzusetzen, als Pflanzungen anzulegen. Wenn die Leute, die Kaugummi kaufen, wüßten, woraus er gemacht wird, würde sich ihnen bei jedem Stück, das sie in den Mund nehmen, der Magen umdrehen.« Er deutete mit seinem Pfeifenstiel auf mich. »Wenn Sie jemals Chicleros begegnen sollten, verhalten Sie sich völlig passiv. Halten Sie Ihre Hände an den Seiten und machen Sie keine plötzlichen Bewegungen, dann steht es eins zu eins, daß sie Sie ungeschoren lassen. Aber darauf wetten können Sie nicht.«

Ich begann mich zu fragen, ob ich noch im zwanzigsten Jahrhundert lebte. »Und was spielen die rebellischen Indios bei dem allen für eine Rolle?«

»Das ist eine lange Geschichte«, sagte Fallon. »Die Spanier brauchten zweihundert Jahre, um die Mayas zu überwinden, und den Lakondon-Stamm konnten sie nie unterwerfen. Die Mayas wurden bis 1847 unterdrückt, als sie sich hier in Quintana Roo in einer Rebellion erhoben. Damals war die Provinz dichter bevölkert, und die Mayas machten den Mexikanern, die inzwischen aufgekommen waren, im sogenannten Krieg der Kasten das Leben höllisch sauer. Was die Mexikaner auch versuchten, sie gewannen nie wieder die volle Macht. 1915 proklamierten die Mayas die Provinz zu einem unabhängigen Staat. Sie verhandelten mit Britisch Honduras und machten mit britischen Firmen Geschäfte. Der Führer der Mayas war damals General Mayo, ein wirklich zäher alter Bursche, aber die Mexikaner fingen ihn durch seine Eitelkeit. 1935 schlossen sie mit ihm einen Vertrag und machten ihn zum General in der regulären mexikanischen Armee und luden ihn nach Mexico City ein, wo sie ihn durch den Luxus der Zivilisation korrumpierten. Er starb 1952. Seit 1953 scheinen die Mayas den Mut zu verlieren. Seit dem Krieg der Kasten hatten sie schwere Zeiten hinter sich, und der Bevölkerungsschwund hielt an. Als Krönung auf eine Hungersnot fingen die Mexikaner an, Siedler nach Chan Santa Cruz zu bringen. Jetzt sind nicht mehr als wenige tausend rebellische Indios übriggeblieben, aber in ihrem Siedlungsgebiet haben sie die Herrschaft noch in der Hand.« Er lächelte. »Mexikanische Steuereintreiber werden nicht geduldet.«

Halstead hatte die Unterhaltung mit seiner Frau beendet. »Und für Archäologen haben sie auch nicht besonders viel übrig«, bemerkte er.

»Ach was, es ist nicht mehr so schlimm wie in alten Zeiten«, sagte Fallon nachsichtig. »In den frühen Tagen von General Mayo war jeder Fremde, der nach Quintana Roo kam, automatisch ein toter Mann. Erinnern Sie sich an die Geschichte von dem Archäologen, dessen Skelett in eine Mauer eingebaut wurde? Aber in der Zwischenzeit haben sie viel von ihrem Fanatismus verloren. Wenn man sie in Ruhe läßt, sind sie in Ordnung. Sie sind besser als die Chicleros.«

Halstead sah mich an und fragte: »Freuen Sie sich immer noch, daß Sie mit uns gekommen sind, Wheale?« Auf seinem Gesicht stand ein dünnes Lächeln.

Ich ignorierte ihn. »Warum ist das alles nicht allgemein bekannt?« fragte ich Fallon. »Eine Regierung, die eine Art Sklaverei aufrechterhält, und ein ganzes Volk, das nahezu ausgerottet wurde, das schreit doch geradezu nach Protesten.«

Fallon klopfte an einem Tischbein seine Pfeife aus. »Afrika ist allgemein als der dunkle Kontinent bekannt, aber in Mittel- und Südamerika gibt es einige Ecken und Winkel, die auch sehr schwarz sind. Ihr volkstümlicher Journalist, der in London oder New York in seiner Redaktion sitzt, hat einen sehr begrenzten Horizont. Er kann so weit nicht sehen und will aus seiner Redaktion nicht heraus.«

Er schob seine Pfeife in die Tasche. »Aber ich will Ihnen etwas sagen. Die Schwierigkeiten in Quintana Roo kommen nicht von den Indianern oder den Chicleros. Das sind Menschen, und mit Menschen kann man immer irgendwie auskommen.« Er streckte den Arm aus und deutete. »Dort haben Sie die Schwierigkeiten.«

Ich blickte in die Richtung, in die er wies, und sah nichts Ungewöhnliches – nur die Bäume auf der anderen Seite der Landebahn.

»Verstehen Sie immer noch nicht?« fragte er und drehte sich zu Rudetsky um. »Wieviel Arbeit hatten Sie damit, diese Landebahn anzulegen?«

»Die schwerste, die ich je zu verrichten hatte«, antwortete Rudetsky. »Ich habe schon früher in Regenwäldern arbeiten müssen – im Krieg war ich im Pionierkorps –, aber der hier hat alles andere bei weitem geschlagen.«

»Da haben Sie es«, sagte Fallon schroff. »Wissen Sie, wie der Wald hier klassifiziert wird? Man nennt ihn Zwanzigfußwald oder Zehnfußwald oder Vierfußwald. Und ein Vierfußwald ist wirklich eine verdammt üble Sache. Es bedeutet, daß man in keiner Richtung weiter als vier Fuß sehen kann. Doch es gibt noch Schlimmeres. Und nun fügen Sie Krankheiten, Schlangen und Wassermangel hinzu, und dann werden Sie erkennen, warum die Chicleros zu den zähesten Burschen der Welt gehören – jene nämlich, die überleben. Der Wald ist der Feind in Quintana Roo, und gegen ihn müssen wir kämpfen, um Uaxuanoc zu finden.«

2

Am nächsten Tag gingen wir nach Lager Zwei, reisten in einem Hubschrauber, der verhältnismäßig langsam und nicht allzu hoch flog. Ich blickte auf die grünen Wogen hinab, die unter mir vorbeizogen, und dachte an meine Unterhaltung mit Pat Harris über Jack Gatt und unsere hypothetische Begegnung in Quintana Roo. Ich hatte mir zwar schon etwas anderes als den Epping Forest vorgestellt, daß es aber so schlimm sein würde, damit hatte ich nicht gerechnet.

Fallon hatte die Eigentümlichkeiten des Urwalds von Quintana Roo ganz einfach erklärt. »Ich habe Ihnen auseinandergesetzt, daß der Grund dafür, weshalb es in Yucatan kein eigenes Gold gibt, in der geologischen Struktur dieses Gebietes liegt – die Halbinsel wird von einer Kalksteinschicht bedeckt. Darin liegt auch die Erklärung für den Urwald und weshalb er dichter als jeder andere ist.«

»Das erklärt es für mich noch nicht«, entgegnete ich, »aber vielleicht bin ich besonders dumm.«

»Nein. Ihnen fehlen nur die notwendigen technischen Kenntnisse«, antwortete er. »Der Regenfall ist recht stark, und wenn er kommt, versickert er sofort im Boden, bis er auf eine wasserundurchlässige Schicht trifft. Unter Yucatan liegt ein riesiges Süßwasserreservoir, aber es herrscht Wassermangel, weil es keine Flüsse gibt. Das Wasser reicht bis ziemlich dicht an die Oberfläche. An der Küste kann man am Strand drei Fuß vom Meer ein Loch graben und stößt dort auf Süßwasser. Im Inneren bricht die Kalksteindecke manchmal an einer Stelle ein und enthüllt das unterirdische Wasser – das ist dann eine Cenote. Der entscheidende Punkt ist aber, daß die Bäume an ihren Wurzeln immer Wasser zur Verfügung haben. In allen anderen Regenwäldern, im Kongo zum Beispiel, wird das Wasser in Flüsse abgeleitet. In Quintana Roo bleibt es den Bäumen erhalten, die es voll ausnutzen.«

Ich blickte auf den Wald unter mir und fragte mich, ob das ein Zwanzigfußer oder Vierfußer wäre. Doch was es auch war, ich konnte den Boden nicht sehen, und wir flogen weniger als hundertfünfzig Meter hoch. Wenn Jack Gatt bei Sinnen war, würde er Quintana Roo an keiner Stelle zu nahe kommen.

Lager Zwei war viel einfacher als Lager Eins. Es gab einen primitiven Hangar für den Hubschrauber – ein Bauwerk ohne Wände, das ganz wie eine Feldscheune aussah –, einen Speise- und Aufenthaltsraum, eine Vorratshütte und vier Hütten mit Schlafstellen. Alle Hütten waren aus vorfabrizierten Fertigteilen errichtet und mit dem Hubschrauber eingeflogen worden. Doch wenn es hier auch einfacher als in Lager Eins war, an Komfort fehlte es nicht. Jede Hütte besaß eine Klimaanlage, und der Kühlschrank war voll mit Bier. Fallon hielt nichts vom primitiven Leben, wenn es nicht unbedingt sein mußte.

Von uns vier abgesehen, waren noch der Koch und seine Helfer für die häuslichen Arbeiten und der Hubschrauberpilot da. Was er sonst noch zu tun hatte, außer uns zwischen den Lagern hin- und herzufliegen, wußte ich nicht. Für die Suche nach Uaxuanoc war der Hubschrauber völlig unbrauchbar. Ringsherum lag der Urwald, grün und dem Anschein nach undurchdringlich. Ich ging an den Rand der Lichtung und untersuchte den Wald, versuchte ihn nach der von Fallon genannten Klassifizierung zu bewerten. Soweit ich es beurteilen konnte, mußte das Fünfzehnfußwald sein – nach dem hiesigen Standard ein recht dünnes Wachstum. Die Bäume ragten hoch auf und kämpften unerbittlich gegeneinander um Licht. Eine unglaubliche Vielfalt von parasitären Pflanzen umrankte und würgte sie. Und abgesehen von den ausschließlich menschlichen Lauten, die von den Hütten herüberhallten, herrschte Todesstille.

Ich drehte mich um und entdeckte Katherine in meiner Nähe. »Ich mustere nur den Feind«, sagte ich. »Waren Sie schon einmal hier? In Quintana Roo, meine ich.«

»Nein«, antwortete sie. »Hier noch nicht. Ich war mit Paul bei Grabungen in Campeche und Guatamala. Aber so etwas wie hier habe ich noch nie gesehen.«

»Ich auch nicht«, sagte ich. »Ich habe immer ein behütetes Leben geführt. Wenn Fallon sich damals in England die Mühe gemacht hätte, die Dinge so genau zu erklären, wie er es in Lager Eins getan hat, bezweifle ich, daß ich je hierhergekommen wäre. Wenn es je eine Jagd auf den weißen Hirsch gegeben hat, dann ist das hier eine.«

»Ich glaube, daß Sie Fallon unterschätzen – und Paul auch«, antwortete sie. »Sie glauben wohl nicht, daß wir Uaxuanoc finden werden, wie?«

Ich deutete mit dem Daumen auf die grüne Wand. »Da drin? Da würde ich mir nicht zutrauen, den Eiffelturm zu finden.«

»Das kommt nur daher, daß Sie nicht wissen, wie und wo man suchen muß«, sagte sie. »Aber Paul und Fallon sind darin Fachleute. Sie haben das schon früher gemacht.«

»Ja, Tricks gibt es in jedem Beruf«, gab ich zu. »In meinem Beruf kenne ich auch eine Menge, aber ich sehe noch nicht, wie ein Buchhalter hier von großem Nutzen sein soll. Ich komme mir hier genauso fehl am Platz vor wie ein Hottentotte bei einer Gardenparty im Buckingham Palast.« Ich blickte auf den Wald. »Da heißt es immer, man sähe den Wald vor Bäumen nicht. Mich wird es interessieren zu sehen, wie Fachleute die Geschichte anpacken.«

Ich kam bald dahinter, denn Fallon berief eine Konferenz in der großen Hütte ein.

Auf eine Preßkorktafel an der einen Wand war ein großes Fotomosaik angeheftet, und der Tisch war mit Karten bedeckt. Ich war neugierig, weshalb der Hubschrauberpilot, ein Texaner namens Harry Rider, zugezogen worden war, aber das sollte mir bald klarwerden.

Fallon öffnete den Kühlschrank und teilte an alle Bier aus, dann sagte er kurz und bündig: »Den Schlüssel zu unserem Problem bieten die Cenotes. Wir wissen, daß Uaxuanoc um eine Cenote herum gelegen hat, weil Vivero das behauptet, und für ihn bestand kein Grund, über diesen Punkt zu lügen. Davon abgesehen ist das auch das Allerwahrscheinlichste – eine Stadt muß Wasser haben, und Wasser gab es ausschließlich in den Cenotes.«

Er griff nach einem Zeigestab und trat vor das Fotomosaik. Er legte die Spitze des Stabes auf die Mitte und sagte: »Wir befinden uns bei einer sehr kleinen Cenote am Rand unserer Lichtung.« Er wandte sich an mich. »Wenn Sie Ihr erstes Maya-Bauwerk sehen wollen, können Sie es am Rand der Cenote finden.«

Das überraschte mich. »Wollen Sie es denn nicht untersuchen?«

»Das lohnt sich nicht. Es würde mir nichts sagen, was ich nicht schon weiß.« Er beschrieb mit dem Stab einen weiten Kreis. »Im Umkreis von zehn Meilen um diesen Punkt sind fünfzehn Cenotes vorhanden, große und kleine, und um jede von ihnen kann die Stadt Uaxuanoc liegen.«

Ich bemühte mich immer noch, Klarheit über die Größe des Problems zu gewinnen. »Wie groß, nehmen Sie an, wird die Stadt sein?« fragte ich.

»Größer als Chichen Itza«, sagte Halstead, »falls wir Viveros Karte trauen können.«

»Das sagt mir nicht viel.«

»Das Zentrum von Copan ist über fünfundsiebzig Morgen groß«, erklärte Fallon. »Aber Sie können eine Mayastadt nicht mit irgendeiner Stadt vergleichen, die Sie gesehen haben. Der Stadtkern – die Steingebäude, nach denen wir suchen – war das religiöse und Verwaltungszentrum und enthielt wahrscheinlich den Marktplatz. Ringsum lebten auf mehrere Quadratmeilen verteilt die Einwohner der Stadt. Sie wohnten nicht in ordentlichen kleinen Häusern, die Straßen bildeten wie bei uns, sondern in einer großen Ansammlung von kleinen Höfen. Jede Familie besaß ihr eigenes kleines Gut, und die Wirtschaftsgebäude unterschieden sich nur sehr wenig von den Hütten, die die Mayas heute bauen, wenn sie vermutlich auch weitläufiger waren. Gegen die Hütten der Mayas ist übrigens nichts einzuwenden – sie sind dem herrschenden Klima ideal angepaßt.«

»Und die Bevölkerung?«

»Chichen Itza hatte nach Morley etwa 200 000 Einwohner«, sagte Halstead. »Uaxuanoc könnte an eine Viertelmillion herangekommen sein.«

»Das ist eine riesige Menge Menschen«, bemerkte ich verwundert.

»Um die ungeheuren Gebäude zu errichten, benötigten sie unzählig viele Hände«, sagte Fallon. »Sie dürfen nicht vergessen, daß es Steinzeitmenschen waren, die mit Steinwerkzeugen Stein bearbeiteten. Ich rechne damit, daß das Zentrum von Uaxuanoc hundert Morgen einnimmt, wenn wir uns auf die Karte von Vivero verlassen können, folglich müssen die äußeren Bezirke der Stadt eine große Bevölkerung beherbergt haben, mit mehr Menschen als heute in ganz Quintana Roo. Von den äußeren Stadtbezirken werden aber keine Spuren mehr erhalten geblieben sein. Holzbauten haben in diesem Klima keine große Lebensdauer.«

Er klopfte mit dem Zeigestock wieder auf das Fotomosaik. »Machen wir weiter. Wir müssen also fünfzehn Cenotes untersuchen, und wenn wir nicht finden, was wir suchen, werden wir weiter ins Land hineingehen müssen. Das würde mehr als bedauerlich sein, denn im Umkreis von zwanzig Meilen von hier liegen weitere neunundvierzig Cenotes, und es wird sehr viel Zeit in Anspruch nehmen, wenn wir sie alle erforschen müssen.«

Er deutete mit dem Stock auf den Piloten. »Zum Glück haben wir Harry Rider und den Hubschrauber, so daß wir das verhältnismäßig bequem schaffen können. Ich werde langsam zu alt, um es mit dem Urwald aufzunehmen.«

Rider sagte: »Ich habe mir schon ein paar der Wasserlöcher angesehen, Mr. Fallon. Bei den meisten ist kein Platz, wo man niedergehen kann, nicht einmal mit meinem Hubschrauber. Der Wald ist wirklich zu dicht.«

Fallon nickte. »Ich weiß. Ich bin da schon einmal gewesen und weiß, wie es aussieht. Wir werden vorher durch Fotos aufklären. Farbaufnahmen können Unterschiede in der Vegetation durch darunterliegende Gebäude enthüllen, und Infrarotaufnahmen zeigen vielleicht noch mehr. Und ich würde gern am frühen Morgen und am späten Abend ein paar Flüge durchführen – die Schattenbildung könnte uns etwas verraten.«

Er drehte sich um und betrachtete das Fotomosaik. »Wie Sie sehen, habe ich die in Betracht kommenden Cenotes numeriert. Bei einigen besteht eine größere Wahrscheinlichkeit als bei anderen. Vivero sagt, daß durch Uaxuanoc ein Höhenzug verlief, mit einem Tempel auf dem Gipfel und einer Cenote an seinem Fuß. Cenotes in Verbindung mit Höhenzügen scheinen in diesem Gebiet das übliche zu sein. Das ist Pech für uns, aber immerhin werden die Möglichkeiten dadurch auf elf reduziert. Die Nummern vier, sieben, acht und dreizehn können wir im Augenblick, glaube ich, zurückstellen.« Er wandte sich an Rider. »Wann können wir starten?«

»Sobald Sie wollen. Ich habe getankt«, antwortete Rider.

Fallon blickte auf seine Uhr. »Wir machen die Kameras bereit und fliegen gleich nach dem Essen los.«

Ich half ihnen, die Kameras in den Hubschrauber zu verladen. Nichts an der Ausrüstung war amateurhaft oder dilettantisch. Es waren Spezialkameras für Luftaufnahmen, und ich sah, daß das Flugzeug mit allen erforderlichen Halterungen ausgestattet war, um sie aufzunehmen. Mein Respekt vor Fallons Organisationsgabe stieg noch mehr. Wenn man sich schon damit abfinden mußte, daß er mit mehr Geld um sich werfen konnte, als der Anstand erlauben mochte, mußte man aber auch zugeben, daß er es sehr sinnvoll ausgab. Er gehörte nicht zu den Playboys des Jet-Sets, die ihren Reichtum in die Taschen irgendwelcher Kasinobesitzer fließen lassen.

Nach einem schnellen Lunch gingen Fallon und Halstead zu dem Hubschrauber. »Und was soll ich tun?« fragte ich.

Fallon rieb sich das Kinn. »Anscheinend gibt es für Sie im Augenblick nichts zu tun«, sagte er, und über seine Schulter sah ich in Halsteads breit grinsendes Gesicht. »Am besten ruhen Sie sich den Nachmittag über aus. Bleiben Sie aus der Sonne, bis Sie sich an die Hitze gewöhnt haben. Wir sind in ein paar Stunden wieder zurück.«

Ich sah zu, wie der Hubschrauber aufstieg und über den Baumwipfeln verschwand, und kam mir etwas albern und wie das fünfte Rad am Wagen vor. Katherine war nirgends zu entdecken. Ich nahm an, sie hatte sich in die Hütte zurückgezogen, die sie mit Halstead teilte, um ihr persönliches Gepäck auszupacken. Ratlos überlegte ich, was ich unternehmen könnte, und wanderte lustlos zum fernen Rand der Lichtung, um das Maya-Bauwerk zu besichtigen, von dem Fallon gesprochen hatte.

Die Cenote hatte einen Durchmesser von etwa zehn Meter, und der Wasserspiegel lag etwa fünf Meter unter dem Rand. Die Seiten der Grube waren beinahe völlig glatt, aber jemand hatte an einer Stelle grobe Stufen ausgeschlagen, so daß man an das Wasser herankommen konnte. Ich fuhr erschrocken zusammen, als plötzlich ganz in der Nähe ein Motor laut ansprang, und entdeckte eine kleine Pumpe, die von einem anscheinend automatisch ein- und ausschaltbaren Motor betrieben wurde. Sie pumpte Wasser aus der Cenote ins Lager – ein weiteres Beispiel Fallonscher Zweckmäßigkeit. Obwohl ich aufmerksam suchte, konnte ich das erwähnte Bauwerk nicht finden, und gab es nach einer halben Stunde ergebnislos auf. Ich stand im Begriff, ins Lager zurückzukehren, als ich auf der anderen Seite der Cenote zwei Männer entdeckte, die zu mir herüberblickten. Alles, was sie anhatten, waren zerfetzte weiße lange Hosen, und sie standen regungslos wie Statuen da. Sie waren klein, sehnig und braun, und ein verirrter Sonnenstrahl, der durch das Laub fiel, glänzte als kupferfarbener Schimmer auf der nackten Brust des Mannes, der am nächsten stand. Dreißig Sekunden lang betrachteten sie mich feierlich, dann drehten sie sich um und verschwanden im Wald.

3

Der Hubschrauber kam zurück, und Fallon packte eine Ladung Filmspulen auf den Tisch in der großen Hütte. »Verstehen Sie etwas vom Entwickeln von Filmen?« fragte er.

»Gewissermaßen als Amateur.«

»Hmm. Das genügt vielleicht nicht, aber wir wollen es so gut machen, wie wir können. Kommen Sie mit.« Er führte mich in eine andere Hütte und zeigte mir sein Fotolabor. »Sie sollten schnell verstehen, auf was es ankommt«, sagte er. »Es ist nicht allzu schwierig.«

Für Fallon gab es kein Plantschen in Schalen mit Chemikalien. Er hatte die ordentlichste Dunkelkammerausrüstung, die ich je gesehen hatte – obwohl er überhaupt keine Dunkelkammer brauchte. Ich sah ihm zu, als er mir zeigte, was zu tun war. Da war ein großer Kasten mit einer lichtundurchlässigen Schieberklappe auf der einen und einem Schlitz auf der anderen Seite. Er schob die Klappe auf, legte seine Spule mit belichtetem Film in eine Fassung ein und fädelte den Filmanfang in eine Führung ein. Dann schloß er die Klappe und drückte auf einen Knopf. Fünfzehn Minuten später schlängelte sich der entwickelte Farbfilm, trocken und vorführbereit, durch den Schlitz auf der anderen Seite des Kastens.

Er nahm den Deckel von dem Kasten ab und zeigte mir die Innereien – die Anordnung sich langsam drehender Walzen und Chemikalienbäder und den Infrarottrockner am Ende – und erklärte mir, welche Chemikalien wo eingefüllt werden mußten. »Glauben Sie, daß Sie damit fertig werden? Wir sparen Zeit, wenn jemand da ist, der die Filme so schnell wie möglich entwickeln kann.«

»Warum sollte ich nicht?« antwortete ich.

»Gut. Dann machen Sie jetzt mit den anderen weiter. Ich muß etwas mit Paul besprechen.« Er lächelte. »In diesen Schwirrvögeln kann man sich wirklich nicht vernünftig unterhalten. Es ist zu laut.« Er hob eine Filmspule hoch. »Dies hier sind Stereo-Aufnahmen. Ich zeige Ihnen, wie der Film geschnitten und richtig in Rähmchen eingepaßt wird, wenn er fertig entwickelt ist.«

Ich machte mich an das Entwickeln der Filme und war froh, daß ich etwas zu tun hatte. Man brauchte zwar nur Zeit dazu, die Arbeit selbst war so simpel, daß man Kinder hätte dafür einsetzen können.

Ich entwickelte die letzte Spule – die Stereo-Aufnahmen – und brachte sie Fallon, und er zeigte mir, wie die Filme in Doppelrähmchen eingepaßt werden mußten. Es war leicht, erforderte aber Geschicklichkeit.

An diesem Abend hatten wir in der großen Hütte einen Lichtbildervortrag. Fallon legte einen Filmstreifen in den Projektor ein und schaltete den Apparat an. Auf der Leinwand war nur verschwommenes Grün zu sehen, und er lachte verlegen. »Da habe ich anscheinend die Entfernung falsch eingestellt.«

Die nächste Aufnahme war besser, und auf der Leinwand sah man ein Stück Urwald und eine Cenote, die das Blau des Himmels reflektierte. Für mich sah es wie ein beliebiges Stück Urwald aus, aber Fallon und Halstead diskutierten eine ganze Zeit darüber, bevor man zur nächsten Aufnahme überging. Es dauerte gute zwei Stunden, bis alle Bilder gezeigt worden waren, aber ich hatte schon lange vorher das Interesse daran verloren, besonders, da allem Anschein nach die erste Cenote sich als Niete erwiesen hatte.

Fallon sagte schließlich: »Jetzt haben wir noch die Stereo-Aufnahmen. Die wollen wir uns auch noch ansehen.«

Er wechselte den Projektor aus und reichte mir eine Polaroidbrille. Die Stereobilder waren überraschend plastisch. Ich hatte das Gefühl, daß ich mich nur vorzubeugen brauchte, um das oberste Blatt von einem Baum zu pflücken. Da es Luftaufnahmen waren, verursachten sie auch ein unerwartetes Schwindelgefühl. Fallon führte sie alle ohne irgendein Ergebnis vor. »Ich glaube, die können wir von unserer Liste streichen«, sagte er. »Das beste ist, wir gehen schlafen. Wir haben morgen einen schweren Tag vor uns.«

Ich gähnte und reckte mich, und dann fielen mir die beiden Männer wieder ein, die ich gesehen hatte. »Ich bin unten an der Cenote zwei Männern begegnet.«

»Chicleros?« fragte Fallon scharf.

»Wenn Chicleros keine braunen kleinen Menschen mit großen Nasen sind, nicht.«

»Mayas«, erklärte er. »Die werden sich wundern, was wir hier suchen.«

»Warum fragen Sie die nicht nach Uaxuanoc?« meinte ich. »Schließlich haben ihre Vorfahren die Stadt gebaut.«

»Sie würden nichts darüber wissen – oder falls doch, uns nichts sagen. Die Mayas von heute sind von ihrer Geschichte abgeschnitten. Ihrer Meinung nach wurden die Ruinen von Riesen oder Zwergen geschaffen, und sie gehen ihnen aus dem Weg. Für sie sind es verzauberte Stätten, an denen Menschen nichts zu suchen haben. Und was halten Sie von dem Bauwerk da unten?«

»Ich konnte es nicht finden«, antwortete ich.

Halstead stieß ein unterdrücktes Grunzen aus, und Fallon lachte. »So verborgen ist es aber gar nicht. Ich habe es auf der Stelle entdeckt. Ich zeige es Ihnen morgen. Das kann Ihnen eine Vorstellung davon geben, was uns hier noch bevorsteht.«

4

Wir entwickelten eine Routine. Fallon und Halstead unternahmen täglich drei Flüge, manchmal vier. Nach jedem Flug übergaben sie mir die Filme, und ich machte mich daran, sie zu entwickeln, und jeden Abend überprüften wir die Ergebnisse auf der Leinwand. Viel kam dabei nicht heraus, außer der stetigen Eliminierung von Möglichkeiten.

Fallon ging mit mir zu der Cenote und zeigte mir das Maya-Bauwerk, und ich stellte fest, daß ich ein halbes dutzendmal daran vorbeigekommen war, ohne es zu erkennen. Es stand unmittelbar in dichter Vegetation neben der Cenote, und als Fallon sagte: »Da ist es!«, sah ich nichts als ein Stück Wald.

Er lächelte und sagte: »Gehen Sie näher heran.« Deshalb ging ich bis an den Rand der Lichtung und sah nichts außer dem unentwirrbaren Durcheinander von Sonnenflecken, Blättern und Schatten. Ich drehte mich um und hob die Schultern. Er rief mir zu: »Strecken Sie Ihre Hand durch das Laub.«

Ich tat, wie er mir geheißen, und rammte mit unerwarteter Wucht meine Faust gegen Stein.

»Jetzt treten Sie ein paar Schritte zurück und sehen sich das Ganze noch einmal an«, sagte Fallon.

Ich ging zurück, rieb meine zerschundenen Knöchel und musterte mit zusammengekniffenen Augen noch einmal die Vegetation. Es war eine komische Sache. Zunächst war nichts da, und den

Bruchteil einer Sekunde später war da etwas wie eine gespenstische optische Täuschung. Doch selbst dann war es nur die geisterhafte Andeutung eines Gebäudes aus verschwimmenden Schatten. Ich hob die Hand und sagte unsicher: »Da fängt es an – und es endet wo . . . da?«

»Ganz richtig, Sie haben es erkannt.«

Ich starrte darauf und fürchtete, daß es wieder verschwinden würde. Falls irgendeine Armee in der Welt ihre Tarneinheiten verbessern wollte, könnte ich nur nachdrücklich einen Studienkursus in Quintana Roo empfehlen. Diese natürliche Tarnung war geradezu vollkommen. »Was war das Ihrer Ansicht nach?« fragte ich.

»Möglicherweise ein Schrein von Chac, dem Regengott. Man findet sie häufig bei Cenotes. Wenn Sie wollen, können Sie ihn von dem Pflanzenwuchs säubern. Vielleicht finden wir etwas von beiläufigem Interesse. Aber passen Sie auf Schlangen auf.«

»Falls ich ihn wiederfinde, tue ich das vielleicht.«

Fallon war amüsiert. »Sie müssen für Dinge dieser Art ein Auge entwickeln, wenn Sie in dieser Gegend archäologische Forschungen beabsichtigen. Wenn nicht, können Sie mitten durch eine Stadt laufen, ohne sie überhaupt zu bemerken.«

Das glaubte ich ihm.

Er blickte auf seine Uhr. »Paul wird auf mich warten«, sagte er. »In ein paar Stunden sind wir mit neuen Filmen wieder da.«

Zwischen uns vier bestand ein merkwürdiges Verhältnis. Ich fühlte mich übergangen, weil ich eigentlich nicht wußte, was vorging. Die Feinheiten der Forschung überstiegen meinen Horizont, und ich verstand nicht ein Zehntel von dem, was Fallon und Halstead sagten, wenn sie über Fachfragen sprachen, und über andere Dinge unterhielten sie sich überhaupt nicht.

Fallon beschränkte sich in seinem Umgang mit Halstead strikt auf die gerade vorliegenden Probleme und ließ diese Grenze nicht um einen Zoll überschreiten. Mir war offensichtlich, daß er Halstead nicht sonderlich schätzte und daß er kein übermäßiges Vertrauen zu ihm hatte. Aber das hatte ich auch nicht, besonders nicht nach meinem Gespräch mit Pat Harris. Fallon hatte zweifellos von Harris einen detaillierteren Bericht über Halstead erhalten, und deshalb war mir seine Einstellung verständlich.

Mir gegenüber verhielt er sich anders. Meine Unkenntnis der archäologischen Feldarbeit betrachtete er mit amüsierter Toleranz, versuchte aber auch nicht, mir seine Fachkenntnisse aufzunötigen. Geduldig beantwortete er meine Fragen, die ihm vermutlich oft einfältig oder gar absurd erscheinen mußten, aber dabei beließ er es. Wir gewöhnten uns daran, abends vor dem Schlafengehen eine Stunde lang zusammenzusitzen und über eine Vielfalt der verschiedensten Themen zu plaudern. Von seinem Fachgebiet abgesehen war er kein sehr belesener und hochgebildeter Mann. Dennoch gelang es mir, ihn für die Verwendung von Computern bei der Bewirtschaftung von Bauernhöfen zu interessieren, und ich schilderte ihm mit allen Einzelheiten, was ich auf der Hay Tree Farm tat. Anscheinend besaß er eine große Ranch in Arizona und erkannte sofort die Möglichkeiten, die sich ihm dort boten.

Doch dann schüttelte er gereizt den Kopf. »Ich werde das an meinen Bruder weiterleiten«, sagte er. »Der kümmert sich jetzt um all das.« Er starrte blind durch den Raum. »Man hat so wenig Zeit für das, was man wirklich tun möchte.«

Bald danach versank er tief in seinen Gedanken, und ich entschuldigte mich und ging ins Bett.

Halstead zeigte die Tendenz, immer düsterer und verschlossener zu werden. Er ignorierte mich fast vollständig und sprach kaum mit mir, falls es nicht unerläßlich notwendig war. Wenn er von sich aus einmal eine Bemerkung machte, war sie gewöhnlich von einem schlecht verhehlten Hohn begleitet, der im allgemeinen gegen meine abgrundtiefe Ignoranz über die Arbeit gerichtet war. Oft fühlte ich mich versucht, ihm einen Faustschlag zu versetzen, aber um des allgemeinen Friedens willen unterdrückte ich jeden Temperamentsausbruch. Abends zog er sich mit seiner Frau gleich nach der Lichtbildervorführung und der Diskussion darüber in seine Hütte zurück. Danach blieb nur Katherine Halstead, die für mich mehr und mehr zu einem quälenden Geheimnis wurde. Richtig ist, daß sie das tat, wozu sie sich verpflichtet hatte: Sie hielt ihren Mann scharf im Zaum. Ich entdeckte oft, daß er nahe daran war, seine Selbstbeherrschung gegenüber Fallon zu verlieren – mir gegenüber bestand diese Gefahr für ihn nicht, weil es unter seiner Würde war, mich zu beachten –, und wie er, durch einen Blick oder ein Wort seiner Frau gezügelt, halbwegs seine Haltung bewahrte. Ich glaubte, ihn zu durchschauen und erfaßt zu haben, was ihn antrieb, aber ich wollte verdammt sein, wenn ich *sie* verstand.

Ein Mann sieht oft in einer Frau ein Geheimnis, wo nichts als gähnende Leere, wo das sogenannte mysteriöse Weibliche nur eine raffinierte Fassade ist, hinter der nichts von Wert liegt. Aber Katherine war nicht so. Sie war amüsant, intelligent und vielseitig begabt. Sie zeichnete gekonnt in einer Art, die weit über Dilettantismus lag, sie kochte gut und bereicherte unseren eintönigen Speisezettel, außerdem verstand sie weit mehr von Archäologie als ich, obwohl sie zugab, daß sie nur eine Anfängerin sei. Aber nie war sie bereit, in irgendeiner Weise über ihren Mann zu sprechen, und das war ein Zug, dem ich bei einer verheirateten Frau bis dahin nie begegnet war.

Jene, die ich kenne – nicht allzu wenige –, hatten über ihren Ehepartner immer etwas zu sagen, sei es Lob oder Tadel. Die meisten sprachen positiv über ihre Männer und ließen vielleicht eine duldsame Nebenbemerkung über deren Schwächen fallen. Einige wenige lobten unaufhörlich und wollten nicht ein Wort gegen ihren Teuren hören, und einige, die bedauerlichen Xanthippen, machten öffentlich bissige Bemerkungen, die für ein Paar Ohren bestimmt waren, aber von allen gehört und verstanden wurden – Schüsse aus dem Hinterhalt im Krieg der Geschlechter. Aber von Katherine Halstead kam nicht ein Piep, weder in der einen noch in der anderen Richtung. Sie sprach einfach nicht über ihn. Das war unnatürlich.

Da Fallon und Halstead den größten Teil des Tages unterwegs waren, blieben wir sehr aufeinander angewiesen. Der Lagerkoch und sein Helfer verhielten sich unaufdringlich. Sie kochten das Essen, spülten das Geschirr, reparierten den Generator, wenn er ausfiel, und verbrachten den Rest ihrer Zeit damit, sich gegenseitig beim Rommé ihr Gehalt abzunehmen. Damit hatten Katherine und ich nur uns beide während der langen heißen Tage zur Gesellschaft. Das Entwickeln der Filme hatte ich schnell soweit heraus, daß mir viel Zeit übrigblieb, deshalb schlug ich ihr vor, wir sollten uns das Maya-Bauwerk vornehmen.

»Vielleicht kommt dabei eine epochemachende Entdeckung heraus«, sagte ich scherzend. »Versuchen wir es mal. Fallon meinte, es wäre eine gute Idee.«

Sie lächelte bei dem Gedanken, daß wir etwas von Bedeutung finden könnten, stimmte mir aber bei, daß es etwas halbwegs Sinnvolles wäre. Wir bewaffneten uns also mit Macheten und gingen zur Cenote hinunter, um gegen die Vegetation anzukämpfen.

Ich war überrascht, als ich sah, wie gut das Bauwerk erhalten war, nachdem wir es von seiner schützenden Pflanzendecke entblößt hatten. Die Kalksteinblöcke, aus denen es errichtet war, waren ordentlich behauen und geformt und in fachmännischer Manier übereinander geschichtet. In der Wand zur Cenote fanden wir eine Türöffnung mit einem überhängenden Bogen, und als wir hineinblickten, hatten wir nichts als Dunkelheit und das wütende Summen aufgestörter Wespen vor uns. »Ich halte es für besser, wenn wir jetzt noch nicht hineingehen. Die gegenwärtigen Bewohner könnten etwas dagegen haben«, sagte ich.

Wir zogen uns auf die Lichtung zurück, und ich sah an mir hinunter. Die Schlingpflanzen von dem Bauwerk herunterzuhacken war eine mühsame Arbeit gewesen, bei der ich stark geschwitzt hatte, und meine Brust war von kleinen Erdklümpchen beschmutzt, die sich durch den Schweiß in Schlamm verwandelt hatten. Ich war völlig verdreckt.

»Ich werde in der Cenote schwimmen«, sagte ich. »Ich muß mich unbedingt säubern.«

»Ein guter Einfall«, sagte sie. »Ich hole mir meinen Badeanzug.«

Ich grinste. »Ich nicht. Meine Shorts genügen mir.«

Sie kehrte zu den Hütten zurück, und ich ging zu der Cenote und sah in das dunkle Wasser hinab. Ich konnte keinen Grund erkennen, und das Wasser mochte jede Tiefe zwischen sechs Zoll und zwanzig Metern haben, deshalb hielt ich es nicht für ratsam, einen Kopfsprung zu wagen. Ich stieg über die Stufen zum Wasser hinunter, ließ mich hineingleiten und fand es angenehm kühl. Ich plantschte eine Weile umher, da ich aber keinen Grund fand, machte ich mich auf die Suche danach und tauchte. Ich muß bis auf eine Tiefe von sechs Metern gekommen sein und hatte ihn doch nicht gefunden. Es war da unten verdammt dunkel, und das gab mir eine gute Vorstellung von den Bedingungen, auf die ich stoßen würde, falls ich für Fallon tauchen mußte. Ich ließ mich langsam aufsteigen, wobei Luftbläschen aus meinem Mund perlten, und tauchte wieder in das Sonnenlicht auf.

»Ich habe mich schon gewundert, wo Sie sind«, rief Katherine mir zu. Ich blickte auf und sah sie aufrecht am Rand der Cenote stehen, fünf Meter über mir als Silhouette vor der Sonne. »Ist es tief genug, daß man springen kann?«

»Mehr als tief genug«, rief ich zurück. »Ich konnte den Grund nicht erreichen.«

»Gut!« antwortete sie und vollführte einen sauberen Kopfsprung. Ich schwamm langsam im Kreis herum und fing schon an, unruhig zu werden, weil sie nicht auftauchte, spürte aber plötzlich, daß ich am Knöchel gepackt und unter Wasser gezogen wurde.

Wir tauchten lachend wieder auf, und sie sagte: »Das war die Revanche dafür, daß Sie mich in Fallons Schwimmbecken unter Wasser gezogen haben.« Sie spritzte mir mit der flachen Hand Wasser ins Gesicht, und für zwei oder drei Minuten veranstalteten wir wie zwei Kinder eine Spritzschlacht, bis wir außer Atem das Spiel abbrechen mußten. Danach trieben wir nur umher und genossen den Unterschied zwischen der Kühle des Wassers und der Wärme der Sonnenstrahlen.

Träge fragte sie: »Wie sieht es da unten aus?«

»Wo unten?«

»Auf dem Grund dieses Teichs.«

»Ich habe ihn nicht gefunden. Ich bin nicht tief genug getaucht. Es war etwas kalt.«

»Haben Sie sich vor einer Begegnung mit Chac gefürchtet?«

»Wohnt er da unten?«

»Er hat auf dem Grund jeder Cenote einen Palast. Die Mayas haben Jungfrauen hineingeworfen, die versanken, um Chac zu treffen. Manche von ihnen kamen mit wunderbaren Geschichten wieder zurück.«

»Und was wurde aus denen, die nicht zurückkamen?«

»Chac behielt sie für sich. Manchmal behielt er sie alle, und die Menschen bekamen Angst und bestraften die Cenote. Sie schleuderten Steine hinein und peitschten sie mit Zweigen aus. Aber deswegen ist nie eine Jungfrau zurückgekommen.«

»Dann sollten Sie lieber vorsichtig sein«, sagte ich.

Sie bespritzte mich mit Wasser. »Genau genommen bin ich keine Jungfrau.«

Ich schwamm zu den Stufen zurück. »Der Hubschrauber müßte

bald zurückkommen und neue Filme zum Entwickeln bringen.« Ich kletterte halb aus dem Wasser und streckte ihr die Hand hin, um ihr herauszuhelfen.

Als wir oben waren, bot sie mir ein Handtuch an, aber ich schüttelte den Kopf. »Ich werde in der Sonne schnell genug trocken.«

»Wie Sie wollen«, sagte sie, »aber es ist nicht gut für Ihr Haar.«

Sie breitete ein Handtuch auf dem Boden aus, setzte sich darauf und fing an, sich mit einem anderen Handtuch das Haar zu trocknen.

Ich setzte mich neben sie und flippte Kieselsteine in die Cenote.

»Was machen Sie eigentlich wirklich hier, Jemmy?« fragte sie.

»Verdammt, wenn ich das selbst wüßte«, gab ich zu. »Damals hielt ich es einfach für einen guten Einfall.«

Sie lächelte. »Es ist doch einmal etwas ganz anderes als Ihr Devon, wie? Sehnen Sie sich nicht nach Ihrem Gut zurück, nach der Hay Tree Farm? Übrigens, macht man überall in Devon von Bäumen Heu?«

»Das Wort bedeutet nicht das, was Sie glauben. Es ist ein Dialektausdruck für Hecke oder Gehege.« Ich schleuderte noch einen Stein in den Teich. »Glauben Sie, daß Chac sich darüber ärgert?«

»Es könnte sein. Machen Sie es also nicht zu oft – jedenfalls nicht, wenn Sie noch einmal in eine Cenote tauchen müssen. Wie dumm. Ich habe keine Zigaretten bei mir.«

Ich stand auf und holte meine von der Stelle, wo ich sie abgelegt hatte, und wir saßen eine Weile schweigend rauchend da. Schließlich sagte sie: »So habe ich seit Jahren nicht mehr im Wasser herumgetollt.«

»Wohl seit den sorglosen Tagen auf den Bahamas nicht mehr?« fragte ich.

»Seitdem nicht mehr.«

»Haben Sie dort Paul kennengelernt?«

Es verging eine kaum wahrnehmbare Pause, ehe sie antwortete. »Nein. Ich habe Paul in New York kennengelernt.« Sie lächelte flüchtig. »Er gehört nicht zu dem Typ, dem man am Strand auf den Bahamas begegnet.«

Im stillen gab ich ihr recht. Es war ganz unmöglich, ihn mit einer der Figuren in den sorglosen Urlaubsanzeigen der Reisebüros zu vergleichen – nichts als Zähne, Sonnenbrille und Sonnenbräune. Ich bohrte weiter, schlug aber einen Umweg ein. »Was haben Sie gemacht, ehe Sie ihn kennenlernten?«

Sie blies eine Rauchfahne aus. »Nichts Besonderes. Ich habe an einem kleinen College in Virginia gearbeitet.«

»Als Lehrerin?« fragte ich überrascht.

Sie lachte. »Nein. Als Sekretärin. Mein Vater unterrichtete am gleichen College.«

»Ich finde, daß Sie auch gar nicht wie eine Lehrerin aussehen. In welchem Fach unterrichtet Ihr Vater? In Archäologie?«

»Er gibt Geschichtsunterricht. Glauben Sie nur nicht, daß ich mein ganzes Leben auf den Bahamas zugebracht habe. Es war nur eine sehr kurze Episode. Mehr kann man sich mit dem Gehalt einer Sekretärin nicht leisten. Ich hatte für diesen Urlaub lange gespart.«

»Als Sie Paul kennenlernten, war das vor oder nachdem er seine Nachforschungen nach Vivero begonnen hatte?«

»Das war vorher. Ich war bei ihm, als er den Vivero-Brief fand.«

»Waren Sie da schon verheiratet?«

»Es war auf unserer Hochzeitsreise«, antwortete sie in leichtem Ton. »Für Paul war es allerdings eine Hochzeitsreise mit Arbeit.«

»Hat er Ihnen viel Archäologie beigebracht?«

Sie zuckte mit den Schultern. »Er ist kein besonders guter Lehrer, aber ich habe eine ganze Menge aufgeschnappt. Ich habe versucht, ihm bei seiner Arbeit zu helfen – ich bin der Meinung, daß eine Frau ihrem Mann helfen soll.«

»Was halten Sie von dieser Vivero-Geschichte? Ich meine, dieser ganzen Angelegenheit?«

Sie schwieg eine Weile und sagte dann offen: »Sie gefällt mir nicht, Jemmy. Nichts daran gefällt mir. Bei Paul ist es zu einer Besessenheit geworden – und nicht nur bei ihm. Sehen Sie sich Fallon an. Mein Gott, nehmen Sie sich doch nur einmal selbst genau unter die Lupe.«

»Was soll mit mir sein?«

Sie warf ihre Zigarette halbgeraucht fort. »Finden Sie es nicht auch lächerlich, daß Sie aus einem friedlichen Leben in England herausgerissen und in diese Wildnis verschlagen wurden, nur wegen dem, was ein Spanier vor vierhundert Jahren niedergeschrieben hat? Das Leben von zu vielen wird dadurch aus dem Gleis geworfen, Jemmy.«

Behutsam entgegnete ich: »Ich würde nicht sagen, daß ich davon besessen bin. Mir sind Vivero und Uaxuanoc verdammt gleichgültig. Ich folge anderen Motiven. Aber Sie sagen, daß Paul davon besessen ist. Wie wirkt diese Besessenheit sich bei ihm aus?«

Sie zupfte nervös an dem Handtuch auf ihrem Schoß. »Sie haben ihn doch selbst gesehen. Er kann an nichts anderes denken und von nichts anderem reden. Es hat ihn verändert. Er ist nicht mehr der Mensch, den ich kannte, als wir heirateten. Und er kämpft nicht nur gegen Quintana Roo – er kämpft gegen Fallon.«

Knapp erwiderte ich: »Wenn Fallon nicht wäre, wäre er jetzt nicht hier.«

»Und das ist ein Teil von dem, gegen das er ankämpft«, sagte sie leidenschaftlich. »Wie kann er mit Fallons Ruf konkurrieren, mit Fallons Geld und Fallons Hilfsmitteln? Das treibt ihn zum Wahnsinn.«

»Ich würde mir nicht zutrauen, da konkurrieren zu können. Glauben Sie denn, daß Fallon ihm Verdienste absprechen wird, die ihm zukommen?«

»Das hat er schon früher getan! Warum sollte er es nicht wieder tun? Genau genommen ist es Fallons Schuld, daß Paul sich in einer so schlechten Verfassung befindet.«

Ich seufzte. Pat Harris hatte völlig recht. Katherine ahnte nichts von Halsteads schlechtem Ruf bei seinen Kollegen. Die Werbeleute hatten es wirklich getroffen: *Selbst ihre beste Freundin will es ihr nicht sagen!* Ich überlegte für einen Augenblick, ob ich sie nicht über die Nachforschungen von Pat Harris unterrichten sollte, aber einer Frau zu sagen, daß ihr Mann ein Lügner und Fälscher ist, war gewiß nicht die beste Methode, Freundschaften zu schließen und Menschen zu beeinflussen. Sie würde nur noch wütender werden und Halstead alles sagen – und was Halstead in seiner gegenwärtigen Geistesverfassung dann tat, konnte in hohem Maß gefährlich sein.

»Aber hören Sie doch, Katherine«, sagte ich. »Wenn Paul von irgend etwas besessen ist, dann hat das doch nichts mit Fallon zu tun. Ich halte Fallon für außerordentlich fair und glaube, daß er Paul jede Anerkennung zukommen lassen wird, die ihm zusteht. Das ist, wohlgemerkt, meine persönliche Meinung.«

»Sie wissen nicht, was dieser Mann Paul angetan hat«, sagte sie düster.

»Vielleicht hatte er nichts anderes verdient«, sagte ich brutal. »Er macht es keinem leicht, mit ihm zusammenzuarbeiten. Seine Haltung mir gegenüber behagt mir auch nicht, und wenn er so weitermacht, bekommt er noch was hinter die Ohren.«

»Das zu sagen ist unfair«, fuhr sie auf.

»Was, zum Teufel, ist daran unfair? Sie haben darum gebeten, auf diese Spritztour mitzukommen, und es damit begründet, daß Sie ihn zügeln könnten. Also tun Sie das doch, oder ich werde ihn auf meine Weise ein bißchen zügeln.«

Sie erhob sich auf die Füße. »Sie sind auch gegen ihn eingestellt. Sie ergreifen die Partei von Fallon.«

»Ich ergreife für niemand Partei«, entgegnete ich müde. »Ich habe es nur gründlich satt, anzusehen, wie ein wissenschaftliches Forschungsprojekt behandelt wird, als ob es ein sportlicher Wettkampf wäre – oder ein Krieg. Und ich möchte Ihnen sagen, daß diese Einstellung nur von einer Seite gezeigt wird, und sie ist nicht Fallons Seite.«

»Er hat das auch nicht nötig«, erwiderte sie giftig. »Er ist an der Spitze.«

»An der Spitze von was denn, um Gottes willen? Sowohl Fallon als Paul verrichten hier eine Arbeit, und warum Paul sich daran nicht hält und abwartet, was dabei herauskommt, geht über meinen Horizont.«

»Weil Fallon ...« Sie brach ab. »Ach, was hat es für einen Sinn, darüber zu sprechen? Sie verstehen es doch nicht.«

»Ganz richtig«, stimmte ich sarkastisch zu. »Ich bin so dumm und beschränkt, daß ich nicht einmal zwei und zwei zusammenzählen kann. Seien Sie nicht so verdammt hochnäsig.«

Es wird behauptet, daß manche Frauen schöner erscheinen, wenn sie wütend sind, aber nach meinen Beobachtungen ist das ein Mythos, der vermutlich von Frauen verbreitet wurde, die von Natur aus wütend veranlagt sind. Katherine war jetzt in Wut, und sie war häßlich. Mit einer raschen Bewegung hob sie die Hand und schlug mir ins Gesicht – fest. Sie mußte viel Tennis gespielt haben, denn hinter ihrem Vorhandschlag lag eine Wucht, die mich schwanken ließ.

Ich sah sie nur an. »Damit sind selbstverständlich viele Probleme gelöst«, sagte ich gelassen. »Katherine, ich bewundere Loyalität bei einer Ehefrau, aber Sie sind schon nicht mehr nur loyal – Sie sind indoktriniert.«

In der Luft war plötzlich ein Surren, das zu einem Dröhnen anwuchs, als der Hubschrauber über den Bäumen auftauchte und über uns hinwegflog. Ich blickte nach oben und sah, wie Paul seinen Kopf verdrehte, um uns zu beobachten.

Siebenter Teil

1

Alle drei Tage kam ein großer Hubschrauber von Lager Eins und brachte Fässer mit Treibstoff für die Dieselgeneratoren und Gasflaschen für die Lagerküche. Er brachte auch Post, die von Fallons Düsenmaschine von Mexiko City herübergeflogen wurde, damit ich mit England in Verbindung bleiben konnte. Mount schrieb mir, daß die Testamentsvollstreckung ohne besondere Schwierigkeiten ablief, und Jack Edgecombe hatte endlich Feuer gefangen und war von dem neuen Plan für die Farm begeistert. Trotz beißender Bemerkungen von den Nachbarn führte er ihn durch und war überzeugt, daß wir einen guten Weg eingeschlagen hatten.

Als ich auf der stinkend heißen Lichtung mitten in Quintana Roo diese Briefe aus Devon las, bekam ich Heimweh und stellte mir wieder die Frage, ob ich nicht aussteigen sollte. Diese Geschichte hier hatte nichts mit mir zu tun, und ich fühlte mich mehr denn je als Außenseiter, weil jetzt zwischen Katherine und mir eine deutliche Kühle herrschte.

Am Tage unseres Streits waren aus der Hütte der Halsteads bis spät in die Nacht laut erhobene Stimmen zu hören gewesen, und als Katherine am nächsten Morgen erschien, trug sie ein Hemd mit hochgeschlossenem Kragen. Er war nicht hoch genug, um eine Schramme seitlich an ihrem Hals zu bedecken, und ich spürte eine seltsame Spannung in der Magengrube. Doch wie ein Mann und eine Frau ihre Ehe führten, ging mich nichts an, und darum ließ ich es auf sich beruhen. Katherine ihrerseits ignorierte mich betont, aber Halsteads Verhalten änderte sich überhaupt nicht; er benahm sich weiter in seiner üblichen widerwärtigen Weise.

Ich war fast schon entschlossen, auszusteigen, als Fallon mir einen Brief von Harris zeigte, der von Gatt berichtete.

»Jack macht die Runde durch Yucatan«, schrieb Harris. »Er war in Merida, Valladolid und Vigio Chico und ist jetzt in Felipe Carillo Puerto. Er scheint nach etwas oder jemand zu suchen – ich vermute, nach jemand, denn er verhandelt mit den absonderlichsten Erscheinungen. Da Jack seinen Urlaub mit Vorliebe in Miami und Las Vegas verbringt, halte ich seine Tour für eine Geschäftsreise – aber es sind bestimmt sehr merkwürdige Geschäfte. Es entspricht nicht seiner Art, zu schwitzen, wenn es nicht nötig ist, deshalb muß es, um was es auch geht, für ihn wichtig sein.«

»Felipe Carillo Puerto hieß einmal Chan Santa Cruz«, sagte Fallon. »Es war das Zentrum der Mayarevolte, die Hauptstadt der rebellischen Indios. Die Mexikaner änderten den Namen der Stadt, als sie 1935 die Rebellen unterwarfen. Es liegt nicht weit von hier, weniger als 50 Meilen.«

»Ganz offensichtlich führt Gatt etwas im Schilde.«

»Ja«, stimmte Fallon nachdenklich zu. »Aber was? Ich begreife seine Motive nicht.«

»Ich schon«, sagte ich und setzte Fallon alles zur Begutachtung auseinander – Gold, Gold und noch einmal Gold. »Ob es dort Gold gibt oder nicht, spielt keine Rolle, solange Gatt glaubt, daß dort welches ist.« Mir kam ein anderer Gedanke. »Sie haben mir einmal einen von Mayas gemachten Teller gezeigt. Wie hoch schätzen Sie seinen Goldwert?«

»Nicht sehr hoch«, antwortete er verächtlich. »Vielleicht fünfzig oder sechzig Dollar.«

»Wieviel würde der Teller bei einer Auktion erbringen?«

»Das ist schwer zu sagen. Diese Dinge befinden sich meistens in Museen und kommen nicht auf den offenen Markt. Außerdem überwacht die mexikanische Regierung die Ausfuhr von Funden aus der Maya-Zeit sehr streng.«

»Geben Sie eine Schätzung«, drängte ich.

Er machte ein gereiztes Gesicht und sagte: »Diese Dinge haben keinen Preis. Niemand hat je versucht, einen Preis für sie zu nennen. Jedes einmalige Kunstwerk ist so viel wert, wie jemand dafür zu bezahlen bereit ist.«

»Wieviel haben Sie für diesen Teller bezahlt?«

»Nichts. Ich habe ihn gefunden.«

»Für wieviel würden Sie ihn verkaufen?«

»Ich verkaufe ihn nicht«, sagte er nachdrücklich.

Jetzt war ich es, der ungehalten wurde. »Um Himmels willen, wieviel würden Sie für diesen Teller bezahlen wollen, wenn Sie ihn nicht schon besäßen? Sie sind ein reicher Mann und Sammler.«

Er hob die Schultern. »Vielleicht würde ich bis zu zwanzigtausend Dollar gehen, vielleicht höher, wenn ich gedrückt werde.«

»Das ist für Gatt genug, selbst wenn er inzwischen über seinen Trugschluß bezüglich des Goldes aufgeklärt worden sein sollte, was ich nicht glaube. Erwarten Sie, in Uaxuanoc ähnliche Gegenstände zu finden?«

»Es ist wahrscheinlich«, antwortete Fallon. Er runzelte die Stirn. »Ich glaube, ich sollte über diesen Punkt ein paar Worte mit Joe Rudetsky reden.«

»Wie kommen die Dinge denn vorwärts?« fragte ich.

»Mit der Erforschung aus der Luft können wir nichts mehr erreichen. Wir müssen jetzt auf dem Boden vorgehen.« Er deutete auf das Fotomosaik. »Wir haben die aussichtsreichen Stellen auf vier reduziert.« Er blickte auf. »Ah, da ist Paul.«

Halstead kam in die Hütte mit dem üblichen finsteren Gesichtsausdruck. Er warf zwei Gürtel auf den Tisch, an denen in Scheiden Macheten hingen. »Jetzt brauchen wir das hier«, sagte er. Sein Ton unterstellte: *Ich hab's ja gleich gesagt!*

»Davon habe ich gerade gesprochen«, sagte Fallon. »Wollen Sie Rider hereinrufen?«

»Bin ich jetzt schon Botenjunge?« fragte Halstead mürrisch.

Fallons Augen zogen sich zusammen. Schnell sagte ich: »Ich hole ihn.« Es konnte niemand nützen, die Dinge jetzt auf die Spitze zu treiben, und ich war durchaus bereit, den Botenjungen zu spielen. Es gab weniger würdige Berufe.

Ich fand Rider dabei, wie er an seiner geliebten Maschine herumpolierte. »Fallon hat eine Konferenz einberufen«, sagte ich. »Sie werden gewünscht.«

Er wischte noch ein letztes Mal mit dem Polierlappen. »Komme sofort.« Als er mit mir zur Hütte ging, fragte er: »Was ist denn mit diesem Halstead eigentlich los?«

»Wie meinen Sie das?«

»Er hat versucht, mir Befehle zu geben, und ich habe ihm gesagt, daß ich für Mr. Fallon arbeite. Daraufhin ist er ziemlich unverschämt geworden.«

»Das sieht ihm ähnlich«, sagte ich. »Ich würde mir darüber keine Gedanken machen.«

»Das tue ich auch nicht«, sagte Rider betont gleichgültig, »aber ihm wäre es zu raten. Er könnte sich sonst einen Kieferbruch einhandeln.«

Ich legte meine Hand auf Riders Arm. »Nicht so schnell. Warten Sie, bis Sie an der Reihe sind.«

Er grinste. »Sieht das so aus? In Ordnung, Mr. Wheale. Ich komme dann gleich nach Ihnen. Warten Sie aber nicht zu lange.«

Als Rider und ich in die Hütte kamen, schien zwischen Fallon und Halstead eine Spannung zu herrschen. Ich dachte, Fallon hätte Halstead vielleicht dessen unkooperatives Verhalten vorgeworfen – er war kein Mann, der seine Worte auf die Waagschale legte –, und Halstead sah verbissener aus denn je. Aber er hielt den Mund, als Fallon kurz sagte: »Kommen wir zum nächsten Punkt.«

Ich lehnte mich gegen den Tisch. »Welche nehmen Sie sich als erste vor?«

»Das ist offensichtlich«, antwortete Fallon. »Wir haben vier Möglichkeiten, aber nur an einem Punkt können wir mit dem Hubschrauber landen. Das ist die Cenote, die wir als erste erforschen.«

»Wie wollen Sie an die anderen herankommen?«

»Wir lassen einen Mann mit der Winde herunter«, antwortete Fallon. »Das habe ich früher schon gemacht.«

Das mochte sein, aber er war inzwischen nicht jünger geworden. »Ich kann es ja versuchen«, bot ich mich an.

Halstead grunzte: »Mit welchem Ziel vor Augen?« fragte er hochfahrend. »Was glauben Sie, könnten Sie tun, wenn Sie auf den Boden kommen? Dazu gehört ein Mann, der Augen im Kopf hat.«

Ungeachtet der unfreundlichen Formulierung, die Halstead gebrauchte, hatte er vermutlich recht. Ich hatte bereits erlebt, wie schwierig es war, eine Maya-Ruine zu entdecken, die Fallon nebenbei wahrgenommen hatte, und mir konnte gewiß etwas entgehen, was sich von größter Bedeutung erweisen mochte.

Fallon machte eine schnelle Handbewegung. »Ich gehe hinunter oder Paul. Wahrscheinlich wir beide.«

Rider sagte zögernd: »Was wird denn mit Nummer zwei, die ist wirklich schwierig.«

»Das werden wir überlegen, wenn es soweit ist«, antwortete Fallon. »Wir heben sie bis zuletzt auf. Wann sind Sie startbereit?«

»Auf der Stelle, Mr. Fallon.«

»Dann wollen wir gehen. Kommen Sie, Paul.«

Fallon und Rider gingen hinaus, und ich stand im Begriff, ihnen zu folgen, als Halstead sagte: »Einen Augenblick, Wheale. Ich habe mit Ihnen zu reden.«

In seinem Ton lag etwas, bei dem sich mir die Haare sträubten. Er schnallte einen der Gürtel um. »Was gibt es?« fragte ich.

»Nur folgendes«, anwortete er mit unterdrückter Stimme. »Bleiben Sie von meiner Frau weg.«

»Was, zum Teufel, meinen Sie damit?«

»Genau, was ich gesagt habe. Sie lungern um sie herum wie ein Hund um eine heiße Hündin. Glauben Sie nicht, daß ich es nicht bemerkt habe.« Seine tiefliegenden Augen wirkten irre, und seine Hände zitterten leicht.

»Den Ausdruck haben Sie gewählt«, entgegnete ich. »Sie nannten sie eine Hündin, nicht ich.«

Seine Hand schloß sich krampfhaft um den Griff der Machete, und ich sagte scharf: »Jetzt hören Sie mir zu. Ich habe Katherine nicht angerührt, und ich beabsichtige es auch nicht – und sie würde es nicht zulassen, selbst wenn ich es versuchte. Alles was zwischen uns vorgegangen ist, war nur das, was zwischen vernünftigen Leuten in unserer Lage geschieht, und das sind Unterhaltungen in unterschiedlich freundschaftlichem Grad. Und ich muß sagen, im Augenblick stehen wir keineswegs besonders freundschaftlich.«

»Versuchen Sie nicht, mir das weiszumachen«, sagte er wild. »Was haben Sie vor drei Tagen mit ihr unten am Teich gemacht?«

»Wenn Sie es wissen wollen, wir hatten eine heftige Auseinandersetzung. Aber warum fragen Sie sie nicht selbst?« Dazu schwieg er und fixierte mich scharf. »Aber Sie *haben* sie selbstverständlich gefragt, oder nicht? Sie fragten sie mit Ihren Fäusten. Warum versuchen Sie nicht, mich auf diese Weise zu fragen, Halstead? Mit Ihren Fäusten oder mit dem großen Hackmesser, das Sie da haben. Aber passen Sie auf – Sie könnten zu Schaden kommen.«

Einen Augenblick lang glaubte ich, er würde die Machete ziehen, um mir den Schädel zu spalten, und meine Finger schlossen sich um einen der Steine, die Fallon benutzte, um die Karten auf dem Tisch zu beschweren. Schließlich stieß er mit einem pfeifenden Geräusch die Luft aus und schob die Machete den halben Zoll in die Scheide zurück, um den er sie gezogen hatte. »Bleiben Sie von ihr weg«, sagte er heiser. »Das ist alles.«

Mit steifen Schultern stelzte er an mir vorbei aus der Hütte und verschwand in dem blendenden Sonnenlicht draußen. Dann kam plötzlich das rhythmische Dröhnen des aufsteigenden Hubschraubers, und der Lärm verklang schnell, als die Maschine, so wie immer, über den Bäumen davonschwirrte. Ich lehnte mich gegen den Tisch und spürte, wie mir auf der Stirn und im Nacken der Schweiß ausbrach. Ich sah auf meine Hände. Sie zitterten unbeherrschbar, und als ich sie umdrehte, sah ich, daß die Handflächen feucht waren. Was, beim höllischen Feuer, hatte ich in dieser Gesellschaft zu suchen? Was hatte mich besessen, gegen Halstead so scharf vorzugehen? Bei diesem Mann waren offenkundig ein paar Schrauben locker, und er hätte mich mit der verdammten Machete sehr leicht niedermachen können. Plötzlich überkam mich das Gefühl, daß mich diese ganze Geschichte ebenso verrückt machte, wie er offensichtlich war.

Ich stieß mich vom Tisch ab und ging hinaus. Niemand war zu sehen. Ich schritt zu der Hütte der Halsteads und klopfte an die Tür. Es kam keine Antwort, darum klopfte ich wieder, und Katherine rief: »Wer ist da?«

»Wen haben Sie erwartet? Ich bin's, Jemmy, verdammt noch mal.«

»Ich will nicht mit Ihnen sprechen.«

»Das brauchen Sie nicht«, antwortete ich. »Sie brauchen mir bloß zuzuhören. Machen Sie auf.«

Es folgte eine lange Pause und dann ein Klicken, als die Tür sich nicht allzuweit öffnete. Sie sah nicht sehr gut aus, und unter den Augen hatte sie dunkle Ringe. Ich drückte gegen die Tür und schob sie weiter auf. »Sie haben behauptet, Sie könnten Ihren Mann im Zaum halten«, sagte ich. »Ich rate Ihnen, die Zügel fester anzuziehen, denn anscheinend denkt er, daß Sie und ich eine leidenschaftliche Affäre miteinander haben.«

»Ich weiß«, sagte sie tonlos.

Ich nickte. »Selbstverständlich wissen Sie es. Ich möchte nur wissen, wie er diesen Eindruck gewonnen hat. Sie werden ihn doch nicht darauf gebracht haben? Manche Frauen tun das.«

Sie flammte auf. »Das zu sagen ist abscheulich.«

»Das kann gut sein, aber im Augenblick bin ich nicht in sonderlich guter Laune. Es ist noch keine fünf Minuten her, da wären Ihr verrückter Mann und ich beinahe hart aneinandergeraten.«

Sie war sofort alarmiert. »Wo ist er?«

»Was glauben Sie wohl, wo? Mit Fallon in dem Hubschrauber abgeflogen. Hören Sie mal zu, Katherine, ich bin mir nicht ganz sicher, ob es nicht das beste wäre, Paul von der Expedition auszuschließen.«

»O nein!« rief sie schnell. »Das können Sie doch nicht tun!«

»Ich kann – und ich werde, wenn er sich nicht anständig benimmt. Selbst Rider hat schon gedroht, gegen ihn tätlich zu werden. Sie wissen, daß er nur hier ist, weil ich es gefordert habe, daß ich ihn Fallon aufgezwungen habe. Ein Wort von mir, und Fallon wäre nur zu froh, ihn loszubekommen.«

Sie griff nach meiner Hand. »O bitte, Jemmy, o bitte, tun Sie das nicht.«

»Gehen Sie nicht in die Knie. Aber warum, zum Teufel, sollten Sie für ihn bitten? Ich habe Ihnen schon einmal gesagt, damals in England, daß Sie sich für einen anderen Menschen nicht entschuldigen können, nicht einmal für Ihren Mann.« Sie war sehr verstört, darum fügte ich hinzu: »Also gut, ich werde ihn nicht fortjagen lassen, aber sorgen Sie dafür, daß er mir nicht ins Gehege kommt.«

»Ich will es versuchen«, versprach sie, »ich will mir alle Mühe geben. Danke, Jemmy.«

Ich blies meine Wangen auf. »Wenn es mir schon vorgeworfen wird und wenn ich deswegen in eine Prügelei verwickelt werde, wäre diese leidenschaftliche Affäre vielleicht gar keine so schlechte Idee. Wenigstens würde ich mich dann für etwas halbtot schlagen lassen, für etwas, das ich getan habe.«

Sie erstarrte. »Das finde ich ganz und gar nicht komisch«, sagte sie steif.

»Ich auch nicht«, räumte ich erschöpft ein. »Bei mir muß ein Mädchen willig sein – und von Ihnen kann man nicht gerade behaupten, daß Sie mir laut japsend am Hals hängen. Lassen wir das. Nehmen wir an, ich hätte mir eine Zudringlichkeit erlaubt und hätte mir eine Ohrfeige dafür eingehandelt. Aber wie Sie diesen Menschen ertragen können, Katherine, das begreife ich nicht.«

»Vielleicht ist das etwas, das Sie nicht verstehen können.«

»Liebe?« Ich hob die Schultern. »Oder ist es fehlgeleitete Loyalität? Aber wenn ich eine Frau wäre – Gott sei Dank bin ich das nicht –, und mich würde ein Mann schlagen, ich würde ihn auf der Stelle verlassen.«

Rosa Flecken traten auf ihre Wangen. »Ich verstehe nicht, was Sie meinen.«

Ich streckte einen Finger aus und strich ihren Kragen herunter. »Die Schramme haben Sie wahrscheinlich bekommen, als Sie gegen eine Tür gelaufen sind.«

Hitzig erwiderte sie: »Woher ich meine Schrammen bekomme, geht Sie nicht das geringste an.«

Die Tür schlug mir vor der Nase zu.

Ich betrachtete eine ganze Weile das von der Sonne ausgedörrte Holz, seufzte dann und wendete mich ab. Ich ging zu der großen Hütte zurück und öffnete den Kühlschrank und musterte die sauber aufgereihten Bierflaschen, die alle appetitanregend beschlagen waren. Dann warf ich die Tür wieder zu und ging in Fallons Hütte, wo ich eine Flasche seines besten Glenlivet-Whiskys requirierte. Im Augenblick brauchte ich etwas Stärkeres als Bier.

Eine Stunde später hörte ich den Hubschrauber zurückkommen. Er landete und rollte aus der Sonne in den Hangar, und von dem Platz aus, an dem ich saß, konnte ich Rider die Maschine auftanken sehen und das rhythmische Klappern der Handpumpe hören. Eigentlich hätte ich ihm wohl helfen gehen sollen, aber mir war nicht danach, irgend jemandem zu helfen, und nach drei steifen Whiskys erschien mir der Gedanke, in die pralle Sonne hinauszugehen, als ausgesprochen unklug.

Schließlich kam Rider in die Hütte. »Heiß«, stellte er fest und bestätigte damit das Offenkundige.

Ich blickte zu ihm auf. »Wo sind die großen Geister?«

»Ich habe sie an der Stelle abgesetzt. In vier Stunden fliege ich wieder hin, um sie abzuholen.« Er setzte sich, und ich schob ihm die Whiskyflasche hin. Er schüttelte den Kopf.

»Nein, nein. Das ist mir um diese Tageszeit zu stark. Ich hole mir ein kaltes Bier.« Er stand auf, holte sich eine Flasche und kam damit zum Tisch zurück. »Wo ist Mrs. Halstead?«

»Schmollt in ihrem Zelt.«

Darüber runzelte er die Stirn, aber sie glättete sich wieder, als er das Bier trank. »Ah, das tut gut!« Er stellte die Flasche hin. »Sagen Sie mal, was hat es denn zwischen Ihnen und Halstead gegeben? Als er in die Maschine stieg, machte er ein Gesicht, als ob ihm einer einen Igel in den Hintern gerammt hätte.«

»Nennen wir es mal einen kleinen Wortwechsel.«

»Oh!« Er zog ein Kartenspiel aus seiner Hemdtasche und begann es zu mischen. »Wie ist es mit einem Spielchen zum Zeitvertreib?«

»Was schlagen Sie vor?« fragte ich bissig. »Schwarzer Peter?«

Er grinste. »Können Sie Rommé?«

Er zog mir die Hosen aus.

2

An dieser Stelle war es nicht. Fallon kam müde und abgespannt zurück, und ich fand, daß man ihm seine Jahre anmerkte. Der Urwald von Quintana Roo war kein Ort für einen Mann über Sechzig, nicht einmal für einen Mann in den Dreißigern, wie ich kürzlich entdeckt hatte. Ich hatte mir eine Machete genommen und war auf eigene Faust losgegangen, und ich hatte die Lichtung noch keine zehn Minuten hinter mir gelassen, als ich mich schon völlig verirrt hatte. Nur weil ich so vernünftig gewesen war, einen Kompaß mitzunehmen und Markierungen in die Baumstämme zu hacken, gelang es mir, zurückzufinden.

Ich schenkte Fallon ein Glas seines eigenen Whiskys ein, das er dankbar annahm. Seine Kleidung war zerfetzt und seine Hände von blutverkrusteten Rissen bedeckt. »Ich hole den Verbandskasten und verarzte Sie«, sagte ich.

Er nickte müde. Ich reinigte die Schrammen und meinte dabei: »Sie sollten die Knochenarbeit Halstead überlassen.«

»Er plagt sich schwer genug«, antwortete Fallon. »Heute hat er mehr geleistet als ich.«

»Wo ist er?«

»Säubert sich. Vermutlich tut Katherine mit ihm jetzt das gleiche, was Sie mit mir machen.« Er bog seine Finger unter den Pflasterverbänden. »Irgendwie können Frauen das besser. Ich kann mich daran erinnern, wie oft meine Frau mich verbunden hat.«

»Ich wußte gar nicht, daß Sie verheiratet waren.«

»War ich. Sehr glücklich verheiratet. Das ist viele Jahre her.« Er öffnete die Augen. »Was hat es heute morgen zwischen Ihnen und Halstead gegeben?«

»Eine Meinungsverschiedenheit.«

»Das erlebt man mit dem jungen Mann oft, aber im allgemeinen sind sie fachlicher Natur. Darum ging es wohl nicht, oder?«

»Nein«, bestätigte ich. »Es war persönlich und privat.«

Er begriff, was ich ausdrücken wollte – ihm eine Abfuhr zu erteilen – und hielt es für richtig, das zu ignorieren. »Es ist in jedem Fall eine sehr ernste Sache, sich zwischen Mann und Frau zu drängen«, sagte er.

Ich trieb den Korken in die Flasche mit dem Desinfektionsmittel. »Ich dränge mich nicht zwischen die beiden. Halstead bildet sich das nur ein.«

»Geben Sie mir Ihr Wort darauf?«

»Ich gebe Ihnen mein Wort – obwohl es Sie gar nichts angeht«, sagte ich. Sobald ich die Worte ausgesprochen hatte, taten sie mir leid. »Selbstverständlich geht es Sie etwas an. Sie wollen nicht, daß die Expedition geschädigt wird.«

»Daran hatte ich nicht gedacht«, antwortete er. »Wenigstens nicht, soweit es um Sie geht. Aber Paul fängt an, mich zu beunruhigen. Es erweist sich, daß sich nur sehr schwer mit ihm arbeiten läßt. Ich habe mir schon überlegt, ob ich Sie bitten sollte, mir die Einhaltung meines Versprechens zu erlassen. Es liegt aber ganz bei Ihnen.«

Ich schlug wieder auf den Kork. Gerade hatte ich Katherine versprochen, daß ich Halstead nicht davonjagen lassen würde, und das konnte ich nicht rückgängig machen. »Nein«, sagte ich. »Ich habe andere Zusicherungen gegeben.«

»Ich verstehe«, sagte Fallon. »Oder wenigstens glaube ich es.« Er blickte zu mir auf. »Machen Sie sich nicht selbst zum Narren, Jemmy.«

Dieser wohlgemeinte Rat kam etwas zu spät. Ich grinste und stellte die Flasche mit dem Desinfektionsmittel fort. »Es ist schon in Ordnung. Ich bin nicht der Mann, der in anderer Leute Ehen einbricht. Aber Halstead täte gut daran, sich zusammenzunehmen, oder er bekommt Ärger.«

»Schenken Sie mir noch einen Whisky ein«, sagte Fallon. Er griff nach der Flasche mit dem Desinfektionsmittel. »Wir werden Mühe haben, diesen Korken wieder herauszubekommen«, sagte er sanft.

In dieser Nacht stritten sich die Halsteads wieder. Keiner von beiden erschien zum Abendessen, und nach Einbruch der Dunkelheit lauschte ich auf die erhobenen Stimmen, die aus ihrer Hütte drangen, stiegen und sich senkten, aber nie deutlich genug wurden, um verständlich zu sein. Nur ungehemmter Zorn, der die Dunkelheit durchdrang.

Ich rechnete halb und halb damit, daß Halstead zu meiner Hütte gestampft käme, um mich zum Duell zu fordern, aber er kam nicht, und ich glaubte, daß Katherine es ihm vielleicht ausgeredet hätte. Wahrscheinlicher noch schien mir, daß die Warnung, die ich ausgesprochen hatte, großes Gewicht besaß. Halstead konnte es sich nicht erlauben, in diesem Stadium von der Expedition ausgeschlossen zu werden. Es mochte ratsam sein, Katherine über Fallons Haltung einzuweihen, um sicherzugehen, daß Halstead einsah, daß ich der einzige war, der seinen Ausschluß verhindern konnte.

Als ich einschlief, kam mir der Gedanke, daß es angebracht sein würde, auf meine Sicherheit zu achten, falls wir Uaxuanoc finden sollten.

3

Vier Tage später war nur noch eine Stelle zu erforschen übrig. Vierzehn der fünfzehn auf Fallons ursprünglicher Liste hatten sich als Nieten erwiesen. Wenn diese letzte einen Fehlschlag ergab, mußten wir unseren Forschungsradius vergrößern und uns weitere siebenundvierzig Cenoten vornehmen. Das bedeutete eine Plackerei, um das mindeste zu sagen.

Am frühen Morgen, ehe die letzte Stelle untersucht wurde, hatten wir eine Besprechung, und keiner war über die bevorstehende Aufgabe glücklich. Die Cenote lag unterhalb eines von Bäumen dicht bedeckten Höhenzugs, und Rider machte das Problem Sorgen, dort tiefer zu gehen und gleichzeitig mit den Luftströmungen fertig zu werden. Schlimmer noch war, daß keine Stelle die Möglichkeit bot, einen Mann mit der Winde abzusetzen. Die Vegetation war dicht und erstreckte sich unmittelbar bis an den Rand der Cenote, ohne irgendwo dünner zu werden.

Fallon studierte die Luftaufnahmen und sagte mutlos: »Das ist das Schlimmste, was ich je gesehen habe. Ich glaube nicht, daß die Möglichkeit besteht, durch die Luft hinzukommen. Was meinen Sie, Rider?«

»Ich kann einen Mann absetzen«, sagte Rider, »aber wahrscheinlich wird er sich das Genick brechen. Die Bäume sind bis fünfzig Meter hoch und höllisch verfilzt. Ich glaube nicht, daß da einer den Boden erreichen kann.«

»Jungfräulicher Urwald«, meinte ich.

»Nein«, widersprach Fallon, »dann hätten wir es leichter. Dieser gesamte Boden ist einmal bestellt worden – in ganz Quintana Roo. Was wir hier vor uns haben, ist zweites Wachstum. Deshalb ist es ja so verdammt dicht.« Er schaltete den Projektor aus und trat vor das Fotomosaik. »Der Urwald ist weit um diese Cenote herum sehr dicht. Das ist vom archäologischen Standpunkt vielversprechend, doch das hilft uns noch nicht, dorthin zu kommen.« Er legte seinen Finger auf die Fotos. »Könnten Sie uns hier absetzen, Rider?«

Rider untersuchte den Punkt, auf den Fallon gedeutet hatte, erst mit dem bloßen Auge, dann mit einem Vergrößerungsglas. »Das ist möglich«, sagte er.

Fallon legte ein Lineal an. »Drei Meilen von der Cenote entfernt. In diesem Dickicht können wir nicht mehr als eine halbe Meile in der Stunde schaffen. Wahrscheinlich viel weniger. Sagen wir also einen ganzen Tag bis zur Cenote. Nun ja, wenn es sein muß, wollen wir es versuchen.« Es klang keineswegs begeistert.

Halstead sagte: »Jetzt können wir Wheale einsetzen. Sind Sie gut mit einer Machete, Wheale?« Er konnte es sich einfach nicht abgewöhnen, gegen mich zu sticheln.

»Das habe ich nicht nötig«, entgegnete ich. »Ich benutze statt dessen meinen Verstand. Wir wollen uns noch einmal die Aufnahmen ansehen.«

Fallon schaltete den Projektor wieder ein, und wir gingen die Fotos noch einmal durch. Beim besten, das ein klares Bild der Cenote und des sie umgebenden Waldes zeigte, ließ ich anhalten. »Können Sie über dem Wasser hinuntergehen?« fragte ich Rider.

»Das kann ich wohl«, antwortete Rider, »aber nicht für lange. Es ist verdammt nahe bei dem Abhang an der Rückseite des Teichs.«

Ich wandte mich an Fallon. »Wie ist die Lichtung entstanden?«

»Wir haben eine Arbeitsgruppe mit Motorsägen und Flammenwerfern abgesetzt. Sie brannten die Bodenvegetation ab und fällten die Bäume. Dann sprengten sie die Stümpfe.«

Ich starrte auf das Foto und schätzte die Höhe vom Wasserspiegel bis zum Rand des Trichters der Cenote. Mir schienen es etwa zehn Meter zu sein. »Wenn Rider mich im Wasser absetzen kann, kann ich zum Ufer schwimmen und hinausklettern«, sagte ich.

»Und dann?« fragte Halstead. »Was wollen Sie dann tun? Die Daumen drehen?«

»Dann kommt Rider wieder und läßt an der Winde eine Motorsäge und einen Flammenwerfer herunter.«

Rider schüttelte heftig den Kopf. »Ich kann sie überhaupt nicht in Ihre Nähe bekommen. Die Bäume am Rand da sind viel zu hoch. Mein Gott, wenn sich das Kabel der Winde darin verfängt, stürze ich bestimmt ab.«

»Nehmen wir an, wenn ich ins Wasser gehe, hätte ich eine dünne Nylonschnur von, sagen wir mal, zweihundert Meter Länge mit, deren eines Ende am Windenkabel befestigt ist. Wenn ich ans Ufer schwimme, gebe ich die Schnur frei, dann holen Sie das Kabel ein, während ich noch mehr Schnur freigebe. Dann steigen Sie mit dem Hubschrauber so hoch, daß Sie außer Gefahr sind, und ich gebe noch mehr Schnur frei. Wenn Sie über die Cenote wieder tiefergehen, ziehe ich die Ladung am Ende des Kabels einfach zur Seite. Ist das möglich?«

Riders Gesicht war noch besorgter geworden. »Eine so schwere Last wie die hat eine höllische Auswirkung auf die Stabilität, wenn sie zur Seite gezogen wird.« Er rieb sich das Kinn. »Ich denke aber, ich könnte es schaffen.«

»Und was wollen Sie tun, wenn Sie heruntergekommen sind?« fragte Fallon.

»Wenn Rider mir sagt, wieviel freien Boden er braucht, um mit dem Hubschrauber zu landen, verpflichte ich mich, so viel zu roden. Vielleicht werden ein paar Stümpfe übrigbleiben, aber da er ja senkrecht landet, sollten die ihm nicht viel Kummer machen. Ich bin dazu bereit – falls sich nicht ein anderer dazu meldet. Wie steht es mit Ihnen, Dr. Halstead?«

»Ich nicht«, lehnte er sofort ab. Zum erstenmal, seit ich ihm begegnet war, sah er etwas beschämt aus. »Ich kann nicht schwimmen.«

»Dann fällt die Wahl auf mich«, sagte ich vergnügt, obwohl ich kaum den Grund nennen könnte, weshalb ich vergnügt war. Ich glaube, es war die Möglichkeit, tatsächlich etwas zur Arbeit der Expedition beitragen zu können. Ich hatte es satt, das fünfte Rad zu sein.

Ich informierte mich über die Handhabung der Säge und des Flammenwerfers und sah nach, ob beide voll aufgetankt waren. Der Flammenwerfer spie einen zufriedenstellenden Strahl rauchigen Feuers aus, unter dem das Unterholz schnell verglimmte. »Besteht nicht die Gefahr, daß ich einen Waldbrand verursache?« fragte ich.

»Auf keinen Fall«, beruhigte mich Fallon. »Sie sind in einem Regenwald, und darin gibt es keine nordischen Koniferen.« Halstead begleitete mich. Der Hubschrauber mußte mit so viel Fracht beladen werden, daß er nur zwei Passagiere aufnehmen konnte, und da es eine Aufgabe für einen kräftigen Mann war, die Ausrüstung an dem Kabel der Winde aufzuhängen und aus dem Hubschrauber zu heben, wurde ihm vor Fallon der Vorzug gegeben.

Aber mir war dabei nicht ganz wohl. Ich sagte zu Rider: »Ich weiß, daß Sie im kritischen Moment mit der Maschine alle Hände voll haben, ich wäre Ihnen aber dankbar, wenn Sie mit einem halben Auge auf Halstead achten wollten.«

Er verstand, was ich meinte, ohne sich zu übernehmen. »Ich bediene die Winde. Sie kommen sicher hinunter.«

Wir flogen ab und befanden uns nach wenigen Minuten an Ort und Stelle. Ich winkte Rider zu, und er kreiste in sicherer Höhe über der Cenote, während ich das Gelände studierte. Mit festem Boden unter den Füßen Fotos zu betrachten, ist etwas ganz anderes als sich die Wirklichkeit unter dem Aspekt anzusehen, daß man innerhalb der nächsten fünf Minuten an einer Leine in der Luft darüber baumelt.

Schließlich hatte ich mich vergewissert, welche Richtung ich einschlagen sollte, sobald ich im Wasser war. Ich überprüfte die Nylonschnur, von der das Gelingen unserer Operation abhing, und legte die Traggurte am Ende des Kabels an. Rider brachte den Hubschrauber tiefer, und ich stieg vorsichtig aus der geöffneten Tür und wurde nur noch von dem Kabel getragen.

Als letztes sah ich, wie Riders Hand einen Hebel zurückzog, und dann sank ich unter dem Hubschrauber hinab und rotierte dabei wie ein Kinderkreisel. Bei jeder Umdrehung sah ich den grünen Steilhang an der Cenote näher kommen, bis er unangenehm dicht heran war und ich schon fürchtete, daß die Rotorflügel die aufragenden Zweige und Äste treffen würden.

Ich hing jetzt weit unter dem Hubschrauber, so weit, wie das Kabel reichte, und die Geschwindigkeit, mit der ich mich drehte, ließ nach. Rider brachte den Hubschrauber vorsichtig in den Schacht hinunter, der von den umstehenden Bäumen gebildet wurde, und ich berührte das Wasser. Mit einem schnellen Druck öffnete ich den Sicherheitsverschluß, die Gurte fielen von mir ab, und ich schwamm. Ich trat Wasser und ordnete die Nylonschnur, schwamm dann auf das Ufer der Cenote zu und gab dabei von mir entsprechend viel Schnur frei, bis ich eine Wurzel in Höhe des Wasserspiegels packen konnte.

Die Seiten der Cenote waren steiler, als ich erwartet hatte, und mit einem Gewirr von Schlingpflanzen bedeckt. Ich weiß nicht, wie lange ich brauchte, um die zehn Meter bis zum oberen Rand hinaufzuklettern, aber es dauerte viel länger, als ich vorher geschätzt hatte, und Rider mußte es wie ein Leben lang erschienen sein, denn er hatte während dieser Zeit eine sehr schwierige Flugübung zu bewältigen. Aber schließlich hatte ich es geschafft, von zahlreichen Rissen und Schrammen an Armen und Brust blutend, aber unentwegt an der kostbaren Schnur festhaltend.

Ich winkte Rider zu, und der Hubschrauber begann langsam Zoll um Zoll zu steigen, wobei das Kabel vorsichtig eingeholt wurde. Ich gab weiter Schnur frei, und als der Hubschrauber in sicherer Höhe schwebte, hingen etwa hundertfünfzig Meter der Schnur in einer anmutig geschwungenen Kurve unter der Maschine. Während Halstead sich zweifellos damit abmühte, die Ausrüstung am Ende des Kabels einzuhängen, konnte ich Atem schöpfen und mich auf meinen eigenen Kampf vorbereiten.

Es würde nicht leicht sein, eine Last von über einem Zentner zwanzig Meter weit zur Seite zu hieven. Ich schnallte den Leinengurt ab, den ich um die Taille trug, und legte ihn um einen jungen Baum. An dem Gurt befand sich ein Karabinerhaken mit einer Sicherheitsauslösung für einen Notfall. Infolge des dichten Pflanzenwuchses am Rand der Cenote hatte ich sehr wenig Ellbogenraum –

allein ein Baum stand da, der dreißig Meter hoch sein mußte und dessen Wurzeln sich offen unmittelbar über die Kante zogen –, darum griff ich nach der Machete, schwang sie gegen das Unterholz und schaffte mir Platz.

Der Motor des Hubschraubers nahm einen anderen Ton an. Das war das mit Rider vereinbarte Signal für den nächsten Schritt der Operation, und langsam begann sich die Maschine mit der klobigen Ladung am Ende des tief ausgefahrenen Kabels wieder zu senken. Hastig zog ich Hand über Hand die Nylonschnur ein, bis sich das formlose Bündel am Ende des Kabels mit mir zwar auf gleicher Höhe befand, aber zwanzig Meter von mir entfernt und zehn Meter über dem Wasserspiegel der Cenote hing.

Ich schlang die Schnur dreimal um den Baum, um sie als Reibungsbremse benutzen zu können, und fing an, sie einzuziehen. Zunächst ging es leicht, aber je näher die Last kam, desto schwerer wurde das Einziehen. Rider ging tiefer, während ich zerrte, wodurch es für mich etwas leichter wurde, aber trotzdem eine knochenbrechende Arbeit blieb. Einmal kam der Hubschrauber bedenklich ins Schwanken, aber Rider gewann die Kontrolle über die Maschine schnell wieder, und ich hievte weiter.

Ich war froh, als ich mich endlich vorbeugen und durch einen Druck auf den Sicherheitsverschluß die Traggurte vom Ende des Kabels lösen konnte. Die Last sank mit einem schweren, dumpfen Schlag auf den Boden. Ich sah zu dem Hubschrauber auf und ließ das Kabel los, das mit einem weiten Bogen quer über die Cenote schwang. Einen Augenblick lang fürchtete ich, es könne sich in den Bäumen auf der anderen Seite verfangen, aber Rider rollte es schon schnell ein, und der Hubschrauber stieg wie ein Expreßlift nach oben. In sicherer Höhe hielt er inne und kreiste dann dreimal über mir, ehe er in Richtung von Lager Zwei davonflog.

Annähernd fünfzehn Minuten lang saß ich auf der Kante der Cenote und ließ die Beine über den Rand baumeln, ehe ich irgend etwas unternahm. Alle Knochen taten mir weh, und ich kam mir vor, als hätte ich einen Ringkampf mit einem Bären hinter mir. Schließlich fing ich an, meine Ausrüstung auszupacken. Ich zog das Hemd und die Hose sowie die kniehohen Stiefel an, die sich in dem Gepäck befanden, ehe ich mich daran machte, die Umgebung zu erkunden.

Zunächst hackte ich mit der Machete um mich, weil der Tank des Flammenwerfers nicht allzuviel Brennstoff enthielt und das Gerät einen verdammt hohen Verbrauch hatte. Deshalb wollte ich das Feuer für die dichtesten Stellen im Unterholz aufsparen. Während ich mir meinen Weg durch das Pflanzengewirr bahnte, fragte ich mich, wie, zum Teufel, Fallon angenommen haben konnte, in einer Stunde eine halbe Meile weit vorwärtszukommen. Zum Glück brauchte ich das nicht. Ich brauchte nur ein Gebiet zu roden, das groß genug war, damit der Hubschrauber darauf landen konnte.

Ich schlug mit der Machete kräftig zu, als die Klinge plötzlich mit einem lauten Klingen auftraf und mein ganzer Arm von dem Aufschlag geprellt wurde. Ich untersuchte die Schneide und fand eine tiefe Scharte und fragte mich, was, zum Teufel, ich getroffen haben mochte. Ich schlug wieder zu, vorsichtiger diesmal, und entfernte Ranken mit großen breiten Blättern, bis ich plötzlich ein Gesicht vor mir hatte, das mir entgegenstarrte – ein breites Indianergesicht mit einer großen Nase und leicht schielenden Augen.

Eine halbe Stunde mühevoller Arbeit enthüllte eine Säule, in die gewissermaßen die Gestalt eines Mannes eingehauen war. Er trug ein langes, kunstvolles, tunikaähnliches Gewand mit Gürtel und einen komplizierten Kopfschmuck. Die übrige Säule war mit einem verworrenen Muster von Blättern und, wie mir schien, übergroßen Insekten geschmückt.

Ich zündete mir eine Zigarette an und betrachtete sie lange. Es hatte den Anschein, daß wir Uaxuanoc vielleicht doch gefunden hatten, obwohl ich als Laie dessen nicht sicher sein konnte. Aber niemand würde so ein Ding meißeln, nur um es dann irgendwo im Urwald herumstehen zu lassen. In gewisser Weise war mir der Fund unwillkommen, denn jetzt mußte ich mich in eine andere Richtung wenden, um meinen Landeplatz für den Hubschrauber zu roden. Die Maschine konnte ganz gewiß nicht auf dem Kopf dieser schielenden Gestalt, die annähernd zwei Meter hoch war, aufsetzen.

Ich kehrte zum Rand der Cenote zurück und begann einen neuen Pfad zu schlagen, der das Gebiet begrenzte, das ich roden wollte, und da ein paar Vorstöße auf gut Glück keine weiteren Säulen enthüllten, machte ich mich an die Arbeit. Wie ich erwartet hatte, war der Brennstoff des Flammenwerfers lange verbraucht, ehe ich damit fertig war, doch wenigstens hatte ich den besten Gebrauch davon gemacht, so daß nur ein Minimum an Arbeit für die Machete übrig blieb. Dann griff ich zu der Motorsäge, schnitt durch die Stämme so dicht am Boden, wie ich konnte, und das Werkzeug kreischte auf, als sich die Zähne in das Holz fraßen.

Keiner der Stämme war besonders stark, der dickste maß etwa zweieinhalb Fuß. Aber sie waren hoch, und das brachte mich in Schwierigkeiten. Ich war kein Holzfäller, und ich beging Fehler – der erste Stamm warf mich beinahe in die Cenote, als er stürzte und in die falsche Richtung fiel und dabei ein wildes Durcheinander von Ästen verursachte, das ich mühsam beseitigen mußte. Doch ich lernte es, und als die Dunkelheit einbrach, hatte ich sechzehn Bäume gefällt.

Die Nacht verbrachte ich in einem Schlafsack, der von der Motorsäge, die in ihn eingewickelt gewesen war und deren Tank etwas geleckt hatte, widerlich nach Benzin stank. Ich hatte nichts dagegen einzuwenden, weil ich glaubte, der Geruch würde die Moskitos vertreiben. Er tat es nicht.

Ich aß kaltes Dosenhuhn und trank aus der Taschenflasche, die Fallon fürsorglich beigesteuert hatte, Whisky, den ich mit dem schalen Wasser aus meiner Wasserflasche verdünnte. Dann saß ich in der Dunkelheit und dachte an die kleinen braunen Männer mit den großen Nasen, die die große Säule gemeißelt und womöglich an dieser Stelle eine Stadt erbaut hatten. Nach einer Weile schlief ich ein.

Der Morgen brachte den über mir knatternden Hubschrauber mit einem Mann, der wie eine Spinne am Ende des herabgelassenen Kabels hing. Ich hatte noch nicht genug Platz geschaffen, daß die Maschine landen konnte, aber für Rider war genügend Manövrierraum vorhanden, um einen Mann mit der Winde abzusetzen, und der Mann erwies sich als Halstead. Er setzte schwerfällig auf dem Boden am Rand der Cenote auf und winkte Rider freie Bahn. Der Hubschrauber stieg höher und kreiste langsam.

Halstead kam zu mir herüber und sah sich um. »Das ist nicht die Stelle, an der Sie roden wollten. Warum?«

»Ich stieß auf Schwierigkeiten«, antwortete ich.

Er grinste humorlos. »Das hatte ich erwartet.« Er betrachtete die Baumstümpfe. »Sie sind nicht sehr gut vorangekommen, wie? Sie hätten mehr schaffen können als das hier.«

Ich winkte einladend mit der Hand. »Ich beuge mich Ihrem überlegenen Können. Seien Sie mein Gast – lassen Sie sich durch nichts zurückhalten und machen Sie alles besser.«

Er grunzte, nahm mein Angebot aber nicht an. Statt dessen nahm er einen langen Kasten, den er an einem Riemen über der Schulter trug, und zog an ihm eine Antenne aus. »Wir haben von Lager Eins ein Paar Walkie-Talkies kommen lassen. Wir können mit Rider sprechen. Was brauchen wir, um die Arbeit zu beenden?«

»Saft für die Säge und den Flammenwerfer und Dynamit für die Baumstümpfe – und einen Mann, der damit umgehen kann, falls Sie keine Erfahrungen damit haben. Ich habe nie in meinem Leben Sprengstoff gebraucht.«

»Ich kann damit umgehen«, erwiderte er knapp und begann mit Rider zu sprechen. Wenige Minuten später schwebte der Hubschrauber wieder tief über uns und ließ einige Kanister mit Treibstoff zu uns herunter. Dann brummte er davon, und wir machten uns an die Arbeit.

Um Halstead Recht widerfahren zu lassen, er arbeitete besessen wie ein Dämon. Zwei Paar Hände schafften auch mehr, und wir hatten ein schönes Stück Arbeit geleistet, als der Hubschrauber wieder erschien. Diesmal kam ein Kiste Sprengstoff herunter, und danach kam Fallon mit den Taschen voller Zündkapseln herab. Er übergab sie Halstead und sah mich mit einem Blinzeln an. »Sie sehen aus, als ob Sie rückwärts durch den Dschungel geschleift worden wären.« Er blickte sich um. »Sie haben gut gearbeitet.«

»Ich kann Ihnen etwas zeigen«, sagte ich und führte ihn den schmalen Pfad entlang, den ich am vergangenen Tag freigeschlagen hatte. »Auf diesen alten Schieler hier bin ich gestoßen. Er hat mich bei der Arbeit etwas aufgehalten.«

Fallon stieß einen Begeisterungsschrei aus und hätte sich dem alten Schieler beinahe an die Brust geworfen. »Altes Reich!« rief er ehrfürchtig und strich mit den Händen zärtlich über den gemeißelten Stein.

»Was ist das?«

»Das ist eine Stele – ein Datumstein der Mayas. In jeder Gemeinde errichteten sie für jedes *katun* – das ist ein Zeitraum von annähernd zwanzig Jahren – eine Stele.« Er blickte den Pfad entlang zu der Cenote zurück. »Hier sollte es mehr davon geben. Sie könnten sogar rings um die Cenote stehen.«

Er begann die noch vorhandenen Ranken von dem Stein zu reißen, und ich erkannte, daß er für nichts anderes zu brauchen sein würde.

»Na schön, ich überlasse Sie beide einander, um sich miteinander bekannt zu machen, und gehe wieder zu Halstead und helfe ihm dabei, sich in die Luft zu sprengen«, sagte ich.

»Gut, gut«, antwortete er gedankenverloren. Dann drehte er sich um. »Das ist ein wunderbarer Fund. Er wird uns helfen, die Stadt sofort zu datieren.«

»Die Stadt?« Mit einer weiten Handbewegung deutete ich auf die umliegende Wildnis. »Soll das Uaxuanoc sein?«

Er blickte zu der Säule auf. »Daran habe ich keinen Zweifel. Stelen von dieser Vollkommenheit findet man nur in Städten. Ja, ich glaube, daß wir Uaxuanoc gefunden haben.«

4

Wir hatten die größte Mühe, Fallon von seiner geliebten Säule fortzulocken und nach Lager Zwei zurückzubringen. Er gurrte über sie wie ein Liebhaber, der seine Herzallerliebste wiedergefunden hat, und füllte ein ganzes Notizbuch mit verschnörkelten Zeichnungen und seitenlangem unentzifferbarem Gekritzel. Spät am Nachmittag mußten wir ihn praktisch zu dem Hubschrauber tragen, nachdem Rider nahe dem Rand der Cenote eine gewagte Landung auf sich genommen hatte, und während des Rückflugs murmelte er unaufhörlich vor sich hin.

Ich war sehr müde, aber nach dem Luxus eines heißen Bades fühlte ich mich physisch und psychisch so weit entspannt, daß ich zu den anderen in die große Hütte ging, statt mich schlafen zu legen. Ich fand Fallon und Halstead in einem heißen Ringen um Erkenntnis, während Katherine sich wie üblich in ihrer Rolle als Besänftigerin Halsteads aus der unmittelbaren Debatte heraushielt.

Ich hörte eine Weile zu, ohne viel von dem zu verstehen, um was es ging, und es überraschte mich einigermaßen, festzustellen, daß Halstead von den beiden der Gelassenere war. Nach seinen Ausbrüchen während der letzten Wochen hatte ich erwartet, daß er in die

Luft ginge, wenn wir Uaxuanoc tatsächlich fänden, aber er war eiskalt, und die Auseinandersetzung, in der er sich mit Fallon befand, war rein intellektuell. Er schien so gleichgültig zu sein, als ob er nicht mehr als einen Groschen auf der Straße gefunden hätte, und nicht die Stadt, die zu entdecken er sich nahezu um Kopf und Kragen gebracht hatte.

Fallon war derjenige, der vor Aufregung überschäumte. Er sprudelte wie eine frischgeöffnete Flasche Champagner und konnte sich kaum beherrschen, als er Halstead seine Skizzen unter die Nase hielt. »Ganz eindeutig Altes Reich«, behauptete er hartnäckig. »Sehen Sie sich doch die Glyphen an.«

Dann verfiel er in eine Litanei, die er in einer mir fremden Sprache zu halten schien.

»Beruhigen Sie sich doch um Gottes willen«, unterbrach ich ihn. »Wie wäre es, wenn Sie mich auch in das Geheimnis einweihten?«

Er brach ab und sah mich überrascht an. »Aber das tue ich doch gerade.«

»Erklären Sie es mir lieber auf englisch.«

Er lehnte sich auf seinem Klappsessel zurück und schüttelte bedauernd den Kopf. »Den Kalender der Mayas zu erklären, würde mich mehr Zeit kosten, als ich zur Verfügung habe, darum müssen Sie mir vieles von dem, was ich sage, auf mein Wort hin glauben. Aber passen Sie auf.« Er schob einige seiner Skizzen vor mich hin, auf denen ich die Insekten erkannte, die ich in der Säule eingemeißelt gesehen hatte. »Dies ist das Datum der Stele. Es lautet: ›9 Zyklen, 12 Katuns, 10 Tuns, 12 Kins, 4 Eb, 10 Yax.‹ Das sind insgesamt 1.386.112 Tage oder 3 797 Jahre. Da das Datum der Mayas, an dem ihre Zeitrechnung beginnt, das Jahr 3111 v. Chr. ist, erhalten wir als Datum das Jahr 684 n. Chr.«

Er nahm ein Papier auf. »Hier kommt noch etwas dazu – die Mayas waren sehr genau –, es waren 18 Tage nach dem Neumond im ersten von sechs Zyklen.«

Das hatte er alles sehr schnell gesprochen, und mir war etwas schwindelig. »Ich glaube Ihnen aufs Wort«, sagte ich. »Aber wollen Sie damit sagen, daß Uaxuanoc annähernd dreizehnhundert Jahre alt ist?«

»Die Stele ist es«, versicherte er nachdrücklich. »Die Stadt ist höchstwahrscheinlich älter.«

»Das ist lange vor Viveros Zeit«, sagte ich nachdenklich. »Sollte die Stadt so lange besetzt gewesen sein?«

»Sie bringen das Alte Reich und das Neue Reich durcheinander«, antwortete er. »Das Alte Reich brach etwa um 800 n. Chr. zusammen, und die Städte wurden aufgegeben. Aber über hundert Jahre später erfolgte eine Invasion der Tolteken – der Itzas –, und einige Städte wie Chichen Itza und verschiedene andere wurden wieder besiedelt. Höchstwahrscheinlich war Uaxuanoc eine davon.« Er lächelte. »Vivero bezieht sich oft auf den Tempel des Kukulcan in Uaxuanoc. Wir haben Grund anzunehmen, daß Kukulcan eine echte historische Person ist, der Mann, der die Tolteken nach Yucatan führte, ganz wie Moses die Kinder Israel in das Gelobte Land geführt hat. Zweifellos ähnelt die mayasche-toltekische Zivilisation des Neuen Reichs sehr stark der des Aztekenreichs in Mexiko und war der des Alten Reichs der Mayas recht unähnlich. Schon einmal die vorherrschende Rolle der Menschenopfer. Darin hat sich der alte Vivero nicht geirrt.«

»Uaxuanoc war also zur Zeit Viveros bewohnt. Ich meine, wenn man seinen Brief einmal außer acht läßt und sich nach den historischen Tatsachen richtet.«

»Aber ja. Nur mißverstehen Sie mich nicht, wenn ich von Reichen spreche. Das Neue Reich war zu der Zeit, als die Spanier kamen, auseinandergefallen. Vorhanden waren nur eine Menge Kleinstaaten und kriegerische Provinzen, die sich zu einer unbeständigen Allianz zusammenschlossen, um den Spaniern Widerstand zu leisten. Es kann sein, daß die Spanier ihr den letzten Stoß versetzt haben, aber das System hätte in keinem Fall viel länger bestehen können.«

Halstead hatte mit gelangweiltem Gesicht zugehört. Für ihn war das alles alter Käse, und er wurde unruhig. »Wann fangen wir an?« fragte er.

Fallon überlegte. »Wir brauchen für die Ausgrabung eine ziemlich große Organisation. Um diesen Urwald zu roden, sind viele Arbeitskräfte erforderlich.«

Damit hatte er recht. Drei Arbeitstage waren notwendig gewesen, um so viel Boden freizumachen, daß ein Hubschrauber, der von einem sehr fähigen Piloten gesteuert wurde, landen konnte. Hundert Morgen mit der erforderlichen archäologischen Sorgfalt freizulegen, mußte selbst eine kleine Armee höllisch lange beschäftigen.

»Ich denke, wir werden dieses Lager jetzt aufgeben und nach Lager Eins zurückkehren«, sagte Fallon. »Ich werde Joe Rudetsky beauftragen, an der Grabungsstelle Lager Drei anzulegen. Nachdem wir jetzt mit dem Hubschrauber dort landen können, sollte das nicht allzu schwierig sein. Als Anfang brauchen wir Quartier für zwanzig Leute, möchte ich meinen. Es wird also mindestens vierzehn Tage dauern, bis alles soweit ist.«

»Warum sollen wir so lange warten?« fragte Halstead ungeduldig. »Ich kann inzwischen schon eine Menge Arbeit leisten. Bis zur Regenzeit dauert es nicht mehr lange.«

»Zuerst wird für die Unterkunft und den Nachschub gesorgt«, entgegnete Fallon scharf. »Auf lange Sicht sparen wir dadurch Zeit.«

»Zum Teufel damit«, sagte Halstead. »Ich gehe trotzdem schon hin und sehe mich da um, und ich überlasse es Ihnen, sich um Ihren verdammten Nachschub zu kümmern.« Er beugte sich vor. »Sehen Sie denn nicht, was da nur darauf wartet, aufgehoben zu werden? Offen auf dem Boden? Selbst Wheale ist schon beim ersten Schritt über etwas Wichtiges gestolpert, nur war er zu dumm, um zu erkennen, was es war.«

»Es ist alles seit dreizehnhundert Jahren da«, entgegnete Fallon, »und wird auch in drei Wochen noch da sein. Dann können wir mit der gebotenen Sorgfalt an die Arbeit gehen.«

»Schön und gut, ich werde mir trotzdem einen ersten Überblick verschaffen«, entgegnete Halstead eigensinnig.

»Nein, das werden Sie nicht«, verfügte Fallon endgültig. »Und ich will Ihnen auch sagen, warum nicht. Niemand wird Sie dorthin bringen. Dafür werde ich sorgen. Falls Sie nicht einen Spaziergang durch den Urwald machen wollen.«

»Verdammt noch mal«, brach Halstead heftig aus und wandte sich an seine Frau. »Du hast es mir ja nicht glauben wollen. Du bist von dem, was Wheale gesagt hat, hypnotisiert. Siehst du denn nicht, daß er alles für sich behalten will, daß er die erste Veröffentlichung haben will?«

»Ich gebe einen Dreck auf die erste Veröffentlichung«, erklärte Fallon nachdrücklich. »Ich will nur, daß fachgemäß vorgegangen wird. Man fängt mit der Ausgrabung einer Stadt nicht wie ein Grabschänder an.«

Ihre Stimmen hatten sich gehoben, darum griff ich ein. »Wir wollen doch alle die Ruhe bewahren, bitte.«

Halstead fuhr zu mir herum. Seine Stimme krächzte. »Halten Sie sich hier raus! Sie haben mir so schon genug geschadet – haben sich hinter meinem Rücken an meine Frau herangemacht und sie gegen mich eingenommen. Sie sind alle gegen mich – alle zusammen, wie ihr hier seid.«

»Niemand ist gegen Sie«, erwiderte Fallon. »Wenn ich gegen Sie wäre, wären Sie überhaupt nicht hier.«

Schnell griff ich ein. »Und wenn Sie weiter solchen verdammten Quatsch reden, sind Sie auf der Stelle draußen. Ich weiß gar nicht, warum wir uns Ihr Verhalten länger bieten lassen sollen. Nehmen Sie sich also zusammen und betragen Sie sich wie ein erwachsener Mensch.«

Ich glaubte, er würde auf mich losgehen. Polternd fiel sein Stuhl nach hinten über, als er aufsprang. »Verdammt noch mal!« fluchte er und stampfte aus der Hütte.

Katherine stand auf. »Es tut mir leid«, sagte sie.

»Sie haben keine Schuld«, erklärte Fallon und wandte sich an mich. »Psychiatrie ist nicht meine Stärke, aber ich halte das für Paranoia. Der Mann leidet unter einem ausgewachsenen Verfolgungswahn.«

»Genauso sieht es aus.«

»Ich bitte Sie noch einmal, mich aus meiner Verpflichtung zu entlassen«, sagte er.

Katherine sah sehr unglücklich und verstört aus. Langsam erwiderte ich: »Ich habe Ihnen bereits gesagt, daß ich andere Zusagen gemacht habe.«

»Das mag sein«, antwortete Fallon. »Aber in seiner gegenwärtigen Verfassung kann Paul uns alle gefährden. Diese Gegend der Welt ist nicht sonderlich geeignet, um persönliche Konflikte auszutragen.«

Langsam sagte ich: »Katherine, wenn Sie Paul zur Vernunft bringen können und veranlassen, daß er zurückkommt und sich entschuldigt, kann er bleiben. Wenn nicht, ist er endgültig draußen – das meine ich ernst. Damit liegt alles völlig in Ihren Händen, verstehen Sie?«

Mit leiser Stimme antwortete sie: »Ich verstehe.«

Sie ging hinaus, und Fallon sah mich an. »Ich fürchte, daß Sie einen Fehler begehen. Er ist es nicht wert.« Er zog seine Pfeife aus der Tasche und begann sie zu stopfen. Nach einem Augenblick fügte er leise hinzu: »Und sie ist es auch nicht.«

»Ich bin ihr nicht verfallen«, entgegnete ich brüsk. »Sie tut mir nur verdammt leid. Wenn Halstead jetzt hier hinausfliegt, ist ihr Leben keinen Pfifferling mehr wert.«

Er riß ein Streichholz an und blickte in die Flamme. »Manche Leute können zwischen Liebe und Mitleid nicht unterscheiden«, orakelte er.

5

Früh am nächsten Morgen flogen wir zur Küste nach Lager Eins. Halstead hatte die Geschichte überschlafen, wem auch nicht sehr lange, denn die eheliche Auseinandersetzung hatte bis tief in die Nacht angehalten. Aber offensichtlich hatte *sie* gewonnen, denn er entschuldigte sich. Die Entschuldigung war nicht sehr überzeugend und erfolgte zögernd, als ob sie ihm mit glühenden Zangen entrissen würde, aber ich hielt es für klug, sie anzunehmen. Schließlich war es nach meinen Erfahrungen das erste Mal, daß er sich für etwas entschuldigte, und es mochte gut sein, daß er sich nur zögernd entschuldigte, weil es ihm etwas Ungewohntes war. Auf jeden Fall war es in gewisser Weise ein Sieg.

Wir landeten in Lager Eins, das in unserer Abwesenheit anscheinend gewachsen war. Es standen mehr Hütten da, als ich in Erinnerung hatte. Wir wurden von Joe Rudetsky empfangen, der einiges von seiner unerschütterlichen Gelassenheit verloren hatte und etwas gehetzt wirkte. Als Fallon ihn fragte, was es denn gäbe, brach er in eine kleine Jammertirade aus.

»Diese verdammten armen Weißen – diese Schufte von Chicleros! Das ist die schlimmste Bande von Dieben, die ich je gesehen habe. Wir verlieren unsere Ausrüstung schneller, als wir sie einfliegen können.«

»Haben Sie Wachen ausgestellt?«

»Selbstverständlich, aber meine Leute sind unsicher. Sobald man einen dieser Chicleros stellt, schießt er auf einen. Sie sind verdammt schießwütig, und das gefällt meinen Leuten nicht. Sie finden, das wäre nicht die Arbeit, für die sie bezahlt werden.«

Fallons Gesicht wurde grimmig. »Setzen Sie sich mit Pat Harris in Verbindung und sagen Sie ihm, er soll ein paar von seinen Sicherungswachen herschicken, die härtesten, die er hat.«

»Sicher, Mr. Fallon, ich – ich werde das tun.« Rudetsky schien erleichtert zu sein, daß jemand eine Entscheidung getroffen hatte. Er sagte: »Ich wußte nicht, wie wir uns verhalten sollten, ob wir zurückschießen dürften. Wir fürchteten, es könnte Ihre Pläne stören, wenn wir mit den lokalen Behörden Schwierigkeiten bekämen.«

»Von örtlichen Behörden ist hier nicht viel zu merken«, entgegnete Fallon. »Wenn hier jemand auf Sie schießt, schießen Sie sofort zurück.«

»Machen wir«, sagte Rudetsky befriedigt. »Mr. Harris sagte, er würde heute oder morgen herkommen.«

»Wirklich?« sagte Fallon verwundert. »Ich möchte wissen, warum.«

Vom Himmel war ein Dröhnen zu hören, und ich blickte hinauf. »Das klingt nach einem Flugzeug. Vielleicht ist er das schon.«

Rudetsky hob den Kopf und sah zum Himmel. »Nein«, sagte er. »Das ist die Maschine, die schon die ganze Woche über an der Küste entlangfliegt, ständig hin und her.« Er deutete. »Dort ist sie.«

Ein kleines zweimotoriges Flugzeug kam über dem Meer in Sicht und ging in eine steile Kurve auf den Landestreifen zu. Sie flog sehr tief an und zog heulend mit dem infernalischen Dröhnen der auf Vollgas laufenden kleinen Motoren über uns hinweg. Instinktiv duckten wir uns, und Rudetsky sagte: »Das macht sie zum erstenmal.«

Fallon beobachtete, wie die Maschine wendete und wieder aufs Meer hinausflog. »Haben Sie eine Ahnung, wer das ist?«

»Nein«, antwortete Rudetsky und fügte nach einer Pause hinzu: »Aber ich glaube, wir werden es erfahren. Es sieht aus, als ob sie zur Landung ansetzten.«

Das Flugzeug hatte über dem Meer wieder gewendet und kam gerade und ausgerichtet auf die Landebahn zu. Es setzte mit einem leichten Abprallen auf, rollte aus und kam auf unserer Höhe zum Stehen. Der Mann kletterte heraus und sprang auf den Boden. Er kam auf uns zu, und als er sich näherte, erkannte ich, daß er einen weißen Tropenanzug trug, tadellos sauber und frisch gebügelt, der in keiner Weise unserer Kleidung, nach den in Lager Zwei verbrachten Wochen, entsprach.

Als er kurz vor uns war, hob er seinen Panamahut. »Professor Fallon?« fragte er.

Fallon trat vor. »Das bin ich«, sagte er.

Der Mann ergriff Fallons Hand und schüttelte sie enthusiastisch. »Ich freue mich so sehr, Sie kennenzulernen, Professor! Ich kam in diese Gegend und dachte, ich sollte Sie aufsuchen. Mein Name ist Gatt, Jack Gatt.«

Achter Teil

1

Gatt war ein Mann von etwa fünfundfünfzig und hatte etwas Übergewicht. Er war aalglatt und besaß die Gabe der Politiker, viel zu reden, ohne etwas zu sagen. Wie er behauptete, bewunderte er Fallon schon lange und hatte es immer bedauert, ihm nicht vorher begegnet zu sein. Er war wegen der Olympischen Spiele in Mexiko und hatte die Gelegenheit zu einem Ausflug nach Yucatan und zu einem Besuch der großen Maya-Städte wahrgenommen. Er war in Uxmal, Chichen Itza und Coba gewesen, und als er gehört hatte, daß der große Professor Fallon in diesem Gebiet arbeite, sei er natürlich vorbeigekommen, um seine Reverenz zu erweisen und zu Füßen des genialen Mannes zu sitzen. Hemmungslos nannte er Namen – anscheinend kannte er jeden Mann von Bedeutung in den Vereinigten Staaten –, und es stellte sich schnell heraus, daß er und Fallon gemeinsame Bekannte hatten.

Es klang alles sehr plausibel, und während er seine Nebelwand von Worten zog, überkam mich die Befürchtung, Fallon könnte ihm gegenüber zu offen werden. Aber Fallon war kein Narr und spielte die Rolle des einseitig interessierten Archäologen mit größter Perfektion. Er lud Gatt ein, zum Essen zu bleiben, was Gatt auf der Stelle annahm, und wir setzten uns alle zu einem traulichen Gespräch zu Tisch.

Während ich der Konversation dieses offensichtlich kultivierten Mannes zuhörte, überlegte ich, daß ich vollständig von ihm eingenommen worden wäre, wenn ich nicht von Pat Harris meine Informationen über ihn erhalten hätte. Es war fast unmöglich, die finstere Welt des Rauschgifts, der Prostitution und der Erpressung mit diesem angenehm plaudernden Mr. Gatt in Einklang zu bringen, der begeistert über Theater und Ballett sprach und der Fallon sogar tausend Dollar als Spende zu einem Fonds für geistig behinderte Kinder abknöpfte. Ohne einen Anflug von einem Lächeln stellte Fallon den Scheck aus – ein Beweis für seine schauspielerischen Fähigkeiten, mehr aber noch ein Kompliment für die trügerische Erscheinung von Gatt.

Ich glaube, es war diese zweideutige Aura, die Gatt umgab, was mich davon abhielt, ihn auf der Stelle zusammenzuschlagen. Das war bei allem der Mann, der den Tod meines Bruders verursacht hatte, ich hätte ihn mir vornehmen sollen, aber in meinem Bewußtsein regte sich der wachsende Verdacht, daß hier ein Irrtum begangen worden war, daß dies nicht der Mann sein konnte, der einen großen Teil der amerikanischen Unterwelt beherrschte. Ich hätte daran denken sollen, daß Himmler Kinder zärtlich geliebt hatte und daß ein Mann lächeln und doch ein Schurke sein konnte. Ich unternahm also nichts - und das war sehr bedauerlich.

Ein weiterer Punkt, der mich Gatt gegenüber unsicher machte und ein wichtiger Faktor für meine Unschlüssigkeit war, bestand darin, daß ich nicht zu durchschauen vermochte, auf was er es abgesehen hatte. Ich hätte angenommen, der Grund für sein »Vorbeikommen« wäre gewesen, herauszufinden, ob wir Uaxuanoc entdeckt hätten, aber das erwähnte er mit keinem Wort. Der weiteste Punkt, den er in dieser Richtung erreichte, war die Frage: »Und was ist der Gegenstand Ihrer jüngsten Forschungen, Professor?«

»Nur die Klärung einiger offenen Fragen«, erwiderte Fallon unverbindlich. »Es bestehen Diskrepanzen in der Literatur über die Datierung gewisser Bauwerke in dieser Gegend.«

»Ah, die mühsame Kleinarbeit der Wissenschaft«, sagte Gatt überschwenglich. »Eine nie endende Aufgabe.« Er ließ das Thema sofort fallen und ging dazu über, zu schildern, wie stark die massive Architektur von Chichen Itza ihn beeindruckt hätte. »Ich interessiere mich für Stadtplanung und städtische Erneuerung«, sagte er. »Die Mayas kannten zweifellos alle Probleme des Fußgängerverkehrs. Ich habe nie bessere Anlagen gesehen.«

Später fand ich heraus, sein Interesse an Stadtplanung und städtischer Erneuerung war ausschließlich durch die Tatsache bedingt, daß er ganze Slum-Viertel besaß, und durch das Problem, wie er aus Stadtverwaltungen bei deren Entwicklungsplänen möglichst viel herauspressen könnte. Das war eine der ertragreichsten Nebenquellen für seine Einnahmen. Er konzentrierte sich nicht ausschließlich auf Fallon. Mit Halstead diskutierte er in recht gut informierter Weise gewisse Aspekte der Pueblo-Indianer in New Mexico, und mit mir sprach er über England. »Ich bin kürzlich in England gewesen«, sagte er. »Ein großartiges Land. Aus welcher Gegend kommen Sie?«

»Aus Devon«, antwortete ich knapp.

»Eine sehr schöne Gegend«, sagte er beifällig. »Ich erinnere mich an meinen Besuch in Plymouth, als ich an genau der Stelle stand, von der vor vielen Jahren die Pilgerväter absegelten, um unser Heimatland zu gründen. Ich war tief bewegt.«

Mir schien das von einem Mann, der sein Leben als Giacomo Gattini begonnen hatte, reichlich dick aufgetragen. »Ja, ich liebe Plymouth auch sehr«, antwortete ich beiläufig und schoß dann meinen Pfeil auf ihn ab. »Sind Sie je in Totnes gewesen?«

Seine Wimpern zuckten, aber er antwortete sehr gewandt: »Ich hatte noch nie das Vergnügen.« Ich blickte ihn scharf an, und er wandte sich von mir ab und zog Fallon wieder ins Gespräch.

Bald nach dem Essen verließ er uns, und nachdem sein Flugzeug gestartet und nach Norden fortgeflogen war, blickte ich Fallon ratlos an und fragte: »Was, zum Teufel, halten Sie davon?«

»Ich weiß nicht, was ich daraus machen soll«, antwortete Fallon. »Ich hatte von ihm erwartet, daß er mehr Fragen stellen würde.«

»Ich auch. Wenn wir nicht wüßten, daß er was im Schilde führt, würde ich seinen Besuch für über jeden Verdacht erhaben halten. Wir wissen aber, daß er das nicht war – er muß es auf etwas abgesehen haben. Aber auf was? Und hat er es bekommen?«

»Ich wollte, ich wüßte es«, antwortete Fallon nachdenklich.

2

Pat Harris traf am Nachmittag mit der Düsenmaschine ein, und es schien ihn nicht zu überraschen, daß wir Besuch von Gatt bekommen hatten. Er zuckte mit den Schultern und zog sich mit Fallon zu einem Gespräch zurück, doch als er zurückkam, war er beunruhigt und ungehalten. »Was ist mit dem Alten los?« fragte er.

»Ich weiß von nichts«, antwortete ich. »Mir scheint er so zu sein wie immer.«

»Ich finde ihn sehr verändert«, sagte Harris mißmutig. »Ich kann ihn nicht dazu bewegen, mir zuzuhören. Das einzige, was ihn beschäftigt, ist, Rudetsky anzutreiben. Alles, was ich ihm sage, prallt einfach von ihm ab.«

Ich lächelte. »Er hat gerade die größte Entdeckung seines Lebens gemacht. Er ist aufgeregt. Das ist alles. Er will schnell weiterkommen, ehe der Regen einsetzt. Was beunruhigt Sie denn, Pat?«

»Was meinen Sie wohl?« entgegnete er und blickte mich finster an. »Gatt beunruhigt mich – das ist es. Er hat sich in Merida eingenistet und die größte Bande von Halsabschneidern um sich gesammelt, die Mexico seit den Tagen von Pancho Villa gesehen hat. Er hat auch einige seiner Leute aus Detroit hergeholt und sich einige von seinen Geschäftsfreunden in Mexico und Tampico ausgeliehen. Und er unterhält sich mit den Chicleros. Für mich bedeutet das, daß er in den Urwald will – dort braucht er die Hilfe der Chicleros. Und jetzt sagen Sie mir eines – wenn er in den Urwald will, wohin würde er dann gehen?«

»Nach Lager Drei«, sagte ich, »nach Uaxuanoc. Aber dort gibt es für ihn nichts zu finden – nur eine Ansammlung von Ruinen.«

»Mag sein«, meinte Pat, »aber Jack scheint offensichtlich anderer Meinung zu sein. Was mich dabei aufregt, ist, daß man Fallon nicht dazu bewegen kann, irgend etwas zu unternehmen. Und das ist so gar nicht seine Art.«

»Können Sie selbst denn nichts tun? Wie ist es mit den Behörden, der Polizei? Wenn Sie darauf hinwiesen, daß sich in Merida eine große Anzahl bekannter Krimineller angesammelt hat?«

Pat sah mich mitleidig an. »Die Sache ist gefingert«, sagte er geduldig, ganz so, als ob er einem kleinen Kind etwas erklärte. »Die örtliche Polizei ist geschmiert.«

»Bestochen?«

»Um Gottes willen, tun Sie wenigstens so, als ob Sie erwachsen wären!« schrie er. »Die lokale Polizei ist hier nicht so über jeden Vorwurf erhaben wie Ihre Londoner Bobbies. Ich habe getan, was ich konnte, und wissen Sie, was passiert ist? Ich wurde unter einer fingierten Anschuldigung eingelocht. Das ist passiert! Ich bin gestern erst herausgekommen, und das nur, weil ich einem jüngeren Beamten was in die Hand drückte, der von seinen Vorgesetzten nicht geschmiert worden war. In dieser Gegend der Welt können Sie die Polizei abschreiben.«

Ich holte tief Luft. »Nehmen wir das alles einmal hin – aber was, zum Teufel, sollte Fallon Ihrer Meinung nach dagegen tun können?«

»Er hat Verbindungen zur Regierung auf höchster Ebene. Er ist in bestimmten Kreisen hochangesehen und kann Dinge auslösen, durch die die örtliche Polizei kaltgestellt wird. Aber das sind persönliche Verbindungen, die er selbst wahrnehmen muß. Ich bringe dazu nicht genügend Gewicht auf die Waage – ich reiche nicht so weit nach oben.«

»Könnte es etwas nützen, wenn ich mit ihm rede?« fragte ich.

Pat hob die Schultern. »Vielleicht.« Er schüttelte verbittert den Kopf. »Ich weiß nicht, was in ihn gefahren ist. Im allgemeinen beurteilt er solche Dinge besser als jetzt.«

Ich sprach also mit Fallon und erhielt eine kräftige Abfuhr. Bei dieser Gelegenheit plante er den Umzug nach Lager Drei, und seine ganze Aufmerksamkeit war darauf konzentriert. »Wenn Sie bei der vorbereitenden Rodung irgend etwas finden, rühren Sie es nicht an«, warnte er Rudetsky eindringlich. »Lassen Sie es unberührt, und roden Sie darum herum.«

»Ich werde kein Stück Stein antasten«, versicherte Rudetsky nachdrücklich.

Fallon sah erschöpfter und ausgemergelter denn je aus, ganz als ob ihm durch ein inneres Feuer das Fleisch von den Knochen gesengt würde. Zu dieser Zeit war jeder seiner Gedanken ausschließlich auf ein Ziel gerichtet – die Ausgrabung der Stadt Uaxuanoc – und nichts anderes hatte die geringste Bedeutung. Er hörte mich ungeduldig an und schnitt mir mitten im Satz das Wort ab. »Das alles sind Harris' Angelegenheiten«, sagte er schroff. »Überlassen Sie das ihm.«

»Aber Harris sagt, daß er nichts dagegen unternehmen kann.«

»Dann ist er das Geld nicht wert, das ich ihm bezahle«, grollte Fallon, ließ mich, ohne mich weiter zu beachten, stehen und versenkte sich wieder in den Wust der Vorbereitungen für den Umzug nach Lager Drei.

Von alldem sagte ich den Halsteads nichts. Es hatte keinen Sinn, auch noch andere zu Tode zu ängstigen. Ich hatte aber noch ein weiteres Gespräch mit Pat Harris, ehe er wieder abflog, um festzustellen, was Gatt unternahm. Ich berichtete ihm von meinem Fehlschlag bei Fallon, und über Fallons Bemerkung über seinen Wert lächelte er grimmig, sagte aber weiter nichts dazu.

»Eines ist mir völlig unerklärlich«, sagte er. »Woher konnte Gatt wissen, wann der richtige Augenblick war, hier aufzutauchen? Es ist merkwürdig, daß er gerade dann kam, als Sie die Stadt entdeckt hatten.«

»Zufall«, meinte ich.

Aber Pat war davon nicht überzeugt. Er ließ sich von mir alles berichten, was gesagt worden war, und Gatts scheinbares Desinteresse an gerade dem Punkt, von dem wir wußten, daß er auf ihn aus war, war ihm ebenso rätselhaft wie mir. »Hat sich Gatt mit irgend jemand allein unterhalten?« fragte er.

Ich überlegte und schüttelte dann den Kopf. »Er war die ganze Zeit über mit allen zusammen. Wir ließen ihn nicht allein hier herumlaufen, falls Sie das meinen.«

»Er war also mit niemand allein – nicht einmal für eine Minute?« forschte Pat eindringlich.

Ich zögerte. »Nun ja, ehe er zu seinem Flugzeug zurückging, schüttelte er jedem ringsum die Hand.« Ich runzelte die Stirn. »Halstead hatte sich im Hintergrund gehalten, und Gatt ging zu ihm, um ihm die Hand zu geben. Aber das dauerte nicht lange. Nicht einmal fünfzehn Sekunden.«

»Halstead, bei Gott!« rief Pat aus. »Ich will Ihnen einmal etwas verraten. Sie können mit einem schlichten Händedruck teuflisch viel Informationen weitergeben. Vergessen Sie das nicht, Jemmy.«

Mit dieser kryptischen Bemerkung verabschiedete er sich, und ich ging noch einmal alles durch, was ich über Halstead wußte. Aber es war lächerlich, anzunehmen, daß er irgend etwas mit Gatt zu tun hatte. Einfach lächerlich.

3

Während der nächsten Tage gab es für Harry Rider sehr viel zu tun. Er flog Rudetsky und zwei seiner Leute nach Lager Drei in Uaxuanoc, setzte sie dort ab und kam zurück, um die Ausrüstung für sie zu holen. Rudetsky und seine Leute hackten einen größeren Landeplatz aus dem Urwald frei, und dann konnte der große Lastenhubschrauber eingesetzt werden, und damit kam wirklich Bewegung in die Sache. Es war ganz wie eine gut geplante militärische Operation zur Ausweitung eines Brückenkopfs.

Es wäre für alle eine herbe Enttäuschung gewesen, wenn die gefundene Stadt nicht Uaxuanoc gewesen wäre, aber Fallon zeigte sich unbesorgt. Er trieb Rudetsky zu noch größeren Anstrengungen an und beobachtete befriedigt, wie die Hubschrauber hin- und herflogen. Die Kosten, einen großen Hubschrauber in der Luft zu halten, sind phantastisch, und obwohl ich wußte, daß Fallon über genügend Mittel verfügte, konnte ich mich nicht enthalten, ihn darauf hinzuweisen.

Fallon nahm seine Pfeife aus dem Mund und lachte. »Um Himmels willen, Sie reden wie ein Buchhalter«, sagte er. »Benutzen Sie Ihren Verstand. Es würde mich erheblich viel mehr kosten, wenn ich die Hubschrauber nicht benutzte. Ich muß einer Menge hochqualifizierter Männer eine Menge Geld bezahlen, um das Gelände für einen ersten Überblick freizulegen, und ich will verdammt sein, wenn ich sie dafür bezahlen sollte, sich einen Weg durch den Urwald zu hacken, um dort erst hinzukommen. Es wird so billiger.«

Vom Standpunkt der entstehenden Kosten aus gesehen war das richtig, wie ich nach einem kurzen Überschlag feststellte. In diesem Punkt vergeudete Fallon sein Geld nicht, wenn auch manche denken mögen, daß die Ausgrabung einer seit langem toten Stadt schlechthin eine Geldverschwendung ist.

Vier weitere Archäologen trafen ein – von Begeisterung erfüllte junge Leute. Für drei war es das erste Mal, daß sie eine große Ausgrabung miterlebten, und sie saßen beinahe anbetend zu Fallons Füßen, hingegen neigten sie alle dazu, wie ich bemerkte, Halstead mit steifen Schritten aus dem Weg zu gehen. Wenn sein schlechter Ruf sich schon in den unteren Schichten seiner Kollegen herumgesprochen hatte, dann mußte es wirklich schlimm mit ihm bestellt sein. Zu meiner Überraschung bemerkte Katherine nichts davon, obwohl sie es wahrscheinlich der allgemeinen Wirkung seines stacheligen Charakters auf andere zugeschrieben hätte. Aber welche Hölle, mit so etwas zu leben!

Zehn Tage nachdem Fallon die große Entscheidung getroffen hatte, flogen wir zu Lager Drei, und als wir über der Cenote kreisten, bot sich mir ein völlig veränderter Anblick, der sich sehr von dem unterschied, was ich gesehen hatte, als ich am Ende jenes Kabels hing. Dort unten stand ein kleines Dorf. Die Hütten waren in ordentlichen Linien errichtet, und auf der einen Seite befand sich der Landeplatz mit Schuppen für das Flugzeug. Das alles war in wenig mehr als einer Woche aus dem dichten Urwald freigeschlagen worden. Rudetsky mußte wirklich ein ziemlicher Sklaventreiber sein.

Wir landeten, und als das Klatschen des Rotors verstummt war, hörte ich das Kreischen der Motorsägen, mit denen in der Nähe der Angriff auf den Urwald weiterging. Und es war heiß - heißer noch als in Lager Zwei. Die Sonne brannte, unbehindert von dem schützenden Schirm der Bäume, mit gleißender Glut auf die Lichtung. Am ganzen Körper brach mir der Schweiß aus den Poren, und als ich den Schutz einer Hütte erreichte, triefte ich von oben bis unten.

Fallon vergeudete keine Zeit. »Hier ist es nicht besonders gemütlich«, sagte er. »Darum ist es wohl das beste, wenn wir uns so schnell wie möglich an die Arbeit machen. Unser unmittelbares Ziel ist, festzustellen, was wir hier im großen und ganzen vorliegen haben. Die feineren Einzelheiten müssen auf die kommenden Jahre warten. Ich habe im Augenblick nicht die Absicht, bestimmte Bauwerke freizulegen. Unsere Arbeit jetzt besteht darin, das Gebiet abzugrenzen, Bauwerke zu identifizieren und den Boden für unsere Nachfolger freizulegen.« Halstead rührte sich, und ich konnte sehen, daß er damit nicht einverstanden war, er sagte aber nichts.

»Joe Rudetsky ist jetzt seit annähernd zwei Wochen hier«, sagte Fallon. »Was haben Sie gefunden, Joe?«

»Ich habe acht weitere behauene Säulen gefunden«, antwortete Rudetsky, »und ich habe befolgt, was Sie angeordnet haben - ich habe das Gelände um sie herum gerodet und sie im übrigen nicht angetastet.« Er stand auf und trat vor eine Karte an der Wand. Zum größten Teil war das Papier weiß, aber um die Cenote war einiges eingezeichnet. »Hier stehen sie. Ich habe sie alle markiert.«

»Ich werde sie mir ansehen«, sagte Fallon. »Meine Herren, Mr. Rudetsky ist kein Archäologe, aber er ist ein erfahrener Landvermesser und wird unser Kartograph sein.« Er winkte mit der Hand. »Wenn die Arbeit fortschreitet, wird die Karte, wie ich hoffe, ausgefüllt werden und nicht mehr eine *terra incognita* zeigen. Aber kommen wir zur Sache.«

Er stellte fünf Teams zusammen. Jedem stand ein Archäologe

vor, der die Arbeit leitete, und jedem Team wies Fallon ein Gebiet zu. Er hatte die Karte von Viveros Spiegel umzeichnen lassen und benutzte sie als allgemeine Richtschnur. Dann wandte er sich an mich. »Sie bilden eine Ausnahme, Jemmy«, sagte er. »Ich habe gesagt, daß wir jetzt in unseren Forschungen nicht ins Detail gehen, glaube aber, daß uns die Cenote einige interessante Funde bieten könnte. Die Cenote ist Ihr Bereich.« Er grinste. »Ich glaube, Sie haben großes Glück, daß Sie den ganzen Tag im kühlen Wasser plantschen können, während wir anderen alle in der Hitze schwitzen müssen.« Auch ich war der Meinung, das sei eine richtige Überlegung, und blinzelte Katherine zu. Halstead bemerkte es und zeichnete mich mit einem steinern starrenden Blick aus. Darauf wandte er sich an Fallon und sagte: »Den Boden mit einem Schleppnetz abzufischen, ginge schneller – so wie Thompson es in Chichen Itza gemacht hat.«

»Das ist schon lange her«, entgegnete Fallon milde. »Mit dem Schleppnetz fischen, führt dazu, daß Gegenstände aus Ton beschädigt werden. Es wäre nicht zu rechtfertigen, wenn wir die seit den Tagen von Thompson entwickelte Tauchertechnik nicht einsetzten.«

Das war vom archäologischen Standpunkt aus so schlagend, daß Halstead keinen weiteren Einwand erheben konnte, ohne sich zum Narren zu machen. Darum sagte er nichts weiter dagegen, sprach aber leise und eindringlich mit Katherine, wobei er mehrmals heftig den Kopf schüttelte. Ich hatte eine genaue Vorstellung von dem, was er ihr sagte, mischte mich aber nicht ein. Ich würde es schon früh genug erfahren.

Die Diskussion wurde für eine weitere halbe Stunde fortgesetzt, dann war die Besprechung beendet. Ich verließ sie zusammen mit Rudetsky, der mir zeigen wollte, wo die Taucherausrüstung lagerte, und er führte mich zu einer Hütte, die unmittelbar am Rand der Cenote errichtet worden war. »Ich nahm an, Sie würden gern an Ort und Stelle sein«, sagte er. Die Hälfte der Hütte war als meine Unterkunft bestimmt und enthielt ein Bett mit Moskitonetz, Tisch und Stuhl und einen kleinen Schreibtisch. Die andere Hälfte der Hütte nahm die Taucherausrüstung ein. Ich betrachtete sie und kratzte mich am Kopf. »Den Kompressor hätte ich gern hier raus«, sagte ich. »Und alle die großen Flaschen. Können Sie neben der Hütte einen Schuppen anbauen lassen?«

»Selbstverständlich. Das macht nicht die geringste Schwierigkeit. Ich lasse das bis morgen erledigen.«

Wir gingen ins Freie, und ich sah auf die Cenote hinab. Sie war ungefähr kreisförmig und hatte einen Durchmesser von über dreißig Metern. Dahinter ragte, fast so steil wie eine Klippe, der Abhang des Höhenzugs auf, der zum Gipfel hin, wo Vivero den Chac-Tempel plaziert hatte, weniger steil wurde. Ich fragte mich, wie tief das Wasser sei. »Ich hätte gern ein Floß«, sagte ich, »von dem wir ein Grundtau hinablassen und auf dem Boden verankern können, falls wir so tief kommen. Aber das hat Zeit, bis ich zur Erkundung einmal getaucht bin.«

»Sagen Sie nur, was Sie brauchen, und ich beschaffe es«, sagte Rudetsky. »Dazu bin ich ja hier, der große Beschaffer in Person.«

Er verließ mich, und ich warf einen Stein in das dunkle Gewässer. Mit einem Plopp schlug er in der Mitte des stillen Wassers ein und schickte sich ausweitende Kreise kleiner Wellen aus, die schließlich zehn Meter unter mir gegen das Ufer plätscherten. Wenn das zutraf, was man mir berichtet hatte, waren viele Menschen in dieser Cenote geopfert worden, und ich fragte mich, was ich auf ihrem Grund finden würde.

Ich ging zur Hütte zurück und fand dort Katherine, die auf mich wartete. Mit zweifelnden Blicken betrachtete sie die aufgestapelte Taucherausrüstung, deren Ausmaße sie zu erschrecken schien. »So schlimm ist es gar nicht«, beruhigte ich sie. »Wir werden da bald Ordnung hineinbringen. Sind Sie bereit, daß wir anfangen?«

Sie nickte zustimmend. »Ja, gewiß.«

»Alle Luftflaschen sind gefüllt«, sagte ich. »Dafür habe ich noch in Lager Eins gesorgt. Warum wollen wir nicht gleich einmal tauchen? Das Sortieren kann noch so lange warten. Mir wäre ein kühles Bad willkommen. Hier ist es wirklich verdammt heiß.«

Sie knöpfte ihr Hemd vorn auf. »Einverstanden. Wie tief ist das Wasser Ihrer Meinung nach?«

»Keine Ahnung. Das wollen wir ja feststellen. Was war die größte Tiefe, die Sie je erreicht haben?«

»Ungefähr zweiunddreißig Meter.«

»Hier könnte es tiefer sein. Wenn wir die genaue Tiefe festgestellt haben, werde ich eine Auftauchtabelle aufstellen. Halten Sie sich daran, dann kann Ihnen nichts passieren.« Ich deutete mit dem

Daumen auf die Taucherdruckkammer. »Ich möchte das Ding nur benutzen, wenn es unbedingt sein muß.«

Ich prüfte das Gerät. Rudetskys Elektriker hatte es an die Stromversorgung des Lagers angeschlossen, und es arbeitete einwandfrei. Ich pumpte den Druck zur Erprobung bis auf zehn Atmosphären auf, und die Nadel des Meßgeräts blieb völlig ruhig stehen. Es war allerdings höchst unwahrscheinlich, daß wir je einen Druck von über fünf Atmosphären benötigen würden.

Wenn man in ein unbekanntes Loch im Boden taucht, stellt man fest, daß man eine unwahrscheinliche Menge von Hilfsgeräten benötigt. Zunächst einmal die Taucherausrüstung selbst – den Anzug, die Maske und die Flossen; am linken Handgelenk eine wasserdichte Uhr und einen Kompaß. Ich vermutete, daß es unten im Wasser dunkel sein und der Kompaß bei der Orientierung helfen würde. Am rechten Handgelenk einen Tiefenmesser und einen Dekompressionsmesser. Am Gürtel befand sich ein Tauchermesser, und am Kopf trug man eine Lampe. Als wir schließlich die komplette Ausrüstung angelegt hatten, sahen wir aus wie ein Paar Astronauten.

Ich überprüfte Katherines Ausrüstung und sie meine. Dann stampften wir schwerfällig die Stufen hinunter, die Rudetsky in den steilen, kahlen Hang der Cenote zum Wasser hinab hatte schlagen lassen. Als ich meine Maske ins Wasser tauchte, sagte ich: »Folgen Sie mir einfach, und lassen Sie Ihre Lampe ständig an. Wenn Sie in Schwierigkeiten kommen und mich nicht darauf aufmerksam machen können, tauchen Sie auf, versuchen Sie jedoch, in einer Tiefe von drei Metern ein paar Minuten zu bleiben, wenn Sie können. Aber machen Sie sich keine Sorgen – ich werde Sie im Auge behalten.«

»Ich mache mir keine Sorgen«, antwortete sie. »Ich habe das alles schon öfter mitgemacht.«

»Nicht unter den hiesigen Bedingungen. Das hier ist etwas anderes, als bei den Bahamas zu schwimmen. Denken Sie in erster Linie bitte an Ihre Sicherheit.«

»Ich werde mich dicht in Ihrer Nähe halten«, versprach sie.

Ich schwenkte meine Maske ein letztes Mal durch das Wasser. »Paul schien das alles nicht besonders zu behagen. Warum wollte er den Grund mit einem Schleppnetz abfischen lassen?«

Sie seufzte erbittert. »Er hat immer noch den gleichen dummen

Verdacht Ihnen und mir gegenüber. Selbstverständlich ist das lächerlich.«

»Selbstverständlich«, stimmte ich nachdrücklich zu.

Sie lachte unvermittelt und deutete auf die schwerfällige Ausrüstung, die wir trugen. »Die Voraussetzungen sind nicht sehr vielversprechend, wie?«

Bei dem Gedanken an einen Ehebruch unter Wasser mußte ich grinsen und setzte meine Maske auf. »Wir wollen Chac um Schutz anrufen«, sagte ich und biß auf das Mundstück. Wir ließen uns ins Wasser gleiten und schwammen langsam zur Mitte der Cenote. Das Wasser war klar, aber durch seine Tiefe erschien es dunkel. Ich tauchte den Kopf ein und spähte nach unten, konnte aber nichts erkennen, deswegen hob ich ihn wieder über das Wasser und fragte Katherine durch Zeichen, ob bei ihr alles in Ordnung sei. Sie bestätigte es durch ein Signal, darum gab ich ihr das Zeichen, daß sie untertauchen solle. Sie verschwand unter der Wasseroberfläche, und ich folgte ihr, doch unmittelbar ehe ich untertauchte, sah ich Halstead am Rand der Cenote stehen und zu mir herabstarren. Ich konnte mich allerdings irren, denn meine Maske war vom Wasser verschmiert, glaubte es allerdings nicht.

Zunächst war es gar nicht schlecht. Das Wasser war klar, und Licht schimmerte durch die Oberfläche, doch als wir tiefer kamen, ließ die Helligkeit schnell nach. Ich habe vor der Küste Englands oft getaucht, und in fünf Meter Tiefe ist es dort noch ziemlich hell, doch wenn man in einem verhältnismäßig engen Loch taucht, ist das anders. Schon die Seitenwände der Cenote hielten das Licht ab, das sonst in jedem Winkel einfallen konnte, und die allgemeine Helligkeit ging schnell zurück.

In etwa siebzehn Meter Tiefe hielt ich inne und schwamm im Kreis, um zu prüfen, ob der Kompaß funktionierte. Katherine folgte mir. Ihre Schwimmflossen bewegten sich gemächlich hin und her, und der Strom der von ihrer Maske aufsteigenden Luftbläschen funkelte im Licht der Lampe wie eine Funkenfontäne bei einem Feuerwerk. Mit ihr schien alles in Ordnung zu sein, darum tauchte ich weiter und ging langsam tiefer, wobei ich von Zeit zu Zeit zurückblickte, um zu beobachten, ob sie mir folgte.

In zweiundzwanzig Meter Tiefe erreichten wir den Grund, aber es war der Gipfel einer Schräge, die in einem Winkel von etwa zwanzig Grad in das Dunkel abwärts verlief. Der Boden bestand aus einem schleimigen Morast, der aufwirbelte, als ich ihn mit der Hand streifte, und eine Art Nebelwand bildete. Ich sah Katherines Lampe gedämpft durch den Dunst scheinen und dachte, daß die Bergung von etwaigen Funden dadurch erschwert werden würde.

Und kalt war es da unten auch. Die heiße Sonne erwärmte nur die Wasseroberfläche, und da warmes Wasser weniger dicht ist als kaltes, blieb es an der Oberfläche. Das Wasser auf dem Grund kam aus den Poren im Kalkstein ringsum und wurde niemals der Sonne ausgesetzt. Es fing an, mir kalt zu werden, da die Wärme aus meinem Körper abgeleitet wurde. Ich gab Katherine wieder ein Signal, und vorsichtig schwammen wir über der Schräge tiefer, bis wir feststellten, daß sie an einer soliden Wand endete. Hier war der absolute Boden der Cenote, und ich maß die Tiefe mit zweiunddreißig Metern. Wir schwammen eine Weile umher und erforschten die Schräge. Sie war flach und glatt und wurde nirgendwo durch eine Erhebung unterbrochen. Der sie bedeckende Morast hatte sich durch Hunderte von Jahren aus den Überresten der von der Oberfläche herabgesunkenen welken Blätter angesammelt, und alles, was es hier zu finden geben mochte, mußte erst ausgegraben werden.

Schließlich gab ich Katherine das Signal zum Auftauchen, und wir stiegen vom Boden der Schräge an der senkrechten Kalksteinwand entlang nach oben. Etwa zehn Meter über dem Grund der Cenote entdeckte ich eine Art Höhle, eine Öffnung in der glatten Wand. Das verdiente, näher erforscht zu werden, doch war mir im Augenblick nicht danach zumute. Mir war kalt, und ich wollte mir die Knochen von der heißen Sonne durchwärmen lassen.

Wir waren eine halbe Stunde lang unter Wasser gewesen und hatten eine Tiefe von über dreißig Metern erreicht und mußten unterwegs eine Pause zur Dekompression einlegen. Das bedeutete einen Aufenthalt von fünf Minuten in sechs Meter Tiefe und einen weiteren von gleichfalls fünf Minuten in drei Meter Tiefe. Wenn wir mit dem Tauchen ernsthaft begannen, brauchten wir ein Grundtau, um an diesen Punkten zur Dekompression anzuhalten, aber jetzt schwammen wir einfach in dieser Tiefe im Kreis herum, wobei ich den Dekompressionsmesser an meinem rechten Handgelenk im Auge behielt.

Wir tauchten in die willkommene Wärme der Sonne auf und

schwammen zum Ufer. Ich stemmte mich aus dem Wasser und reichte Katherine eine Hand. Dann spuckte ich das Mundstück aus und nahm die Maske ab. Als ich das Ventil der Luftflasche schloß, fragte ich sie: »Nun, was halten Sie davon?« Katherine schauderte. »Sie haben recht. Mit den Bahamas ist das nicht zu vergleichen. Ich hätte nie geglaubt, daß es mir in Quintana Roo so kalt werden könnte.«

Ich legte den Taucheranzug ab und spürte, wie mir die Sonne heiß auf den Rücken schien. »Es mag zwar ziemlich albern wirken, aber wir müssen heizbare Anzüge tragen, sonst frieren wir uns noch zu Tode. Was ist Ihnen sonst noch aufgefallen?«

Sie überlegte. »Der Morast da unten wird uns sehr zu schaffen machen. Es ist so schon dunkel genug, um dort zu arbeiten, auch ohne den Dreck, den wir aufwirbeln werden.«

Ich nickte. »Eine Saugpumpe wird eine große Hilfe sein. Die Pumpe kann an der Oberfläche stehen, und wir pumpen den Schlamm ans Ufer mit einem Filter in der Leitung, das alle kleinen Objekte auffängt. Dadurch werden wir da unten weniger Schlamm aufwirbeln.« Nachdem ich mir einen Überblick über die Situation verschafft hatte, stellten sich die Einfälle schnell und in Fülle ein. »Wir können das Grundtau von dem Floß ablassen und unten mit einem großen Felsblock verankern. Wir werden zwei Taue zum Grund hinunterlassen, weil eines jeden Tag wieder eingezogen werden muß.«

Sie runzelte die Stirn. »Warum?«

»Kommen Sie mit zur Hütte, dann erkläre ich es Ihnen.«

Als wir zur Hütte kamen, trafen wir Rudetsky und zwei seiner Leute dabei an, wie sie an der einen Schmalseite einen Schuppen anbauten. »Hallo«, grüßte er. »War das Bad angenehm?«

»Nicht schlecht. Ich hätte das Floß gern gleich, wenn Sie es schaffen können.«

»Wie groß?«

»Na, sagen wir, drei Meter im Quadrat.«

»Kleinigkeit«, erwiderte er prompt. »Vier leere Ölfässer und einige der Stämme, die wir geschlagen haben, geben ein schönes Floß. Werden Sie es auch abends benutzen?«

»Das halte ich für unwahrscheinlich.«

»Dann haben Sie sicher nichts dagegen, wenn meine Leute es als

Sprungbrett benutzen. Es wird für sie angenehm sein, wenn sie am Abend baden und sich abkühlen können.«

Ich grinste zustimmend. »Abgemacht.«

Er deutete auf den Luftkompressor. »Steht er hier an der richtigen Stelle?«

»Genau richtig. Aber können Sie das Auspuffrohr nicht weiter wegführen – so weit fort von der Ansaugöffnung der Luftpumpe wie möglich? Kohlenmonoxid und Tauchen vertragen sich nicht miteinander.«

Er nickte. »Ich verlängere ihn mit einem Stück Schlauch und führe ihn zur anderen Seite der Hütte herum.«

Ich ging zu Katherine in die Hütte und wühlte mein zerlesenes Exemplar der Tauchtabellen der britischen Admiralität heraus. »Jetzt werde ich Ihnen erklären, warum wir zwei Taue zum Boden führen werden«, sagte ich. Ich setzte mich an den Tisch, und sie trat neben mich und frottierte sich das Haar mit einem Handtuch. »Wir tauchen etwa dreißig Meter tief und wollen so viel Zeit wie möglich unten auf dem Boden verbringen. Einverstanden?«

»Ich denke, ja.«

»Angenommen, wir verbringen zwei Stunden auf dem Grund, dann bedeutet das verschiedene Pausen zur Dekompression auf dem Weg nach oben. Fünf Minuten in fünfzehn Meter, zehn in zwölf Meter, dreißig in neun Meter, vierzig in sechs Meter und fünfzig in drei Meter Tiefe – insgesamt . . . Moment . . . hundertfünfunddreißig Minuten oder zwei und eine viertel Stunde. Das wird ziemlich langweilig werden, in den verschiedenen Tiefen herumzuwarten, aber es muß sein. Neben dem verankerten Grundtau vom Floß werden wir also ein weiteres mit Schlingen in den verschiedenen Höhen haben, in denen wir sitzen können, und an dem Luftflaschen befestigt sind, weil die Flaschen an unseren Geräten einfach nicht genug Luft fassen. Und die ganze Geschichte muß täglich herausgezogen werden, um die Flaschen nachzufüllen.«

»Ich habe so etwas noch nie mitgemacht«, sagte sie. »Ich bin nie so tief getaucht und nie so lange unten geblieben. An Dekompression hatte ich nicht gedacht.«

»Dann kann ich Ihnen nur raten, jetzt damit anzufangen«, sagte ich grimmig. »Ein Versäumnis, und Sie bekommen die Caissonkrankheit. Haben Sie mal jemand gesehen, der sie gehabt hat?«

»Nein, noch nie.«

»Schäumendes Blut ist verdammt gefährlich. Ganz abgesehen davon, daß es schrecklich schmerzhaft ist; wenn sich im Herzen eine Stickstoffembolie bildet, steht man damit direkt vorm Himmelstor.«

»Aber das ist doch furchtbar lange«, wendete sie ein. »Was macht man denn, wenn man annähernd eine Stunde in drei Meter Tiefe unter Wasser sitzt?«

»Sehr oft habe ich das auch noch nicht gemacht«, gestand ich, »aber ich habe die Gelegenheit benutzt, um schmutzige Limmericks zu dichten.« Ich sah zu der Taucherdruckkammer hinüber. »Ich hätte das Ding gern näher an unserem Einsatzplatz – vielleicht auf dem Floß. Ich werde Rudetsky fragen, was sich da tun läßt.«

4

Woche um Woche ging die Arbeit weiter, und ich hatte Gatt beinahe vergessen. Wir standen in Funkverbindung mit Lager Eins, von wo uns Mitteilungen von Pat Harris weitergeleitet wurden, und alles schien ruhig zu sein. Gatt war nach Mexico City zurückgekehrt und genoß dort das Leben anscheinend ohne die geringste Sorge, obwohl seine Mörderbande sich nach wie vor in ihrem Quartier in Merida befand. Ich wußte nicht, was ich davon halten sollte, hatte aber auch wirklich keine Zeit, mir darüber Gedanken zu machen, denn unser Tauchprogramm füllte mich restlos aus. Mit einem halben Auge beobachtete ich ständig Halstead und stellte fest, daß er noch angestrengter arbeitete als ich, womit Fallon äußerst zufrieden war.

Jeden Tag wurden Entdeckungen gemacht – erstaunliche Entdekkungen. Die Stadt war wirklich Uaxuanoc. Fallons Arbeitsteams enthüllten Bauwerk nach Bauwerk – Paläste, Tempel, Sportanlagen und einige unidentifizierbare Gebäude, von denen er eines für ein astronomisches Observatorium hielt. Rings um die Cenote stand ein Ring von Stelen – vierundzwanzig im ganzen –, und eine weitere Reihe zog sich durch das Zentrum der Stadt. Fallons Kamera klickte unaufhörlich, und sein Stift füllte Notizbuch um Notizbuch fleißig mit Daten.

Zwar war keiner bei uns gewerkschaftlich organisiert, aber ein Tag in der Woche war allgemeiner Ruhetag, den die Wissenschaftler gewöhnlich benutzten, um ihre schriftlichen Arbeiten nachzuholen, während Rudetskys Leute in der Cenote plantschten und sich austobten. Da es unter diesen Umständen unmöglich war, mit der erforderlichen Sicherheit zu tauchen, benutzte ich den freien Tag, um mich auszuruhen und etwas mehr Bier zu trinken, als während der Arbeitswoche ratsam gewesen wäre.

An einem dieser Tage führte Fallon mich über das Gelände, um mir zu zeigen, was er entdeckt hatte. Er deutete auf einen niedrigen Berg, der von jeder Vegetation befreit worden war. »Das ist der Ort, an dem Vivero beinahe sein Ende gefunden hätte«, erklärte er. »Das ist der Tempel des Kukulcan – Sie können sehen, wo wir die Stufen an der Vorderseite freilegen.«

Es fiel mir etwas schwer, das zu glauben. »Dieser ganze Berg?«

»Der ganze. Er ist eines der großen Gebäude. Genau genommen gehört die Stelle, an der wir hier stehen, auch dazu.«

Ich sah zu Boden und scharrte mit dem Fuß in der Erde. Sie schien sich in nichts von der Erde an anderen Stellen des Geländes zu unterscheiden, war nichts anderes als eine dünne Humusschicht.

Fallon erklärte: »Die Mayas hatten die Gepflogenheit, auf Plattformen zu bauen. Ihre Hütten standen auf Plattformen, um sie über den Boden zu erheben, und als sie größere Bauwerke errichteten, folgten sie diesem Schema. Hier stehen wir auch auf einer Plattform, aber sie ist so groß, daß man es nicht bemerkt.«

Ich betrachtete den Boden, der sich eben bis zu dem Berg erstreckte, der der Tempel des Kukulcan sein sollte. »Wie groß ist sie denn?«

Fallon grinste vergnügt. »Rudetsky hat sie sich mit dem Theodoliten und dem Maßband vorgenommen. Nach seinen Berechnungen hat sie 60640 Quadratmeter und erhebt sich durchschnittlich zweiundvierzig Meter hoch. Der Tempel ist eine künstlich angelegte Akropolis mit einem Rauminhalt von zehn Millionen Kubikmetern und besteht aus rund sechseinhalb Millionen Tonnen Material.« Er zog seine Pfeife heraus. »So etwas Ähnliches gibt es in Copan, aber das ist nicht ganz so groß.«

»Teufel auch«, murmelte ich. »Ich hätte nie gedacht, daß er so groß sein könnte.«

Fallon riß ein Streichholz an. »Die Mayas ...« puff-puff »... waren ein ...« puff ... »fleißiges Volk.« Er blickte kritisch in den Kopf seiner Pfeife. »Kommen Sie, wir wollen uns den Tempel etwas näher ansehen.«

Wir gingen zu dem Berg und sahen die zum Teil freigelegten Treppenstufen hinauf. Die Stufen waren über fünfzehn Meter breit. Fallon deutete mit dem Pfeifenstiel nach oben. »Ich glaubte, daß ich da oben auf dem Gipfel etwas finden würde. Darum habe ich ein bißchen gegraben und es wirklich gefunden. Vielleicht interessiert es Sie.«

Den Berg hinaufzuklettern war mühsam, denn er war sehr steil. Man stelle sich eine ägyptische Pyramide vor, die mit einer dünnen Erdschicht bedeckt ist, dann hat man etwa das richtige Bild. Fallon schien die Anstrengung nicht sonderlich viel auszumachen, trotz seines Alters, und als wir oben anlangten, deutete er auf eine Stelle. »Dort wird die Treppe enden, und das ist die Stelle, an der ich gegraben habe.«

Ich schlenderte zu der Grube hinüber, die durch ringsum aufgehäufte Erde gekennzeichnet wurde, und erblickte das furchterregende Haupt, das Fallon freigelegt hatte: mit geöffnetem Rachen und spitzen Zähnen, die Lippen in einem zornigen Fauchen zurückgezogen. »Die gefiederte Schlange«, sagte er leise, »das Wahrzeichen des Kukulcan.« Mit einer weiten Armbewegung wies er auf einen dahinter aufragenden Erdwall. »Und das ist der Tempel selbst – die Stätte, wo die Opfer dargebracht wurden.«

Ich blickte hinüber und dachte an Vivero, der an dieser Stelle vor die Priester gebracht worden war, innerlich vor Angst bebend, daß ihm das Herz aus der Brust gerissen werden würde. Es war ein grausiger Gedanke.

Fallon sagte nüchtern: »Ich hoffe, daß das Dach nicht eingestürzt ist. Es wäre schön, wenn wir es intakt auffänden.«

Ich setzte mich auf einen nahen Baumstumpf und blickte über die untergegangene Stadt. Fallon zufolge war etwa ein Fünftel freigelegt worden, aber dabei ging es nur um die Vegetation. Ich sah große Hügel, die darauf warteten, ausgegraben zu werden, wie der, auf dem wir standen. »Wie lange wird es nach Ihrer Meinung dauern?« fragte ich. »Wann werden wir sehen können, wie es hier wirklich ausgesehen hat?«

»Kommen Sie in zwanzig Jahren wieder her«, antwortete Fallon. »Dann werden Sie ein ziemlich genaues Bild bekommen.«

»So lange?«

»Man darf sich bei einem solchen Projekt nicht übereilen. Außerdem werden wir nicht alles ausgraben. Wir müssen für die kommende Generation etwas übriglassen – vielleicht haben sie bessere Methoden und finden Dinge, die uns entgehen würden. Ich beabsichtige, nicht mehr als die Hälfte der Stadt freizulegen.«

Nachdenklich betrachtete ich Fallon. Er war ein Mann von Sechzig und durchaus bereit, etwas zu beginnen, wovon er wußte, daß er es nie beenden würde. Vielleicht kam es daher, daß er daran gewöhnt war, in Jahrhunderten, in Tausenden von Jahren zu denken, daß er einen kosmischen Standpunkt gewonnen hatte. Er unterschied sich sehr von Halstead.

In melancholischem Ton sagte er: »Die menschliche Lebensspanne ist so kurz, und die Monumente, die der Mensch errichtet, überdauern ihn um Generationen und Generationen, sind viel beständiger als er selbst. Shelley wußte davon und kannte die Eitelkeit des Menschen. ›Mein Name ist Ozymandes, der König der Könige; blickt auf meine Werke, ihr Mächtigen, und verzweifelt!‹« Er deutete mit der Hand auf die Stadt. »Aber verzweifeln wir, wenn wir dies sehen? Ich weiß von mir, daß ich es nicht tue. Ich sehe darin Ruhmestaten der nur kurze Zeit lebenden Menschen.« Er hob seine knochigen, von Venen überzogenen und leicht zitternden Hände. »Es ist ein großer Jammer, daß dieses Fleisch so bald zerfallen soll.«

Für meinen Geschmack wurde das Gespräch zu makaber, darum wechselte ich das Thema. »Haben Sie schon den Königspalast identifizieren können?«

Er lächelte. »Hoffen Sie noch immer auf die goldverkleideten Wände?« Er schüttelte den Kopf. »Wie üblich hat Vivero das durcheinandergebracht. Die Mayas hatten keine Könige in dem Sinn, wie wir sie kennen, es gab bei ihnen aber einen erblichen Häuptling, den sie Halach uinic nannten und den Vivero vermutlich mit König bezeichnete. Dann gab es den Nacom, den Kriegshäuptling, der für drei Jahre gewählt wurde. Auch die Priesterwürde war erblich. Ich bezweifle, daß der Halach uinic einen Palast gehabt hat, wir fanden aber ein Bauwerk, das wir für eines der hauptsächlichen Verwaltungsgebäude halten.« Er deutete auf eine der Erhebungen. »Das da drüben ist es.«

Zweifellos war es ein großer Hügel, aber trotzdem fand ich ihn enttäuschend. In meinen Augen war er nichts weiter als ein beliebiger kleiner Berg, und es gehörte sehr viel Vorstellungskraft dazu, darin ein Gebäude zu sehen.

Nachsichtig sagte Fallon: »Es ist nicht leicht, das weiß ich. Es gehört viel Erfahrung dazu, es als das zu erkennen, was es ist. Aber vermutlich wurde Vivero zur Verkündung des Urteils durch den Halach uinic dorthin gebracht. Er war gleichzeitig der Oberpriester, aber das ging über Viveros Horizont – er hatte Frazers *Golden Bough* nicht gelesen.«

Das hatte ich auch nicht getan, folglich war ich ebenso schlau wie Vivero. Fallon sagte: »Unser nächster Schritt ist die Beseitigung dieser Baumstümpfe.« Er stieß mit dem Fuß leicht gegen den einen, auf dem ich saß.

»Wie werden Sie das machen? Wollen Sie sie sprengen?«

Er war schockiert. »Um Gottes willen, nein! Wir brennen sie aus, samt Wurzeln und allem anderen. Zum Glück haben die Bäume in Regenwäldern keine tiefreichenden Wurzeln. Sie können sehen, daß ein großer Teil des Wurzelwerks hier auf der Plattform über dem Erdboden liegt. Wenn wir es ausgebrannt haben, bleibt in den Bauten dort, wo die Wurzeln verliefen, ein Röhrensystem zurück, das wir mit Zement ausgießen, um die Bauten zusammenzuhalten. Wir wollen nicht, daß sie in diesem Stadium noch einstürzen.«

»Haben Sie denn das gefunden, worüber Vivero so besonders aufgeregt war – dieses goldene Mal, was es auch gewesen sein mag?«

Er schüttelte zweifelnd den Kopf. »Nein – und wir werden es vielleicht auch nie finden. Ich glaube, daß Vivero nach zwölf Jahren Gefangenschaft womöglich ein bißchen übergeschnappt war. Religiöser Wahn, verstehen Sie. Er könnte Halluzinationen gehabt haben.«

»Nach den heute geltenden Normen kann man von jedem Spanier des sechzehnten Jahrhunderts sagen, daß er unter religiösem Wahn gelitten hat. Ganze Zivilisationen wegen verschiedener Ansichten von Gott auszurotten ist kein Merkmal gesunder Vernunft.«

Fallon sah mich mit einem zusammengekniffenen Auge an. »Sie meinen also, daß gesunde Vernunft sich vergleichen ließe? Vielleicht haben Sie recht; vielleicht wird man in der Zukunft aber in unseren gegenwärtigen Kriegen Anzeichen für Geistesgestörtheit sehen. Ohne jeden Zweifel ist die Aussicht auf einen Atomkrieg keine besonders gesunde geistige Konzeption.«

Ich dachte an den unglücklichen Vivero, den sein Gewissen innerlich zermürbte, weil er sich fürchtete, die Heiden zum Christentum zu bekehren. Und doch war er völlig bereit gewesen, seine Söhne über die besten Methoden zu belehren, die Heiden zu töten, wenn er auch zugab, daß die Methoden, die er empfahl, nicht christlich waren. Seine Einstellung erinnerte mich an Mr. Puckle, den Erfinder des ersten Maschinengewehrs, das so konstruiert war, runde Geschosse auf Christen und quadratische auf Türken abzufeuern.

»Woher hatte Vivero das Gold für die Spiegel?« fragte ich. »Sie haben gesagt, daß es hier wenig Gold gegeben hätte.«

»Das habe ich nicht behauptet«, widersprach Fallon. »Ich habe gesagt, daß es im Verlauf von Jahrhunderten angesammelt wurde. Auf die eine oder andere Weise ist vermutlich eine ganze Menge Gold hierhergekommen, und innerhalb von zwölf Jahren kann ein Goldschmied sich sicher einiges auf die Seite schaffen. Außerdem sind die Spiegel nicht aus reinem Gold. Sie sind aus Tumbaga, einer Legierung aus Gold, Silber und Kupfer, und zwar recht viel Kupfer. Die Spanier sprachen immer von dem roten Gold der Indier, und es war Kupfer, das ihm seine Farbe verlieh.«

Er klopfte seine Pfeife aus. »Ich glaube, ich gehe jetzt wieder zu Rudetskys Karte zurück, um den Arbeitsplan für die nächste Woche aufzustellen.« Er schwieg kurz. »Übrigens hat Rudetsky mir gemeldet, daß er im Wald ein paar Chicleros gesehen hat. Ich habe Anweisung gegeben, daß jeder im Lager bleibt und nicht auf eigene Faust umherstreift. Das gilt auch für Sie.«

Das brachte mich mit einem Schlag ins zwanzigste Jahrhundert zurück. Ich ging ins Lager und schickte über den Funk in Lager Eins eine Nachricht an Pat Harris, die ihn über den jüngsten Stand unterrichtete. Das war alles, was ich tun konnte.

5

Fallon war von meinem Tauchprogramm etwas enttäuscht. »Nur zwei Stunden täglich?« fragte er tadelnd.

Deshalb mußte ich ihm einen Schnellkursus in Biophysik erteilen, soweit sie für das Tauchen Bedeutung hat. Das Hauptproblem bietet selbstverständlich der Stickstoff. Wir tauchten in einer Tiefe von rund dreißig Metern, und in dieser Tiefe beträgt der absolute Druck vier Atmosphären. Für das Atmen hat das keine Bedeutung, denn das Einlaßventil führt der Lunge Luft unter dem gleichen Druck wie in dem umgebenden Wasser zu, so daß durch den Druckunterschied keine Gefahr besteht, zerquetscht zu werden.

Die Schwierigkeiten entstehen aus der Tatsache, daß man mit jedem Atemzug die vierfache Gasmenge aufnimmt. Mit dem zusätzlichen Sauerstoff kann der Körper mühelos fertig werden, der zusätzliche Stickstoff aber wird vom Blut aufgenommen und im Gewebe abgelagert. Wenn der Druck nun *plötzlich* auf das Normalmaß reduziert wird, wird der Stickstoff schnell in Form von Bläschen in der Blutbahn frei – das Blut beginnt buchstäblich zu kochen, und das ist ein schneller Weg ins Grab.

Folglich verringert man den Druck nur langsam, indem man vorsichtig und mit vielen Pausen, die von den Ärzten der britischen Admiralität sorgfältig berechnet wurden, zur Oberfläche auftaucht, damit der abgelagerte Stickstoff nur langsam und in einem kontrollierten, sicheren Maß wieder frei wird.

»Also gut«, sagte Fallon ungeduldig, »das verstehe ich. Aber wenn Sie zwei Stunden auf dem Grund zubringen und ungefähr die gleiche Zeit, um aufzutauchen, arbeiten Sie doch nur den halben Tag. Sie sollten einmal morgens und noch einmal nachmittags tauchen können.«

»Ausgeschlossen«, widersprach ich. »Wenn Sie aus dem Wasser kommen, ist der Körper noch immer mit Stickstoff unter normalem atmosphärischem Druck gesättigt, und es dauert mindestens sechs Stunden, bis der Organismus davon befreit ist. Es tut mir leid, aber wir können nur einmal am Tag tauchen.«

Und damit mußte er sich zufrieden geben.

Das Floß, das Rudetsky hatte anfertigen lassen, erwies sich als eine Gottesgabe. Statt meiner ursprünglichen Absicht, auf jeder Dekompressionstiefe Druckflaschen aufzuhängen, schlossen wir an das Einlaßventil der Helme unmittelbar Schläuche an, die aus großen Druckflaschen auf dem Floß selbst gespeist wurden. Und ich erforschte die Höhle in der Wand der Cenote in zweiundzwanzig Meter Tiefe. Sie war ziemlich groß und hatte die Form eines umgestülpten Sacks, und ich kam auf den Einfall, sie mit Luft vollzupumpen und dadurch das in ihr enthaltene Wasser herauszupressen. Das war mit einem Schlauch, der von der Luftpumpe auf dem Floß herabgelassen wurde, schnell geschafft, und es war ein merkwürdiges Gefühl, so tief unter der Wasseroberfläche die Maske abnehmen und normal atmen zu können. Selbstverständlich stand die Luft in der Höhle unter dem gleichen Druck wie das Wasser in dieser Tiefe und war also für die Dekompression keine Hilfe, doch falls Katherine oder auch ich selbst einmal in Schwierigkeiten kommen sollten, konnte die Höhle mit einem ausreichenden Luftvorrat vorübergehend Schutz bieten. An ihrer Öffnung hängte ich eine Lampe auf, und in ihrem Inneren eine weitere.

Fallon verzichtete auf weitere Beschwerden, als er sah, was wir anfingen heraufzuschaffen. Als erstes mußten ungeheure Mengen Schlamm beseitigt werden, aber das machten wir mit der Saugpumpe, und das erste, was ich fand, war ein Schädel, wobei ich ein unheimliches Gefühl empfand.

In den folgenden Tagen brachten wir viele Gegenstände nach oben – Masken aus Kupfer und Gold, Becher, Glocken, viele Schmuckstücke wie Anhänger, Armreifen, Finger- und Ohrringe, Perlenhalsketten und Zierknöpfe aus Gold und Jade. Ferner fanden wir Kultbeile aus Feuerstein und Obsidian, hölzerne Wurfspeere, die durch die dicke, sandige Schlickschicht, unter der sie lagen, vor dem Verrotten geschützt worden waren, und nicht weniger als achtzehn Teller wie jener, den mir Fallon in Mexico City gezeigt hatte.

Das Prunkstück der Sammlung war eine kleine goldene Statuette, etwa sechs Zoll hoch, die Figur eines jungen Maya-Mädchens. Fallon säuberte sie behutsam, stellte sie dann vor sich auf seinen Schreibtisch und betrachtete sie mit ratlosem Gesicht. »Das Modell ist Maya«, sagte er, »aber die Ausführung ist es ohne jeden Zweifel nicht – sie haben in diesem Stil nicht gearbeitet. Aber es ist ein Maya-Mädchen, unbestreitbar. Sehen Sie sich das Profil an.«

Katherine nahm die Statuette in die Hand. »Sie ist doch schön, oder nicht?« Sie zögerte. »Könnte dies die Statuette sein, die Vivero gegossen hat und von der die Maya-Priester so sehr beeindruckt waren?«

»Bei Gott!« rief Fallon überrascht aus. »Das könnte sie sein – aber das wäre ein geradezu unglaublicher Zufall!«

»Warum sollte es ein Zufall sein?« entgegnete ich. Ich deutete auf die reichen Schätze, die in den Regalen gestapelt lagen. »All diese Dinge waren Opfergaben, oder nicht? Die Mayas opferten Chac ihre wertvollsten Besitztümer. Ich halte es nicht für unwahrscheinlich, daß Viveros Statuette zu einer solchen Opfergabe wurde.«

Fallon untersuchte sie noch einmal. »Sie ist gegossen worden«, gab er zu, »und das war eine Technik, die die Mayas nicht kannten. Vielleicht ist sie Viveros Werk, aber es braucht noch nicht die Statuette zu sein, von der er geschrieben hat. Wahrscheinlich hat er mehrere gemacht.«

»Mir gefällt der Gedanke, daß dies die erste ist«, sagte Katherine.

Ich sah zu den Reihen glänzender Stücke in den Regalen hinüber. »Wieviel ist das alles wert?« fragte ich Fallon. »Was würde das auf dem offenen Markt einbringen?«

»Es wird nichts davon angeboten werden«, erwiderte Fallon grimmig. »Die mexikanische Regierung hat dabei ein Wort mitzureden – und ich auch.«

»Aber angenommen, es würde auf dem offenen Markt angeboten werden – oder auf einem schwarzen Markt. Wieviel wäre der ganze Plunder wert?«

Fallon überlegte. »Wenn es aus dem Land geschmuggelt und einem skrupellosen Händler in die Hände gegeben würde – einem Mann wie Gerryson zum Beispiel –, der könnte es im Lauf der Zeit für, na, sagen wir anderthalb Millionen Dollar absetzen.«

Ich hielt den Atem an. Wir hatten die Cenote noch nicht zur Hälfte erforscht, und es mußte vieles noch darauf warten, gefunden zu werden. Jeden Tag entdeckten wir mehr Objekte, und die Rate unserer Funde stieg ständig, je tiefer wir in den Schlamm vordrangen. Fallons Schätzung zufolge mußte der Wert der gesamten Funde in der Cenote vier Millionen Dollar betragen – vielleicht sogar fünf Millionen.

Gedämpft sagte ich: »Kein Wunder, daß Gatt sich dafür interessiert. Und, lieber Himmel, Sie haben sich gefragt, warum!«

»Ich hatte an die Funde gedacht, die man im üblichen Verlauf einer Ausgrabung macht«, entgegnete Fallon. »Goldgegenstände aus der Stadt dürften seit langem in alle Welt zerstreut und nur noch sehr wenige zu finden sein. Und ich hatte angenommen, daß Gatt sich durch Viveros Ammenmärchen in seinem Brief hat täuschen lassen. Auf keinen Fall hatte ich damit gerechnet, daß die Cenote sich als so fruchtbar erweisen würde.« Er trommelte mit den Fingern auf der Tischplatte.

»Ich dachte, Gatt wäre an Gold des Goldes wegen interessiert – wie ein gewöhnlicher Schatzjäger.« Er deutete auf die Regale. »Der reine Goldwert in diesen Dingen kann nicht mehr als fünfzehn- bis zwanzigtausend Dollar betragen.«

»Wir wissen aber von Gatt, daß er nicht so primitiv ist«, erwiderte ich. »Wie hat Harris ihn genannt? Einen gebildeten Gangster. Er ist keiner der dummen Diebe, von dem zu erwarten wäre, daß er das Zeug einschmilzt. Er kennt ihren antiquarischen Wert, und er wird wissen, wie er es absetzen kann. Harris hat bereits eine Verbindung zwischen Gatt und Gerryson aufgespürt, und Sie selbst haben gerade gesagt, daß Gerryson es unauffällig verkaufen könnte. Mein Rat ist, das Zeug von hier fortzuschaffen und in dem sichersten Tresor einer Bank zu deponieren, den Sie in Mexico City finden.«

»Sie haben selbstverständlich recht«, sagte Fallon kurz entschlossen. »Ich werde das veranlassen. Und ich muß die mexikanischen Behörden über das Ausmaß unserer Funde hier unterrichten.«

6

Die schöne Jahreszeit ging ihrem Ende entgegen. Bald würden die Regen einsetzen und die Arbeit an der Grabungsstelle unmöglich machen. Ich wage zu behaupten, daß meine Arbeit in der Cenote dadurch nicht beeinflußt worden wäre – man kann nicht nasser als naß werden –, aber es war zu erkennen, daß das Gelände unausweichlich in ein aufgewühltes Schlammeer verwandelt werden würde, falls wir versuchten, die Ausgrabungen in der nassen Jahreszeit fortzusetzen, deshalb entschied Fallon sich widerstrebend, sie einzustellen. Das bedeutete eine Massenevakuierung nach Lager

Eins zurück. Rudetsky sah sich die ganze Ausrüstung an, die transportiert werden mußte, und wurde blaß. Aber Fallon blieb merkwürdig gelassen. »Lassen Sie es hier«, sagte er unbekümmert. »Im nächsten Jahr brauchen wir es wieder.«

Rudetsky tobte sich bei mir darüber aus. »Im nächsten Jahr wird kein gottverdammter Krümel davon mehr da sein«, sagte er heftig. »Diese Geier von Chicleros werden alles ratzekahl plündern.«

»Darüber würde ich mir nicht den Kopf zerbrechen«, antwortete ich. »Fallon kann es sich leisten, alles zu ersetzen.«

Aber dieser Gedanke verletzte Rudetskys auf Sparsamkeit bedachte Seele, und er gab sich jede denkbare Mühe, die Generatoren und Pumpen wetterfest zu verkleiden in der Hoffnung, daß die Chicleros die Lagereinrichtung selbst vielleicht nicht fortschleppen würden. »Ich vergeude meine Zeit«, bemerkte er düster, als er befahl, die Fenster der Hütten mit Brettern zu verkleiden. »Aber verdammt noch mal, ich tue einfach so, als ob es einen Sinn hätte.«

So evakuierten wir Uaxuanoc. Der große Hubschrauber kam und ging und brachte die Männer fort, die die Stadt freigelegt hatten. Die vier jungen Archäologen flogen ab, nachdem sie sich von Fallon verabschiedet hatten. Sie schäumten über vor Begeisterung und versprachen glühend, im nächsten Jahr wiederzukommen, wenn die Ausgrabung der Bauwerke beginnen sollte. Fallon, die Vatergestalt, lächelte väterlich auf sie hinab und winkte ihnen zum Abschied. Dann kehrte er mit einem merkwürdig ernsten Gesichtsausdruck an seine Arbeit zurück.

An den Arbeiten für die Evakuierung beteiligte er sich nicht und weigerte sich auch, irgendeine Entscheidung zu treffen. Deshalb ging Rudetsky dazu über, sich an mich um Anweisungen zu wenden. Ich entschied, wie ich es für richtig hielt, und fragte mich besorgt, was mit Fallon los sein mochte. Er hatte sich in die Hütte zurückgezogen, in der die Funde in den Regalen aufgereiht standen, und verbrachte seine Zeit damit, sie mit peinlicher Sorgfalt zu reinigen und umfangreiche Aufzeichnungen zu machen. Er verbot es, ihn zu stören, und wollte auch nicht erlauben, sich von den kostbaren Objekten trennen zu lassen.

»Sie gehen von hier fort, wenn ich gehe«, erklärte er. »Machen Sie mit dem übrigen weiter, und lassen Sie mich in Ruhe.«

Schließlich kam die Zeit, zu der wir alle gehen mußten. Das Lager war bis auf drei oder vier Hütten geschlossen, und alles, was noch vorhanden war, gab gerade eine ordentliche Ladung für die beiden Hubschrauber ab. Ich befand mich auf dem Weg zu Fallons Hütte, um ihm das mitzuteilen, als Rudetsky zu mir gerannt kam. »Kommen Sie zum Funkschuppen«, keuchte er atemlos. »Im Lager Eins geht irgendwas Merkwürdiges vor.«

Ich ging mit ihm und lauschte auf die Trauermär. In Lager Eins war Feuer ausgebrochen, und der große Hubschrauber war ausgebrannt – völlig zerstört.

»Wurde jemand verletzt?« bellte Rudetsky.

Der schwächlichen Stimme nach, die zitternd aus dem Lautsprecher kam, war niemand ernstlich verletzt worden. Ein paar geringfügige Verbrennungen waren alles. Aber der Hubschrauber war ein Totalverlust.

Rudetsky knurrte. »Wie, zum Teufel, ist das denn passiert?« Die Stimme verklang schwankend im Nichts und kam dann kaum kräftiger wieder. ». . . weiß nicht . . . einfach passiert . . .«

»Einfach passiert«, schimpfte Rudetsky wütend.

Ich sagte: »Mit dem Sendegerät ist etwas nicht in Ordnung. Es scheint nicht genug Strom zu haben.«

»Was ist mit eurem Sender los?« fragte Rudetsky ins Mikrofon. »Dreht den Saft auf.«

»Ich empfange Sie laut und deutlich«, antwortete die Stimme schwach. »Können Sie mich nicht hören?«

»Genau das«, schrie Rudetsky. »Wir können Sie nicht hören. Machen Sie endlich was dagegen.«

Der Empfang wurde etwas deutlicher. »Wir haben alle von hier fort nach Mexiko City gebracht. Es sind nur noch drei von uns hier, aber Mr. Harris sagte, daß mit dem Jet etwas nicht stimmt.«

Ich spürte ein prickelndes Gefühl im Nacken, beugte mich über Rudetskys Schulter vor und rief in das Mikrofon: »Was ist denn damit nicht in Ordnung?«

». . . weiß nicht . . . Startverbot . . . falsch registriert . . . kann nicht kommen, ehe . . .« Die Übertragung wurde wieder schwächer und war nicht mehr zu verstehen. Plötzlich brach sie gänzlich ab, und nicht einmal das Rauschen der Sendefrequenz war wahrzunehmen. Rudetsky drehte an den Knöpfen des Empfängers, konnte aber die Verbindung mit Lager Eins nicht wieder herstellen.

Er drehte sich zu mir um und sagte: »Sie haben die Sendung abgebrochen.«

»Versuchen Sie, Mexico City zu erreichen«, befahl ich.

Er schnitt ein Gesicht. »Ich kann es versuchen, aber ich halte es für aussichtslos. Das kleine Ding ist dazu nicht stark genug.«

Er drehte an den Knöpfen des Geräts, und ich dachte über den Vorfall nach. Der große Transporthubschrauber war vernichtet, die Düsenmaschine stand aus irgendwelchen geheimnisvollen Gründen in Mexico City mit Startverbot, und Lager Eins hatte den Funkverkehr eingestellt. Das alles summierte sich zu einem: Isolierung, und das behagte mir gar nicht. Ich sah nachdenklich über die Lichtung zu dem Hangar hinüber, wo Rider wie üblich an seinem Hubschrauber herumpolierte.

Rudetsky gab es schließlich auf. »Nichts zu machen«, sagte er und blickte auf seine Uhr. »Das war von Lager Eins die letzte Sendung am Tag. Wenn sie ihr Gerät in Ordnung bringen können, werden sie sich morgen früh um acht wie üblich melden. Bis dahin können wir gar nichts unternehmen.«

Er schien nicht übermäßig beunruhigt zu sein, aber er wußte auch nicht das, was ich wußte. Er hatte keine Ahnung von der Existenz eines Jack Gatt.

»Na schön«, sagte ich, »wir wollen also bis dahin warten. Ich werde Fallon berichten, was vorgefallen ist.«

Das erwies sich als schwieriger, als ich erwartet hatte. Er war völlig in seine Arbeit vertieft, brütete über einem goldenen Teller und versuchte ihn zu datieren, wobei er eine Folge von Zahlen in der Maya-Sprache vor sich hin murmelte. Ich versuchte ihm auseinanderzusetzen, was sich ereignet hatte, aber er erklärte nur gereizt: »Das halte ich nicht für so wichtig. Sie werden sich morgen wieder melden und alles erklären. Gehen Sie jetzt und fallen Sie mir nicht damit lästig.«

Ich verließ ihn also und zerbrach mir eine Weile auf eigene Rechnung den Kopf. Ich erwog, mit Halstead darüber zu reden, aber die Erinnerung an das, was Harris mir gesagt hatte, hielt mich davon ab. Und ich sagte Katherine nichts davon, einmal, weil ich sie nicht in Furcht versetzen wollte, aber auch, weil ich nicht wollte, daß sie irgend etwas ihrem Mann weitersagte. Schließlich suchte ich Rider auf. »Ist Ihre Maschine einsatzbereit?« fragte ich.

Er blickte überrascht und etwas beleidigt zu mir auf. »Das ist sie immer«, erwiderte er schroff.

»Es kann sein, daß wir sie morgen brauchen«, sagte ich. »Halten Sie sich zu einem frühen Start bereit.«

7

In dieser Nacht hatten wir einen Brand – im Funkschuppen.

Ich erwachte von lauten Rufen in der Ferne und hörte gleich darauf ganz in der Nähe polternde Schritte, als jemand an meiner Hütte vorbeilief. Ich stand auf, um nachzusehen, was vorgehe, und traf Rudetsky im Funkschuppen dabei an, die letzten Flammen auszuschlagen. Ich schnüffelte in der Luft. »Haben Sie hier Benzin aufbewahrt?«

»Nein«, knurrte er, »wir hatten Besuch. Ein paar dieser gottverdammten Chicleros waren hier eingedrungen, ehe wir sie vertreiben konnten.« Er blickte auf die verkohlten Überreste des Funkgeräts. »Warum, zum Teufel, haben sie das nur getan?«

Ich hätte es ihm sagen können, unterließ es aber. »Ich fliege zum Lager Eins«, sagte ich. »Ich will wissen, was dort vorgefallen ist.«

Rudetsky blickte mich forschend an. »Rechnen Sie mit Unannehmlichkeiten?« Er deutete mit der Hand. »Wie das da?«

»Es wäre möglich«, räumte ich ein, »daß es auch dort Zwischenfälle gegeben hat. Halten Sie alle im Lager, während ich fort bin. Und dulden Sie keine Widersetzlichkeiten von Halstead. Wenn er Schwierigkeiten macht, wissen Sie ja, was Sie zu tun haben.«

»Das wird mir ein Vergnügen sein«, versicherte Rudetsky nachdrücklich. »Sie wollen mir wohl nicht sagen, was hier wirklich gespielt wird?«

»Fragen Sie Fallon«, erwiderte ich. »Es ist eine lange Geschichte, und ich habe jetzt keine Zeit. Ich will Rider wecken.« Nachdem ich eine Kleinigkeit gegessen hatte, überzeugte ich Rider davon, daß er mich nach Lager Eins bringen müßte. Zunächst war er etwas unschlüssig, aber da Fallon anscheinend von aller Verantwortung zurückgetreten war, und da Rudetsky mich unterstützte, fügte er sich schließlich, und gerade als die Sonne aufging, waren wir startbereit.

Katherine kam, um mich zu verabschieden, und ich beugte mich zu ihr hinaus und sagte: »Verlassen Sie auf keinen Fall das Lager. Ich bin bald wieder zurück.«

»Verlassen Sie sich darauf«, versprach sie.

Von irgendwo hinter dem Hubschrauber tauchte Halstead auf und trat neben sie. »Treibst du den Helden zur Eile an?« fragte er in seiner üblichen gehässigen Weise. Er hatte den Tempel des Yum Chac oberhalb der Cenote erforscht und brannte darauf, ihn wirklich auszugraben, statt nur die Oberfläche freizulegen, aber Fallon erlaubte es ihm nicht. Die Funde, die Katherine und ich aus der Cenote herausgeholt hatten, stachelten seinen Ehrgeiz an. Es wurmte ihn, daß Laien allem Anschein nach aus dem Teich die Sahne abschöpften, und das reizte ihn in einem Maß, daß er selbst mit seiner Frau Streit vom Zaun brach.

Er zog sie gewaltsam von dem Hubschrauber zurück, und Rider sah mich mit einem Achselzucken an. »Dann können wir wohl starten«, meinte er. Ich nickte, und wir stiegen auf.

Ich sprach Rider an, aber er grinste nur und deutete auf den Kopfhörer des Bordtelefons. Deshalb legte ich ihn an und sagte ins Mikrofon: »Kreisen Sie ein paarmal über dem Gelände. Ich möchte wissen, wie es aus der Luft aussieht.«

»Wird gemacht«, antwortete er und beschrieb einen weiten Bogen über Uaxuanoc. Aus der Luft sah es tatsächlich wie eine Stadt aus, zumindest der Teil, der freigelegt worden war. Ich konnte deutlich die riesige Plattform erkennen, auf der der Tempel des Kukulcan errichtet worden war, und das Gebäude, das Fallon scherzhaft als »Rathaus« bezeichnet hatte. Und an der Ostseite des Höhenzugs waren die Umrisse einer anscheinend weiteren großen Plattform zu erkennen, die jedoch erst zum Teil freilag. Auf dem Berg oberhalb der Cenote hatte Halstead wirklich angestrengt gearbeitet, und der Tempel des Yum Chac war unverkennbar als das zu erkennen, was er war – nicht einfach ein Erdhügel, sondern eine riesige, aus Steinen gefügte Pyramide, die von einer Säulenhalle umgeben war.

Wir kreisten dreimal über der Stadt, dann sagte ich: »Danke, Harry, wir machen uns besser auf den Weg. Können Sie möglichst tief bleiben? Ich möchte mir den Wald genauer ansehen.«

»Solange Sie nicht verlangen, daß ich zu tief heruntergehe, habe ich nichts dagegen. Ich werde das Tempo drosseln, damit Sie wirklich etwas sehen können.«

In einer Höhe von etwa hundert Metern flogen wir mit einer Geschwindigkeit von nicht mehr als hundert Stundenkilometern nach Osten. Der Wald zog unter uns als eine grüne Wildnis vorbei, in der sich die Wipfel der siegreich gebliebenen Bäume fünfzig Meter und mehr über dem Boden ausbreiteten. Die Wipfel bildeten verstreute Inseln in der niedrigeren Masse aus dichtem Grün, und nirgends war der Boden zu sehen.

»Hier fliege ich lieber, als zu Fuß zu gehen«, sagte ich.

Harry lachte. »Da unten würde ich mich zu Tode fürchten. Haben Sie gestern nacht diese verdammten Brüllaffen gehört? Es klang so, als würde irgendeinem armen Kerl die Kehle durchgeschnitten – aber langsam.«

»Die Brüllaffen stören mich nicht«, antwortete ich. »Die machen nur Lärm, wenn er einem auch sehr auf die Nerven geht. Die Schlangen und Pumas stören mich sehr viel mehr.«

»Und die Chicleros«, sagte Harry. »Von diesen Kerlen habe ich ein paar merkwürdige Geschichten gehört. Angeblich macht es denen nicht mehr aus, einen Menschen umzubringen wie auszuspuken.« Er blickte auf den Urwald hinunter. »Mein Gott, und da drin sollen Menschen arbeiten. Kein Wunder, daß die Chicleros zähe Burschen sind. Wenn ich da unten arbeiten müßte, wäre es mir egal, ob ich am Leben bliebe oder sterben würde – und auch irgendein anderer.«

Wir überquerten einen Teil des Urwalds, der sich von dem übrigen deutlich unterschied. »Was ist denn hier passiert?« fragte ich.

»Weiß nicht«, antwortete Harry und schien ebenso überrascht zu sein wie ich. »Der Baum da sieht aus, als ob er abgestorben wäre. Wir wollen uns das mal näher ansehen.«

Er betätigte die Steuerung, und der Hubschrauber verringerte sein Tempo und kreiste um die Baumkrone. Es war einer der großen Bäume, dessen Wipfel über die Höhe der anderen hinausgeschossen war und sich in der freien Luft üppig ausgebreitet hatte, aber er war völlig entlaubt und tot, und ringsum standen weitere abgestorbene Bäume. »Ich glaube, ich weiß, was das bedeutet«, sagte er. »Hier hat sich eine Naturkatastrophe abgespielt, wahrscheinlich ein Tornado. Die Bäume sind entwurzelt worden, aber sie stehen hier so dicht, daß sie nicht fallen können. Deshalb sind sie aufrechtstehend abgestorben. Was für eine scheußliche Gegend – hier muß man aufrecht stehend sterben!«

Wir stiegen wieder höher und flogen auf unserem Kurs weiter. Harry sagte: »Es muß ein Tornado gewesen sein. Die toten Bäume stehen in einer geraden Linie. Der Tornado muß eine richtige Schneise durch den Urwald gerissen haben. Ihr Bereich ist für einen Hurrikan zu eng begrenzt. Ein Hurrikan hätte die Bäume in einem viel größeren Gebiet vernichtet.«

»Gibt es hier denn Hurrikane?«

»Und ob! Gerade jetzt wühlte wieder einer das Karibische Meer bis auf den Grund auf. Ich habe seinetwegen die Wetterberichte genau verfolgt, nur für den Fall, daß er sich entschließen sollte, sich in unsere Richtung zu wenden. Das ist allerdings unwahrscheinlich.«

Der Hubschrauber schwankte plötzlich heftig in der Luft, und Rider fluchte.

»Was ist los?« fragte ich erschrocken.

»Weiß es nicht.« Er überprüfte schnell seine Instrumente. Nach einer Weile sagte er: »Es scheint alles in Ordnung zu sein.«

Sobald er den Satz ausgesprochen hatte, hörten wir hinter uns einen höllischen Schlag, und die ganze Maschine schaukelte heftig. Die Zentrifugalkraft schleuderte mich zur Seite und hielt mich dort fest, während Harry sich verzweifelt mit der Steuerung abmühte.

Die ganze Welt rotierte in einem rasenden Spin. Der Horizont stieg und senkte sich beängstigend, und der Wald war plötzlich sehr nahe – verdammt viel zu nahe. »Festhalten!« schrie Harry und schlug auf Schalter am Instrumentenbrett.

Das Motorgeräusch setzte plötzlich aus, aber wir rotierten weiter. Ich sah eine Baumkrone schräg vor unserem irrsinnigen Pfad auftauchen und wußte, daß wir abstürzten. Das nächste – und das letzte –, was ich hörte, war ein anhaltendes Krachen, das mit einem Schlag abbrach. Ich wurde vorwärtsgeschleudert und schlug mit dem Kopf hart gegen eine Metallstrebe.

Und das ist alles, woran ich mich erinnere.

Neunter Teil

I

Der Kopf schmerzte mir höllisch. Zunächst war es ein fernes Hämmern, nicht schlimmer wie bei einem gewöhnlichen Kater, aber es nahm an Intensität zu, bis ich das Gefühl hatte, daß jemand meinen Schädel als Kesselpauke benutzte. Als ich mich bewegte, schien in mir etwas zu explodieren, und alles erlosch.

Als ich das nächstemal zu mir kam, war mir etwas besser, aber nicht sehr viel. Diesmal war ich in der Lage, den Kopf zu heben, aber sehen konnte ich nichts. Nur eine Menge roter Lichter, die mir vor den Augen tanzten. Ich lehnte mich zurück und rieb mir die Augen, und dann bemerkte ich, daß jemand stöhnte. Es dauerte eine Weile, bis ich richtig sehen konnte, und dann war alles grün statt rot – ein Wirrwarr von sich bewegendem Grün, das durch die Kuppel des Hubschraubers sichtbar war.

Wieder hörte ich das Stöhnen, und als ich mich zur Seite drehte, sah ich Harry Rider vorgesunken in seinem Sitz, und ein dünner Blutfaden sickerte ihm aus dem Mundwinkel. Ich fühlte mich sehr schwach und konnte mich anscheinend nicht bewegen. Außerdem waren meine Gedankengänge völlig durcheinandergerüttelt, und ich konnte keine zwei zusammenhängenden Gedanken fassen. Alles, wozu ich fähig war, war, den Kopf nach der anderen Seite zu drehen und durch das Fenster zu starren.

Ich sah einen Frosch! Er saß auf einem breiten Blatt und starrte mich, ohne zu blinzeln, aus Knopfaugen an und verhielt sich, von dem schnellen Pulsieren an seiner Kehle abgesehen, völlig reglos. Wir sahen einander sehr lange an, so lange, daß ich mir zweimal in Gedanken das Gedicht von dem Frosch, der auf Brautschau ging, vorsagen konnte. Schließlich schloß er einmal blinzelnd die Augen, und damit war der Zauber gebrochen. Ich drehte wieder den Kopf, um Harry anzusehen.

Er regte sich etwas und bewegte den Kopf. Sein Gesicht war sehr bleich, und das Blutgerinnsel aus seinem Mund beunruhigte mich, weil es auf innere Verletzungen hinwies. Wieder versuchte ich, mich zu bewegen, aber ich fühlte mich verdammt schwach. Los, sagte ich zu mir selbst. Sei nicht so grau und langweilig. Reiß dich zusammen, Wheale. Benimm dich wie ein Mann, der weiß, was er will!

Ich versuchte es noch einmal, und es gelang mir, mich aufzusetzen. Dabei geriet das Flugzeug in bedenkliches Schwanken und tanzte wie ein kleines Boot auf einer starken Dünung. »Himmel!« sagte ich laut. »Wo geht's jetzt hin?« Ich sah den Frosch an. Er war noch da, aber das Blatt, auf dem er saß, hüpfte auf und ab. Das schien ihn allerdings nicht zu stören, denn er sagte nichts dazu.

Ich sprach wieder laut vor mich hin, weil der Klang meiner Stimme mich tröstete. »Du mußt völlig übergeschnappt sein«, sagte ich. »Zu erwarten, daß ein Frosch Antwort gibt! Du hast das Delirium, Wheale, eine Gehirnerschütterung.«

»Wa . . . wa . . .«, ließ sich Harry hören.

»Wach auf, Harry, mein Junge«, redete ich ihm zu. »Wach um Gottes willen auf! Ich bin so verdammt einsam.«

Harry stöhnte wieder und öffnete ein Auge einen Spalt weit. »Wa . . . Was . . .«

Ich beugte mich vor und näherte mein Ohr seinem Mund. »Was ist los, Harry?«

»Was – ser«, hauchte er. »Hinterm . . . Sitz.«

Ich drehte mich um und tastete danach, und wieder zitterte und bebte der Hubschrauber. Ich fand die Wasserflasche und hielt sie ihm an die Lippen, wobei ich mir nicht sicher war, ob das das Richtige wäre. Wenn er innere Verletzungen im Leib erlitten hatte, würde ihm das Wasser bestimmt schaden.

Doch es schien in Ordnung zu sein. Er schluckte schwächlich und sabberte ein bißchen, wobei ihm rosa gefärbter Schaum aufs Kinn lief. Dann kam er schnell zu sich, viel schneller, als es mir gelungen war. Ich trank selbst einen Schluck Wasser, und das half mir sehr. Ich bot Harry die Flasche an, und er spülte sich den Mund aus und spuckte. Zwei abgebrochene Zähne flogen klappernd an das Instrumentenbrett. »Autsch«, stöhnte er. »Mein Mund ist innen ganz zerfetzt.«

»Da danken Sie Gott für«, sagte ich. »Ich fürchtete schon, Ihnen wären die Rippen in die Lunge getrieben worden.«

Er richtete sich auf, hielt aber sofort inne, weil der Hubschrauber heftig schwankte. »Teufel, was ist das?«

Plötzlich wurde mir bewußt, wo wir uns befanden. »Vorsicht!« warnte ich gespannt. »Ich glaube nicht, daß wir auf dem Boden sind. Wir spielen hier Kinderwiegen in einer Baumkrone.« Ich brach ab und sagte nichts weiter. Meine Späße gefielen mir nicht so recht.

Er saß starr auf seinem Platz und schnüffelte. »Starker Benzingeruch. Das gefällt mir gar nicht.«

»Was ist passiert – oben in der Luft?« fragte ich.

»Ich glaube, wir haben den hinteren Rotor verloren«, antwortete er. »Wenn das passiert, fängt der Rumpf an, in der entgegengesetzten Richtung wie der Hauptrotor sich zu drehen. Gott sei Dank konnte ich auskuppeln und den Motor abstellen.«

»Die Bäume müssen unseren Aufschlag abgefangen haben«, sagte ich. »Wenn wir auf festen Boden aufgeprallt wären, wären wir wie ein Ei geplatzt. So scheinen wir verhältnismäßig intakt zu sein.«

»Ich verstehe das nicht«, sagte er. »Warum sollte der hintere Rotor abbrechen?«

»Vielleicht Materialermüdung im Metall?« meinte ich.

»Das ist eine neue Maschine. An der hat das Material noch gar keine Zeit gehabt, zu ermüden.«

Behutsam sagte ich: »Darüber wollen wir lieber ein andermal diskutieren. Ich schlage vor, wir machen zu, daß wir herauskommen. Wie hoch mögen wir wohl über dem Erdboden sein?« Ich bewegte mich vorsichtig. »Machen Sie sich bereit, schnell zu reagieren.«

Langsam drückte ich auf den Griff der Seitentür und hörte das Klicken, mit dem der Riegel aufschnappte. Ein leichter Druck, und die Tür schwang auf, etwa neun Zoll weit, dann wurde sie von etwas angehalten, stand aber weit genug offen, daß ich nach unten blicken konnte. Unmittelbar unter mir war ein Ast, und dahinter folgte nur eine Menge Laub, ohne eine Spur des Bodens erkennen zu lassen. Ich blickte nach oben und sah von Blättern eingerahmte kleine Flekken blauen Himmels.

Fallon war viele Jahre lang durch den Urwald gewandert, und wenn er auch kein Botaniker war, so hatte er sich doch für den Wald interessiert und bei verschiedenen Gelegenheiten mit mir darüber gesprochen. Nach dem, was er mir gesagt hatte und was ich sehen konnte, glaubte ich, daß wir uns in fünfundzwanzig Meter Höhe befanden. In der Hauptsache ist der Regenwald in drei

Schichten aufgebaut, Spezialisten nennen sie Galerien. Durch die oberste Schicht waren wir durchgebrochen und in der zweiten, dichteren hängengeblieben.

»Haben wir ein Seil?« fragte ich Harry.

»Das Kabel von der Winde.«

»Können Sie es ohne zu große Erschütterung ganz abwickeln?«

»Ich kann es versuchen«, antwortete er.

An der Kabeltrommel befand sich eine Arretierung, die mit der Hand bedient werden konnte, und ich half ihm dabei, das Kabel abzuwickeln, rollte es so sauber, wie ich konnte, auf und brachte es hinter dem Vordersitz unter, wo es nicht im Weg war. Dann fragte ich: »Wissen Sie, wo wir sind?«

»Gewiß.« Er zog eine Schreibtafel hervor, auf der eine Karte befestigt war. »Wir sind etwa hier. Vom Lager aus sind wir nicht länger als zehn Minuten geflogen, und unsere Geschwindigkeit war nicht groß. Wir sind etwa zehn Meilen vom Lager entfernt.«

»Das ist ein verdammt weiter Marsch.«

»Haben Sie hier irgend eine Notausrüstung drin?«

Er deutete mit dem Daumen hinter sich. »Zwei Macheten, Verbandskasten, zwei Wasserflaschen, noch ein paar Kleinigkeiten.«

Ich hob die Wasserflasche auf, die zwischen den Sitzen lag, und schüttelte sie. »Die ist halb leer – oder halb voll – hängt ganz davon ab, wie man es betrachtet. Aber es ist wohl besser, wenn wir mit dem Wasser sparsam umgehen.«

»Ich suche das übrige Zeug zusammen«, sagte Harry und drehte sich auf seinem Sitz um. Der Hubschrauber sackte mit dem durchdringenden Kreischen von zerreißendem Metall abwärts. Er hielt sofort inne und sah mich mit erschrockenen Augen an. Auf seiner Oberlippe hatte sich ein Schweißfilm gebildet. Als nichts weiter geschah, lehnte er sich vorsichtig zurück und streckte die Hand nach den Macheten aus.

Als wir alles, was wir brauchten, beisammen hatten, fragte ich: »Was ist mit dem Funkgerät? Funktioniert es noch?«

Harry streckte die Hand nach dem Schalter aus, zog sie aber gleich wieder zurück. »Ich weiß nicht, ob wir das riskieren sollten«, sagte er nervös. »Riechen Sie den Benzindunst nicht? Wenn in dem Gerät ein Kurzschluß ist, könnte uns ein Funke in die Luft jagen.« Wir sahen uns eine Weile schweigend an, dann grinste er verlegen. »Na schön, ich kann es ja mal versuchen.«

Er knipste an dem Schalter und lauschte in den Kopfhörer. »Alles tot. Weder Sendung noch Empfang.«

»Dann brauchen wir uns damit nicht weiter zu bemühen.« Ich öffnete die Tür so weit es ging und sah auf den Ast hinunter. Er war etwa neun Zoll stark und wirkte sehr solide. »Ich klettere jetzt hinaus. Wenn ich rufe, lassen Sie das Kabel zu mir hinunter.«

Mich hinauszuzwängen war für mich kein großes Problem, weil ich ziemlich schlank bin. Dann ließ ich mich vorsichtig zu dem Ast hinunter, doch so weit ich mich auch reckte, meine Fußspitzen befanden sich immer noch sechs Zoll über dem Ast, und dieses letzte Stück mußte ich mich nach unten fallen lassen. Ich kam mit den Füßen mitten auf dem Ast auf, schwankte aber bedenklich und ließ mich vornüberfallen und umschlang den Ast mit den Armen, wobei ich zweifellos das Bild eines Mannes bot, der an einer eingefetteten Stange heraufklettern soll. Als ich mich schließlich rittlings auf dem Ast in eine sitzende Haltung aufrichtete, atmete ich heftig.

»Alles in Ordnung. Jetzt das Kabel.«

Es schlängelte sich zu mir herunter, und ich packte es. An den Traggurten an seinem Ende hatte Harry die Wasserflaschen und die Macheten befestigt. Zur Sicherheit ließ ich sie so, wie sie waren, und schnallte den Traggurt um den Ast. »Jetzt können Sie kommen«, rief ich.

Harry ließ das Kabel ein Stück weiter ab und erschien dann selbst. Um die Taille hatte er eine Schlinge des Kabels geschlungen, aber statt auf den Ast herunterzukommen, begann er, auf den Rumpf des Hubschraubers hinaufzuklettern. »Was machen Sie denn, verdammt noch mal?« schrie ich.

»Ich will mir das Schwanzende ansehen«, rief er mühsam atmend zurück.

»Donnerwetter, Sie bringen das verdammte Ding noch zum Abstürzen.«

Er ignorierte mich und kroch auf Händen und Knien auf dem Hubschrauber nach hinten. Soweit ich es sehen konnte, wurde die Maschine nur durch eines ihrer Räder, das in der Gabelung zwischen einem Ast und dem Baumstamm ruhte, in ihrer gegenwärtigen Stellung gehalten, und noch während ich hinsah, bemerkte ich, wie das Rad unendlich langsam weiterglitt.

Als ich wieder zu Harry hinaufblickte, war er hinter einem

Schirm aus Laub verschwunden. »Das Ding stürzt ab«, schrie ich. »Kommen Sie zurück!«

Die Antwort war nur Stille. Der Hubschrauber rutschte inmitten des Knirschens und Knackens brechender Zweige, und ein paar Blätter flatterten nach unten. Ich sah nach dem Rad. Es war noch weiter vorgerutscht. Noch zwei Zoll weiter, und die Maschine hatte keinerlei Halt mehr.

Harry wurde wieder sichtbar, kam vorwärts auf dem Rumpf zur Kabine gekrochen. Er kletterte geschickt herab und ließ sich auf den Ast fallen. Der Ast schwankte stark, als er auf ihn auftraf, und ich umschlang seine Taille. Wir beide hätten eine gute Zirkusnummer abgegeben.

Nach einem kunstvollen Manöver saß er schließlich auch rittlings auf dem Ast mir gegenüber. Ich deutete auf das Rad, das nur noch einen Zoll weit vorrutschen konnte. Sein Gesicht spannte sich. »Machen wir, daß wir hier fortkommen.«

Wir lösten die Macheten und die Wasserflaschen von dem Kabel und hingen sie uns um die Schultern. Dann zogen wir das restliche Kabel aus dem Hubschrauber. »Wie lang ist es?«

»Über dreißig Meter.«

»Das sollte bis zum Boden hinunter reichen.« Ich ließ das Kabel in seiner ganzen Länge ab. Als erster kletterte ich Hand über Hand nach unten. Es war nicht sehr schwer, weil unter uns viele Äste waren, die Halt boten. Ein paarmal mußte ich anhalten, um das Kabel zu entwirren, wo es sich verfangen hatte. Bei einem dieser Aufenthalte wartete ich auf Harry.

Als er kam, stützte er sich schwer atmend auf einen Ast. »Ich als Tarzan!« keuchte er. »Das hätte ich nie für möglich gehalten.« Sein Gesicht verzerrte sich plötzlich vor Schmerz.

»Was ist los?«

Er rieb sich die Brust. »Vielleicht habe ich mir doch ein paar Rippen angeknackst. Es wird schon gehen.«

Ich reichte ihm die halbvolle Wasserflasche. »Trinken Sie einen ordentlichen Schluck. Die Hälfte für Sie, die Hälfte für mich.«

Er nahm sie mit zweifelndem Gesicht entgegen. »Sie hatten doch gemeint, wir müßten mit dem Wasser sparsam umgehen.«

»Da ist welches.« Ich deutete auf eine von einer Schleimschicht überzogene Pfütze in der Höhlung eines verrottenden Stammes.

»Ich weiß nicht, wie gut es ist, darum will ich es nicht mit dem in der Flasche mischen. Außerdem haben Sie vom Wasser mehr, wenn es im Magen ist statt in der Flasche. Das behauptet die neueste Theorie.«

Er nickte und schluckte gierig das Wasser, wobei sein Adamsapfel auf und ab tanzte. Dann reichte er mir die Flasche, und ich leerte sie. Danach tauchte ich sie in die trübe Pfütze, um sie wieder zu füllen. Unter der Oberfläche huschten Kaulquappen davon. Die Baumfrösche laichten hier oben auf der höchsten Galerie des Waldes und lebten hier von ihrer Geburt bis zu ihrem Tod, ohne jemals den Boden zu sehen. Ich drückte den Korken fest zu und sagte: »Ehe ich das Zeug trinke, muß ich wirklich Durst bekommen. Sind Sie soweit?«

Er nickte. Ich griff wieder nach dem Kabel, kletterte weiter nach unten und bekam einen höllischen Schreck, als ich einen Klammeraffen aufscheuchte, der einen heiseren Schrei ausstieß und einen sechs Meter weiten Satz zu einem anderen Baum hinüber machte, wo er sich umdrehte und wütend zu mir herüberzeterte. Er fühlte sich hier im Urwald sehr viel heimischer als ich, aber er war schließlich dafür geschaffen worden.

Schließlich erreichten wir den Grund und standen in dem feuchtwarmen Grün mit festem Boden unter den Füßen. Ich blickte an dem Kabel nach oben. Ein Maya oder ein Chiclero mochte irgendwann einmal dran vorbeikommen und sich über diesen Fund wundern und dann eine Verwendung dafür finden. Vielleicht aber würde auch kein menschliches Auge es je wiedersehen. »Das war eine verdammte Turnerei, die Sie da oben vollführt haben. Was, zum Teufel, haben Sie damit beabsichtigt?« fragte ich Harry.

Er blickte nach oben. »Wir sollten von hier weggehen. Der Hubschrauber hängt da oben nicht sehr sicher.«

»In welche Richtung?«

»In irgendeine«, sagte er heftig. »Wenn wir nur unter dem verdammten Ding wegkommen. Darauf kommt es an.« Er zog seine Machete, schwang sie bösartig gegen das Gestrüpp und bahnte uns einen Weg hindurch. Es war nicht allzu schlimm – Fallon hätte ihn vielleicht als Sechsfußwald bezeichnet, wir mußten nicht sehr schwer arbeiten, um vorwärts zu kommen.

Nachdem wir zweihundert Meter zurückgelegt hatten, blieb Harry stehen und drehte sich zu mir um.

»An dem Hubschrauber ist Sabotage verübt worden«, sagte er ausdruckslos.

»Was?«

»Sie haben richtig gehört. Der Absturz ist vorsätzlich herbeigeführt worden. Ich wollte, ich würde den Kerl unter die Finger bekommen, der das getan hat.«

Ich stieß meine Machete in den Boden, so daß sie aufrecht stehen blieb. »Woher wissen Sie das?«

»Ich habe die Maschine selbst gewartet, und ich kenne sie Zoll für Zoll. Wissen Sie, wie ein Hubschrauber funktioniert?«

»Nur ungefähr.«

Er hockte sich nieder und kratzte mit einem Zweig eine Zeichnung in die Humuserde. »Oben ist der große Rotor, der ihr den Auftrieb gibt. Das Newtonsche Gesetz besagt, daß jede Aktion eine gleichstarke entgegengesetzte Reaktion auslöst; wenn man es also nicht verhinderte, würde der gesamte Rumpf der Maschine sich in der entgegengesetzten Richtung drehen wie der Rotor. Das wird durch den kleinen Propeller hinten verhindert, der einen seitlichen Druck ausübt. Haben Sie das begriffen?«

»Ja«, bestätigte ich.

»Dieser Hubschrauber hat einen Motor, der beide Rotoren antreibt. Der hintere Rotor wird durch eine Welle angetrieben, die durch die ganze Länge des Rumpfs verläuft – und an ihm befindet sich ein Kreuzgelenk. Erinnern Sie sich an den Knall, den wir kurz vor dem Absturz gehört haben? Ich dachte, der hintere Rotor wäre abgebrochen, aber das war nicht der Fall. Das Gelenk war auseinandergebrochen, und die Welle hatte die Verkleidung des Rumpfes durchschlagen. Selbstverständlich blieb der Rotor stehen, und wir fingen an zu rotieren.«

Ich klopfte auf meine Taschen und fand eine halbvolle Zigarettenpackung. Harry nahm eine und sagte: »Ich habe mir das Gelenk genau angesehen. Die Schrauben waren daraus entfernt worden.«

»Sind Sie ganz sicher? Sie können nicht herausgebrochen sein?«

Er warf mir einen geringschätzigen Blick zu. »Selbstverständlich bin ich mir dessen sicher.«

»Wann haben Sie das Gelenk zum letztenmal kontrolliert?«

»Vor zwei Tagen. Aber die Sabotage ist danach verübt worden, denn gestern bin ich ja noch geflogen. Mein Gott, wir haben Glück gehabt, daß wir ohne die Schrauben zehn Minuten lang fliegen konnten.«

Ein Knall hallte durch den Wald – ein dumpfes Bumm, das von oben kam –, und ein greller Lichtschein fiel durch das Laub. »Das war die Maschine«, sagte Harry. »Und wir haben verdammt Glück gehabt, daß wir nicht mit ihr in die Luft geflogen sind.«

2

»Zehn Meilen«, sagte Harry. »Das ist im Urwald ein weiter Weg. Wieviel Wasser haben wir?«

»Einen Liter gutes und einen Liter fragwürdiges.«

Er preßte die Lippen zusammen. »Das ist bei dieser Hitze für zwei Männer nicht viel. Und nachts können wir nicht marschieren.« Er breitete die Karte auf dem Boden aus und zog einen kleinen Kompaß aus der Tasche. »Dazu brauchen wir zwei Tage, und mit zwei Liter Wasser schaffen wir das nicht.« Sein Finger zog eine Linie über die Karte. »Hier ist eine weitere Cenote. Sie liegt etwa drei Meilen von unserem direkten Kurs ab, darum müssen wir einen Umweg machen.«

Mit gespreizten Fingern schätzte er die Entfernung.

»Wie weit ist sie von hier entfernt?«

»Rund fünf Meilen.«

»Dann ist sie zunächst unser Ziel«, sagte ich. »Bis dahin ist es ein voller Tagesmarsch. Wie spät ist es jetzt?«

»Halb zwölf. Wir machen uns lieber auf den Weg. Ich würde es gern vor Einbruch der Dunkelheit schaffen.«

Der Rest des Tages setzte sich aus Insekten, Schlangen, Schweiß und Rückenschmerzen zusammen. Den größten Teil der Arbeit mit der Machete leistete ich, denn die Schmerzen in Harrys Brust wurden schlimmer, und jedesmal, wenn er den Arm hob, verzerrte sich unwillkürlich sein Gesicht. Aber er trug die beiden Wasserflaschen und die zweite Machete, wodurch ich unbehindert war.

Zunächst war es nicht sehr schlimm, eher ein Spaziergang durch freundliche Gefilde, der gelegentlich von einem Scharmützel mit dem Unterholz unterbrochen wurde, als ein harter Kampf. Harry bestimmte die Richtung mit dem Kompaß, und wir kamen gut vorwärts. In der ersten Stunde legten wir annähernd zwei Meilen zurück, und meine Stimmung hob sich. Bei diesem Tempo konnten wir am Nachmittag um zwei Uhr die Cenote erreichen.

Doch plötzlich wurde der Urwald dichter, und wir mußten uns durch eine Masse von dichtverfilztem Gestrüpp durchschlagen. Ich weiß nicht, weshalb der Wald sich so unvermittelt veränderte. Vielleicht war es der Unterschied im Boden, der das Wachstum hier förderte. Aber es war so, und unser Vorwärtskommen wurde schmerzhaft gehemmt. Die Qualen wurden nicht nur durch die Erkenntnis ausgelöst, daß wir das Wasser nicht so bald erreichen würden, wie wir erwartet hatten, sondern sie traten auch ganz physisch auf. Ich blutete bald aus einem Dutzend Rissen und Schrammen an den Armen. Sosehr ich mich auch bemühte, ich konnte sie nicht vermeiden. Der Wald schien von einem bösartigen Eigenleben erfüllt zu werden.

Wir mußten häufig anhalten, um uns auszuruhen. Harry fing an, sich zu entschuldigen, weil er seinen Teil mit der Machete nicht leisten konnte, aber ich schnitt ihm schnell das Wort ab. »Konzentrieren Sie sich darauf, uns auf dem richtigen Kurs zu halten«, sagte ich. »Wie sieht es mit unserem Wasser aus?«

Er schüttelte die eine Flasche. »Von dem guten ist gerade noch ein Schluck übrig.« Er hielt mir die Flasche hin. »Sie können ihn gern haben.«

Ich zog den Korken heraus und hielt dann inne. »Und was ist mit Ihnen?«

Er grinste. »Sie haben es nötiger. Sie vergießen den ganzen Schweiß.«

Das klang einleuchtend, aber es behagte mir dennoch nicht. Harry sah sehr erschöpft aus, und sein Gesicht hatte unter der Schmutzschicht ein bleiches Grau angenommen. »Wie fühlen Sie sich?«

»Ich bin in Ordnung«, erwiderte er gereizt. »Trinken Sie schon.«

Ich leerte also die Flasche und fragte: »Wie weit ist es noch?«

»Rund zwei Meilen.« Er sah auf seine Uhr. »Für die letzte Meile haben wir drei Stunden gebraucht.«

Ich blickte auf das dicht verfilzte Grün. Das war Fallons Vierfußwald, und er wurde ständig schlimmer. Bei diesem Tempo brauchten wir mindestens sechs Stunden, um die Cenote zu erreichen, und womöglich noch länger. »Machen wir weiter«, sagte ich. »Geben Sie mir Ihre Machete. Das Ding hier ist schon völlig stumpf.«

Eine Stunde später sagte er plötzlich: »Halt!« Bei seinem Ton sträubten sich mir die Haare im Nacken, und ich blieb reglos stehen. »Jetzt Vorsicht!« warnte er. »Treten Sie einen Schritt zurück – ganz leise und ganz langsam!«

Ich machte einen Schritt zurück, und dann noch einen weiteren. »Was ist denn los?«

»Weiter zurück«, befahl er ruhig. »Noch zwei Schritte.«

Ich gehorchte also und fragte: »Verdammt, was stimmt denn nicht?«

Ich hörte, wie er mit einem Seufzen die angehaltene Luft ausstieß. »Jetzt ist alles in Ordnung«, sagte er. »Aber sehen Sie mal da – am Fuß dieses Baums.«

Dann sah ich es, gerade an der Stelle, an der ich gestanden hatte – das zusammengeringelte Grauen mit einem flachen Kopf und nicht blinzelnden Augen. Einen Schritt weiter, und ich wäre darauf getreten.

»Das ist eine Buschmeister«, sagte Harry, »und Gott sei uns gnädig, wenn wir von einer gebissen werden.«

Die Schlange zog den Kopf zurück, glitt dann in das Gestrüpp und verschwand. »Was für ein höllisches Land«, sagte ich und wischte mir über die Stirn, auf der mehr Schweiß stand, als die körperliche Anstrengung rechtfertigte.

»Wir wollen eine Pause machen«, sagte Harry. »Trinken Sie etwas Wasser.«

Ich wühlte in meiner Tasche. »Ich rauche lieber eine Zigarette.«

»Das trocknet Ihnen die Kehle noch stärker aus«, warnte Harry.

»Es beruhigt aber meine Nerven«, entgegnete ich schroff. Ich blickte in die Packung und fand noch drei Zigaretten darin. »Wollen Sie auch eine?«

Er schüttelte den Kopf und hielt eine flache Schachtel hoch. »Das hier ist Schlangenserum und eine Spritze. Hoffentlich brauchen wir es nicht. Wenn einer gebissen wird, ist er ein paar Tage lang nicht marschfähig, mit oder ohne Serum.«

Ich nickte. Jeder Aufenthalt konnte unser Verderben bedeuten.

Er zog eine kleine Flasche aus der Tasche. »Lassen Sie sich damit noch mal Ihre Schrammen einschmieren.« Harry säuberte sie und desinfizierte, während ich meine Zigarette rauchte. Dann griff ich wieder zu der Machete, jetzt aber schon etwas erschöpfter, und nahm den Kampf gegen den Urwald wieder auf.

Meine Handfläche wurde immer empfindlicher und wunder, denn der Schweiß weichte die Haut auf, wodurch sie sich am Griff der Machete schneller durchrieb. Das war eine andere Art Fechten, als ich es gewöhnt war. Die Machete war viel schwerer als jeder Sportdegen, mit dem ich im Fechtsaal trainiert hatte, und obwohl die Technik viel gröber war, erforderte sie mehr reine Muskelkraft, besonders da die Schneide ihre Schärfe verlor. Außerdem hatte ich noch nie stundenlang ohne Unterbrechung gefochten – ein Kampf mit dem Degen ist kurz, schnell und entscheidend.

Wir hielten durch, bis es zu dunkel geworden war, um noch richtig sehen zu können, und suchten uns dann einen Platz, um die Nacht zu verbringen. Allerdings fanden wir nicht viel Ruhe. Ich war nicht geneigt, auf dem Boden zu übernachten – dazu war zuviel krabbelndes und kriechendes Getier vorhanden –, deshalb suchten wir einen Baum mit nicht zu hoch über der Erde ausgebreiteten Ästen und kletterten hinauf. Harry sah unaussprechlich erschöpft aus. Er legte die Arme über der Brust zusammen, und im schwindenden Licht bemerkte ich wieder ein dunkles Blutgerinnsel in seinem Mundwinkel.

»Sie bluten wieder«, sagte ich besorgt.

Er wischte sich den Mund ab und sagte: »Das hat nichts zu bedeuten. Das sind nur die Risse in meinem Mund, wo ich mir die Zähne ausgeschlagen habe.« Damit versank er in Schweigen.

Der Wald war die Nacht über voller Geräusche. Ringsum raschelte es unheimlich, und vom Fuß des Baumes her war neugieriges Schnüffeln und Schnauben zu hören. Dann setzte das Konzert der Brüllaffen ein, und ich schreckte aus meinem Schlummer auf und wäre beinahe von dem Baum gefallen. Es ist ein schreckenerregender Lärm, wie ein besonders lautstarker Massenmord, und zerrt an den Nerven bis zum Bersten. Zum Glück sind die Brüllaffen harmlos, trotz ihres Höllenlärms, und selbst sie konnten mich nicht davon abhalten, wieder einzuschlafen.

Als ich in Schlaf sank, glaubte ich, in weiter Ferne verschwommene Stimmen wahrzunehmen, traumhaft und ohne Bedeutung.

3

Der nächste Tag brachte nichts als eine Wiederholung des vorigen. Als Frühstück tranken wir den letzten Rest Wasser, und ich schluckte die trübe Brühe mit dankbarem Eifer hinunter. Hunger hatte ich auch, aber dagegen war nichts zu machen. Ein Mensch kann es lange aushalten, ohne zu essen, aber Wasser ist lebenswichtig, besonders bei tropischer Hitze.

»Wie weit bis zur Cenote?« fragte ich.

Harry tastete nach der Karte. Seine Bewegungen waren schwerfällig und schienen ihm Schmerzen zu verursachen. »Ich rechne, wir sind hier«, antwortete er krächzend. »Noch gut eine Meile.«

»Nur Mut«, sagte ich. »In drei Stunden sollten wir es schaffen.«

Er versuchte zu lächeln, aber es gelang ihm nur ein schwächliches Grienen. »Ich bleibe dicht hinter Ihnen«, sagte er.

Wir machten uns also wieder auf, aber unser Tempo war erheblich langsamer. Hinter meinen Schlägen mit der Machete lag nicht mehr die gleiche Kraft, und ich mußte meistens zweimal zuschlagen, wo es bisher nur einmal erforderlich gewesen war. Ich hörte auf zu schwitzen, und ich wußte, daß das ein schlechtes Zeichen war.

Vier Stunden später hatten wir die Cenote noch nicht in Sicht, und das Unterholz war so dicht wie eh und je. Und obwohl ich die Arbeit leistete und führte, kam ich schneller vorwärts als Harry, der häufig anhielt, um sich auszuruhen. Er schien alle seine Kräfte verbraucht zu haben, und ich wußte nicht, was ihm fehlte. Ich blieb stehen und wartete darauf, daß er mich einholte, und als er mich fast taumelnd erreichte, sank er zu meinen Füßen zu Boden.

Ich kniete neben ihm nieder. »Was fehlt Ihnen, Harry?«

»Alles in Ordnung«, sagte er und versuchte, seiner Stimme Kraft zu verleihen. »Keine Sorge um mich.«

»Ich mache mir um uns beide Sorgen«, antwortete ich. »Wir sollten die Cenote inzwischen erreicht haben. Sind Sie sicher, daß wir die richtige Richtung einhalten?«

Er zog den Kompaß aus der Tasche. »Ja, wir sind richtig.« Er wischte sich über das Gesicht. »Vielleicht sollten wir etwas nach Norden abweichen.«

»Um wieviel, Harry?«

»Mein Gott, ich weiß nicht! Die Cenote ist nicht sehr groß. Wir könnten sie leicht verfehlen.«

Mir dämmerte, daß wir uns womöglich verirrt hatten. Ich hatte mich auf Harrys Navigation verlassen, aber vielleicht war er gar nicht mehr in der Verfassung, eine Entscheidung treffen zu können. Wir mochten sogar schon an der Cenote vorbeimarschiert sein, ohne es zu ahnen. Ich erkannte, daß es in Zukunft bei mir liegen würde, die Entscheidungen zu treffen.

Ich traf eine. Ich sagte: »Wir gehen von hier zweihundert Meter weit genau nach Norden vor, und dann schlagen wir einen Weg ein, der zu unserem jetzigen parallel verläuft.« Ich probte die Schneide der Machete. Sie war so stumpf wie die Schneide eines Schüreisens und so gut wie unbrauchbar, um irgend etwas damit zu schneiden. Ich vertauschte sie gegen die andere, die nicht viel besser war, und sagte: »Weiter, Harry. Wir müssen Wasser finden.«

Ich trug jetzt den Kompaß und nahm einen scharfen Richtungswechsel vor. Nach hundert Metern Hacken erreichte ich zu meiner großen Überraschung einen offenen Raum, eine Art Durchgang im dichten Unterholz – einen Pfad. Ich untersuchte ihn mißtrauisch und stellte fest, daß er erst kürzlich geschlagen worden sein mußte, denn die Schnittspuren an den Pflanzen waren noch frisch.

Ich war im Begriff auf den Pfad hinauszutreten, als ich Stimmen hörte, und zog mich vorsichtig zurück. In wenigen Fuß Abstand kamen zwei Männer an mir vorbei. Beide waren in schmutziges Weiß und Schlapphüte gekleidet und mit Gewehren bewaffnet. Sie sprachen spanisch, und ich lauschte auf das Murmeln ihrer Stimmen, bis alles wieder still war.

Harry holte mich ein, und ich legte einen Finger auf die Lippen. »Chicleros«, flüsterte ich. »Die Cenote muß ganz in der Nähe sein.«

Er lehnte sich an einen Baum. »Vielleicht helfen sie uns«, sagte er.

»Darauf würde ich mein Geld nicht setzen. Ich habe noch keinen gehört, der eine gute Meinung von den Chicleros hatte.« Ich überlegte kurz. »Passen Sie auf, Harry. Sie machen es sich hier bequem, und ich gehe diesen beiden Burschen nach. Ich möchte etwas mehr über sie wissen, ehe ich mich ihnen zeige.«

Er ließ sich am Fuß des Baumes in eine sitzende Haltung gleiten. »Mir soll es recht sein«, sagte er müde. »Ich kann eine Ruhepause brauchen.«

Ich verließ ihn also und trat auf den Pfad hinaus. Bei Gott, es war eine Erholung, sich freier bewegen zu können. Ich ging schnell vorwärts, bis ich vor mir einen verschwindenden weißen Fleck sah – den hinteren der beiden Chicleros. Darauf verlangsamte ich mein Tempo und hielt mich in einem sicheren Abstand von ihnen. Nachdem ich etwa eine Viertelmeile zurückgelegt hatte, nahm ich Holzrauch wahr und hörte Stimmen. Darum zog ich mich von dem Pfad zurück und stellte fest, daß der Wald lichter geworden war und ich mich leicht bewegen konnte, ohne die Machete zu gebrauchen.

Dann sah ich durch die Bäume Wasser, auf dem die Sonne schimmerte, und kein Araber, der in der Wüste auf eine Oase stößt, hätte glücklicher sein können als ich. Aber ich blieb vorsichtig und stürmte keineswegs auf die Lichtung bei der Cenote hinaus, sondern schlich mich näher und suchte Deckung hinter einem Baumstamm, um erst einmal einen genauen Überblick über die Lage zu gewinnen.

Das war nur gut gewesen, denn rund zwanzig Männer lagerten um ein blau und gelbes Zelt, das hier völlig fehl am Platz wirkte und sehr viel besser auf eine englische Wiese gepaßt hätte. Vor dem Zelt saß auf einem Klappstuhl Jack Gatt, der damit beschäftigt war, sich einen Drink einzuschenken.

Sorgfältig maß er sich eine gute Portion Whisky ab und füllte das Glas aus einem Syphon mit Sodawasser auf. Meine Kehle zog sich schmerzhaft zusammen, als ich ihm dabei zusah.

Unmittelbar um Gatt herum stand eine Gruppe von acht Männern und hörte aufmerksam auf das, was er sagte, wobei er auf eine Karte auf dem Campingtisch vor sich deutete. Vier der Männer waren dem Klang ihrer Stimmen und ihrer Kleidung nach zu urteilen Amerikaner; die anderen waren vermutlich Mexikaner, obwohl sie auch aus jedem beliebigen mittelamerikanischen Land stammen konnten. Auf der Seite lungerten am Rand der Cenote etwa ein Dutzend Chicleros herum, die an Gatts Konferenz keinen Anteil nahmen.

Ich zog mich von meinem Beobachtungsposten zurück und beschrieb einen Teilkreis um die Cenote und schlich dann wieder vor, um die Lage aus einem anderen Blickwinkel zu erkunden. Irgendwie mußte ich an das Wasser herankommen, ohne die Aufmerksamkeit auf mich zu lenken, stellte aber fest, daß jeder, der sich der Cenote näherte, unvermeidlich entdeckt werden würde. Zum Glück unterschied diese Cenote sich von allen anderen, die ich gesehen hatte, insofern, als sie nicht wie eine Quelle geformt und das Wasser leicht zugänglich war. Sie sah eher wie ein ganz gewöhnlicher Teich aus.

Lange Zeit beobachtete ich die Männer. Sie beschäftigten sich mit nichts Bestimmtem, sondern saßen und lagen nur herum und unterhielten sich träge. Mir kam der Gedanke, daß sie auf etwas warteten. Gatt saß mit seinen Leuten unter dem Sonnensegel seines eleganten Zeltes und fiel neben den Chicleros dem Anschein nach völlig aus dem Rahmen, obwohl er, wenn man Pat Harris glauben wollte, ein schlimmerer Verbrecher als jeder einzelne von ihnen war.

Da ich im Augenblick hier nichts unternehmen konnte, zog ich mich zurück und beschrieb einen vollständigen Kreis um die Cenote und kam so auf den Pfad zurück. Harry schlief und stöhnte leise, und als ich ihn weckte, stieß er einen gedämpften Schrei aus.

»Still, Harry«, warnte ich ihn. »Wir sind in Gefahr.«

»Was gibt es?« Er sah sich mit wilden Blicken nach allen Seiten um.

»Ich habe die Cenote gefunden. Es ist eine Bande Chicleros da – und Jack Gatt.«

»Wer, zum Teufel, ist Jack Gatt?«

Selbstverständlich hatte Fallon Harry Rider nicht eingeweiht. Schließlich war er nur Hubschrauberpilot in Fallons Dienst, und es war überhaupt kein Grund vorhanden, weshalb er über Gatt Bescheid wissen wollte. »Jack Gatt bedeutet allerhöchste Gefahr.«

»Ich habe Durst«, sagte Harry. »Können wir nicht einfach hingehen und uns Wasser holen?«

»Wenn Sie nicht die Kehle durchschnitten haben wollen, nicht«, antwortete ich grimmig. »Harry, ich glaube, daß Gatt letzten Endes für die Sabotage an dem Hubschrauber verantwortlich ist. Können Sie durchhalten, bis es dunkel ist?«

»Ich glaube, ja. Solange ich nicht weiter einen Fuß vor den anderen setzen muß.«

»Das brauchen Sie nicht«, versicherte ich ihm. »Bleiben Sie ruhig hier liegen.« Ich wurde immer besorgter wegen Harry. Irgend etwas fehlte ihm, und ich wußte nicht, was es war. Ich legte ihm die Hand auf die Stirn. Sie war brennend heiß und sehr trocken. »Bleiben Sie ganz ruhig«, sagte ich tröstend. »Die Zeit wird schnell vergehen.«

Der Nachmittag verstrich glühend und quälend langsam. Harry schlief wieder ein, oder zumindest war es eine gute Imitation von Schlaf. Er fieberte und stöhnte wie im Delirium, was keineswegs ein günstiges Vorzeichen für die Zukunft war. Ich saß neben ihm und versuchte die Machete mit einem Stein zu schärfen, den ich gefunden hatte. Der Erfolg war sehr gering, und ich hätte eine Menge für einen richtigen Wetzstein gegeben.

Unmittelbar vor Anbruch der Nacht weckte ich Harry. »Ich gehe jetzt zur Cenote. Geben Sie mir die Wasserflaschen.« Er beugte sich von dem Stamm vor und streifte die Tragriemen von der Schulter. »Was haben Sie sonst bei sich, was man mit Wasser füllen kann?« fragte ich.

»Nichts.«

»Doch, Sie haben etwas. Geben Sie mir die Flasche mit dem Desinfektionsmittel. Ich weiß, daß nur zwei Mundvoll hineingehen, aber im Augenblick ist Wasser wichtig.«

Ich hängte mir die Wasserflaschen über die Schulter und machte mich bereit zu gehen. »Bleiben Sie wach, wenn Sie können, Harry«, sagte ich. »Ich weiß nicht, wie lange ich fortbleiben werde, ich werde so schnell zurückkommen, wie ich kann.«

Ich wollte vor Einbruch der völligen Dunkelheit an der Cenote sein. Man kann sich schneller bewegen, wenn man sieht, wohin man geht, und ich wollte eine günstige Position erreichen, solange das Licht noch anhielt. Als ich auf den Pfad hinaustrat, zog ich einen Fetzen Papier aus der Tasche und spießte ihn an einem Zweig auf, um die Stelle, an der Harry wartete, wiederzufinden.

Die Chicleros hatten ein Feuer entzündet und kochten ihr Abendessen. Ich manövrierte mich an einen strategisch günstigen Platz – so nahe am Wasser und so weit von dem Lager entfernt wie irgend möglich. Das Feuer war gerade erst angemacht worden, und seine lodernden Flammen beleuchteten die ganze Cenote, darum machte ich mich auf ein langes Warten gefaßt.

Das Feuer brannte zu einer roten Glut herunter, und die Männer scharten sich darum. Manche rösteten sich an Stöcken Fleisch darüber, andere buken sich eine Art Fladen. Schließlich zog der verlokkende Duft von Kaffee über die Cenote, und mein Magen zog sich krampfhaft zusammen. Ich hatte seit annähernd zwei Tagen nichts mehr gegessen, und meine Eingeweide begannen gegen diese Tatsache zu revoltieren.

Ich mußte drei lange Stunden warten, ehe sich die Chicleros entschlossen, sich zur Ruhe zu legen, obwohl es für städtische Begriffe noch sehr früh am Abend war. Gatt, der Städter, blieb lange auf, verließ aber sein Zelt, in dem er zweifellos unter einem Moskitonetz lag, nicht, und ich konnte den Schimmer einer Laterne durch das Zelttuch wahrnehmen. Schließlich war meine Zeit gekommen.

Wie eine Schlange kroch ich auf dem Bauch zum Wasser. Ich hatte die Korken schon aus den Flaschen gezogen und hielt sie zwischen den Zähnen, und als ich die erste Flasche ins Wasser senkte, gab es ein lautes Gurgeln. Doch das war gerade der Augenblick, in dem der erste Brüllaffe sein markerschütterndes Geheul anstimmte, und ich lobte den Herrn für alle seine Geschöpfe, wie gespenstig sie auch sein mochten. Ich zog die Flasche heraus und setzte sie an die Lippen und spürte, wie das gesegnete Wasser meine ausgedörrte Kehle netzte. Ich trank den ganzen Liter, aber nicht mehr, obwohl es eine große Willensanstrengung erforderte, mich zurückzuhalten. Dann füllte ich beide Flaschen, verkorkte sie und spülte anschließend die Flasche mit dem Desinfektionsmittel aus, ehe ich sie auch füllte.

Ich möchte behaupten, daß jeder mit scharfen Augen mich von dem Lager der Chicleros her hätte sehen müssen. Der Himmel war klar, der Mond stand voll, und ein Mann, besonders ein sich bewegender Mann, mußte leicht zu entdecken gewesen sein. Aber es gelang mir, den schützenden Wald wieder zu erreichen, ohne daß ein Alarmschrei erfolgte, deshalb vermutete ich, daß die Chicleros keine Wachen aufgestellt hatten.

Ohne große Schwierigkeiten fand ich den Weg zu Harry zurück und gab ihm eine Flasche Wasser, das er gierig trank. Vor mir stand ein Problem – wir mußten im Schutz der Dunkelheit auf die andere Seite der Cenote gelangen, und das bedeutete, daß Harry sofort den Marsch aufnehmen mußte, ich wußte aber nicht, ob er dazu fähig war. Ich wartete, bis er seinen Durst gelöscht hatte, und sagte: »Wir müssen gleich weiter. Können Sie das?«

»Ich glaube schon«, antwortete er. »Aber warum die Eile?«

»Diese Cenote liegt zwischen uns und Uaxuanoc, und wir wollen um sie herumgelangen, ohne bemerkt zu werden. Ich habe auf der anderen Seite einen Pfad entdeckt, der in die richtige Richtung führt. Morgen werden wir dann schneller weiterkommen.«

»Ich bin bereit«, versicherte er und erhob sich mühsam auf die Beine. Aber er mußte sich dabei haltsuchend an den Baumstamm stützen, und das beunruhigte mich. Trotzdem ging er schnell genug, sobald wir unterwegs waren, und blieb mir dicht auf den Fersen. Ich glaube, daß das Wasser ihm sehr gutgetan hatte.

Ich konnte zwischen einem weiten Umweg durch dichten Urwald um die Cenote herum und dem geraden Weg über den Pfad, um dann um das Lager der Chicleros herumzuschleichen, wählen. Ich entschied mich für das letztere, weil es für Harry weniger strapaziös war, hoffte aber, daß er in der Lage sein würde, sich still zu verhalten. Wir schafften es ohne Schwierigkeiten – die verglühende Asche des Lagerfeuers machte die Orientierung leicht –, und auf der anderen Seite der Cenote stieß ich auf den Pfad. Sobald wir außer Sichtweite des Lagers waren, prüfte ich die Richtung des Pfades mit Karte und Kompaß, und es hatte den Anschein, daß er fast genau auf Uaxuanoc führte, was ja nur gut war.

Nachdem wir eine Meile durch die Dunkelheit gestolpert waren, verließen Harry die Kräfte. Deshalb beschloß ich zu rasten, und wir zogen uns von dem Pfad seitlich in den Wald zurück. Ich bereitete Harry ein Lager – er war nicht in der Verfassung, auf einen Baum zu klettern – und sagte: »Trinken Sie noch etwas Wasser.«

»Und was ist mit Ihnen?«

Ich drückte ihm die Flasche in die Hände. »Trinken Sie nur. Ich gehe noch einmal zurück und hole mehr.« Das mußte geschehen. Wenn wir nicht mehr Wasser bekamen, würden wir niemals Uaxuanoc erreichen, und da wir nur die beiden Flaschen hatten, konnten wir das, was wir besaßen, auch trinken.

Ich verließ ihn wieder und markierte die Stelle, indem ich mitten auf dem Pfad eine Machete in den Boden rammte.

Jeder, der den Pfad entlangkam, mußte unweigerlich darüber stolpern, und das galt auch für mich. Ich glaubte nicht, daß sonst noch jemand in der Nacht vorbeikommen würde. Ich brauchte anderthalb Stunden, um zur Cenote zurückzugelangen, fünfzehn Minuten, um die Flaschen zu füllen, und eine weitere Stunde für den

Rückweg und um mir das Schienbein an der verdammten Machete aufzuschrammen. Ich fluchte darüber, konnte aber wenigstens sicher sein, daß Harry nicht entdeckt worden war. Er schlief, und ich weckte ihn nicht, sondern ließ mich zu einem unruhigen Schlummer neben ihm nieder.

Harry weckte mich bei Tagesanbruch. Er schien ganz vergnügt zu sein, aber ich hatte das Gefühl, als ob ich betäubt gewesen wäre. Meine Glieder waren steif, und mein Körper schmerzte überall von Kopf bis Fuß. Ich habe mich nie für Kampieren im Freien begeistern können, und das Schlafen auf nacktem Boden bekam mir schlecht. Außerdem hatte ich ohnedies nicht viel Schlaf gefunden, sondern war während des größten Teils der Nachtstunden durch den dunklen Urwald gestolpert.

»Wir müssen einen Entschluß fassen«, sagte ich. »Wir können uns im Wald halten, was sicher ist, wo wir aber nur langsam vorwärtskommen. Oder wir können zurück auf den Pfad mit der großen Aussicht, einem von Gatts Chicleros zu begegnen. Was meinen Sie, Harry?«

An diesem Morgen war er frischer und nicht mehr ohne weiteres geneigt, alles ergeben hinzunehmen. »Wer ist dieser Gatt?« fragte er. »Ich habe noch nie etwas von ihm gehört.«

»Die Geschichte ist etwas zu kompliziert, um sie Ihnen jetzt auseinanderzusetzen, aber soweit es um uns dabei geht, bedeutet Gatt den plötzlichen Tod. Nach allem, was ich gesehen habe, hat er sich mit den Chicleros verbündet.«

Harry schüttelte den Kopf. »Warum sollte ein Mann, von dem ich nie gehört habe, mich töten wollen?«

»Er ist ein großer amerikanischer Gangsterboss«, sagte ich.

»Er hat es auf die Funde von Uaxuanoc abgesehen. Dazu gibt es eine lange Vorgeschichte, aber im Kern geht es darum und um eine Menge Geld, die damit zusammenhängt. Ich glaube nicht, daß es vieles gibt, was ihn davon abhalten könnte, es an sich zu bringen. Ganz bestimmt wird er nicht davor zurückschrecken, uns umzubringen. Ich kann mir auch niemand sonst vorstellen, der die Sabotage an Ihrem Hubschrauber verübt haben könnte.«

Harry schnitt eine Grimasse. »Ich verlasse mich ganz auf Sie, aber mir graut unsagbar davor, es wieder mit dem Wald aufzunehmen.«

Mir ging es genauso. Eine Prüfung auf der Karte ergab, daß wir etwas mehr als fünf Meilen von Uaxuanoc entfernt waren. Wir wußten bereits, daß der Urwald in der näheren Umgebung von Uaxuanoc ungewöhnlich dicht war, und in unserem gegenwärtigen Zustand konnten wir zwei Tage brauchen, uns durch ihn einen Weg zu bahnen. Zwei Tage aber konnten wir bei unserem begrenzten Wasservorrat nicht riskieren. Natürlich hatten wir uns satt getrunken, aber das aufgenommene Wasser würden wir bald wieder ausschwitzen, und unsere Reserve bestand in nur zwei Litern.

Ferner mußte Harry berücksichtigt werden. Woran er auch leiden mochte, gebessert hatte es sich nicht. Auf dem Pfad kamen wir leicht vorwärts und konnten mindestens eine Meile in der Stunde schaffen, oder sogar mehr. Bei dieser Geschwindigkeit konnten wir in fünf Stunden in Uaxuanoc sein. Das war sehr verlockend.

Dagegen sprach die Tatsache, daß der Pfad überhaupt existierte. Die einzige Stelle, wo Gatt behaglich lagern konnte, war bei der Cenote, die wir gerade hinter uns gelassen hatten – er mußte sich nahe an einer Wasserquelle aufhalten. Daraus folgte, daß, wenn er Uaxuanoc überwachte, der Pfad von seinen Chicleros angelegt worden sein mußte, und damit war die Wahrscheinlichkeit, daß wir einem von ihnen begegneten, groß. Ich wußte nicht, was passieren würde, falls es dazu kam, aber alle, die ich gesehen hatte, waren bewaffnet und nach Fallons Darstellung durchaus bereit, ihre Waffen zu gebrauchen.

Es war ein höllisch schwerer Entschluß, aber schließlich entschied ich mich für den Pfad. Der Urwald war unmöglich, und es mochte sein, daß wir keinem Chiclero begegneten. Harry seufzte befriedigt und nickte zustimmend. »Alles andere, nur nicht der Urwald«, sagte er.

Vorsichtig traten wir auf den Pfad hinaus, entdeckten nichts Beunruhigendes und wanderten in die Richtung, die von Gatts Lager fortführte. Ich hielt meine Blicke auf den Boden gerichtet und fand viele Spuren, die darauf hinwiesen, daß der Pfad häufig begangen wurde. An Stellen, wo der Boden weich war, sah ich Fußspuren; zweimal fand ich weggeworfene Zigarettenstummel und einmal eine achtlos fortgeworfene, leere Cornedbeefdose. Das alles war in der ersten Stunde.

Das machte mich sehr unruhig, noch unruhiger machte mich aber

Harrys langsames Tempo. Zunächst marschierte er recht schnell, konnte es aber nicht durchhalten, und er blieb weiter und weiter hinter mir zurück. Darum mußte auch ich langsamer gehen, weil ich nicht zu weit vor ihm voraus sein wollte. Offensichtlich verschlechterte sich sein Zustand schnell. Seine Augen waren tief in ihre Höhlen gesunken, und sein Gesicht war unter seinen dunklen Bartstoppeln weiß. Alle seine Bewegungen erfolgten langsam, und während er dahinstolperte, hielt er einen Arm quer vor der Brust, als ob er verhindern wollte, daß sie auseinanderfiele.

Der Pfad war gerade breit genug, einen einzelnen Mann durchzulassen, sonst hätte ich ihm weitergeholfen, aber es war uns unmöglich, nebeneinanderzugehen, und so mußte er, blindlings hinter mir herstolpernd, sich selbst seinen Weg suchen. In dieser ersten Stunde legten wir nur eine dreiviertel Meile zurück, und ich fing an, besorgt zu werden. Allem Anschein nach würden wir sehr lange brauchen, um nach Uaxuanoc zu gelangen, sei es über den Pfad oder durch den Urwald.

Unser geringes Tempo war die Ursache dafür, daß wir entdeckt wurden. Ich hatte eine Begegnung mit einem Chiclero von vorn erwartet – mit einem, der uns auf dem Pfad entgegenkam –, und ich war sehr auf der Hut. Jedesmal, wenn der Pfad eine scharfe Biegung machte, hielt ich an, um die Strecke vor uns zu prüfen und mich zu vergewissern, daß wir nicht in eine gefährliche Situation hineinliefen.

Wir liefen der Gefahr nicht in die Hände – sie holte uns von hinten ein. Ich nehme an, daß ein Chiclero Gatts Lager bei Tagesanbruch verlassen hatte, etwa zur gleichen Zeit, als wir uns auf den Weg machten. Er war nicht von Hunger und Krankheit geschwächt, kam darum schnell vorwärts und näherte sich uns von hinten. Ich konnte Harry keinen Vorwurf machen, daß er den Pfad hinter uns nicht gut überwachte; ihm fiel es schon schwer genug, einen Fuß vor den anderen zu setzen. Infolgedessen wurden wir überrascht.

Ein Ruf ertönte: *»He companero!«*, und als wir uns umdrehten, folgte ein erschreckter Fluch, der von dem bedrohlichen Klicken eines Gewehrschlosses begleitet wurde. Der Mann war nicht besonders groß, aber durch sein Gewehr wurde er über drei Meter groß. Er hatte eine Patrone in den Lauf geschoben und musterte uns mißtrauisch. Ich glaube nicht, daß er wußte, wer wir waren – er wußte nur, daß wir Fremde an einem Ort waren, wo keine Fremden sein sollten.

Er ratterte ein paar Worte herunter und richtete die Mündung seines Gewehrs auf uns. *»Aguarde acqui! Tenga cuidado!«*

Alles spielte sich in Sekundenbruchteilen ab. Harry machte kehrt und taumelte auf mich zu. »Rennen!« krächzte er heiser, und ich wendete mich um und raste über den Pfad weiter. Es folgte ein Schuß, der einen Splitter von einem Baum riß, wonach das Geschoß als Querschläger vor mir über den Pfad schwirrte, und dann folgte ein Warnruf.

Plötzlich wurde mir bewußt, daß ich nur das Dröhnen meiner eigenen Stiefel auf dem Boden hören konnte, und ich drehte mich um. Ich sah Harry lang ausgestreckt auf dem Boden liegen und den Chiclero mit hocherhobenem Gewehr auf ihn zu laufen. Harry versuchte mühsam, wieder aufzustehen, aber der Chiclero stand schon vor ihm und hob das Gewehr, um es ihm mit dem Kolben auf den Schädel zu schmettern.

Ich konnte gar nichts anderes tun. Ich hatte die Machete in der Hand, also warf ich sie. Wenn die Machete mit dem Griff oder mit der flachen Klinge oder selbst mit ihrer verdammten stumpfen Schneide getroffen hätte, wäre der Schlag ausreichend gewesen, den Mann aus dem Gleichgewicht zu bringen. Aber sie traf mit der Spitze auf, unmittelbar unter dem Brustkorb, und drang tief ein.

Der Mann öffnete überrascht den Mund und sah dann mit Entsetzen in den Augen auf die breite Klinge hinab, die aus seinem Leib herausragte. Er stieß einen unterdrückten Schrei aus, der unvermittelt abbrach, und das erhobene Gewehr fiel ihm aus den Händen. Die Knie gaben unter ihm nach, und er stürzte mit ausgebreiteten Armen über Harry und krallte sich mit den Händen in das verrottende Laub auf dem Boden.

Ich hatte nicht beabsichtigt, ihn zu töten – aber ich hatte es getan. Als ich zu ihm gelaufen kam, war er bereits tot, und mit seinen letzten ersterbenden Herzschlägen schoß ihm das Blut aus der Wunde und färbte Harrys Hemd rot. Dann hörte es auf zu fließen und tropfte nur noch. Ich wälzte ihn zur Seite und beugte mich nieder, um Harry zu helfen. »Ist alles in Ordnung?«

Harry schlang seine Arme um die Brust. »Mein Gott«, stöhnte er. »Ich bin fertig!«

Ich sah in beiden Richtungen den Pfad entlang, fragte mich, ob jemand den Schuß gehört hätte, und sagte: »Schnell, wir müssen von dem Pfad weg!«

Ich packte die Machete, die Harry fallen gelassen hatte, schlug auf das Pflanzengewirr neben dem Pfad ein und drang etwa zehn Meter tief in den Urwald vor. Dann half ich Harry, und er brach hilflos auf dem Boden zusammen.

Sein Mund öffnete und schloß sich. Ich beugte mich zu ihm nieder und hörte ihn flüstern: »Meine Brust – ich habe furchtbare Schmerzen.«

»Ganz ruhig bleiben«, sagte ich tröstend. »Trinken Sie etwas Wasser.« Ich machte es ihm so bequem wie möglich und ging dann zu dem Pfad zurück. Der Chiclero war ohne jeden Zweifel tot und lag in einer Lache von schnell gerinnendem Blut. Ich packte ihn unter den Achselhöhlen und schleifte ihn von dem Pfad in Deckung, kehrte dann zurück und versuchte, die Spuren seines Todes zu verwischen und scharrte Erde auf, um das Blut zu bedecken. Schließlich griff ich nach seinem Gewehr und ging wieder zu Harry.

Er saß mit dem Rücken an einen Stamm gelehnt und hielt die Arme immer noch um seine Brust geschlungen. Er hob seine glanzlosen Augen zu mir und sagte dumpf: »Ich glaube, das war es.«

Ich kauerte mich neben ihn. »Was ist denn?«

»Der Sturz – der hat mir den Rest gegeben. Sie hatten recht. Ich glaube, daß mir die Rippen in die Lunge eingedrungen sind.« Ein Blutrinnsal erschien an seinem Mund.

»Um Gottes willen! Warum haben Sie mir das nicht gesagt? Ich dachte, Sie bluteten nur aus dem Mund.«

Er zeigte mir ein verzerrtes Grinsen. »Hätte das irgendwas geändert?«

Wahrscheinlich hätte sich dadurch nichts geändert. Selbst wenn ich es gewußt hätte, ich konnte nicht erkennen, was wir dann hätten anderes tun können. Aber Harry mußte bei unserem Marsch durch den Urwald mit durchbohrter Lunge erhebliche Schmerzen gelitten haben.

Er atmete mit einem merkwürdigen, verkrampften, keuchenden Pfeifen. »Ich glaube nicht, daß ich es noch bis Uaxuanoc schaffen kann«, flüsterte er heiser. »Sehen Sie zu, wie Sie allein weiterkommen.«

»Einen Augenblick« widersprach ich und ging zu dem toten Chiclero zurück. Er trug eine große Wasserflasche an einem Riemen, die ungefähr zweieinhalb Liter faßte, und hatte einen Brotbeutel bei sich. Ich durchsuchte seine Taschen und fand Streichhölzer, Zigaretten, ein gefährlich aussehendes Messer mit feststellbarer Klinge und noch ein paar Kleinigkeiten.

Der Rucksack enthielt ein paar nicht saubere Kleidungsstücke, drei Dosen Rindfleisch, einen flachen runden Brotlaib in der Größe eines Eßtellers und einen Brocken gedörrtes Rindfleisch.

Ich nahm alles mit zu Harry. »Jetzt können wir essen«, sagte ich.

Er schüttelte langsam den Kopf. »Ich habe keinen Hunger. Warum verschwinden Sie denn nicht von hier, solange Sie noch Zeit dazu haben?«

»Reden Sie doch keinen Unsinn«, sagte ich. »Ich lasse Sie hier nicht allein zurück.«

Sein Kopf sank zur Seite. »Ganz wie Sie wollen«, antwortete er und hustete krampfhaft, wobei sich sein Gesicht vor Schmerzen verzerrte.

In diesem Augenblick erkannte ich, daß er im Sterben lag. Sein Gesicht war so stark eingefallen, daß sein Kopf wie ein Totenschädel wirkte, und während er hustete, sprühte ihm Blut aus dem Mund und besprenkelte die Blätter neben ihm. Ich konnte nicht fortgehen und ihn zurücklassen, gleichgültig welche Gefahr mir von den Chicleros drohte. Ich blieb neben ihm und versuchte ihm Mut einzureden.

Er wollte nichts essen und kein Wasser und lag eine Zeitlang im Delirium. Nach einer Stunde kam er aber wieder zu sich und konnte vernünftig reden. Er fragte: »Sind Sie je in Tucson gewesen, Mr. Wheale?«

»Nein, ich war noch nie da«, antwortete ich. »Und ich heiße Jemmy.«

»Werden Sie jemals nach Tucson kommen?«

»Ja, Harry, ich werde einmal nach Tucson kommen.«

»Besuchen Sie meine Schwester. Sagen Sie ihr, warum ich nicht zurückgekommen bin.«

»Das werde ich tun«, versprach ich sanft.

»Hatte nie eine Frau«, sagte er. »Auch keine Freundin – keine ernsthafte. Wahrscheinlich bin ich zuviel herumgekommen. Aber ich und meine Schwester, wir standen uns wirklich nah.«

»Ich werde sie aufsuchen«, versprach ich. »Ich werde ihr alles berichten.«

Er nickte, schloß die Augen und sagte weiter nichts mehr. Nach einer halben Stunde bekam er einen Hustenanfall, wobei ihm viel Blut aus dem Mund quoll.

Zehn Minuten später starb er.

Zehnter Teil

I

Sie machten Jagd auf mich wie Hunde auf den Fuchs. Für blutrünstige Sportarten habe ich nie viel übrig gehabt, und dieses Erlebnis verschärfte meinen Abscheu, denn ich gewann dadurch eine recht genaue Vorstellung, wie es ist, wenn man sich bei einer Jagd am falschen Ende befindet. Außerdem hatte ich den Nachteil, das Land nicht zu kennen, während die Hunde in ihnen vertrautem Gelände jagten. Es war eine Sache, die viel Nerven und Schweiß kostete.

Sie begann nicht lange, nachdem Harry gestorben war. Ich konnte für Harry nicht mehr viel tun, wollte ihn aber auch nicht einfach den Aasfressern des Urwalds überlassen. Ich begann mit Harrys Machete ein Grab auszuheben, stieß aber schon so nahe an der Oberfläche auf Felsen, daß ich die Absicht aufgeben mußte. Am Ende legte ich ihn mit über der Brust gefalteten Armen hin und nahm Abschied.

Das war selbstverständlich ein Fehler gewesen, wie auch der Versuch, ein Grab auszuheben. Wenn ich Harry so zurückgelassen hätte, wie er war, als er starb, einfach als einen am Fuß eines Baumes zusammengesunkenen Toten, wäre ich vielleicht unbemerkt entkommen. Der tote Chiclero wurde gefunden, und etwas tiefer im Wald auch Harry. Wenn ich ihn unberührt gelassen hätte, wären Gatts Leute womöglich nicht einmal auf die Vermutung gekommen, daß ich existierte. Aber Tote versuchen nicht, sich ihr eigenes Grab zu graben, und sie warten ihr Ende nicht in einer so ordentlichen Form ab, und damit setzte die Jagd ein.

Vielleicht irre ich mich aber auch, denn ich nahm von dem toten Chiclero so viel an Beute mit, wie ich konnte. Sie war für mich zu kostbar, um sie zurückzulassen. Ich nahm sein Gewehr, seinen Rucksack, den Inhalt seiner Taschen, einen vollgefüllten Patronengurt und eine gute neue Machete, scharf wie ein Rasiermesser, und viel besser als jene, die ich bisher benutzt hatte. Ich hätte ihm auch zur Tarnung seinen Anzug abgenommen, wenn ich auf dem Pfad nicht Stimmen gehört hätte. Das trieb mich fort, und ich drang tiefer in den Wald ein, begierig, so viel Abstand zwischen mich und diese Stimmen zu bringen, wie ich nur konnte.

Ich weiß nicht, ob sie die Leiche bei dieser Gelegenheit oder erst später entdeckten, denn in meiner Eile, wegzukommen, verirrte ich mich für den Rest des Tages gründlich. Ich wußte nur, daß Gatts Pfad nach Uaxuanoc irgendwo im Westen lag, doch zu dem Zeitpunkt, als ich mir das überlegte, war es schon zu dunkel, um noch etwas zu unternehmen, und ich verbrachte die Nacht auf einem Baum.

Merkwürdigerweise befand ich mich in besserer Verfassung als zu irgendeiner Zeit nach dem Absturz des Hubschraubers. Ich hatte Nahrung und annähernd drei Liter Wasser, ich hatte mich besser darauf eingestellt, mich im Urwald zu bewegen, und brauchte nicht soviel unnütz mit der Machete zu arbeiten, denn ein Mann kann durchkommen, wo es zweien nicht möglich ist, besonders nicht, wenn einer der beiden verletzt ist. Ohne den armen Harry war ich beweglicher. Außerdem hatte ich das Gewehr. Ich wußte nicht, was ich damit anfangen würde, behielt es aber aus grundsätzlichen Überlegungen bei mir.

Am nächsten Morgen, sobald es hell genug war, daß ich sehen konnte, wandte ich mich nach Westen in der Hoffnung, auf den Pfad zu stoßen. Ich marschierte eine verflucht weite Strecke und fürchtete schon, daß ich einen schrecklichen Fehler begangen hätte. Ich wußte, daß ich Uaxuanoc niemals finden würde, wenn ich den Pfad nicht fand, und daß ich wahrscheinlich irgendwo im Urwald mein Skelett zurücklassen würde, sobald mein Vorrat an Lebensmitteln und Wasser erschöpft war. Infolgedessen war ich in gerechtfertigtem Maß beunruhigt. Den Pfad fand ich nicht, aber ich wäre beinahe einer Kugel in den Weg gelaufen, als jemand einen Ruf ausstieß und einen Schuß auf mich abgab.

Die Kugel kam zu hoch und riß Blätter von einem Busch, und ich machte auf dem Absatz kehrt und verschwand schnell. Von da an war es eine seltsame, unwirkliche Jagd im Zeitlupentempo durch die feuchtwarme grüne Dämmerung auf der untersten Galerie des Urwaldes. Das Gestrüpp war so dicht, daß man unmittelbar neben einem anderen stehen konnte, ohne zu ahnen, daß er vorhanden war, solange er sich still genug verhielt. Man stelle sich vor, der Irrgarten von Hampton Court würde in eins der großen Treibhäuser in Kew verlegt und mit einer Anzahl bewaffneter, mordlüsterner Meuchelmörder besetzt, und man selbst wäre mitten darin als das Ziel ihrer haßerfüllten Aufmerksamkeit.

Ich bemühte mich, so leise wie möglich zu sein, doch meine Kenntnis von der Kunst der Waldläufer geht auf Fennimore Cooper zurück, und als lautloser Wilder war ich nicht annähernd so gut. Andererseits waren die Chicleros das auch nicht. Sie schlugen laut hörbar um sich und riefen sich gegenseitig zu, und auf gut Glück wurden ein paar Schüsse abgegeben, doch nichts davon geschah in meiner unmittelbaren Nähe. Nach einer Weile begann ich meine erste Angst zu überwinden, und in mir wuchs die Überzeugung, daß ich, wenn ich mir ein besonders dichtes Stück Wald suchte und mich dort ruhig verhielt, ebensoviel Aussicht hatte zu entkommen, wie wenn ich weiter flüchtete.

Das tat ich und blieb im Schutz der Vegetation mit dem Gewehr in den schweißigen Händen stehen, bis der Lärm meiner Verfolger verklungen war. Danach bewegte ich mich auch nicht gleich weiter. Die größte Gefahr kam von dem Mann, der mehr Verstand als die anderen hatte und das gleiche tun mochte wie ich – sich einfach ruhig verhalten und abwarten, bis ich wieder auftauchte. So verbrachte ich eine ganze Stunde, ehe ich meinen Weg wieder aufnahm und mich abermals nach Westen wandte.

Diesmal fand ich den Pfad. Ich brach unerwartet auf ihn hinaus, aber zum Glück war niemand in Sicht. Hastig zog ich mich wieder zurück und sah auf meine Uhr. Es war fünf Uhr nachmittags, nicht mehr lange vor dem Einbruch der Nacht. Ich überlegte, ob ich es riskieren sollte, den Pfad zu betreten, oder nicht. Ich war müde und mein Urteilsvermögen vielleicht nicht so klar, wie es hätte sein sollen, denn ich sagte laut vor mich hin: »Zum Teufel auch!« und trat kühn auf den Pfad. Wieder empfand ich es dankbar, daß ich mich unbehindert bewegen konnte. Da ich hier die Machete nicht brauchte, nahm ich das Gewehr vom Rücken, hielt es in beiden Händen und kam schnell vorwärts, in dem Bewußtsein, daß jeder Schritt mich Uaxuanoc und der Sicherheit näherbrachte.

Diesmal überraschte ich einen Chiclero. Er stand mit dem Rükken zu mir auf dem Pfad. Ich nahm den Rauch der stinkenden Zigarette wahr, an der er paffte, und zog mich vorsichtig zurück, als er mich anscheinend durch einen sechsten Sinn wahrnahm und sich schnell umdrehte. Ich gab einen Schuß auf ihn ab, und er ließ sich sofort fallen und rollte sich in Deckung. Gleich darauf antwortete er mit einem Schuß so dicht an meinem Kopf vorbei, daß ich den Luftzug der Kugel an meiner Wange spürte.

Ich suchte Deckung, und da ich Rufe hörte, drang ich wieder in den Wald ein. Von neuem erfolgte ein gespenstiges Versteckspiel. Ich fand wieder eine Stelle, an der ich mich verkriechen und wie ein Hase bewegungslos erstarren konnte, in der Hoffnung, daß die Jagd an mir vorbeigehen würde. Ich lauschte auf die Chicleros, die durch das Unterholz brachen und sich durch Zurufe verständigten, und etwas im Klang ihrer Stimmen brachte mich auf den Gedanken, daß sie mit dem Herzen nicht bei der Sache waren. Schließlich hatte einer von ihnen den Tod gefunden, war auf sehr abscheuliche Weise erstochen worden, und eben hatte ich auf einen anderen von ihnen ohne Warnung geschossen. Das konnte nicht sehr ermutigend wirken. Ich hatte ja eindeutig mordsüchtige Neigungen gezeigt, sie wußten auch nicht, wer ich war, und ich mochte überall auf der Lauer liegen, um jeden beliebigen von ihnen hinterrücks mit einer Drahtschlinge zu erwürgen. Kein Wunder, daß sie zusammenblieben und sich durch Zurufe verständigten, in ihrer zahlenmäßigen Überlegenheit Rückhalt suchten.

Bei Anbruch der Dunkelheit gaben sie auf und zogen sich dorthin zurück, woher sie gekommen waren. Ich blieb da, wo ich war, und dachte etwas gründlicher über mein Problem nach, etwas, das ich in der übereilten Hast der Ereignisse des Tages vernachlässigt hatte. Zweimal war ich im Verlauf des Tages auf sie gestoßen, und soweit ich es beurteilen konnte, waren sie in Gruppen von drei oder vier Mann vorgegangen. Der erste Chiclero, dem ich begegnet war – der Mann, den ich getötet hatte –, war dagegen allein gewesen.

Andererseits hatte die letzte Gruppe weder Uaxuanoc belauert noch hatte sie sich in Gatts Lager aufgehalten, und mir schien, daß ihre einzige Aufgabe darin bestand, auf mich Jagd zu machen, denn warum wäre sie sonst draußen auf dem Pfad eingesetzt worden? Höchstwahrscheinlich hatte Gatt Harry Rider identifiziert und dürfte vermutlich genau wissen, wer Harrys Begleiter gewesen war. Jedenfalls war jedesmal, wenn ich versucht hatte, nach Uaxuanoc durchzubrechen, jemand so postiert gewesen, daß er mich aufhalten konnte.

Von alldem abgesehen machte ich mir keine Illusionen darüber, was mir geschehen würde, wenn man mich fassen sollte. Der Mann, den ich getötet hatte, mußte Freunde haben, und es würde sinnlos sein, zu erklären, daß ich ihn nicht hatte töten, sondern lediglich davon abhalten wollen, Harry den Schädel einzuschlagen. Tatsache war, daß ich ihn getötet hatte, und darum ließ sich nicht herumkommen.

Bei der Erinnerung, wie er mit der ekelhaft aus seinem Leib herausragenden Machete ausgesehen hatte, wurde mir übel. Ich hatte einen Mann umgebracht, von dem ich nicht einmal wußte, wer er gewesen war und was er gedacht hatte. Gewiß, er hatte damit angefangen, indem er auf uns schoß, und hatte das bekommen, was er verdiente; trotzdem mir war davon nicht wohler zumute. Diese primitive Welt des Tötens oder Getötetwerdens war von Canon Street und den Leuten mit den steifen Hüten zu weit entfernt. Was, zum Teufel, hatte ein kleiner grauer Mann wie ich hier zu suchen?

Doch jetzt war nicht die Zeit zum Philosophieren, und ich zwang meine Gedanken auf das vor mir liegende Problem zurück. Teufel auch, wie konnte ich nach Uaxuanoc zurückgelangen? Mir kam der Gedanke, daß ich den Pfad bei Nacht benutzen könnte. Daß das möglich war, hatte ich schon bewiesen. Aber würden die Chicleros nicht in der Nacht Wachen ausstellen? Um das zu erfahren, gab es nur eine Möglichkeit – man mußte es erkunden.

Es war noch nicht ganz dunkel, und mir blieb gerade noch genug Zeit, auf den Pfad zurückzugelangen. Bei Nacht durch den Wald vorwärtszukommen war unmöglich, und der Weg über den Pfad war nicht sehr viel besser, aber ich hielt durch und drang langsam und so leise wie möglich weiter vor. Der Anblick des Feuers kam als Schock. Die Chicleros hatten sich eine kleine Lichtung gerodet und mitten auf dem Pfad ein Feuer entzündet, um das sie saßen, sich unterhielten, und offensichtlich waren sie hellwach. Sie bei Nacht zu umgehen, war ausgeschlossen, darum zog ich mich enttäuscht wieder zurück, und sobald ich glaubte, außer Hörweite zu sein, schlug ich mir den Weg in den Wald frei und suchte mir einen Baum.

Am nächsten Morgen drang ich als erstes noch tiefer in den Urwald ein, fort von dem Pfad, und suchte mir einen anderen Baum.

Ich wählte ihn sehr sorgfältig aus und richtete mich auf einer Art Plattform zwölf Meter über dem Boden ein, von einer dichten Laubdecke unter mir gedeckt, durch die ich den Boden nicht sehen, durch die mich aber auch niemand vom Boden aus entdecken konnte. Eines stand fest – diese Burschen konnten unmöglich auf jeden Baum in dem Urwald klettern, um herauszufinden, wo ich mich versteckte, und deshalb hielt ich mich für sicher.

Ich war müde – todmüde von der Flucht, vom Kampf gegen diesen verfluchten Wald, müde, daß auf mich geschossen wurde und ich auf andere Menschen schießen mußte, müde vom Mangel an Schlaf und von dem zu vielen Adrenalin, das in meinen Organismus gepumpt worden war, und müde vor allem von der beständigen und fortgesetzten Angst.

Der kleine graue Mann in mir war vielleicht nur auf einen Vorwand bedacht, davonzulaufen. Ich weiß es nicht – aber ich rechtfertigte mich vor mir selbst damit, daß ich eine Atempause brauchte. Ich setzte alles auf einen letzten Versuch. Ich hatte noch einen Liter Wasser und etwas zu essen – ausreichend für einen Tag, wenn ich nicht zuviel rennen mußte. Ich wollte für sechsunddreißig Stunden auf dem Baum bleiben – ausruhen und schlafen und wieder zu Atem kommen. Danach würde ich meine Vorräte aufgezehrt und alles Wasser getrunken haben und mußte dann, ob ich wollte oder nicht, einen Vorstoß unternehmen, aber bis dahin wollte ich es mir bequem machen.

Vielleicht ist es ein Wesenszug der kleinen grauen Männer, daß sie nur handeln, wenn sie hart bedrängt werden, und vielleicht brachte ich mich unbewußt selbst in eine Lage, in der Hunger und Durst mich antreiben würden. Doch was ich bewußt dachte, war, daß die Chicleros, wenn sie während der nächsten vierundzwanzig Stunden nichts von mir zu sehen und zu hören bekamen, annehmen mochten, ich sei entweder am Ende meiner Kräfte zusammengebrochen, oder ich hätte mich in eine andere Gegend verzogen. Außerdem gab ich mich der törichten Hoffnung hin, sie könnten verschwunden sein, wenn ich von dem Baum wieder hinunterstieg.

Ich machte es mir also bequem, oder so bequem, wie ich konnte, und ruhte aus. Ich teilte die Lebensmittel in drei Mahlzeiten ein und markierte an der Wasserflasche drei Rationen. Die letzte von beiden war als Frühstück bestimmt, unmittelbar ehe ich wieder aufbrach. Ich schlief auch wirklich und erinnere mich, daß mein letzter

Gedanke vor dem Einschlafen die Hoffnung war, daß ich nicht schnarchen würde.

Den größten Teil der Zeit verbrachte ich in einem Dämmerzustand, ohne an irgend etwas Besonderes zu denken. Fallon und Uaxuanoc und alles andere schien weit entfernt, und die Hay Tree Farm hätte ebensogut auf einem anderen Planeten liegen können. Da war nur die klebrige grüne Hitze des Urwalds, die mich umfing, und selbst die ständig lauernde Gefahr der Chicleros schien weit entrückt. Ich wage zu behaupten, wenn ein Psychiater mich damals untersucht hätte, würde er einen Fall schizophrener Entrückung diagnostiziert haben. Ich muß in sehr schlechter Verfassung gewesen sein und glaube, daß ich damals meinen Tiefpunkt erreicht hatte.

Die Nacht kam, und ich schlief wieder, diesmal fester, und ich schlief durch bis zum Tagesanbruch und wachte erfrischt auf. Ich glaube, daß diese Nacht Schlaf mir sehr geholfen hat, denn ich war bemerkenswert munterer Laune, als ich das zähe gedörrte Rindfleisch und den Rest Brot kaute. Mit teuflischer Verwegenheit spülte ich beides mit dem letzten Wasser aus meiner Flasche hinunter. Heute ging es für Jemmy Wheale um Bestehen oder Vergehen – es gab nichts, worauf ich mich zurückziehen konnte, folglich konnte ich mich gut und gern vorwagen.

Die Wasserflaschen und den Rucksack ließ ich zurück und behielt nur das Messer mit der feststellbaren Klinge in der Tasche, die Machete und das Gewehr. Ich wollte leicht und schnell vorwärtskommen. Ich nahm nicht einmal den Patronengurt mit, sondern steckte nur ein halbes Dutzend Patronen in meine Taschen. Ich konnte mir mich nicht in einer wilden Schießerei vorstellen, und wenn es dazu kommen sollte, würde mir auch alle Munition in der Welt nicht helfen. Vermutlich hängen der Patronengurt und die Wasserflaschen noch auf dem Baum – ich halte es für undenkbar, daß jemand sie gefunden haben kann.

Ich kletterte vom Baum herab und ließ mich auf den Boden fallen, ohne mir große Gedanken zu machen, ob mich jemand sah oder hörte, und bahnte mir einen Weg durch den Urwald zu dem Pfad. Als ich ihn erreichte, zögerte ich nicht, sondern bog auf ihn ein und marschierte darauf los, als ob ich nichts in der Welt zu befürchten hätte. Das Gewehr trug ich in der einen Hand und in der anderen die Machete, und auch bei Biegungen verlangsamte ich mein Tempo nicht, sondern schritt ohne Aufenthalt weiter.

Als ich die Lichtung erreichte, die sich die Chicleros als Lagerplatz geschlagen hatten, hielt ich inne und betastete die Asche des Feuers. Ich kam gar nicht auf den Gedanken, mich der Stelle vorsichtig zu nähern. Ich marschierte einfach auf die Lichtung zu, fand dort niemanden und bückte mich automatisch, um zu fühlen, ob die Asche noch warm wäre. Sie war es, und als ich sie mit der Spitze der Machete aufwühlte, fand ich noch rote Glut. Offensichtlich waren die Chicleros noch nicht lange von hier fort. Aber welche Richtung hatten sie eingeschlagen? Aufwärts oder abwärts? Ich fand es nicht sonderlich wichtig, sondern marschierte im gleichen Tempo weiter, mit ausholenden Schritten, und versuchte, schnell vorwärtszukommen. Und ich kam auch schnell vorwärts. Ich hatte die Karte studiert und versucht, den Kurs meiner Irrwege während der Tage, an denen ich verfolgt wurde, aufzuspüren. Das war so gut wie unmöglich, aber soweit ich es berechnen konnte, glaubte ich keine drei Meilen von Uaxuanoc entfernt zu sein, und ich war fest entschlossen, mich an den Pfad zu halten, bis ich dorthin käme.

Ein Tor mag vorstürmen, wo ein Engel den Fuß nicht aufzusetzen wagt, aber es gibt auch so etwas wie das Glück der Dummen. Die ganze Zeit über hatten die Schufte mich gehetzt, daß ich vor Angst fast den Verstand verloren hätte; wie ich mich auch drehte und wendete, ich lief ihnen in die Hände. Doch jetzt, als ich mich darum nicht mehr scherte, war ich es, der sie zuerst entdeckte. Oder richtiger, ich hörte sie auf spanisch darauflos schwatzen, als sie den Pfad entlangkamen, darum wich ich schnell seitlich in den Urwald aus und ließ sie an mir vorbeiziehen.

Insgesamt waren es vier, alle bewaffnet und alle gleich bösartig aussehend, unrasiert und in das übliche schmutzige Weiß der Chicleros gekleidet. Als sie an mir vorbeiliefen, verstand ich einen Hinweis auf Señor Gatt, und danach brachen sie in ein Gelächter aus. Dann verschwanden sie hinter einer Biegung des Pfads, und ich verließ meine Deckung. Wenn sie etwas besser aufgepaßt hätten, hätten sie mich mühelos entdeckt, weil ich mich nicht weit genug in Deckung begeben hatte, aber sie drehten nicht einmal die Köpfe, als sie an mir vorbeikamen. Ich hatte ein Stadium erreicht, in dem es mir nicht mehr darauf ankam.

Doch mein Mut war gestärkt, als ich weitermarschierte. Ich hielt es für unwahrscheinlich, daß noch welche von ihnen mir auf dem Pfad begegneten, und ich verlängerte meine Schritte, um schneller vorwärtszukommen, so daß ich jeden Chiclero zurückließ, der möglicherweise hinter mir herkam. Es war heiß und anstrengend, und das kostbare Wasser, das ich getrunken hatte, überzog meinen Körper mit einer Schweißschicht. Ich trieb mich selbst weiter und weiter, ohne nachzulassen, und behielt für die beiden nächsten Stunden ein mörderisches Tempo bei.

Plötzlich machte der Pfad eine scharfe Biegung nach links, führte noch hundert Meter weiter und hörte dann auf. Unsicher, in welche Richtung ich weitergehen sollte, hielt ich an und bemerkte plötzlich einen Mann, der rechts von mir auf dem Gipfel einer Anhöhe lag. Er beobachtete etwas durch einen Feldstecher, und als ich erschrokken das Gewehr hob, drehte er halb den Kopf und fragte gelassen: *»Es usted Pedro?«*

Ich feuchtete meine Lippen an. »Si«, erwiderte ich und hoffte, daß das die richtige Antwort wäre.

Er hob das Fernglas wieder an die Augen und nahm die Beobachtung dessen, was es auf der anderen Seite des Hügels zu sehen gab, wieder auf. *»Tiene usted fosforos y cigarillos?«*

Ich verstand nicht, was er sagte, aber es war offenkundig eine Frage, darum wiederholte ich: »Si« und kletterte kühn den Abhang hinauf, bis ich oben unmittelbar hinter ihm stand.

»Gracias«, sagte er. *»Qué hora es?«* Er setzte das Fernglas ab und drehte sich mir zu, um zu mir aufzusehen, gerade als ich den Gewehrkolben auf seinen Kopf niedersausen ließ. Ich traf ihn dicht über dem rechten Auge, und sein Gesicht verzerrte sich vor Schmerz. Ich hob das Gewehr und schlug in plötzlich aufwallender Wut noch einmal fester zu. Genau das wäre Harry widerfahren. Der Laut, den er von sich gab, war ein Mittelding zwischen einem Klagen und einem Grunzen, dann rollte er den Abhang hinunter und blieb regungslos liegen.

Ich betrachtete ihn gleichgültig und stieß ihn mit dem Fuß an. Er rührte sich nicht, darum drehte ich mich um, um festzustellen, was er beobachtet hatte. Keine Viertelmeile entfernt lagen hinter offenem Gelände Uaxuanoc und Lager Drei. So wie mir jetzt, mußte es den Kindern Israels ergangen sein, als sie auf das Gelobte Land hinabblickten. Die Tränen traten mir in die Augen, und ich machte ein paar tastende Schritte vorwärts und rief mit einem heiseren Krächzen die fernen Gestalten an, die zwischen den Hütten umherschlenderten.

Ich begann taumelnd zu rennen und hatte das Gefühl, daß alle Kraft aus meinem Körper plötzlich ausgelaugt zu sein schien. Ich spürte mich lächerlich schwach und dennoch zur gleichen Zeit luftig und strahlend und sehr leichtsinnig. Ich wußte nicht, ob der Mann, den ich niedergeschlagen und möglicherweise sogar getötet hatte, der einzige Chiclero war, der das Lager beobachtete, oder ob er Gefährten hatte. Ganz gewiß wäre es für einen Mann mit einem Gewehr sehr einfach gewesen, mich hinterrücks niederzuschießen, als ich auf die Hütten zuschwankte, aber es fiel kein Schuß.

Ich sah die große Gestalt von Joe Rudetsky sich aufrichten und sich nach mir umdrehen und vernahm einen gedämpften Ausruf. Darauf folgte eine kurze Leere, und ich fand mich auf dem Boden liegend wieder und blickte zu Fallon auf, der einen besorgten Ausdruck zeigte. Er sagte etwas, aber ich verstand ihn nicht, weil jemand neben meinen Ohren auf eine Trommel schlug. Sein Kopf schrumpfte und blähte sich dann ungeheuer auf, und ich verlor wieder das Bewußtsein.

2

Wasser – sauberes, kaltes, reines Wasser – ist etwas Herrliches. Manchmal habe ich es verwendet, um mir eine dieser Beutelsuppen zu kochen. Aus einem Päckchen nimmt man ein trockenes, pulverisiertes Zeug, das so unappetitlich aussieht wie die Kräuter aus dem Beutel eines Medizinmannes, fügt Wasser hinzu und – hoppla – ehe man sich's versieht, werden aus ein paar ausgedörrten, trockenen Bröckchen köstliche grüne Erbsen und saftiges Gemüse.

Nach meiner Woche im Urwald war ich sehr ausgetrocknet und hatte viel an Gewicht verloren, fühlte mich aber nach wenigen Stunden schon wieder quicklebendig. Dabei trank ich keineswegs Unmengen Wasser, denn Fallon erlaubte es mir nicht und teilte mir rationierte Schlückchen zu, aber schon der Anblick des Wasserkrugs und des außen von der Kälte beschlagenen Glases neben meinem Bett tat mir ungeheuer gut, denn ich wußte, daß es da war und ich nur die Hand danach auszustrecken brauchte. Ein herrliches Gefühl! Ich fühlte mich also sehr viel besser, obwohl ich vielleicht geradeso wie eine Beutelsuppe etwas an Aroma verloren hatte.

Selbstverständlich wollte Fallon viel detaillierter wissen, was geschehen war, als das, was ich ihm knapp und zusammenhanglos geschildert hatte, nachdem ich in das Lager geschwankt kam. Er zog sich einen Stuhl heran und setzte sich dicht neben mein Bett. »Ich finde, es wäre das beste, wenn Sie mir alles genau berichten«, sagte er.

»Ich habe einen Menschen getötet«, sagte ich zögernd.

Er hob die Augenbrauen. »Rider? So dürfen Sie das nicht sehen.«

»Nein, Harry meine ich nicht.« Danach berichtete ich ihm. Während ich sprach, nahm sein Gesicht den Ausdruck ratloser Verwunderung an, und als ich schließlich geendet hatte, sagte er: »Wir wurden also beobachtet – und da draußen ist Gatt.«

»Mit einer Armee«, bestätigte ich. »Das hat Pat Harris Ihnen zu berichten versucht, aber Sie wollten ihn nicht anhören. Gatt hat seine eigenen Leute aus den Staaten kommen lassen und Chicleros als Hilfstruppen für den Urwald angeworben. Und der Brand im Funkschuppen war kein Zufall – ebensowenig wie der Absturz des Hubschraubers.«

»Sind Sie sicher, daß es Sabotage war?«

»Harry war davon überzeugt. Und ich glaube ihm. Ich glaube auch, daß an dem anderen Hubschrauber – dem großen in Lager Eins – Sabotage verübt worden ist. Und Ihre Düsenmaschine steht mit Startverbot in Mexico City. Wir sind hier völlig abgeschnitten.«

Fallons Ausdruck wurde grimmig. »Wie viele Leute haben Sie bei Gatt gesehen?«

»Ich nahm mir nicht die Zeit, sie zu zählen, aber alles in allem muß ich fünfundzwanzig gesehen haben. Selbstverständlich bin ich einigen mehr als einmal begegnet, aber ich würde sagen, daß diese Rechnung ziemlich genau zutrifft.« Ich streckte die Hand aus und legte sie auf die kühle Wölbung des Wasserkruges. »Und ich kann eine ziemlich zutreffende Vermutung äußern, was sie als nächstes tun werden.«

»Und was vermuten Sie?«

»Das ist doch offenkundig. Sie werden uns ausplündern. Gatt

will das Zeug, das wir aus der Cenote herausgeholt haben, und alles andere, was wir vielleicht fanden. Es ist doch noch hier?«

Fallon nickte. »Ich hätte es schon fortbringen lassen sollen.« Er stand auf und blickte aus dem Fenster. »Was ich aber einfach nicht begreife, ist, wieso Sie – und Gatt – davon so überzeugt sind.«

Ich war zu erschöpft, um ihn anzuschreien, aber versuchte es wenigstens. »Verdammt, ich habe doch das ganze Zeug aus dem Wasser geholt, oder etwa nicht?«

Er drehte sich um. »Aber das weiß Gatt doch nicht. Wie kann er es wissen, falls es ihm keiner gesagt hat? Wir haben es ja nicht publik gemacht.« Darüber dachte ich nach, ehe ich leise antwortete: »Ich bin nach der Sabotage annähernd eine Woche lang im Urwald gewesen, und Gatt hat noch keinen Zug gemacht. Er ist dort draußen, und er ist bereit. Was hält ihn dann wohl zurück?«

»Ungewißheit vielleicht«, meinte Fallon. »Er kann doch nicht wirklich wissen, daß wir irgend etwas von Wert gefunden haben – das heißt von Wert für ihn.«

»Richtig, aber er braucht doch nur hierherzukommen, um anderthalb Millionen zu finden, die darauf warten, daß er sie an sich nimmt.«

»Mehr«, entgegnete Fallon. »Paul hat im Tempel von Yum Chac einen großen Fund gemacht. Er hätte nicht mit dem Graben beginnen sollen, tat es aber doch und stieß auf ein Versteck mit Tempelgeräten. Sie sind unschätzbar, Jemmy. Ähnliches ist nie zuvor gefunden worden.«

»Für Gatt ist nichts unschätzbar«, widersprach ich. »Wieviel kann es für ihn wert sein?«

»Als Museumssammlung könnte man keinen Preis dafür angeben. Aber wenn Gatt es aufteilt und die Stücke einzeln verkauft, könnte er weitere anderthalb Million Dollar dafür erzielen.«

Ich sah Fallon mürrisch an. »Und Sie hatten die Nerven, zu behaupten, es gäbe in Uaxuanoc kein Gold. Wir wissen, daß Gatt seinen Wert erkennen wird, und wir wissen, daß er es durch Gerryson absetzen kann. Und was tun wir? Lassen ihm alles einfach in die Hände fallen, wenn er mit seinen Banditen hier auftaucht?«

»Ich halte es in aller Fairneß für besser, wenn wir mit den anderen darüber sprechen«, antwortete Fallon. »Fühlen Sie sich dem gewachsen?«

»Mir fehlt nichts«, sagte ich und schwang die Beine aus dem Bett.

Es wurde eine düstere und bedrückende Konferenz. Ich erzählte meine Geschichte, und nach einigen Minuten ungläubigen Staunens schlug ich es ihnen rücksichtslos um die Ohren, daß wir uns in Gefahr befanden. Fallon brauchte davon selbstverständlich nicht mehr überzeugt zu werden, aber Halstead zeigte sich als ein so widerborstiger Halunke wie eh und je.

»Die ganze Sache klingt doch sehr unglaubwürdig«, sagte er in seiner verdammten anmaßenden Art.

Ich fuhr auf. »Wollen Sie damit sagen, daß ich lüge?« Fallon legte seine Hand besänftigend auf meinen Arm.

»Nein, das nicht«, antwortete Halstead, »aber ich glaube, daß Sie maßlos übertreiben – daß Ihre Phantasie mit Ihnen durchgeht.«

»Dann gehen Sie mal in den Urwald raus«, sagte ich hitzig. »Und wenn Sie in eine Kugel reinlaufen, wird sie Ihnen nichts anhaben, denn sie ist ja ein Phantasieprodukt.«

»Meiner Meinung nach hätten Sie jedenfalls mehr für den armen Rider tun können«, sagte er.

Ich beugte mich über den Tisch, um ihn zu packen, aber er wich schnell zurück.

»Jetzt ist es genug«, bellte Fallon. »Wenn Sie nichts Konstruktives zu sagen haben, Paul, dann halten Sie Ihren Mund.«

Völlig überraschend attackierte Katherine Halstead zum erstenmal ihren Mann. »Ja, halte den Mund, Paul«, sagte sie schroff. »Du machst mir übel.«

Er sah sie fassungslos erstaunt an. »Du ergreifst doch nicht Wheales Partei gegen mich?« sagte er in verletztem Ton.

»Hier gibt es keine Parteien – hat es nie gegeben«, erwiderte sie mit eisiger Stimme. »Wenn hier bei jemandem die Phantasie durchgeht, ist es nicht bei Jemmy.« Sie blickte zu mir herüber. »Es tut mir leid, Jemmy.«

»Ich lasse es nicht zu, daß du dich für mich entschuldigst«, platzte er heraus.

»Das tue ich nicht«, sagte sie mit einer Stimme, die Diamant geschnitten hätte. »Ich entschuldige mich um meinetwillen bei Jemmy – dafür, daß ich nicht früher auf ihn gehört habe. Und jetzt halte den Mund, wie Professor Fallon gesagt hat.«

Halstead war über diesen Angriff von einer unerwarteten Seite dermaßen überrascht, daß er schwieg und irgendwie nachdenklich wurde.

Ich sah Rudetsky an. »Was denken Sie?«

»Ich glaube Ihnen«, antwortete er. »Wir hatten schon in Lager Eins Schwierigkeiten mit diesen verdammten Chicleros. Sie sind eine Bande von mordlüsternen Schurken, und mich würde es nicht wundern, wenn sie auf jemand schießen.« Er reckte seine breiten Schultern und wandte sich an Fallon. »Aber dieser Gatt, der ist ein anderer Fall. Von ihm haben wir nichts gewußt.«

»Sie brauchten auch nichts von ihm zu wissen«, entgegnete Fallon unverbindlich.

Rudetskys Gesicht wurde widerborstig. »Ich denke doch, Mr. Fallon. Wenn Gatt die Chicleros gegen uns organisiert hat, sind wir in großer Gefahr. Daß auf einen geschossen wird, steht nicht im Vertrag. Mir gefällt das nicht – und Smitty und Fowler hier wohl auch nicht.« Die beiden nickten ernst.

»Was soll das bedeuten, Rudetsky?« fragte ich. »Versuchen Sie hier eine Gewerkschaft zu gründen? Dazu ist es ein bißchen zu spät. Ob Mr. Fallon Sie irregeführt hat oder nicht, ist jetzt belanglos. Auf jeden Fall glaube ich nicht, daß er es vorsätzlich getan hat. Zur Diskussion steht jetzt: Was unternehmen wir gegen Gatt?«

Erschöpft erklärte Fallon: »Wir können nur eines tun. Ihm das überlassen, was er haben will.«

Smith und Fowler nickten nachdrücklich zustimmend, und Rudetsky sagte: »Das ist auch meine Meinung.« Katherine Halstead preßte die Lippen zusammen, während Halstead den Kopf hin und her drehte und sich mit lauernden Blicken am Tisch umsah.

»Ist das wirklich so?« fragte ich. »Wir geben Gatt einfach drei Millionen Dollar, tätscheln ihm das Köpfchen und hoffen, daß er wieder geht? Wir haben herrliche Chancen, daß es sich so abspielt.«

Rudetsky neigte sich vor. »Was wollen Sie damit sagen?«

»So dumm sind Sie doch wirklich nicht, Joe. Gatt begeht ein Verbrechen – er stiehlt Gegenstände im Wert von drei Millionen Dollar, die jemand anderem gehören. Ich weiß nicht, wer der legale Eigentümer von diesem Zeug ist, aber ich bin sicher, daß die mexikanische Regierung einen hohen Anspruch darauf hat. Glauben Sie wirklich, Gatt würde zulassen, daß irgend jemand von uns nach Mexico City zurückkommt und ihn bei den Behörden anzeigt?«

»Oh, mein Gott«, stöhnte Fallon, dem die wahre Sachlage plötzlich aufging.

»Sie meinen – er wird uns umlegen? Uns alle?« hielt Rudetsky mir mit sich steigernder Stimme entgegen.

»Was würden Sie denn an seiner Stelle tun?« fragte ich zynisch zurück. »Selbstverständlich vorausgesetzt, daß Sie keine zu hohe Achtung vor der Unantastbarkeit eines Menschenlebens haben.«

Plötzlich herrschte an dem Tisch ein allgemeines Stimmengewirr, über das sich Rudetskys Bullenstimme wild fluchend erhob. Smith schrie: »Ich verschwinde von hier!«

Ich schlug mit der Faust auf den Tisch und gellte: »Ruhe jetzt – nehmt euch zusammen, alle miteinander!« Zu meiner Überraschung verstummten sie plötzlich alle und sahen mich an. Ich war nicht daran gewöhnt, mich hart durchzusetzen, und vielleicht übertrieb ich es – auf jeden Fall, es funktionierte. Ich deutete mit dem Finger auf Smith. »Und wo, zum Teufel, wollen Sie hin? Wenn Sie zehn Meter weit in diesen Urwald gehen, machen die Sie kalt. Sie haben nicht die geringste Chance.«

Smith wurde sehr blaß und schluckte nervös. Fowler sagte: »Verdammt, er hat recht. Das kommt nicht in Frage.«

Fallons Stimme hatte plötzlich wieder Kraft gewonnen. »Das ist unmöglich, Wheale. Sie malen Gespenster an die Wand. Ist Ihnen bewußt, welcher Skandal entstände, wenn Gatt wirklich diesen ... Massenmord beginge? Glauben Sie, daß ein Mensch verschwinden kann, ohne daß jemand danach fragt? Damit würde er niemals durchkommen.«

»Nein? Aber wer weiß denn außer uns, daß Gatt hier ist? Er hat seine Erfahrungen – er hat eine Organisation. Ich wette, daß er hundert Leute heranpfeifen kann, um zu bezeugen, daß er in diesem Augenblick in Mexiko City ist. Er wird verdammt sicher dafür sorgen, daß niemand ihn damit in Verbindung bringen kann.«

Katherines Gesicht war bleich. »Aber wenn sie uns finden ... unsere Leichen finden ... dann werden sie wissen ...«

»Tut mir leid, Katherine«, entgegnete ich, »aber sie werden keinen von uns finden. In Quintana Roo kann man eine Armee begraben, ohne daß die Leichen je gefunden werden. Wir verschwinden einfach vom Erdboden.«

»Sie haben Ihren Finger darauf gelegt, Wheale«, sagte Halstead.

»Wer außer uns weiß, daß Gatt hier ist? Und wir wissen es nur aus dem Grund, weil Sie es behaupten. Ich habe ihn nicht gesehen, und irgendein anderer auch nicht – außer Ihnen. Ich denke, daß Sie versuchen, uns in eine Panik hineinzutreiben.«

Ich starrte ihn verblüfft an. »Und warum sollte ich das?«

Er zuckte vielsagend mit den Schultern. »Sie haben sich von Anfang an dieser Expedition aufgedrängt. Sie haben sich auch immer sehr nachdrücklich für den Wert in barem Geld von allem, was wir gefunden haben, interessiert. Ich glaube nicht, daß ich noch mehr zu sagen brauche, oder?«

»Nein, das brauchen Sie nicht«, herrschte ich ihn an. »Und es ist auch besser, wenn Sie es lassen, sonst schlage ich Ihnen die Zähne ein.« Alle anderen sahen mich stumm an und gaben mir zu verstehen, daß diese Beschuldigung entkräftet werden mußte. »Wenn ich Sie in eine Panik treiben wollte, warum sollte ich Smith dann daran hindern, davonzulaufen? Warum sollte ich versuchen, uns hier zusammenzuhalten?«

Rudetsky atmete explosionsartig aus und sah Halstead voller Abscheu an. »Mein Gott! Für einen Augenblick hat mich der Kerl da irre gemacht. Ich hätte es besser wissen müssen.« Halstead rückte unbehaglich auf seinem Stuhl unter der unverkennbaren Verachtung, und Rudetsky sagte zu mir: »Was sollen wir also tun, Mr. Wheale?«

Ich wollte schon antworten: »Warum fragen Sie mich?«, aber ein Blick auf Fallon ließ mich meine Absicht ändern. Er war erschrekkend zusammengesunken und starrte mit leerem Blick vor sich, betrachtete irgendeine innere Vision. Woran er dachte, wußte ich nicht, und ich scheute vor jeder Vermutung zurück, aber offenkundig war, daß man sich auf ihn als Anführer nicht mehr verlassen konnte. Und Halstead konnte nicht einmal einen Blinden sicher über die Straße führen, während Rudetsky zwar ein guter Unteroffizierstyp war, im höchsten Maß tüchtig und zuverlässig, wenn ihm gesagt wurde, was er tun sollte – aber es mußte ihm gesagt werden. Und Smith und Fowler würden Rudetsky gehorchen.

Ich bin nie ein Führer einer Gruppe Menschen gewesen, weil ich niemals ein besonderes Bedürfnis empfunden habe, irgend jemand irgendwohin zu führen. Ich war immer der Meinung gewesen, daß der Mensch sich seinen Weg allein suchen sollte und daß er, wenn

er den Verstand benutzte, den Gott ihm gegeben hatte, den Spuren von keinem anderen zu folgen brauchte, und daß er aus dem gleichen Grund auch nicht erwarten sollte, daß ihm jemand folgen würde. Ich war ein einsamer Wolf, ein unheilbarer Individualist, und vielleicht war das der Grund, weshalb man mich als grau und farblos bezeichnete. Ich machte mir nicht die Mühe, irgend jemand zu meinen Ansichten zu bekehren, eine Tätigkeit, von der andere leidenschaftlich besessen zu sein scheinen, aber das wurde mir als Unfähigkeit, irgend etwas Lohnendes zu sagen, angekreidet – vollkommen irrig, wie ich meine.

Und jetzt schien in der Hütte alles stumm darauf zu warten, daß ich die Führung übernähme – etwas Positives anordnete. Alle, außer Fallon, der in sich versunken war, und selbstverständlich Halstead, der sich mir aktiv widersetzen würde.

Rudetsky sagte in eindringlichem Ton: »Wir müssen doch etwas tun.«

»Gatt wird sehr bald zu seinem nächsten Schritt übergehen«, sagte ich. »Was für Waffen besitzen wir?«

»Wir haben eine Schrotflinte und ein Gewehr«, antwortete Rudetsky. »Sie befinden sich im Lagerraum. Und ich besitze einen eigenen Revolver in meinem Privatgepäck.«

»Ich habe auch einen Revolver«, sagte Fowler.

Ich sah mich um. »Sonst noch etwas?«

Fallon schüttelte langsam den Kopf, und Halstead sah mich nur starr und ohne zu blinzeln an. Katherine sagte: »Paul hat eine Pistole.«

»Eine Schrotflinte, ein Gewehr und drei Pistolen. Jedenfalls ist das ein Anfang. Joe, welche Hütte ist nach Ihrer Meinung am leichtesten zu verteidigen?«

»Sie denken doch nicht an einen Kampf?« fragte Halstead. »Wenn Gatt da draußen ist – was ich bezweifle –, dann haben Sie keine Chance. Ich glaube, Sie sind verrückt.«

»Wollen Sie sich lieber von Gatt den Hals abschneiden lassen? Ihre Kehle seinem Messer darbieten? Also, Joe?«

»Ihre Hütte sollte die beste sein«, antwortete Rudetsky. »Sie liegt dicht bei der Cenote, und dadurch können sie nicht von hinten an sie heran.«

Ich sah auf die leeren Regale. »Wo sind alle Funde?«

»Ich habe alles verpackt«, antwortete Fallon. »Bereit zum Abtransport, wenn der Hubschrauber kommt.«

»Dann müssen Sie es wieder auspacken«, sagte ich. »Wir müssen es uns vom Hals schaffen.«

Halstead fuhr wild auf. »Verdammt, was haben Sie damit vor? Für dieses Material gibt es keinen Preis.«

»Doch, es gibt einen«, erwiderte ich schroff. »Der Preis beträgt sieben Menschenleben! Gatt könnte uns dafür umbringen, wenn er es an sich bringen kann. Aber wenn wir es aus seiner Reichweite schaffen können, wird er sieben Morde vielleicht nicht für der Mühe wert halten.«

»Das ist einleuchtend«, sagte Fowler. »Aber was wollen Sie damit machen?«

»Wieder in der Cenote versenken«, antwortete ich brutal. »Ohne eine zeitraubende Taucheroperation bekommt er es da nie heraus, und ich glaube nicht, daß er so lange hierbleibt, um das zu versuchen.«

Halstead wurde rasend. »Das können Sie nicht tun«, schrie er. »Vielleicht können wir es dann nie wieder bergen.«

»Warum nicht? Zum größten Teil ist es doch aus der Cenote gekommen. Da ist es nicht für immer verloren. Und was das angeht – mir wäre das völlig gleichgültig. Und den anderen hier auch, wenn sie sich dadurch ihr Leben retten.«

»Ganz bestimmt«, bestätigte Rudetsky. »Ich sage, versenken wir das Zeug.«

Halstead wandte sich flehend an Fallon. »Sie können das doch nicht zulassen?«

Fallon blickte auf. »Anscheinend hat Jemmy die Führung übernommen. Er soll das tun, was er tun muß.« Sein Mund verzog sich zu der gespenstigen Imitation eines Lächelns. »Und ich glaube nicht, daß Sie ihn daran hindern können, Paul.«

»Die Höhle«, sagte Katherine plötzlich. »Wir können es in die Höhle bringen.«

Halstead riß den Kopf herum. »Welche Höhle?« fragte er mißtrauisch.

»In etwa fünfundzwanzig Meter Tiefe ist unten in der Cenote unter Wasser eine Höhle«, erklärte ich. »Das ist ein guter Gedanke, Katherine. Dort ist alles so sicher und unantastbar, wie es nur sein kann.«

»Ich werde Ihnen helfen«, sagte sie.

»Das wirst du nicht tun«, schrie Halstead. »Du wirst dich an diesem verrückten Plan nicht beteiligen.«

Sie sah ihn fest an. »Ich nehme von dir keine Befehle mehr hin, Paul. Von nun an gehe ich meine eigenen Wege. Ich werde das tun, was ich für richtig halte. Uaxuanoc hat dich zerstört, Paul. Es hat dich zu einem anderen Menschen deformiert als den Mann, den ich geheiratet habe, und ich lasse mich nicht weiter als Werkzeug für deine wahnwitzige Besessenheit benutzen. Wir sind fertig miteinander – du und ich.«

Er schlug nach ihr – nicht mit der offenen Hand, sondern mit der geballten Faust. Er traf sie unter dem Kinn und schleuderte sie quer durch den Raum gegen die Wand, wo sie in sich zusammensank.

Ich vergeudete keine Zeit mit Gedanken an faires Kämpfen und die Regeln von Lord Queensberry, sondern packte die Flasche auf dem Tisch und ließ sie wuchtig auf seinem Kopf landen. Die Flasche zerbrach zwar nicht, aber das nützte ihm nichts. Er keuchte, und seine Knie gaben nach, aber er fiel nicht, darum knallte ich ihm die Flasche noch einmal auf den Schädel, und er brach auf dem Boden zusammen.

»Gut so«, sagte ich schwer atmend und packte die Flasche fester. »Hat noch jemand etwas zu sagen?«

Rudetsky knurrte tief aus der Kehle. »Das war ganz richtig«, sagte er. »Das habe ich selbst seit Wochen schon machen wollen.« Er half Fowler, Katherine auf die Beine zu bringen und führte sie zu einem Stuhl am Tisch. Niemand kümmerte sich um Halstead. Sie ließen ihn einfach liegen.

Katherine war schwindelig und benommen, und Fallon schenkte ihr einen kräftigen Drink ein. »Ich habe genug auf Sie eingeredet, daß er nicht mitkommen sollte«, sagte er leise in vorwurfsvollem Ton.

»Das gehört der Vergangenheit an«, entgegnete ich. »Mir kann man ebensoviel Vorwürfe machen wie jedem anderen.« Rudetsky neigte sich besorgt über Katherine.

»Joe, ich will seine Waffe haben. Ich traue dem Kerl damit nicht.«

»Sie ist in der Kiste neben dem Bett«, sagte Katherine schwach.

Rudetsky gab ein Zeichen mit der Hand. »Geh sie holen, Smitty.« Er blickte auf Halstead hinab und stieß ihn mit dem Fuß an. »Dem haben Sie es nicht schlecht gegeben. Er wird teuflische Kopfschmerzen haben, wenn er zu sich kommt.«

Katherine hustete von dem Whisky.

»Ist alles in Ordnung?« fragte ich.

Sie betastete vorsichtig ihren Kiefer. »Er ist wahnsinnig«, flüsterte sie. »Er ist verrückt geworden.«

Ich stand auf und nahm Rudetsky beiseite. »Schaffen Sie Halstead lieber in seine Hütte. Und schließen Sie ihn dort ein, wenn es geht. Wir haben genug am Hals, auch ohne auf diesen Wahnsinnigen aufpassen zu müssen.«

Sein Grinsen verriet reine Freude. »Ich hätte das schon lange mal getan, fürchtete aber, daß Fallon mich rausschmeißen würde. Mann, dem haben Sie es aber gründlich besorgt.«

»Dem können Sie eine verpassen, sooft es Ihnen gefällt«, sagte ich, »und Sie brauchen sich keine Sorgen zu machen, daß Sie deswegen gefeuert werden. Die Schonzeit für Halstead ist jetzt vorbei. Ich werde nicht mehr so idiotisch tolerant sein.«

Rudetsky und Fowler bückten sich, um Halstead aufzuhelfen, der erkennen ließ, daß er wieder zu sich kam. Sie stellten ihn auf die Beine, und er sah mich ausdruckslos aus glasigen Augen an, ohne ein Zeichen des Erkennens zu zeigen. Dann schob Fowler ihn aus der Hütte.

Ich wandte mich an Katherine. »Wie fühlen Sie sich?«

Sie antwortete mit einem schiefen, krampfhaften Lächeln. »So gut, wie zu erwarten ist«, sagte sie leise. »Nach einem öffentlichen Auftritt mit meinem Mann.« Sie senkte den Blick auf den Tisch. »Er hat sich so sehr verändert.«

»Er wird sich noch mehr verändern, wenn er Schwierigkeiten macht«, sagte ich. »Und nicht in einer Weise, die ihm gefällt. Sein Kredit ist erschöpft, Katherine, und Sie können nichts mehr für ihn tun. Sie können nicht länger eine Barriere zwischen ihm und der Welt sein.«

»Ich weiß es«, sagte sie düster.

Von draußen war ein Schrei zu hören, und ich fuhr herum und sprang zur Tür. Aus der Ferne erklang ein einzelner Schuß, auf den wildes Gewehrfeuer folgte. Ich rannte aus der Hütte und auf den Rand des Lagers zu, wurde aber von Rudetsky zurückgewinkt, der hinter einer Hütte Deckung genommen hatte. Geduckt rannte ich zu ihm weiter. »Was ist denn los, zum Teufel?«

»Halstead ist ausgerissen«, antwortete er mühsam atmend. »Er rannte auf den Wald los, und wir versuchten ihm zu folgen. Dann eröffneten sie das Feuer auf uns.«

»Was ist mit Halstead? Haben sie auch auf ihn geschossen?«

»Ich nehme an, daß er tot ist«, antwortete Rudetsky. »Ich sah, wie er stürzte, als er die Bäume erreichte.«

Hinter uns war ein unterdrückter Laut hörbar, und als ich mich umdrehte, sah ich Katherine. »Gehen Sie in die Hütte zurück«, befahl ich wütend. »Hier draußen ist es gefährlich.«

Zwei große Tränen quollen unter ihren Lidern hervor und rannen ihr die Wangen hinunter, als sie sich abwandte, und ihre Schultern hingen mutlos herab.

Ich wartete noch lange am Rand des Lagers, aber nichts geschah. Kein weiterer Schuß fiel, kein Laut war zu hören, und kein Anzeichen von einem Lebewesen war zu sehen. Nur das grelle Grün des Urwalds hinter dem freigelegten Gelände der Stadt Uaxuanoc.

3

Alles, was wir taten, wurde beobachtet – das wußte ich. Damit stand ich vor einem Problem. Wir konnten ganz offen alles Wertvolle zur Cenote hinüberschaffen und dort versenken, wir konnten aber auch versuchen, es verborgen zu halten und es im geheimen zu tun. Nach Abwägung des Für und Wider hielt ich Geheimhaltung für das Beste, denn wenn wir es offen anfingen, konnte Gatt besorgt werden und über uns herfallen, nachdem wir mit der Arbeit gerade begonnen hatten. Daran konnte ihn nichts hindern.

Das bedeutete, daß alle Verpackungen, die Fallon vorgenommen hatte, entfernt und der Inhalt Stück für Stück in meine Hütte bei der Cenote geschafft werden mußte. Das beste wäre es wahrscheinlich gewesen, das Zeug ins Wasser zu werfen, so wie ich es zunächst vorgeschlagen hatte, aber das wäre in Anbetracht dessen, daß die Höhle zur Verfügung stand, bedauerlich gewesen, deswegen machten wir uns die Höhle zunutze. Das hieß tauchen, während Rudetsky die Gegenstände hinabließ, und damit warteten wir besser bis zum Anbruch der Nacht, wenn spähende Augen infolge der Dunkelheit blind waren.

Für die übrigen hellen Tagesstunden versuchten wir, dem Lager ein normales Aussehen zu geben. Wir unterhielten ein angemessenes Hin und Her zwischen den Hütten, und schließlich lagen alle die wertvollen Objekte auf dem Boden meiner Hütte, wo Rudetsky die Metallkörbe mit ihnen füllte, die wir auch benutzt hatten, um sie vom Grund der Cenote nach oben zu befördern.

Der Arbeitsplan sah ferner eine Befestigung der Hütte vor, eine weitere Aufgabe, die bis nach Einbruch der Dunkelheit zurückgestellt werden mußte, doch Smith und Fowler wanderten im Lager umher und suchten dafür unauffällig Material zusammen und stapelten es an Stellen auf, wo es bei Nacht leicht zu finden war. Diese wenigen Stunden schienen sich unendlich lang hinzuziehen, doch endlich sank die Sonne in einem roten Dunst, der wie geronnenes Blut aussah.

Wir machten uns an die Arbeit. Smith und Fowler schafften die Holzplanken herbei, die die Hütte etwas kugelsicherer machen sollten, und begannen damit, sie an den entsprechenden Stellen festzunageln. Rudetsky hatte einige große Luftflaschen bereitgelegt, und wir zogen das Floß ans Ufer und luden sie darauf. Das war eine mühsame Arbeit, denn die Flaschen waren schwer, und wir mußten es im Dunkeln schaffen. Wir luden ferner alle Schätze auf das Floß, und dann tauchten Katherine und ich.

Die Höhle war genauso, wie wir sie verlassen hatten, und die Luft war gut. Ich tauchte innen auf und schaltete die Lampe ein, die ich in ihr installiert hatte, und schaltete mein eigenes Licht aus. Über dem Wasserspiegel befand sich eine breite Felsbank, auf der wir die Schätze lagern konnten, und ich setzte mich darauf und half Katherine aus dem Wasser. »Hier haben wir reichlich Platz, um alles aufzubauen«, sagte ich.

Sie nickte ohne großes Interesse und sagte: »Es tut mit sehr leid, daß Paul alle diese Schwierigkeiten verursacht hat, Jemmy. Sie haben mich davor gewarnt, ich war zu dumm, um auf Sie zu hören.«

»Was brachte Sie zu Ihrer Sinnesänderung?«

Sie zögerte. »Ich fing an, nachzudenken – endlich. Ich stellte mir selbst Fragen über Paul. Das wurde durch etwas, was Sie gesagt haben, ausgelöst. Sie fragten mich, was mich an Paul bindet – Liebe oder Loyalität. Sie nannten es irregeleitete Loyalität. Ich brauchte nicht lange, um die Antwort zu finden. Das Problem lag darin, daß

Paul nicht immer so gewesen war . . . Glauben Sie, daß . . . er tot ist?«

»Ich weiß es nicht. Ich war nicht dabei, als es geschah. Rudetsky meint es. Aber vielleicht hat er doch überlebt. Was werden Sie in diesem Fall tun?«

Sie stieß ein zitterndes Lachen aus. »Was für eine Frage in dieser Situation! Glauben Sie, daß das, was wir hier machen, uns irgend etwas nützt?« Sie deutete auf die feuchten Wände der Höhle. »Daß wir das beseitigen, was Gatt haben will?«

»Ich weiß es nicht«, konnte ich nur wieder sagen. »Es hängt davon ab, ob wir mit Gatt verhandeln können. Wenn ich ihn davon überzeugen kann, daß für ihn keinerlei Hoffnung besteht, die Funde in die Hände zu bekommen, könnte er sich zu einem Abkommen bereit finden. Ich kann mir nicht vorstellen, daß er für nichts und wieder nichts sechs oder sieben Menschen umbringt – falls er nicht ein mordlüsterner Wahnsinniger ist, und dafür halte ich ihn nicht.«

»Wenn er nicht bekommt, was er will, könnte ihn das zum Wahnsinn treiben.«

»Ja«, stimmte ich zu, »er wird verdammt wütend sein. Man wird ihn vorsichtig behandeln müssen.«

»Wenn wir aus dieser Geschichte herauskommen«, sagte sie, »lasse ich mich von Paul scheiden. Ich kann nicht mehr mit ihm leben. Ich lasse mich hier in Mexiko scheiden – das ist überall rechtsgültig, denn wir haben in Mexiko geheiratet.«

Darüber dachte ich eine Weile nach. Schließlich sagte ich: »Ich würde Sie dann gern besuchen. Hätten Sie etwas dagegen einzuwenden?«

»Nein, Jemmy, dagegen habe ich nichts einzuwenden.« Sie seufzte. »Vielleicht finden wir einen neuen Anfang.«

»Neue Anfänge bieten sich einem nicht so leicht«, sagte ich düster. »Wir werden das alles niemals vergessen können, Katherine – niemals.« Ich machte mich bereit, meine Maske wieder anzulegen. »Kommen Sie. Joe wird sich schon fragen, ob etwas nicht in Ordnung ist.«

Wir schwammen aus der Höhle und begannen mit der langwierigen Arbeit, die gefundenen Schätze aus den Drahtkörben, die Joe herunterließ, in die Höhle zu schaffen. Korb um Korb mit dem verdammten Zeug kam herunter, und wir brauchten viel Zeit, um alles unterzubringen, aber schließlich war es geschafft. Wir waren über zwei Stunden unter Wasser gewesen, aber nicht tiefer als fünfundzwanzig Meter getaucht, und damit betrug die Dekompressionszeit gerade etwas unter einer Stunde. Joe ließ den Schlauch herab, der neben dem Grundtau pendelte, und wir schloßen zwei Ventile an die Einlaßventile unserer Masken an. Während der Stunde unseres Auftauchens versorgte er uns aus den großen Flaschen auf dem Floß mit Luft, statt durch den Kompressor, weil der Motor zuviel Lärm gemacht hätte.

Als wir schließlich die Oberfläche erreichten, fragte er: »Alles in Ordnung?«

»Alles bestens«, antwortete ich und fluchte, als ich mit einer Zehe gegen eine der Luftflaschen stieß. »Passen Sie auf, Joe. Kippen Sie alle diese Flaschen hinunter. Gatt könnte sonst auf Ideen kommen – womöglich ist er selbst Taucher –, und ohne die Flaschen kann er nicht das geringste unternehmen.«

Wir rollten die Flaschen von dem Floß hinunter, und sie schlugen klatschend in die Cenote und versanken. Als wir ans Ufer kamen, fühlte ich mich sehr müde, aber es gab noch sehr viel zu tun. Smith und Fowler hatten ihr Bestes gegeben, um die Hütte zu panzern, aber es war dennoch armselig, wenn auch nicht durch ihre Schuld. Wir hatten einfach nicht das notwendige Material.

»Wo ist Fallon?« fragte ich.

»Ich nehme an, in seiner eigenen Hütte.«

Ich ging zu Fallon und fand ihn in finsteres Brüten versunken. Er drehte sich zu mir um, als ich die Tür schloß.

»Jemmy«, begann er verzweifelt. »Was für eine grauenvolle Situation! Was für eine entsetzlich grauenvolle Situation!«

»Sie brauchen einen Drink«, entgegnete ich und nahm die Flasche und zwei Gläser aus dem Regal. Ich goß zwei gutbemessene Drinks ein und drückte ihm das eine Glas in die Hand. »Ihnen kann man keinen Vorwurf machen.«

»Doch, das kann man sehr wohl«, widersprach er schroff. »Ich habe Gatt nicht ernst genug genommen. Aber wer hätte geglaubt, daß diese spanische Konquistadorengeschichte sich im zwanzigsten Jahrhundert wiederholen könnte.«

»Sie haben selbst gesagt, daß Quintana Roo nicht gerade im Mittelpunkt der zivilisierten Welt liegt.« Ich trank von dem Whisky und spürte seine Wärme angenehm in der Kehle. »Die Gegend ist über das achtzehnte Jahrhundert noch nicht hinausgelangt.«

»Ich habe mit den Leuten, die schon fort sind, eine Nachricht hinausgeschickt«, sagte er. »Briefe an die Behörden in Mexico City über das, was wir hier entdeckt haben.« Er blickte plötzlich beunruhigt auf. »Halten Sie für möglich, daß Gatt sie aufgefangen haben kann?«

Ich überlegte und antwortete schließlich: »Nein, das glaube ich nicht. Es wäre für ihn schwierig gewesen, sie alle abzufangen, und hätte bei den Behörden den Verdacht auslösen können, daß etwas nicht stimmt.«

»Ich hätte es viel früher tun müssen«, sagte Fallon finster. »Die Abteilung für Altertümer ist verdammt scharf darauf, alles zu inspizieren. Sobald die Nachricht bekannt wird, wird die Gegend hier von Beamten überschwemmt werden.« Er zeigte mir ein verzerrtes Lächeln. »Deshalb habe ich die Behörden nicht früher benachrichtigt. Ich wollte den Ort eine Zeitlang für mich allein haben. Was für ein verdammter Narr war ich doch.«

Ich schonte ihn nicht. »Sie waren von Pat Harris gründlich gewarnt worden. Warum haben Sie sich nicht danach gerichtet?«

»Aus Egoismus.« Er blickte mir gerade in die Augen. »Aus reinem Egoismus. Ich wollte bleiben, solange ich konnte – solange ich noch Zeit hatte. Ich habe nur noch so wenig Zeit.«

Ich trank einen Schluck Whisky. »Sie kommen im nächsten Jahr wieder her.«

Er schüttelte den Kopf. »Nein, das werde ich nicht. Ich werde nie wieder hierher zurückkommen. Ein anderer wird es übernehmen – ein jüngerer. Es hätte Paul sein können, wenn er nicht so unbesonnen und ungeduldig gewesen wäre.«

Ich stellte mein Glas hin. »Worauf wollen Sie hinaus?«

Er zeigte mir ein hageres Grinsen. »In drei Monaten bin ich tot, Jemmy. Das haben sie mir gesagt, kurz bevor wir Mexico City verließen – sie gaben mir noch sechs Monate.« Er lehnte sich auf seinem Stuhl zurück. »Sie wollten nicht, daß ich hierher ging – die Ärzte, verstehen Sie. Aber ich bin gegangen, und ich bin froh darüber. Aber jetzt kehre ich nach Mexiko City zurück und gehe in ein Krankenhaus, um zu sterben.«

»Was ist es?«

»Der alte Feind«, antwortete Fallon. »Krebs.«

Das Wort fiel schwer wie Blei in der stillen Hütte, und ich konnte nichts dazu sagen. Das war der Grund, weshalb er so in sich versunken gewesen war, warum er so scharf angetrieben hatte, mit der Arbeit vorwärtszukommen, und warum er sich so stark auf sein Ziel konzentriert hatte, ohne sich ablenken zu lassen. Er hatte diese letzte Ausgrabung beenden wollen, ehe er starb, und er hatte sein Ziel erreicht.

Nach einer Weile sagte ich gedämpft: »Das tut mir leid.«

Er knurrte. »Es tut Ihnen leid! Ich tue Ihnen leid! Es sieht doch so aus, als ob ich nicht in einem Hospital sterben würde, wenn Sie mit Gatt recht haben – und von den anderen hier auch keiner. Ich bedaure, daß ich Sie in diese Geschichte hineingebracht habe, Jemmy, und wegen der anderen bedaure ich es auch. Aber bedauern genügt doch nicht, oder? Was hat es für einen Sinn, zu einem Toten zu sagen: ›Es tut mir leid‹?«

»Nun, nun, was soll das?« sagte ich besänftigend.

Er verfiel in ein finsteres stummes Brüten. Nach einer Weile fragte er: »Wann wird Gatt Ihrer Ansicht nach angreifen?«

»Ich weiß es nicht«, antwortete ich, »aber er muß seinen nächsten Schritt bald tun.« Ich trank meinen Whisky aus. »Es wäre für Sie besser, wenn Sie schlafen.« Es war zu erkennen, daß er von diesem Gedanken nicht viel hielt, aber er antwortete nicht darauf, und ich ging.

Rudetsky war schließlich doch selbst auf ein paar Einfälle gekommen. Ich stolperte über ihn, wie er in der Dunkelheit von einer Rolle Draht abwickelte. Er fluchte kurz und sagte dann: »Entschuldigung, aber ich bin anscheinend etwas nervös.«

»Was machen Sie denn hier?«

»Wenn die Banditen angreifen, können sie hinter diesen beiden Hütten Deckung suchen, darum habe ich allen Sprengstoff zusammengesucht, den ich finden konnte, und hier angelegt. Jetzt lege ich die Zündleitung bis zum Zündauslöser in Ihrer Hütte. Die sollen keine Deckung finden, wenn ich es verhindern kann.«

»Sprengen Sie die Hütten noch nicht gleich«, sagte ich. »Das heben wir uns lieber als Überraschung auf und setzen es ein, wenn wir es brauchen können.«

Er schnalzte mit der Zunge. »Sie können einen auch ganz schön überraschen. Das ist mal ein wirklich hinterhältiger Einfall.«

»Ich habe draußen im Urwald ein paar Lektionen gelernt.« Ich half ihm, den Leitungsdraht auszulegen, und wir tarnten ihn, so gut wie wir konnten, indem wir mit den Füßen Erde darüber scharrten. Rudetsky schloß die Enden der beiden Drähte an den Polen des Zündkastens an und klopfte dann mit befriedigtem Gesicht darauf.

»Es wird bald hell werden«, sagte ich.

Rudetsky trat ans Fenster und blickte zum Himmel hinauf. »Es ist stark bewölkt. Fallon hat gesagt, daß die Regenzeit sehr plötzlich anbricht.«

Um das Wetter machte ich mir keine Sorgen. Ich sagte: »Stellen Sie Smith und Fowler als Wachen am Lagerrand aus. Wir wollen uns nicht überraschen lassen.«

Dann hatte ich eine Stunde für mich, und ich saß draußen vor der Hütte und wäre beinahe eingeschlafen, weil ich mich plötzlich sehr erschöpft fühlte. Schlaf war sehr knapp gewesen, und wenn ich nicht die sechsunddreißig Stunden Ruhepause auf dem Baum im Wald gehabt hätte, wage ich zu behaupten, daß ich auf der Stelle wie betäubt eingeschlafen wäre. So verfiel ich in einen Halbschlaf, bis ich davon aufgestört wurde, daß mich jemand an der Schulter rüttelte.

Es war Fowler. »Da kommt jemand«, sagte er eindringlich.

»Wo?«

»Aus dem Wald.« Er deutete. »Von dort drüben. Ich zeige es Ihnen.«

Ich folgte ihm zu der Hütte am Lagerrand, von der aus er beobachtet hatte. Ich nahm den Feldstecher, den er mir reichte, und richtete ihn auf die ferne Gestalt in Weiß, die über das freigeräumte Gelände schlenderte.

Das Licht war ausreichend, und das Fernglas stark genug, um ganz deutlich zu zeigen, daß es Gatt war.

Elfter Teil

I

Die Beleuchtung an diesem Morgen war eigenartig. Trotz der hohen Wolken, die schnell über den Himmel zogen, war alles kristallklar, und der übliche Hitzedunst, der selbst in der Morgendämmerung über dem Wald lag, war verschwunden. Die Sonne ging gerade auf, und der Himmel nahm eine gespenstige, kränkliche Tönung an, und eine leichte Brise aus Westen bog die Zweige der Bäume hinter den freigelegten Ruinen von Uaxuanoc.

Als ich das Fernglas auf Gatt richtete, bemerkte ich zu meinem Ärger, daß meine Hände zitterten, und ich mußte das Glas auf die Fensterbank stützen, um zu verhindern, daß das Sichtfeld unkontrollierbar tanzte. Gatt ließ sich Zeit. Er schlenderte so unbesorgt dahin, als ob er seinen morgendlichen Verdauungsspaziergang im Stadtpark mache, und blieb gelegentlich stehen, um sich die freigelegten Hügel zu betrachten. Er war ebenso sorgfältig gekleidet wie bei seinem Besuch in Lager Eins, und ich erkannte sogar die winzige weiße Spitze des Taschentuchs in seiner Brusttasche.

Für den Augenblick ignorierte ich ihn und strich mit dem Glas am Rand des Ruinenfelds entlang. Niemand sonst war zu sehen, und es hatte den Anschein, als ob Gatt allein wäre, eine trügerische Annahme, auf die man sich lieber nicht verlassen sollte. Ich reichte den Feldstecher Rudetsky, der mir in die Hütte nachgefolgt war. Er hob ihn an die Augen und fragte: »Ist das der Kerl?«

»Ja, das ist er. Das ist Gatt.«

Rudetsky grunzte. »Läßt sich Zeit. Was macht er denn da? Blumen pflücken?«

Gatt hatte sich gebückt und betastete etwas auf dem Boden.

»In fünf Minuten wird er hier sein«, sagte ich. »Ich gehe ihm entgegen, um mit ihm zu sprechen.«

»Ist das nicht zu riskant?«

»Das läßt sich nicht ändern – und ich treffe ihn lieber da draußen als hier drinnen. Kann einer von Ihnen mit dem Gewehr umgehen, das wir haben?«

»Ich bin nicht ganz schlecht«, meinte Fowler.

»Nicht ganz schlecht!« polterte Rudetsky. »Er war als Scharfschütze in Korea.«

»Das ist für mich gut genug«, sagte ich und versuchte ein Grinsen. »Behalten Sie ihn im Visier, und wenn es so aussieht, als ob er einen hinterhältigen Trick beabsichtige, verpassen Sie ihm eins.«

Fowler griff nach dem Gewehr und prüfte das Visier. »Gehen Sie nicht zu weit«, sagte er, »und stellen Sie sich nicht zwischen mich und Gatt.«

Ich ging zur Tür der Hütte. »Alle anderen halten sich außer Sicht«, befahl ich und trat hinaus, wobei ich mir wie ein zum Tode Verurteilter auf dem Weg zum Galgen vorkam. Ich ging Gatt über das freigelegte Gelände entgegen, fühlte mich dabei sehr verwundbar und war mir voller Unbehagen bewußt, daß wahrscheinlich ein anderer mich im Visier seines Gewehrs hatte. Nach Fowlers Anweisung ging ich langsam, damit ich Gatt nur wenig mehr als zweihundert Meter von der Hütte entfernt begegnete, und wich etwas zur Seite aus, um Fowler ein freies Schußfeld zu geben.

Gatt hatte sich eine Zigarre angesteckt, und als er nahe bei mir war, lüftete er höflich seinen eleganten Panama. »Ah, Mr. Wheale. Ein schöner Morgen, finden Sie nicht?« Ich war nicht in der Laune zu irgendeinem Katz-und-Maus-Spiel und antwortete nicht. Er zuckte mit den Schultern und fragte: »Ist Professor Fallon zu sprechen?«

»Nein«, erwiderte ich knapp.

Er nickte verständnisvoll. »Nun gut, Sie wissen ja selbstverständlich auch, weshalb ich komme.« Das war keine Frage, sondern eine definitive Aussage.

»Das bekommen Sie nicht«, entgegnete ich ebenso definitiv.

»O doch, das werde ich«, sagte er zuversichtlich, »das werde ich.« Er betrachtete die Asche am Ende seiner Zigarre. »Ich nehme an, daß Sie im Auftrag von Fallon sprechen. Das überrascht mich – überrascht mich wirklich. Ich hatte angenommen, er sei Manns genug, für sich selbst zu sprechen, aber wahrscheinlich ist er innen genauso weich wie die meisten. Doch zur Sache. Sie haben eine Menge Gegenstände aus der Cenote herausgeholt. Die will ich haben. Ganz einfach. Wenn Sie mir dabei keine Schwierigkeiten machen, werden Sie von meiner Seite auch keine bekommen.«

»Sie werden uns in keiner Weise Schaden zufügen?« forschte ich.
»Sie können nach Belieben von hier fortgehen«, versicherte er.
»Welche Garantien habe ich dafür?«
Er spreizte die Hände und sah mich dabei mit Augen an, in denen die Ehrlichkeit leuchtete. »Sie haben mein Wort darauf.«
Ich lachte laut. »Nichts zu machen. So dumm bin ich nicht.«
Zum erstenmal verriet er Ärger, und nackte, unbezähmbare Gier schimmerte in seinem Blick. »Also, seien Sie sich über eins klar, Wheale. Ich komme her, um mir die Funde zu holen, und weder Sie noch sonst jemand kann mich davon abhalten. Sie können sie friedlich herausgeben oder nicht – das ist Ihre Wahl.«
Aus dem Augenwinkel nahm ich eine Bewegung wahr und drehte den Kopf. Gestalten in Weiß tauchten langsam aus dem Wald auf; sie waren zu einer unregelmäßigen Kette auseinandergezogen und mit Gewehren bewaffnet. Ich wendete den Kopf zur anderen Seite und sah weitere bewaffnete Männer aus dem Wald kommen.
Es war eindeutig an der Zeit, Gatt etwas unter Druck zu setzen. Ich griff in meine Hemdtasche nach den Zigaretten und zündete mir eine an und ließ dann die Streichholzschachtel beiläufig auf meiner Hand auf und ab tanzen. »Auf Sie ist ein Gewehr gerichtet, Gatt«, sagte ich. »Eine falsche Bewegung von Ihnen, und Sie sind ein toter Mann.«
Er lächelte dünn. »Auch auf Sie wird mit einem Gewehr gezielt. Ich bin kein Dummkopf.«
Die Streichholzschachtel tanzte weiter auf meiner Handfläche auf und ab. »Ich habe ein Signal vereinbart«, sagte ich. »Wenn ich diese Streichholzschachtel fallen lasse, bekommen Sie eine Kugel. Und wenn die Leute da draußen noch zehn weitere Schritte machen, lasse ich sie fallen.«
Er sah mich mit einem Anflug von Unsicherheit an. »Sie bluffen«, sagte er. »Und Sie wären auch ein toter Mann.«
»Wir können es ja darauf ankommen lassen«, schlug ich vor. »Zwischen Ihnen und mir besteht ein Unterschied. Mich interessiert es nicht besonders, ob ich lebe oder nicht, aber ich wette, daß Sie in diesem Punkt anders denken. Der Einsatz in diesem Spiel ist hoch, Gatt – und die Leute da hinten dürfen nur noch fünf Schritte machen. Sie haben meinen Bruder ermorden lassen, denken Sie daran! Ich bin bereit, für sein Leben einen hohen Preis zu bezahlen.«
Gebannt beobachtete Gatt die Streichholzschachtel, die sich in

die Luft erhob, und er zuckte unwillkürlich, als ich beim Auffangen beinahe danebengriff. Ich riskierte einen ungeheuren Bluff, und um damit durchzukommen, mußte ich mir den Anschein rücksichtsloser Verwegenheit geben. Ich warf die Schachtel noch einmal in die Luft. »Drei Schritte weiter von diesen Leuten da hinten, und keiner von uns beiden braucht sich noch Sorgen um den Schatz von Uaxuanoc zu machen.«

Er gab auf! »Also gut, im Augenblick steht es unentschieden«, sagte er heiser und hob beide Arme wedelnd über den Kopf. Die Kette der Männer hielt an und wendete sich dann wieder dem Wald zu. Als ich sah, daß sie sich zurückzogen, warf ich die Schachtel noch einmal in die Luft, und Gatt sagte gereizt: »Verdammt, hören Sie doch damit auf!«

Ich grinste Gatt an und fing die Schachtel auf, behielt sie aber in der Hand. Auf seiner Stirn stand eine dünne Schweißschicht, obwohl die Tageshitze noch nicht eingesetzt hatte. »Mit Ihnen würde ich nicht Poker spielen wollen«, sagte er schließlich.

»In diesem Spiel habe ich mich noch nicht versucht.«

Er stieß einen lauten, ungehaltenen Seufzer aus. »Hören Sie zu, Wheale, Sie wissen nicht, in was für einem Spiel Sie hier stecken. Ich habe Fallon von allem Anfang an genau beobachten lassen. Mein Gott, was habe ich neulich auf Ihrer Landebahn gelacht, als Sie alle die Unwissenden spielten. Sie haben sich wohl eingebildet, Sie hätten mich wirklich täuschen können, wie? Teufel, ich wußte alles, was Sie taten, und alles, was Sie dachten – es war mir völlig gleichgültig, was Sie unternahmen. Und diesen Idioten Harris habe ich durch ganz Mexiko herumhetzen lassen. Sehen Sie, jetzt ist alles an einem Punkt angekommen, an einer scharfen Spitze. Ich bin hier, und ich bin oben. Was sagen Sie nun?«

»Sie müssen Helfer gehabt haben.«

»Wußten Sie das nicht?« entgegnete er überrascht und lachte hell auf. »Mein Gott! Ich hatte diesen Narren Halstead. Schon damals in Mexiko City kam er zu mir und schloß ein Abkommen mit mir. Ein sehr ehrgeiziger Bursche, dieser Halstead. Er wollte diese Stadt nicht mit Fallon teilen – deshalb kam es zu dem Abkommen. Er konnte die Stadt haben, und ich bekam das Gold und beseitigte Fallon für ihn.« Seine Mundwinkel zogen sich in wilder Verachtung nach unten. »Der Kerl war zu feige, selbst zu töten.«

Es war also Halstead gewesen, genau wie Pat Harris geargwöhnt hatte, und als wir Uaxuanoc fanden, hatte er Gatt informiert. Kein Wunder, daß Pat im Kreis herumgeirrt war, wenn Gatt jeden unserer Schritte kannte. Mir wurde übel bei dem Gedanken, wie Ehrgeiz einen Mann so korrumpieren konnte, daß er mit jemandem wie Gatt gemeinsame Sache machte. Das komische daran war, daß Halstead die ganze Zeit über beabsichtigt hatte, Gatt zu betrügen. Er hatte niemals damit gerechnet, daß sich irgend etwas von Wert finden würde, worauf Gatt seine Hände legen konnte.

Mit harter Stimme fragte ich: »Wo ist Halstead jetzt?«

»Oh, der ist tot«, antwortete Gatt gleichgültig. »Als Sie ihn davonjagten, juckte meinen Chicleros der Finger am Abzug, und er fing eine Kugel ein.« Er grinste. »Habe ich Ihnen damit eine Mühe abgenommen, Wheale?«

Diese Frage ignorierte ich. »Sie vergeuden hier Ihre Zeit. Es steht Ihnen gern frei, zu kommen und sich unsere Funde zu holen. Aber Sie werden dabei naß werden.«

»Ich nicht«, widersprach Gatt. »Sie! Oh, ich weiß, was Sie damit gemacht haben. Halstead war nicht gleich tot, und er hat mir gesagt, wo das Zeug ist – nach einer gewissen Überredung. Es dauerte einige Zeit, sonst wäre ich früher hier gewesen, ehe Sie das Zeug ins Wasser schaffen konnten. Aber das spielt genaugenommen keine Rolle.« Seine Stimme war ruhig und leise und unendlich bedrohlich. »Sie können tauchen, Wheale, und Halsteads Hure kann es auch. Sie werden hinunterschwimmen und es für mich wieder rausholen.«

»Sie verstehen nicht viel vom Tauchen in tiefem Wasser. Das ist keine Angelegenheit, die sich in fünf Minuten erledigen läßt.«

Mit einer heftigen Handbewegung erwiderte er: »Und Sie werden es trotzdem tun.«

»Ich wüßte nicht, wie Sie mich dazu zwingen wollen.«

»Wirklich nicht? Dann sollen Sie's erfahren.« Sein Lächeln war erschreckend grausam. »Nehmen wir mal an, ich nehme mir den alten Fallon vor und fange an, ihn zu bearbeiten. Sie werden dabei zusehen, was ich mit ihm mache, und dann gehen Sie runter. Das verspreche ich Ihnen.« Er ließ seinen Zigarrenstummel fallen und klopfte mir gegen die Brust. »Sie haben recht, wenn Sie sagen, daß zwischen Ihnen und mir ein Unterschied besteht. Ich bin ein harter Mann, Wheale, aber Sie glauben nur, daß Sie hart sind. In letzter

Zeit haben Sie eine gute Imitation geboten, und ich habe mich davon täuschen lassen, aber Sie sind genauso wie die anderen gewöhnlichen Lumpen auf der Welt – in der Mitte weich, ganz wie Fallon. Wenn ich anfange, Fallon langsam auseinanderzunehmen – oder vielleicht auch die Frau – oder diesen großen Bullen Rudetsky – dann werden Sie tauchen. Verstehen Sie mich?«

Ich verstand. Ich verstand, daß dieser Mann Grausamkeit als Werkzeug benutzte. Er selber besaß kein menschliches Gefühl, aber er wußte genug, um die Gefühle anderer zu manipulieren. Wenn ich wirklich mit Fowler eine Verabredung getroffen hätte, hätte ich die Streichholzschachtel auf der Stelle fallen gelassen und das Risiko auf mich genommen, getötet zu werden, wenn nur er beseitigt wurde. Ich verfluchte meine Gedankenlosigkeit, daß ich keine Pistole mitgenommen hatte, um den Schuft zu erschießen.

Ich atmete tief ein und bemühte mich, gelassen zu sprechen. »In diesem Fall müssen Sie sorgfältig darauf achten, daß ich nicht getötet werde. Die Geschichte von der Gans, die die goldenen Eier legt, kennen Sie ja wohl.«

Er zog die Lippen zurück und bleckte die Zähne. »Sie werden noch wünschen, daß ich Sie umgebracht hätte«, versprach er. »Das werden Sie bestimmt.« Er drehte sich um und ging davon, und ich kehrte zu der Hütte zurück – und zwar schnell. Ich polterte gegen die Tür und brüllte: »Schießen Sie den Schuft nieder!« Ich war rasend vor blinder Wut.

»Zu spät«, antwortete Fowler vom Fenster her. »Er hat schon Deckung gesucht.«

»Was gibt's?« fragte Rudetsky.

»Er ist übergeschnappt – er ist komplett wahnsinnig! Wir haben seine Absicht vereitelt, und darüber hat er den Verstand verloren. Wenn er seine Beute nicht bekommen kann, will er sich dafür blutig rächen.« Ich dachte an diesen anderen Wahnsinnigen, der wie irre gebrüllt hatte: »Weltmacht oder Niedergang!« Wie Hitler hatte Gatt völlig den Verstand verloren und war in seiner sinnlosen Wut bereit, uns und sich selbst zu vernichten. Er war jenseits aller Vernunft und sah die Welt nur noch in einem Blutrausch.

Rudetsky und Fowler sahen mich stumm an, dann holte Rudetsky tief Luft. »Das spielt wohl keine Rolle mehr, nehme ich an. Wir wissen, daß er uns in jedem Fall umbringen muß.«

»Er wird jeden Augenblick mit seinem Angriff beginnen«, sagte ich. »Wir müssen alle zurück in die Hütte bei der Cenote.«

Rudetsky drückte mir einen Revolver in die Hand. »Sie brauchen nur abzudrücken.«

Ich nahm die Waffe, obwohl ich nicht wußte, wie ich damit umgehen sollte, und wir rannten in wildem Tempo aus der Hütte. Wir hatten noch nicht den halben Weg zur Cenote zurückgelegt, als knatterndes Gewehrfeuer einsetzte und überall ringsum kleine Erdfontänen vom Boden hochspritzten.

»Auseinander!« schrie Rudetsky, machte eine scharfe Wendung und stieß gegen mich. Er prallte von mir zurück, und wir beide suchten Deckung hinter einer Hütte.

Ein paar weitere Schüsse knallten, und ich fragte: »Wo, zum Teufel, sind sie?«

Rudetskys Brust hob und senkte sich heftig. »Irgendwo da vorn.«

Gatts Leute mußten den Angriff begonnen haben, sobald Gatt in Deckung gegangen war, wahrscheinlich auf ein vorher verabredetes Signal hin. Schüsse knallten von allen Seiten wie in einem Western, und es war schwer, genau zu erkennen, von wo aus der Angriff erfolgte. Ich sah Fowler, der sich hinter einer liegengebliebenen Kiste auf der anderen Seite der Lichtung versteckte und plötzlich in dem eigenartigen geduckten Zickzack des erfahrenen Soldaten weiterrannte. Geschosse wirbelten rings um ihn herum Staub auf, aber er wurde nicht getroffen und verschwand hinter einer anderen Hütte.

»Wir müssen von hier weg«, sagte Rudetsky hastig. Sein Gesicht verriet seine Anspannung. »Weiter zu der Hütte.«

Er meinte die Hütte bei der Cenote, und ich mußte ihm recht geben. Es war sinnlos, die Hütte zur Verteidigung vorzubereiten, um sich dann im offenen Gelände überraschen zu lassen. Ich hoffte, daß die anderen so vernünftig gewesen waren, sich bei den ersten Schüssen dorthin zurückzuziehen. Ich drehte mich noch einmal um und verfluchte Rudetskys Ordnungssinn – er hatte das Lager um eine breite, offene Straße angelegt, die jetzt von Kugeln übersät wurde und keine Deckung bot.

Ich sagte: »Es ist besser, wenn wir uns trennen, Joe. Zwei Ziele sind schwerer zu treffen als eins.«

»Gehen Sie erst«, antwortete er gepreßt. »Vielleicht kann ich Ihnen den Rücken decken.«

Uns darüber zu streiten, war keine Zeit, darum rannte ich los, auf die nächste Hütte hinter uns zu. Ich war etwa zwei Meter von ihr entfernt, als aus einer unerwarteten Richtung ein Chiclero um die Ecke gerast kam. Er war ebenso überrascht wie ich, denn er rannte mit dem Leib direkt gegen die Mündung des Revolvers, den ich vor mir hielt.

Ich drückte ab und spürte, daß mein Arm einen scharfen Ruck erhielt. Dann war es so, als ob der Chiclero von einer Riesenhand von den Füßen gehoben und fortgeschleudert würde, und er stürzte mit gespreizten Gliedern zu Boden. Ich schwankte etwas, wobei mir das Herz in der Brust Purzelbäume schlug, ehe ich mich von dem Schock soweit faßte, daß ich durch die offene Tür in die Hütte sprang. Einen Augenblick lang lehnte ich mich an die Wand, holte keuchend Atem und spürte, wie die Angst in meinem Gedärm wühlte. Dann drehte ich mich um und spähte vorsichtig aus dem Fenster. Rudetsky war fort – er mußte unmittelbar nach mir losgerast sein.

Ich sah auf den Revolver. Er war voll geladen gewesen, und jetzt waren noch fünf Patronen darin. Die verdammten Banditen schienen aus allen Richtungen zu kommen. Der Mann, den ich erschossen hatte, war von hinten gekommen – anscheinend von oben von der Cenote. Was das bedeuten mochte, behagte mir ganz und gar nicht.

Ich überlegte, was ich tun sollte, als mir die Entscheidung abgenommen wurde. Die Hintertür ging unter der Wucht eines schweren Tritts krachend auf. Ich riß den Kopf herum und sah von der Türöffnung eingerahmt einen Chiclero, der gerade im Begriff stand, aus seinem Gewehr einen Schuß auf mich abzugeben. Die Zeit schien erstarrt zu sein, und ich stand wie gelähmt da, ehe ich versuchte, den Revolver zu heben, und als mein Arm sich endlich bewegte, wußte ich, daß es zu spät war.

Der Chiclero schien zu zucken – diese kurze, sprunghafte Bewegung, die man aus alten Filmen kennt, wenn aus dem Ablauf ein paar Bilder herausgeschnitten wurden und der Schauspieler sich plötzlich an einer anderen Stelle befindet. Die Seite seines Kiefers verschwand, und die untere Hälfte seines Gesichts wurde durch eine rote Maske ersetzt. Er stieß einen blubbernden Schrei aus, schlug die Hände vors Gesicht und taumelte zur Seite, wobei er sein

Gewehr klappernd auf die Schwelle fallen ließ. Ich weiß nicht, wer auf ihn geschossen hatte; es konnte Fowler oder Rudetsky oder sogar einer von seiner eigenen Partei gewesen sein – die Kugeln flogen dicht genug.

Aber ich vergeudete keine Zeit damit, darüber nachzudenken. Ich sprang vor, rannte geduckt durch die offene Tür und riß dabei das gefallene Gewehr an mich. Niemand schoß auf mich, als ich wie der Teufel, etwas nach links zum Rand des Lagers abweichend, davonraste. Ich näherte mich der Hütte an der Cenote in einer Tangente, da ich einen Umweg zurückgelegt hatte, und konnte deshalb weder sehen, ob die Tür offenstand, noch ob überhaupt jemand in der Hütte war. Doch ich sah Fowler, der von vorn auf sie zurannte.

Beinahe hätte er es auch geschafft, aber irgendwo aus dem Nichts tauchte ein Mann auf – kein Chiclero, sondern einer von Gatts eleganten Meuchelmördern, der eine Waffe trug, die ich zuerst für eine Maschinenpistole hielt. Fowler war nicht weiter als nur sechs Schritte von der Hütte entfernt, als der Gangster abdrückte und seine Waffe mit einem eigenartigen doppelten Bumm losging. Fowler wurde von beiden Ladungen der abgesägten Doppelflinte getroffen, zur Seite geschleudert, und sank zu einem formlosen Haufen in sich zusammen.

Ich feuerte ohne große Hoffnung auf Erfolg einen Schuß auf seinen Mörder ab und stürzte auf die Tür der Hütte zu. Eine Kugel riß Splitter vom Türrahmen unmittelbar über meinem Kopf ab, und einer davon bohrte sich mir in die Wange, als ich in die Hütte hineintaumelte. Dann schlug jemand die Tür hinter mir zu.

Als ich wieder hinausspähte, erkannte ich, daß es nutzlos war, für Fowler irgend etwas tun zu wollen. Sein Körper zuckte hin und wieder, wenn er von einer Kugel getroffen wurde. Sie benutzten ihn als Zielscheibe.

2

In das unregelmäßige Knallen der Gewehre trat eine ungewisse Pause ein, und ich blickte mich in der Hütte um. Fallon kauerte mit einer Flinte an sich gedrückt unter einem Fenster, Smith befand sich mit einer Pistole in der Hand neben der Tür – offenbar hatte er sie hinter mir zugeschlagen. Katherine lag krampfhaft schluchzend auf dem Boden. Sonst war niemand da.

Als ich schließlich sprach, klang mir meine Stimme so fremd, ob als sie jemand anderem gehörte. »Rudetsky?«

Fallon wandte mir den Kopf zu, um mich anzusehen, und schüttelte ihn langsam. In seinen Augen lag Schmerz.

»Dann kommt er auch nicht mehr«, sagte ich rauh.

»Mein Gott«, sagte Smith. Seine Stimme zitterte. »Sie haben Fowler umgebracht. Sie haben ihn erschossen.«

Eine Stimme – eine laute Stimme – dröhnte draußen. Es war Gatt, und anscheinend benutzte er einen tragbaren Lautsprecher. »Wheale! Hören Sie mich, Wheale?«

Ich öffnete den Mund und schloß ihn dann fest. Mit Gatt zu diskutieren – versuchen, vernünftig mit ihm zu reden – war sinnlos. Ebensogut hätte man gegen eine Naturgewalt argumentieren können, etwa versuchen, einen Blitzstrahl durch logische Schlußfolgerungen von seiner Bahn abzulenken. Fallon und ich sahen uns quer durch die ganze Hütte stumm an.

»Ich weiß, daß Sie da sind, Wheale«, kam das laute Rufen. »Ich sah Sie in die Hütte gehen. Sind Sie zu einem Handel bereit?«

Ich preßte die Lippen zusammen. Fallon sagte krächzend: »Einem Handel! Hat er von einem Handel gesprochen?«

»Keinem, den Sie schätzen würden«, sagte ich grimmig.

»Daß der Mann getötet worden ist, tut mir leid«, rief Gatt. »Aber Sie leben noch, Wheale. Ich hätte Sie direkt vor der Tür umlegen können, aber ich habe es nicht getan. Sie wissen, warum?«

Smith hob mit einem Ruck den Kopf und sah mich aus zusammengekniffenen Augen an. In seinen Augen stand eine Frage, die er nicht in Worte kleidete. Ich schloß meine Hand fester um den Griff des Revolvers und hielt seinem Blick stand, bis er die Augen abwandte.

»Ich habe hier noch einen«, dröhnte Gatt. »Den großen Joe Rudetsky. Sind Sie zu einem Handel bereit?«

Ich wußte ganz genau, was er meinte. Ich feuchtete meine Lippen an und rief: »Zeigen Sie mir, daß er lebt – dann bin ich vielleicht bereit.«

Darauf folgte eine lange Pause. Ich wußte nicht, was ich tun würde, wenn Rudetsky noch am Leben sein und Gatt seine Drohungen wahr machen sollte. Was ich auch unternehmen würde, es wäre sinnlos. Es würde bedeuten, daß ich uns vier in Gatts Hände gab und ihm alle Trümpfe auslieferte. Und am Ende würde er uns alle doch umbringen. Doch wenn er Joe Rudetsky vorwies und anfing ihn zu foltern, konnte ich dann noch widerstehen? Ich wußte es nicht.

Gatt lachte: »Sie sind schlau, Wheale, Sie sind wirklich schlau, aber nicht hart genug. Lebt Fallon noch?«

Ich winkte Fallon zu, sich still zu verhalten.

»Oh, ich nehme an, daß er bei Ihnen ist – und vielleicht noch einer oder zwei. Ich überlasse es denen, sich mit Ihnen auseinanderzusetzen, Wheale, und vielleicht sind Sie dann zu einem Handel bereit. Ich gebe Ihnen eine Stunde – mehr nicht. Ich glaube nicht, daß Sie dazu hart genug sind, Wheale.«

Wir warteten völlig ruhig ganze zwei Minuten lang, aber er sagte nichts mehr. Dafür war ich dankbar, denn er hatte schon genug gesagt – ich konnte es Smith' Augen ansehen. Ich blickte auf meine Uhr und stellte mit einem Schock fest, daß es erst sieben Uhr morgens war. Keine fünfzehn Minuten waren vergangen, seit ich mit Gatt draußen vor dem Lager verhandelt hatte. Sein Angriff war mit erbarmungsloser Plötzlichkeit erfolgt.

Fallon ließ sich langsam zu Boden gleiten, bis er mit ausgestreckten Beinen dasaß. Die Flinte legte er vorsichtig neben sich. »Worin besteht der Handel?« fragte er und betrachtete seine Füße. Seine Stimme war die eines alten Mannes.

Ich achtete viel weniger auf Fallon als auf Smith. Smith hatte eine Pistole in der Hand; er hielt sie völlig locker, aber er konnte trotzdem gefährlich sein. »Ja, worin besteht der Handel?« wiederholte er.

»Es gibt keinen Handel«, entgegnete ich schroff.

Smith bewegte den Kopf ruckartig gegen das Fenster. »Der Kerl da draußen behauptet es doch.«

»Ich glaube nicht, daß Sie das gern hören würden«, sagte ich kalt.

Ich sah, wie sich seine Hand um den Griff der Pistole fester schloß, und hob den Revolver. Er stand nicht sehr weit von mir entfernt, aber ich wußte nicht, ob ich ihn überhaupt treffen könnte. Man hat mir immer gesagt, daß ein Revolver in der Hand eines Unerfahrenen eine sehr ungenaue Waffe ist. Allerdings konnte Smith nicht wissen, daß ich kein Schütze war. Ich fragte: »Wollen wir uns wirklich alle gegenseitig umbringen und Gatt die Mühe sparen?«

Er blickte auf den Revolver in meiner Hand, der auf seinen Leib gerichtet war. »Ich will nur wissen, worin dieser Handel besteht«, sagte er fest.

»Gut, ich sage es Ihnen, aber legen Sie die Waffe hin. Sie macht mich nervös.«

Die Gedanken, die Smith durch den Kopf jagten, waren an seinem Gesicht abzulesen und so deutlich, als ob er sie laut ausgesprochen hätte. Aber schließlich traf er seine Entscheidung und legte die Pistole vor seinen Füßen auf den Boden. Ich atmete auf und legte den Revolver auf den Tisch. Die Spannung ließ nach.

Smith sagte: »Ich fürchte, wir sind alle etwas nervös.« In gewisser Weise war es eine Entschuldigung.

Fallon betrachtete unentwegt die Kappen seiner Buschstiefel, als ob sie das Wichtigste in der Welt wären. Ruhig fragte er: »Was will Gatt?«

»Er will mich«, antwortete ich. »Er will, daß ich tauche und die Funde wieder heraufhole.«

»Das hatte ich erwartet. Was ist mit Rudetsky?«

»Er ist tot. Er hat Glück gehabt.«

Smith zog plötzlich zischend die Luft ein. »Was soll das bedeuten?«

»Gatts Methode, mich davon zu überzeugen, daß ich tauchen muß, ist nicht schön. Er nimmt einen von uns – Sie, Mr. Fallon oder Mrs. Halstead, gleichgültig, wer es ist – und foltert ihn, um mich unter Druck zu setzen. Dazu ist er unbedingt fähig, und ich nehme an, daß er dabei seine Phantasie spielen lassen wird.« Ich stellte fest, daß ich die Sache fast unbeteiligt betrachtete. »Vielleicht versengt er Ihnen die Füße mit einer Lötlampe, vielleicht hackt er Ihnen bei lebendigem Leib Stück für Stück die Glieder ab, vielleicht – nun, die Möglichkeiten, die er hat, sind unbegrenzt.«

Smith hatte sein Gesicht abgewendet; es zuckte nervös. »Und Sie würden ihn das tun lassen? Nur wegen ein paar elender Scherben?«

»Ich kann ihn durch nichts daran hindern«, antwortete ich. »Deshalb bin ich froh, daß Rudetsky und Fowler tot sind. Verstehen Sie, wir haben die Luftflaschen beseitigt, und ohne sie zu tauchen, dürfte verdammt schwierig werden. Wir haben nur ein paar gefüllte Aqualungen-Flaschen – die großen Flaschen liegen auf dem Grund der Cenote. Wenn Sie glauben, daß ich unter diesen Umständen, wobei mir noch jedesmal jemand die Ohren vollschreit, wenn ich nach oben komme, tauche, dann sind Sie noch wahnsinniger als Gatt.«

Smith fuhr zu Fallon herum. »Sie haben mich in die Geschichte hereingebracht, Sie verrückter alter Kerl. Dazu hatten Sie kein Recht – verstehen Sie? – dazu hatten Sie kein Recht.« Sein Gesicht verzerrte sich. »Mein Gott, wie komme ich hier heraus? Ich will nicht gefoltert werden.« Seine Stimme zitterte vor Selbstmitleid, und Tränen stürzten ihm aus den Augen. »Lieber Gott, ich will nicht sterben«, schluchzte er.

Er bot einen jämmerlichen Anblick, ein Mann, der völlig zusammenbrach. Gatt wußte sehr gut, wie man den innersten Kern eines Menschen unter Druck setzen konnte, und die Stunde Gnadenfrist, die er uns eingeräumt hatte, sollte nicht eine Erleichterung für uns sein. Es war das Sadistischste, was er bisher getan hatte, und er gewann damit. Katherine war zusammengebrochen, Fallon wurde vom Krebs und von Selbstvorwürfen zerfressen, und Smith war von der Furcht, zu Tode gefoltert zu werden, alle Widerstandskraft genommen worden.

Ich war innerlich völlig zerrissen, wurde von meiner reinen Ohnmacht, irgend etwas dagegen zu tun, gequält. Ich wollte zuschlagen und trampeln und zerschmettern – ich wollte Gatt in die Hände bekommen und ihm das Herz herausreißen. Ich konnte es nicht, und das Gefühl der Hilflosigkeit brachte mich um.

Smith sah mit listigem Blick zu mir auf. »Ich weiß, was wir tun können«, flüsterte er. »Wir geben ihm Fallon. Fallon hat uns hier hineingeritten, und Fallon will er doch haben, oder nicht?« In seinen Augen glomm ein Wahnsinnsschimmer auf. »Mit Fallon kann er tun, was er will, und uns würde er dann in Frieden lassen. Wir kämen dann hier raus, nicht wahr?«

»Halten Sie Ihr Maul!« schrie ich ihn an, und dann nahm ich mich zusammen. Genau das hatte Gatt beabsichtigt – uns mit berechneter kalter Grausamkeit das Rückgrat zu brechen. Ich widerstand der Versuchung, mich für meine Hilflosigkeit durch Brutalität an Smith zu rächen. Ich bemühte mich, mit fester ruhiger

Stimme zu sprechen, als ich sagte: »Jetzt hören Sie einmal zu, Smith. Wir werden alle sterben, und es kann durch Folter oder durch eine Kugel sein. Was ich bevorzuge, weiß ich, darum werde ich mich gegen Gatt wehren und werde mir die größte Mühe geben, ihn umzubringen.«

Smith sah mich haßerfüllt an. »Für Sie ist das alles gut und schön. Sie wird er nicht foltern. Sie sind vor ihm sicher.«

Die Lächerlichkeit dessen, was er gerade gesagt hatte, übermannte mich unvermittelt, und ich fing an, hysterisch zu lachen. Alle aufgestauten Emotionen machten sich in Gelächter Luft, und ich lachte unkontrollierbar. »Sicher!« schrie ich. »Mein Gott, ist das komisch!« Ich lachte, bis mir die Tränen kamen und mir der Bauch weh tat. »Oh, sicher!«

An die Stelle des Wahnsinns in Smith' Augen trat Erstaunen, und dann fiel er ein und stieß ein Kichern aus, dem ein normaleres Lachen folgte. Dann machten wir uns beide in unbeherrschten Lachsalven Luft. Es war hysterisch und schmerzte am Ende, aber es bekam uns gut, und als die emotionelle Verkrampfung schließlich vorüber war, fühlte ich mich geläutert, und Smith stand nicht mehr am Rand des Wahnsinns.

Selbst Fallon zeigte ein grimmiges Lächeln, bemerkenswert für einen Mann, über dessen Leben und Art zu sterben ein halb Wahnsinniger gerade diskutiert hatte. »Es tut mir leid, daß ich Sie in diese Situation gebracht habe, Smith«, sagte er, »aber ich selbst stecke ebenso darin wie Sie. Jemmy hat recht. Das einzige, was wir tun können, ist kämpfen.«

»Es tut mir leid, daß ich so die Haltung verloren habe, Mr. Fallon«, sagte Smith verlegen. »Ich fürchte, ich war eine Weile übergeschnappt.« Er bückte sich und hob die Pistole auf. Er nahm das Magazin aus der Waffe heraus und lud sie durch, um die Patrone aus der Kammer auszuwerfen. »Ich will nur so viele von diesen Schurken mitnehmen, wie ich kann.« Er prüfte das Magazin und drückte die lose Patrone hinein. »Fünf Kugeln – vier für sie und eine für mich. Das dürfte wohl das Beste sein.«

»Vielleicht haben Sie recht«, sagte ich und griff nach dem Revolver. Ich war mir keineswegs sicher, ob ich den Mut haben würde, mir selbst eine Kugel in den Kopf zu jagen, wenn der entscheidende Augenblick kam. »Passen Sie auf, was draußen vorgeht. Gatt hat gesagt, er gäbe uns eine Stunde, aber ich traue ihm nicht einmal das zu.«

Ich ging zu Katherine hinüber und ließ mich neben ihr auf ein Knie nieder. Ihre Augen waren jetzt trocken, aber auf ihren Wangen standen Tränenspuren. »Wie fühlen Sie sich?«

»Es tut mir leid«, flüsterte sie. »Es tut mir leid, daß ich die Nerven verloren habe – aber ich hatte so Angst – so große Angst.«

»Warum sollten Sie keine Angst haben?« entgegnete ich. »Jeder hier hat Angst. Nur ein verdammter Idiot würde in dieser Situation keine Angst haben.«

Sie schluckte nervös. »Haben sie Rudetsky und Fowler wirklich getötet?«

Ich nickte, dann sagte ich zögernd: »Katherine, auch Paul ist tot. Gatt hat es mir gesagt.«

Sie stöhnte, und in ihren Augen schimmerten unvergossene Tränen. »Mein Gott! Der arme Paul! Er hatte so viel gewollt – und so schnell.«

Wirklich armer Paul! Ich würde ihr nie alles sagen, was ich von Halstead wußte, von seinen Methoden, die er angewandt hatte, um das, was er sich wünschte, so schnell zu bekommen. Es würde niemand nützen und ihr das Herz brechen. Sie sollte sich seiner lieber erinnern, wie er gewesen war, als sie heirateten – jung, strebsam und ehrgeizig in seiner Arbeit. Ihr dieses Bild zu verwischen, wäre grausam gewesen.

»Er tut mir auch leid«, sagte ich.

Sie berührte meinen Arm. »Haben wir noch eine Chance – auch nur die geringste, Jemmy?«

Persönlich glaubte ich, daß wir weniger Chancen hatten als ein Schneeball in der Hölle. »Es besteht immer eine Chance«, antwortete ich fest.

Ihr Blick glitt an mir vorbei. »Fallon scheint das nicht zu glauben«, sagte sie mit leiser Stimme.

Ich drehte den Kopf und sah zu ihm hinüber. Er saß immer noch auf dem Boden, die Beine vor sich ausgestreckt, und starrte mit blicklosen Augen auf die Kappen seiner Stiefel. »Er hat seine eigenen Probleme«, sagte ich, stand auf und ging zu ihm hinüber.

Als ich näher kam, blickte er zu mir auf. »Smith hat recht«, sagte er tonlos. »Es ist meine Schuld, daß wir in dieser Klemme sitzen.«

»Sie hatten an andere Dinge zu denken.«

Er nickte langsam. »Ja – eigensüchtige. Ich hätte Gatt aus Mexiko ausweisen lassen können. Mein Einfluß hätte dafür ausgereicht. Aber ich habe alles einfach schleifen lassen.«

»Ich glaube nicht, daß Gatt sich daran gestoßen hätte«, sagte ich in dem Versuch, ihn zu trösten. »Er wäre trotzdem zurückgekommen – er hat selbst einigen Einfluß hier, wenn das stimmt, was Pat Harris mir gesagt hat. Ich glaube nicht, daß Sie ihn irgendwie hätten hindern können.«

»Um mich selbst geht es mir gar nicht«, sagte Fallon selbstanklagend. »Ich bin in spätestens drei Monaten ohnehin tot. Aber daß ich so viele andere ins Verderben reiße, ist unentschuldbar.« Er zog sich beinahe sichtbar in sich zurück und versenkte sich wieder in seine Trance der Selbstanklagen.

Da ich nichts für ihn tun konnte, richtete ich mich wieder auf und trat neben Smith ans Fenster. »Haben Sie irgend etwas beobachtet?«

»Da drüben in den Hütten sind ein paar.«

»Wie viele?«

Er schüttelte den Kopf. »Schwer zu sagen. Vielleicht fünf oder sechs in jeder.«

»Die werden vielleicht noch eine Überraschung erleben«, sagte ich leise. »Irgendeine Spur von Gatt?«

»Kann's nicht sagen«, antwortete Smith. »Ich weiß nicht mal, wie er aussieht. Verdammt komisch, was?« Er starrte zu den Hütten hinüber. »Wenn sie auf diese Entfernung anfangen zu schießen, schlagen die Kugeln hier durch wie durch Pappe.«

Ich drehte mich um und suchte den Zündauslöser mit den Drähten, die an ihn angeschlossen waren, und fragte mich, wieviel Sprengstoff Rudetsky unter den Hütten gelegt hatte und ob er entdeckt worden war. Als Kind hatten mich in der Guy Fawkes Night nasse Knallfrösche immer ganz besonders enttäuscht.

Die Stunde verstrich, und wir sprachen sehr wenig. Alles, was gesagt werden mußte, war uns während der ersten explosiven fünf Minuten entrissen worden, und wir alle wußten, daß es keinen Sinn hatte, unsere Qualen durch fruchtlose Diskussionen noch zu steigern. Ich setzte mich, und da ich nichts Besonderes zu tun hatte, überprüfte ich die Tauchgeräte, und Katherine half mir dabei. Ich glaube, daß ich uneingestanden irgendwie den Verdacht hegte, doch noch einmal in die Cenote tauchen zu müssen. Für diesen Fall wollte ich, daß um der Überlebenden in Gatts Händen willen alles so gut arbeitete wie möglich.

Unvermittelt wurde die Stille von Gatts rauher, durch den Lautsprecher verstärkter Stimme zerrissen. Er schien mit dem Gerät Schwierigkeiten zu haben, denn es dröhnte, als ob es übersteuert wäre. »Wheale! Sind Sie zu dem Handel bereit?«

Geduckt rannte ich zu dem Zündauslöser, kniete daneben nieder und hoffte, daß unsere Antwort an Gatt die endgültige sein würde. Er brüllte wieder. »Ihre Stunde ist vorbei, Wheale.« Darauf folgte ein dröhnendes Lachen. »Fischen Sie, oder ich zerhacke Sie zu Ködern.«

»Hören Sie doch!« sagte Smith eindringlich. »Das ist ein Flugzeug.«

Das dröhnende Geräusch war viel lauter geworden und schwoll plötzlich zu einem Brüllen an, als die Maschine über uns hinwegflog. Verzweifelt drehte ich den Griff des Zündauslösers um neunzig Grad und stieß ihn nach unten, und die Hütte bebte unter der Gewalt der Explosion. Smith schrie begeistert auf, und ich sprang zum Fenster, um zu sehen, was vor sich ging.

Die eine der Hütten war nahezu im wahrsten Sinn des Wortes verschwunden. Als der Qualm sich verzog, sah ich, daß nur das Betonfundament von ihr übriggeblieben war. Aus der anderen Hütte taumelten Gestalten heraus und rannten davon. Smith feuerte schnell hinter ihnen her. Ich packte ihn an der Schulter. »Hören Sie auf. Sie vergeuden Munition.«

Das Flugzeug flog wieder über uns hinweg, aber ich konnte es nicht sehen. »Ich möchte gern wissen, wem die Maschine gehört«, sagte ich. »Sie könnte Gatt gehören.«

Smith lachte hektisch. »Oder auch nicht – und, Teufel, was haben wir ihr für ein Signal gegeben!«

Es erfolgte keine Reaktion von Gatt. Die laute Stimme war mit der Explosion verstummt, und ich hoffte verzweifelt, daß ich ihn in die Hölle gejagt hätte.

3

Das war zuviel gehofft gewesen. Eine weitere Stunde blieb alles ruhig, doch dann begann ein langsamer, aber stetiger Hagel von Gewehrkugeln. Die Geschosse durchschlugen die dünnen Wände der Hütte und zerfetzten die innere Isolierung, und es war sehr gefährlich, den Schutz der dicken Holzbalken, die Rudetsky eingebaut hatte, zu verlassen. Die Hauptgefahr kam nicht von direkten Treffern, sondern von Querschlägern. Aus der Feuergeschwindigkeit schloß ich, daß nicht mehr als drei oder vier Leute am Schießen beteiligt waren, und fragte mich voller Unbehagen, was die anderen tun mochten.

Offensichtlich war auch, daß Gatt noch lebte. Ich bezweifelte, daß die Chicleros ohne ihn und seine Antreiber im Rücken den Angriff weitergeführt hätten. Sie wurden nicht wie Gatt von einem Motiv getrieben, und überdies war eine nicht bekannte Zahl von ihnen in der Hütte getötet worden. Ich hielt die Annahme für berechtigt, daß keiner der Männer in der Hütte die Explosion überlebt hatte, und den übrigen mußte sie einen höllischen Schrecken eingejagt haben.

Die Tatsache, daß der Angriff nach einer Stunde wieder aufgenommen wurde, bewies auch, daß Gatt ungeachtet allem, was er sonst sein mochte, es verstand, Männer zu führen – oder anzutreiben. Persönlich hatte ich gesehen, daß drei Chicleros ums Leben gekommen waren; angenommen weitere vier, um niedrig zu schätzen, waren in der Hütte getötet worden, und dazu kamen noch jene, die Fowler oder Rudetsky erledigt hatten, ehe sie selbst hingemordet worden waren. Gatt mußte ein teuflischer Mensch sein, wenn er die Chicleros nach solchen Verlusten zu einem weiteren Angriff aufpeitschen konnte.

Das Flugzeug hatte ein paarmal über uns gekreist, nachdem die Hütte in die Luft gegangen war, und war dann in nordwestlicher Richtung davongeflogen. Wenn es Gatt gehörte, dann war das ohne jede Bedeutung, wenn es einem Fremden gehörte, dann mochte der Pilot sich vielleicht gefragt haben, was, zum Teufel, da unten vorgehen mochte – auf jeden Fall hatte er sich dafür ausreichend interessiert, um das Lager mehrere Male zu überfliegen – und würde es vielleicht den Behörden melden, wenn er an seinem Ziel, was das auch sein mochte, ankam. Doch bis es soweit war, daß etwas unternommen werden konnte, würden wir alle tot sein.

Aber ich glaubte nicht daran, daß es ein Fremder gewesen war. Wir hatten uns eine ganze Zeitlang in Quintana Roo aufgehalten, und die einzigen Flugzeuge, die ich gesehen hatte, waren die von Fallon gewesen, und Gatts kleine zweimotorige Maschine, die bei Lager Eins gelandet war. In Quintana Roo bestand kein großer Bedarf für einen Flugservice, und wenn es sich also nicht um Gatts Maschine gehandelt hatte, mochte es durchaus jemand wie Pat Harris gewesen sein, der herunterkam, um festzustellen, warum Fallon die Verbindung mit der Außenwelt verloren hatte. Doch ich konnte nicht einsehen, wie sich selbst dadurch unsere Lage irgendwie ändern sollte.

Ich zuckte zurück, als eine Kugel durch die Hütte schlug und ein paar Flocken der Kunststoffisolierung herunterschwebten und sich auf meinen Handrücken setzten. Wir konnten zweierlei tun – bleiben und auf das Ende warten oder ausbrechen und uns im Freien töten lassen. Die Wahl war nicht besonders reizvoll.

»Ich möchte wissen, wo die anderen Kerle alle sind?« sagte Smith. »Da draußen können nicht mehr als vier sein.«

Ich grinste verkrampft. »Wollen Sie rausgehen und nachsehen?«

Er schüttelte nachdrücklich den Kopf. »Ohne mich. Ich will, daß die herkommen und mich rausholen. Dann sind die ohne Dekkung.«

Katherine kauerte hinter einer dicken Bohle und hielt den Revolver umklammert, den ich ihr gegeben hatte. Wenn sie ihre Angst nicht überwunden hatte, gelang es ihr jedenfalls, sie zu verbergen. Fallon machte mir mehr Sorgen. Er stand stumm mit der Flinte in den Händen da und wartete auf das Unvermeidliche. Ich glaube, er hatte aufgegeben und hätte den schmetternden Schlag einer Kugel gegen seinen Kopf, der allem ein Ende machen würde, willkommen geheißen.

Die Zeit verstrich, in regelmäßigen Abständen knallte ein Gewehr, gefolgt von dem dumpfen Einschlag eines Geschosses in das dicke Holz. Ich bückte mich und legte ein Auge an eines der zackigen Einschußlöcher in der Wand, wobei ich mich auf die recht fragwürdige Ansicht verließ, daß der Blitz niemals zweimal an der gleichen Stelle einschlägt. Die Schützen hielten sich verborgen, und es gab keine Möglichkeit, ihre Positionen auszumachen. Es hätte uns auch gar nichts genützt, wenn wir sie entdeckt hätten, da wir nur ein Gewehr besaßen, in dessen Magazin sich nur noch zwei Patronen befanden.

Fowlers Leiche lag etwa zehn Meter von der Hütte entfernt. Der Wind blähte sein Hemd auf und zerrte daran, und Strähnen seines Haares wehten in der Brise. Er lag ganz friedlich da, den einen Arm weit von sich gestreckt, die Finger der Hand leicht gekrümmt, in einer ganz natürlichen Haltung, fast so, als ob er schliefe. Aber sein Hemd war von häßlichen Flecken bedeckt, wo er getroffen worden war.

Ich schluckte krampfhaft und richtete meinen Blick höher auf die zerstörte Hütte und die um sie verstreuten Trümmer und dann auf die dahinter liegenden Ruinen von Uaxuanoc und den fernen Urwald. Irgendwie wirkte das alles fremd und unnatürlich, aber nicht wegen der Anzeichen brutaler Gewalt und der Spuren des Todes. Irgend etwas hatte sich völlig verändert, und ich brauchte sehr lange, um zu entdecken, was es war.

»Smith!« rief ich gedämpft.

»Ja?«

»Der Wind wird stärker.«

Daraufhin blickte er selbst hinaus, und erst nach einer kurzen Weile antwortete er: »Na und?«

Ich sah wieder zu dem Urwald hinüber. Er war in Bewegung geraten, die Baumwipfel tanzten, die Äste peitschten durch die unruhige Luft. Die ganze Zeit über, die ich in Quintana Roo verbracht hatte, war die Luft ruhig und heiß gewesen, und es hat viele Stunden gegeben, in denen ich eine kühle Brise begrüßt hätte. Vorsichtig reckte ich mich auf und drehte den Kopf zum Fenster hin, ohne ihn zu zeigen und einem Schützen als Ziel zu bieten. Der Himmel im Osten war von dicken Wolken verdunkelt, und in der Ferne leuchteten schwach Blitze auf.

»Fallon«, sagte ich. »Wann beginnt hier die Regenzeit?«

Er regte sich etwas. »Sie kann jeden Augenblick einsetzen, Jemmy.« Es schien ihn nicht sonderlich zu interessieren, warum ich gefragt hatte.

»Was würden Sie davon halten, wenn Sie jetzt Wolken und Blitze sähen?« fragte ich.

»Daß die Regenzeit eingesetzt hat«, antwortete Fallon.

»Ist das alles?« fragte ich enttäuscht.

»Das ist alles.«

Wieder traf eine Kugel die Hütte, und ich fluchte, als mir ein Holzsplitter in die Wade stach.

»He, was ist das?« rief Smith alarmiert. »Wo ist die denn hergekommen?« Er deutete auf das ausgezackte Einschußloch auf dem Fußboden.

Ich verstand, was er damit sagen wollte. Das Geschoß war aus einem unmöglichen Winkel eingeschlagen und konnte kein Querschläger gewesen sein. Wieder schlug ein Geschoß ein, traf einen Stuhl und warf ihn um. Ich sah den Einschuß in der Rückenlehne und erkannte, was geschehen war. Die Chicleros hatten die Anhöhe hinter der Cenote erstiegen und richteten von dort ein flankierendes Feuer auf die Hütte.

Die Lage war jetzt völlig aussichtslos. Unsere zusätzliche Verstärkung der Hütte bedeckte nur den untersten Teil der Wände und hatte sich bisher gut bewährt, bot aber keinen Schutz von oben. Ich konnte bereits den Himmel durch eine Öffnung in den Asbestplatten des Hüttendachs sehen, wo eine Kugel das spröde Material durchschlagen hatte. Mit einer genügenden Zahl gutgezielter Schüsse konnten die Chicleros uns das Dach über dem Kopf vollständig fortreißen, doch bis sie das geschafft hätten, wären wir voraussichtlich alle lange tot.

Einen geringen Schutz aus dieser Richtung konnten wir noch finden, wenn wir uns in dem engen Winkel zwischen Boden und der dem Abhang zugewendeten Wand duckten, doch von dort konnten wir nicht beobachten, was draußen vor der Hütte vorging. Dann brauchte Gatt nur noch auf die Hütte loszugehen und die Tür zu öffnen, und keiner von uns war in der Lage, auf ihn zu schießen.

Wieder schlug von oben eine Kugel ein. »Wollen Sie einen Ausbruch versuchen, Smith?« fragte ich. »Wenn Sie gehen, komme ich mit.«

»Nein«, lehnte Smith ab. »Ich sterbe hier.«

Er starb zehn Sekunden nach diesen Worten durch eine Kugel, die ihn mitten in die Stirn traf und gegen die Wand und zu Boden warf. Er starb, ohne den Mann zu sehen, der ihn tötete, und ohne jemals Gatt gesehen zu haben, der seinen Tod befohlen hatte.

Ich beugte mich zu ihm hinunter, und eine Kugel schlug an genau der Stelle in die Wand, an der ich eben noch gestanden hatte. Fallon schrie: »Jemmy! Am Fenster!« und ich hörte den dumpfen Abschuß einer Flinte.

Ein Mann schrie auf, und ich wälzte mich mit dem Revolver in der Hand auf dem Boden herum, gerade noch rechtzeitig, daß ich einen Chiclero von dem schon lange zersplitterten Fenster zurücktaumeln und Fallon mit dem rauchenden Gewehr in der Hand sich aufrichten sah. Er trat schnell an das Fenster und schoß noch einmal, worauf ein Schrei draußen antwortete.

Er ließ sich zurücksinken und klappte das Gewehr auf, um neu zu laden. Ich sprang zum Fenster und sah einen Chiclero in Deckung gehen. Ein zweiter taumelte, die Hände vors Gesicht geschlagen, wie betrunken umher und stieß einen langanhaltenden, klagenden Schrei aus. Ich beachtete ihn nicht weiter, sondern gab einen Schuß auf einen dritten ab, der sich keine zwei Schritte entfernt vor der Tür befand. Selbst ein blutiger Anfänger im Revolverschießen hätte ihn nicht verfehlen können. Er gab ein grunzendes Stöhnen von sich und klappte zusammen.

Ich ließ mich zurückfallen, als eine Kugel einen der letzten Glassplitter aus dem Fensterrahmen riß, und zitterte heftig, als zwei weitere Geschosse durch das Dach schlugen. Jeden Augenblick erwartete ich den Schlag zu fühlen, mit dem eine mich treffen mußte.

Fallon war plötzlich wieder zum Leben erwacht. Er stieß mich mit dem Fuß an, und als ich zu ihm aufblickte, sah er mich mit leuchtenden Augen an. »Jetzt können Sie hinaus«, drängte er. »Machen Sie schnell.«

Ich verstand ihn nicht, und er deutete mit einer heftigen Armbewegung auf die Taucheranzüge. »In die Cenote, verdammt noch mal!« schrie er. »Da können sie nicht an Sie herankommen.« Er kroch zur Wand und legte ein Auge an ein Schußloch. »Da draußen ist alles still. Ich kann sie lange genug aufhalten.«

»Was wird mit Ihnen?«

Er drehte sich um. »Was soll aus mir werden? Ich bin schon so gut wie tot. Keine Sorge. Gatt bekommt mich niemals lebendig.«

Für lange Überlegungen war keine Zeit. Katherine und ich konnten in die Cenote tauchen und dort in Sicherheit vor Gatts Kugeln noch eine Weile überleben. Doch was kam dann? Sobald wir wieder auftauchten, boten wir nur hilflose Ziele – und wir konnten nicht ewig unten bleiben. Trotzdem, etwas länger leben können bedeutete, etwas länger hoffen dürfen, und wenn wir blieben, wo wir jetzt waren, würden wir innerhalb der nächsten Minuten unweigerlich getötet werden. Ich packte Katherine am Handgelenk. »In den Taucheranzug«, schrie ich ihr zu. »Machen Sie ganz schnell!« Sie sah mich überrascht an, reagierte aber sofort. Sie riß sich die Kleider vom Leib und stieg in den Taucheranzug, und ich half ihr, das Atemgerät anzulegen. »Was wird aus Fallon?« fragte sie atemlos.

»Kümmern Sie sich nicht um ihn«, fuhr ich sie an. »Konzentrieren Sie sich auf das, was Sie tun.«

Das Schießen hatte in einem Umfang nachgelassen, den ich mir nicht erklären konnte. Wenn ich an Gatts Stelle gewesen wäre, hätte ich diesen Augenblick benutzt, das Feuer im höchstmöglichen Maß zu verstärken, doch nur noch eine einzelne Kugel schlug durch das Dach, während Katherine und ich uns mit den Atemgeräten abmühten und die Luftflaschen anschlossen.

Ich wandte mich an Fallon. »Wie sieht es draußen aus?«

Er blickte durch das Fenster auf den Himmel im Osten, und ein plötzlicher Windstoß zerzauste sein schütteres Haar. »Ich habe mich geirrt, Jemmy«, sagte er unvermittelt. »Dort zieht ein Unwetter auf. Der Wind ist schon sehr stark.«

»Ich bezweifle, daß das uns etwas nützt«, sagte ich. Das Atemgerät mit den zwei Luftflaschen drückte schwer auf meine Schultern, und ich wußte, daß ich damit nicht sehr schnell laufen konnte, aber Katherine würde dadurch noch stärker behindert sein. Es bestand eine sehr hohe Wahrscheinlichkeit, daß wir abgeschossen werden würden, während wir zur Cenote liefen.

»Es eilt«, drängte Fallon und griff nach dem Gewehr. Alle vorhandenen Waffen hatte er in einer Reihe dicht vor dem Fenster bereitgelegt. »Für einen langwierigen Abschied haben wir keine Zeit, Jemmy. Machen Sie, daß Sie endlich rauskommen.« Er wandte uns den Rükken zu und stellte sich mit schußbereitem Gewehr neben das Fenster.

Ich schob den Tisch beiseite, der die Tür verbarrikadierte, und sagte zu Katherine: »Sobald ich die Tür geöffnet habe, laufen Sie los. Denken Sie an nichts anderes, als in die Cenote zu kommen. Sobald Sie im Wasser sind, tauchen Sie in die Höhle hinunter. Haben Sie verstanden?«

Sie nickte, sah aber ratlos zu Fallon hinüber. »Was wird aus . . .?«

»Kümmern Sie sich nicht darum. Los jetzt . . . laufen Sie!«

Ich öffnete die Tür, und sie lief hindurch. Ich folgte ihr schnell und tief geduckt, schwenkte mich in den Hüften, um meine Richtung zu ändern, sobald ich den Boden vor der Hütte berührte. Ich hörte den Knall von einem Gewehr, das abgeschossen wurde, konnte aber nicht unterscheiden, ob der Schuß vom Feind kam oder von Fallon, der uns Feuerschutz gab. Vor mir sah ich Katherine um die Ecke der Hütte biegen, und als ich ihr folgte, rannte ich gegen einen Windstoß an, der mich mit der fast gleichen Wucht wie eine Ziegelmauer traf und mir in den offenen Mund wehte, daß er mir beinahe den Atem nahm. Es wurde auffallend wenig geschossen – nur ein paar vereinzelte Schüsse –, und ich bemerkte nicht, daß irgendwo in unserer Nähe eine Kugel einschlug.

Ich wendete meine Blicke von Katherine ab und riskierte es, nach oben zu sehen, und glaubte, den möglichen Grund zu erkennen. Der ganze Abhang oberhalb der Cenote befand sich in heftiger Bewegung unter dem scharfen Wind, der die Bäume peitschte und sie in Wellen – wie ein Weizenfeld unter einer Brise in England – vor sich her trieb. Doch hier waren es über dreißig Meter hohe Stämme – nicht Weizenhalme –, die sich unter dem Ansturm bogen, und dieser Wind war um einiges stärker als ein sanfter englischer Zephir. Unvermittelt kam mir der Gedanke, daß jeder, der sich jetzt auf dem Berg aufhielt, seine Haut riskierte.

Doch jetzt hatte ich keine Zeit, darüber nachzudenken. Ich sah, daß Katherine am Rande der Cenote zögerte. Der Augenblick war nicht geeignet, sich über die korrekte Befolgung der Vorschriften für das Tauchen den Kopf zu zerbrechen. »Springen Sie!« schrie ich ihr zu, »verdammt noch mal, so springen Sie doch schon!« Aber sie zögerte immer noch vor dem Zehn-Meter-Sprung, darum legte ich ihr die Hand aufs Kreuz und stieß sie ins Wasser hinunter. Sekundenbruchteile später folgte ich ihr und schlug mit den Füßen voran auf das Wasser auf. Das Atemgerät verursachte beim Einschlagen einen scharfen Ruck, doch dann schloß sich das Wasser über meinem Kopf.

Zwölfter Teil

I

Sobald ich unter Wasser war, knickte ich vornüber, um tiefer zu kommen, und blickte mich dabei nach Katherine um. Ich sah sie, aber zu meinem Entsetzen schwamm sie wieder aufwärts – direkt zur Oberfläche. Ich wendete im Wasser und folgte ihr, überlegte, was sie wohl beabsichtigte, und packte sie, unmittelbar ehe sie auftauchte.

Dann erkannte ich, was passiert war. Die Maske war ihr vom Gesicht gerissen worden, vermutlich durch die Wucht des Aufschlags auf das Wasser, und der Luftschlauch hatte sich in einem unentwirrbaren Knäuel zwischen den Flaschen auf ihrem Rücken verfangen, an das sie unmöglich herankommen konnte. Die Luft wurde ihr schnell knapp, aber sie behielt ihren kühlen Kopf und ließ sie gleichmäßig und langsam aus dem Mund strömen, genauso wie sie es damals in Fallons Schwimmbassin in Mexico City gemacht hatte, als ich sie dort überraschend am Fuß packte. Sie verriet nicht einmal Panik, als ich sie festhielt, sondern ließ sich von mir unter Wasser zum Rand der Cenote ziehen.

Wir durchbrachen die Wasserfläche, und sie schnappte keuchend nach Luft. Ich spuckte mein Mundstück aus und entwirrte ihren Luftschlauch. Sie legte eine kurze Pause ein, ehe sie ihre Maske wieder anlegte. »Danke«, sagte sie. »Aber ist es hier nicht gefährlich?«

Wir befanden uns unmittelbar unter dem Steilhang am Ufer der Cenote und waren dadurch vor Schüssen von oben durch den steilen Winkel des Hangs geschützt, boten aber für jeden, der an Fallon vorbeigelangte, hilflose Ziele.

»Schwimmen Sie unter Wasser zum Grundtau hinüber und warten Sie dort auf mich«, sagte ich. »Machen Sie sich keine Sorge über Schüsse – Wasser ist ein harter Stoff. Es nimmt schon nach sechs Zoll Kugeln jede Kraft. Wenn Sie sich zwei Fuß unter der Oberfläche halten, sind Sie völlig geschützt, so sicher wie hinter Panzerplatten.«

Sie tauchte unter und verschwand. Infolge der tanzenden Lichtreflexe und der vom Wind aufgewühlten Wellen konnte ich sie nicht sehen, offensichtlich konnten es aber die Kerle oben auf dem Abhang, denn plötzlich spritzten hintereinander eine Reihe von kleinen Fontänen auf. Ich hoffte, die im Volk verbreitete Meinung über Gewehrkugeln, die ins Wasser trafen, sei richtig, und atmete erleichtert auf, als ich an einem Aufwallen des Wassers beim Floß erkannte, daß sie darunter angekommen und in Sicherheit war.

Jetzt war ich an der Reihe. Ich tauchte unter und schwamm in einer Tiefe von vier Fuß zum Floß. Ich will verdammt sein, wenn ich nicht eine Kugel sah, die mit von dem Aufschlag abgeplatteter Spitze senkrecht neben mir in die Tiefe sank. Die Volksmeinung war also zutreffend.

Ich fand Katherine unter dem Floß, wo sie sich am Grundtau festhielt, und deutete mit dem Daumen nach unten. Gehorsam tauchte sie, hielt dabei eine Hand an dem Tau, und ich folgte ihr. Wir gingen bis zur Tiefe von fünfundzwanzig Metern, wo eine Markierung anzeigte, daß wir das Niveau der Höhle erreicht hatten. Wir schwammen zu der Höhle hinüber und tauchten in ihr mit dem Gefühl ungeheuerer Erleichterung auf. Katherine hob neben mir den Kopf aus dem Wasser, und ich half ihr, auf den Absatz hinaufzuklettern. Dann schaltete ich die Beleuchtung ein.

»Wir haben es geschafft«, sagte ich.

Mit einer müden Bewegung nahm sie ihre Maske ab. »Für wie lange?« fragte sie und sah mich dabei anklagend an. »Sie haben Fallon dem Tod preisgegeben – ihn im Stich gelassen.«

»Das war seine eigene Entscheidung«, entgegnete ich schroff. »Schalten Sie Ihr Luftventil ab. Sie vergeuden Luft.«

Mechanisch griff sie danach, und ich wandte meine Aufmerksamkeit der Höhle zu. Sie war ziemlich groß, und ich schätzte ihren Rauminhalt auf über 300 Kubikmeter – wir hatten eine Unmenge Luft von oben in sie hineinpumpen müssen, um das Wasser aus ihr zu verdrängen. In dieser Tiefe war die Luft auf drei Atmosphären Überdruck komprimiert und enthielt infolgedessen die dreifache Menge Sauerstoff wie die gleiche Luftmenge an der Oberfläche, und das war eine Hilfe. Doch mit jedem Atemzug atmeten wir Kohlendioxid aus, und je höher der Gehalt an CO_2 wurde, desto gefährdeter würden wir sein.

Ich ruhte mich eine Weile aus und betrachtete die gelblichen

Lichtreflexe von den aufgestapelten Goldgeräten neben uns auf der Felsbank. Das Problem war ganz einfach, seine Lösung sehr viel weniger. Je länger wir unten blieben, desto länger würden wir auf dem Weg nach oben für die Dekompression brauchen – die Luftflaschen aber in unseren tragbaren Atemgeräten enthielten nicht genug Luft für eine langwierige Dekompression. Schließlich neigte ich mich vor und spülte meine Maske im Wasser, ehe ich sie wieder anlegte.

Katherine setzte sich auf. »Wo wollen Sie hin?«

»Es dauert nicht lange«, antwortete ich. »Nur auf den Grund der Cenote, um eine Möglichkeit zu finden, unseren Aufenthalt hier zu verlängern. Ihnen kann nichts geschehen – verhalten Sie sich nur still und warten Sie ruhig ab.«

»Kann ich nicht dabei helfen?«

Ich dachte darüber nach, antwortete dann aber: »Nein. Sie würden nur Luft verbrauchen. Hier in der Höhle ist genug vorhanden, um uns zu erhalten, und das, was noch in Ihren Flaschen ist, könnte ich womöglich noch benötigen.«

Sie blickte zu der Lampe auf und schauderte. »Hoffentlich geht sie nicht aus. Merkwürdig, daß sie überhaupt noch funktioniert.«

»Die Batterien oben sind voll aufgeladen«, sagte ich. »Es ist also nicht so merkwürdig. Seien Sie unbesorgt – ich werde nicht lange brauchen.«

Ich legte meine Maske an, ließ mich ins Wasser gleiten und schwamm aus der Höhle und tauchte dann zum Grund hinab. Ich fand eine unserer Arbeitslampen und überlegte, ob ich sie einschalten sollte, oder besser nicht, weil sie von oben gesehen werden konnte. Am Ende riskierte ich es – Gatt hatte keine Möglichkeit, an mich heranzukommen, es sei denn, er erfand eine Wasserbombe, um mich in die Luft zu sprengen, aber das traute ich ihm in der kurzen Zeit nicht zu.

Ich suchte nach den Luftzylindern, die Rudetsky und ich vom Floß aus versenkt hatten, und fand sie weit verstreut, aber intakt. Schwieriger war, den Verteileranschluß zu finden, der den Zylindern gefolgt war, aber ich entdeckte ihn unter den Windungen des Luftschlauchs, der sich wie eine Schlange ausbreitete, und ich lächelte befriedigt, als ich an dem Verteilerstück mit einer Seilschlinge befestigt den dazugehörigen Schraubenschlüssel fand. Ohne diesen Schlüssel wäre ich rettungslos verloren gewesen.

Die Zylinder an einer Stelle zu sammeln, war eine Herkulesarbeit, aber schließlich gelang mir das, sowie auch, das Verteilerstück anzumontieren. Taucher stehen vor ganz ähnlichen Problemen der Schwerelosigkeit wie Astronauten, und jedesmal, wenn ich eine Mutter anzog, rotierte mein Körper in entgegengesetzter Richtung um den Zylinder. Ich plagte mich da unten annähernd eine Stunde lang, aber schließlich waren alle Zylinder an das Verteilerstück angeschlossen, alle Hähne geöffnet und der Schlauch an den Auslaßstutzen montiert und das Endventil geschlossen. Damit standen alle Luftzylinder bei Bedarf am Ende des Schlauchs zur Verfügung.

Den Schlauch hinter mir herziehend, schwamm ich zur Höhle hinauf, tauchte neben der Felsbank auf und hob den Schlauch triumphierend hoch. Katherine saß am anderen Ende, und als ich sie aufforderte: »Fassen Sie zu!«, blieb sie regungslos sitzen und sah mich nur stumm an.

Ich stemmte mich hoch, wobei ich den Schlauch nur mit Mühe halten konnte, zog ihn dann ein gutes Stück zu mir heraus und sicherte ihn dadurch, daß ich mich auf ihn setzte. »Was ist denn mit Ihnen los?« fragte ich ungehalten.

Es dauerte eine ganze Weile, bis sie verzagt antwortete: »Ich habe an Fallon denken müssen.«

»Und?«

»Mehr haben Sie nicht zu sagen?« hielt sie mir leidenschaftlich entgegen, aber ihre Heftigkeit verschwand ebenso schnell, wie sie aufgeflackert war. »Glauben Sie, daß er tot ist?« fragte sie ruhiger.

Ich überlegte. »Wahrscheinlich«, antwortete ich schließlich.

»Mein Gott, ich habe Sie falsch eingeschätzt«, sagte sie mit tonloser Stimme. »In Wirklichkeit sind Sie ein kalter Mensch. Sie haben ihn einfach dem Tod ausgeliefert, und es ist Ihnen völlig gleichgültig.«

»Was ich dabei empfinde, ist meine Angelegenheit. Es war Fallons Entscheidung – er hat sie selbst getroffen.«

»Aber Sie haben es ausgenutzt.«

»Genauso wie Sie auch«, hielt ich ihr entgegen.

»Ich weiß«, sagte sie mit trostloser Stimme, »ich weiß. Aber ich bin kein Mann. Ich kann nicht kämpfen und töten.«

»Dazu bin auch ich nicht erzogen worden«, erwiderte ich eisig. »Im Gegensatz zu Gatt. Aber Sie würden töten, wenn Sie es müßten, Katherine. Genauso wie alle anderen auch. Sie sind ein menschliches Wesen – ein Wesen, das von Natur aus tötet. Wir können alle töten, aber manche von uns müssen dazu gezwungen werden.«

»Und Sie glaubten nicht, daß Sie Fallon verteidigen mußten?« fragte sie ruhiger.

»Nein, das glaubte ich nicht«, antwortete ich ebenso ruhig, »weil ich einen Toten verteidigt hätte. Fallon stirbt an Krebs, Katie, und das weiß er. Er weiß es, seit er Mexico City verlassen hat, und das ist auch die Erklärung für seine verdammte Verantwortungslosigkeit. Und jetzt lastet sie ihm auf dem Gewissen. Er wollte Frieden finden, Katie, er wollte sein Gewissen entlasten. Meinen Sie, ich hätte ihm das verweigern sollen – obwohl wir ohnehin alle sterben werden?«

Ich konnte sie kaum verstehen. »Mein Gott!« hauchte sie. »Das habe ich nicht geahnt – das habe ich nicht geahnt.«

Ich fühlte mich beschämt. »Es tut mir leid«, sagte ich. »Ich bin etwas durcheinander. Ich hatte nicht daran gedacht, daß Sie nichts davon wußten. Er gestand es mir unmittelbar vor Gatts Überfall. Er wollte nach Mexico City zurückkehren, um dort innerhalb von drei Monaten zu sterben. Nicht gerade eine erfreuliche Aussicht, wie?«

»Deshalb hat er sich hier also kaum losreißen können.« Ihre Stimme klang schluchzend. »Ich habe ihn beobachtet, wie er über die Stadt hinwegsah, als ob er sie liebte. Die Dinge, die wir hinaufbrachten, hat er geradezu liebevoll gestreichelt.«

»Er war ein Mann, der Abschied nahm von allem, was er liebte.«

Sie schwieg eine Weile und sagte dann: »Es tut mir leid, Jemmy. Es tut mir leid, daß ich das alles vorhin gesagt habe. Ich würde viel darum geben, wenn ich es nicht ausgesprochen hätte.«

»Denken Sie nicht weiter dran.« Ich machte mich daran, den Schlauch zu sichern, und begann zu überlegen, wie ich ihn ausnutzen wollte. Der durchschnittliche Taucher hat die Auftauchtabellen nicht im Kopf, und ich bildete darin keine Ausnahme. In letzter Zeit hatte ich sie jedoch so oft zu Rate gezogen, besonders hinsichtlich der Tiefen der Cenote, daß ich von den in Frage kommenden Werten eine ziemlich genaue Vorstellung hatte. Früher oder später mußten wir wieder an die Oberfläche, und das bedeutete, auf dem Weg nach oben die Vorschriften für die Dekompression befolgen, nämlich die Dekompressionszeit einhalten, die von der erreichten Tiefe und der Länge der dort verbrachten Zeit bestimmt wurde.

Gerade hatte ich mich eine Stunde lang in ungefähr dreiunddreißig Meter Tiefe aufgehalten und war dann auf fünfundzwanzig Meter aufgestiegen, und ich rechnete, daß ich, wenn ich mindestens eine weitere Stunde in der Höhle verbrachte, den Abstieg auf den Grund der Cenote streichen konnte, soweit es die Dekompression betraf. Der Stickstoff würde dann ruhig und ohne zu schäumen wieder aus meinem Gewebe entwichen sein.

Danach blieb der Aufstieg zur Oberfläche. Je länger wir in der Höhle blieben, desto länger würde die Dekompressionszeit werden, und die Dekompressionszeit wurde unerbittlich durch die in den großen Zylindern auf dem Boden der Cenote enthaltene Luftmenge bestimmt. Es wäre unerquicklich, um es milde auszudrücken, wenn bei dem Dekompressionsaufenthalt in sechs Meter Tiefe etwa die Luft ausginge. Dann hatte man die Wahl, im Wasser zu bleiben und zu ersticken, oder aufzutauchen und stickstoffkrank zu werden. Die Gefahr lag darin, daß ich nicht wußte, wieviel Luft in den Zylindern vorhanden war. Rudetsky hatte die Arbeit über Wasser auf dem Floß übernommen, und er war nicht da und konnte mir keine Auskunft geben.

Deshalb war ich gezwungen, mich auf Vermutungen zu verlassen, und unterstellte, die Zylinder seien noch halb voll, und ging bei meinen Überlegungen von dieser Annahme aus. Die kleinen Rükkenflaschen meines Tauchgeräts waren nahezu leer, aber die von Katherine waren noch annähernd voll, so daß eine kleine Reserve vorhanden war. Schließlich rechnete ich aus, daß, wenn wir insgesamt drei Stunden in der Höhle verbrachten, ich eine und eine dreiviertel Stunde für die Dekompression brauchte – das ergab zusammen fünf Stunden, seit wir unter den Gewehrschüssen getaucht waren. Ich grinste krampfhaft. Es konnte nichts schaden, optimistisch zu sein – Gatt konnte sich womöglich aus lauter Enttäuschung über seinen Mißerfolg erschossen haben.

Ich blickte auf meine Uhr und hielt es für einen glücklichen Umstand, daß ich mir angewöhnt hatte, ständig die wasserdichte und druckfeste Taucheruhr zu tragen. Wir waren seit anderthalb Stunden unten, somit lag noch die gleiche Zeit vor uns, ehe wir die Höhle räumten. Ich streckte mich auf dem harten Felsen aus, hielt immer noch den Schlauch mit meinem Gewicht beschwert, und machte mich auf das Warten bereit.

»Jemmy.«

»Ja.«

»Früher hat mich nie jemand Katie genannt – außer meinem Vater.«

»Fangen Sie nur nicht an, in mir eine Vaterfigur zu sehen«, antwortete ich grob.

»Das werde ich bestimmt nicht«, versprach sie feierlich.

Das Licht ging aus – nicht mit einem letzten schwachen verflakkernden Glimmen erschöpfter Batterien, sondern plötzlich, als ob ein Schalter betätigt worden wäre. Katherine schrie erschreckt auf, und ich rief ihr zu: »Nur ruhig, Katie-Mädchen! Kein Grund zur Sorge.«

»Sind das die Batterien?«

»Wahrscheinlich«, antwortete ich, wußte aber, daß das nicht der Grund sein konnte. Jemand hatte den Strom vorsätzlich unterbrochen, oder die Leitung war beschädigt worden. Wir waren einer Dunkelheit überlassen worden, die körperlich spürbar war – ein klammer schwarzer Mantel, der uns umhüllte. Dunkelheit an sich hat mich nie beunruhigt, aber ich wußte, daß sie sich bei anderen merkwürdig auswirken konnte, darum streckte ich die Hand aus. »Katie, kommen Sie her!« sagte ich. »Wir wollen nicht zu weit voneinander entfernt sein.«

Ich spürte ihre Hand in meiner. »Hoffentlich werden wir das nie sein.«

Und in der Finsternis der Höhle sprachen und sprachen wir – sprachen über alles, worüber man überhaupt sprechen kann – über ihren Vater und seine Arbeit an dem College, über meinen Sport, das Fechten und Schwimmen, über die Hay Tree Farm, über die Bahamas, über meine Zukunft, über ihre Zukunft – über unsere Zukunft. In der Dunkelheit konnten wir uns soweit vergessen, daß wir glaubten, eine Zukunft zu haben.

Bis sie dann fragte: »Wo war eigentlich der Wind so plötzlich hergekommen?«

»Welcher Wind?«

»Der unmittelbar aufkam, ehe wir zu der Cenote liefen.«

Mit einem Ruck kehrte ich in die elende Wirklichkeit zurück. »Ich weiß es nicht. Rider hatte mir etwas von einem Hurrikan vor der Küste gesagt. Vielleicht hat er sich landeinwärts gedreht. Rider verfolgte immer genau den Wetterbericht, das weiß ich.« Der Absturz des Hubschraubers und die Hetzjagd durch den Urwald schienen Äonen zurückzuliegen.

Ich blickte auf meine Uhr, und das Leuchtzifferblatt schwamm gespenstig in der Dunkelheit. Es war Zeit zum Aufbruch, und ich sagte es Katie. Sie nahm es ganz sachlich auf. »Ich mache mich fertig«, sagte sie.

Mein Mund war trocken, und ich bekam die Worte kaum heraus. »Du kannst nicht mitkommen«, sagte ich.

Ich hörte ein kurzes Keuchen. »Warum nicht?«

»Wir haben nicht mehr genug Luft, um beide nach oben zu kommen. Wenn wir beide gehen, werden wir sterben. Du allein kannst nicht gehen, weil Gott allein weiß, was du da oben findest. Selbst wenn Gatt aufgegeben haben sollte, müßtest du die Kompressorteile finden, die Rudetsky versteckt hat, und den Kompressor in Gang bringen. Könntest du das?«

»Ich glaube nicht«, antwortete sie. »Nein, das könnte ich nicht.«

»Dann muß ich es tun. Gott weiß, daß ich dich nur sehr ungern hier zurücklasse, aber es ist die einzige Möglichkeit.«

»Wie lange wirst du brauchen?«

»Fast zwei Stunden, um aufzutauchen, und vielleicht eine weitere Stunde, um den Kompressor in Betrieb zu setzen. Die Luft wird dir nicht knapp werden, Katie. Du solltest genug für sieben oder acht Stunden haben.«

»Sieben Stunden werden zu lange sein, oder nicht? Wenn es sieben Stunden dauert, wirst du überhaupt nicht wiederkommen. Stimmt das etwa nicht, Jemmy?«

Es stimmte – und das wußte ich. »Ich bin lange vorher wieder hier«, versicherte ich, aber wir beide wußten, daß die Wahrscheinlichkeit dagegen sprach.

Ihre Stimme klang nachdenklich. »Ich würde lieber ertrinken als langsam an Luftmangel ersticken.«

»Um Gottes willen!« brach ich aus. »Du wirst hier in dieser verdammten Höhle auf mich warten, bis ich zurückkomme, verstehst du mich? Du bleibst hier – versprich es mir!«

»Ich bleibe«, sagte sie leise, und dann lag sie plötzlich in meinen Armen. »Küß mich, Liebling!« Ihre Lippen lagen an meinen, und ich hielt sie fest umschlungen, trotz der klammen, unromantischen Gummianzüge, die wir trugen.

Schließlich schob ich sie von mir. »Wir dürfen keine Zeit verlieren«, sagte ich und tastete nach dem Schlauch. Dabei stieß ich mit den Fingern gegen etwas, das auf dem Stein metallisch klapperte. Ich griff danach und fand mit der anderen Hand den Schlauch. Ich zog die Maske vors Gesicht, und da das, was ich in der einen Hand hielt, mir im Wege war, steckte ich es ungeduldig unter den Traggurt meines Tauchgeräts. »Ich komme wieder«, versprach ich, ließ mich ins Wasser gleiten und zog den Schlauch mit.

Das letzte, was ich hörte, ehe ich untertauchte, war Katherines in der Höhle widerhallende, verzweifelte Stimme: »Ich liebe dich – ich liebe dich!«

2

Ich trug das Gewicht von ungefähr fünfundzwanzig Meter Schlauch, das mich niederzuziehen drohte, und ehe ich das Grundtau erreichte, verlor ich etwas an Höhe, doch sobald ich es erreicht hatte, konnte ich mich an ihm festhalten, während ich mehr Schlauch nach oben zog. Als ich Widerstand spürte, hielt ich inne und befestigte den Schlauch mit einem Riemen von meinen Schwimmflossen am Grundtau. Die Flossen brauchte ich jetzt von nun an nicht mehr, und der Schlauch mußte festgemacht werden, damit ich von seinem Gewicht entlastet war. Danach stieg ich langsam bis zur Sechsmetermarke auf, ließ die Luft aus meinem Mund perlen, wie sie sich in meiner Lunge infolge des geringer werdenden Drucks ausdehnte, und hielt meine Geschwindigkeit unter der der aufsteigenden Luftblasen.

In sechs Meter Höhe stieg ich in die Schlinge am Grundtau und schloß den Schlauch an das Einlaßventil des Tauchgeräts an. Auf diese Weise entnahm ich Luft aus den großen Flaschen auf dem Boden der Cenote und behielt die in den kleinen Flaschen des Geräts als Reserve. Dann sah ich auf meine Uhr. Ich mußte fünfzehn Minuten in neun Meter Tiefe warten, fünfunddreißig Minuten in sechs Meter und fünfzig Minuten in drei Meter.

Dekomprimieren ist eine langwierige und langweilige Angelegenheit, auch unter den günstigsten Verhältnissen, doch diesmal wurde das Warten durch die Ungewißheit, was mir begegnen würde, wenn ich aus dem Wasser kam, fast unerträglich. In drei Meter Tiefe war die Anspannung furchtbar, weil ich wußte, daß ich für jeden, der am Rand der Cenote stand, deutlich sichtbar war. Um alles zu einer noch schlimmeren Nervenbelastung zu machen, war die Luft schon nach zehn Minuten in der Tiefe von drei Metern verbraucht, und ich mußte die Reserve angreifen. In den großen Zylindern war doch nicht so viel gewesen, wie ich angenommen hatte, und ich befand mich auf verdammt dünnem Eis. Und Katherine war auch etwas verschwenderisch mit der Luft in ihren Flaschen umgegangen, und der Rest war fünfzehn Minuten, bevor meine Zeit verstrichen war, verbraucht. Dadurch wurde ich gezwungen aufzutauchen.

Ich kam unter dem Floß aus dem Wasser und hoffte, es würde keine Rolle spielen. Beglückt zog ich ein paarmal die von der Sonne gewärmte Luft ein. Ich hielt mich mit dem Kopf in dem Luftraum unter dem Floß und lauschte angespannt. Nichts war zu vernehmen außer dem Sausen des Windes, der an Stärke erheblich abgenommen zu haben schien, während ich unter Wasser gewesen war. Ganz bestimmt hörte ich keine Stimmen oder andere menschlichen Geräusche.

Nach einer Weile schwamm ich unter dem Floß hervor, kletterte mühsam hinauf und legte das Tauchgerät ab. Etwas fiel klappernd auf die Bretter des Floßes, und ich blickte mich erschrocken um, ehe ich mich danach bückte, weil ich fürchtete, daß jemand den Laut gehört haben könnte. Es war eines der goldenen Stücke aus der Höhle – die kleine Statuette eines Mayamädchens, die Vivero gegossen hatte. Ich schob sie unter meinen Gürtel und lauschte dann wieder, vernahm aber nichts von Belang.

Ich schwamm zu dem rohen Dock am Ufer, das Rudetsky gezimmert hatte, und stieg schwerfällig die in die klippenartig steile Wand der Cenote gehauenen Stufen hinauf. Oben angelangt, hielt ich in ratloser Überraschung inne. Das Lager war ein einziges Ruinenfeld – die meisten Hütten waren vollständig verschwunden, nur ihre Fundamente waren zurückgeblieben, und das gesamte Gebiet war von einem Wirrwarr abgebrochener Äste und selbst ganzer ausgerissener Baumstämme bedeckt, die weiß Gott woher gekommen sein mochten. Nicht ein Mensch war zu sehen.

Ich blickte zu der Hütte, in der wir unseren letzten Widerstand geleistet hatten, und fand sie unter dem Gewicht eines großen Baumes zerschmettert, dessen Wurzeln hoch zum Himmel aufragten. Zweige knackten unter meinen Füßen, als ich mir einen Weg zu der Ruine bahnte, und als ich näher kam, flatterte flügelschlagend ein farbenfreudiger Vogel aus den Trümmern auf und erschreckte mich für einen Augenblick.

Ich sah mich suchend um, drang dann weiter und kletterte mühsam über Äste, die so stark wie mein Körper waren. Irgendwo hier befanden sich die Reserveflaschen für die Tauchgeräte, die ich dringend brauchte, um Katherine an die Oberfläche zu holen.

Und irgendwo hier war auch Fallon.

Ich fand zwei Macheten, die gekreuzt übereinanderlagen, als ob jemand sie für einen Schwerttanz niedergelegt hätte, und ergriff eine, um die dünneren Zweige an der Stelle abzuhacken, an der ich Fallon zu finden hoffte. Nach zehn Minuten Roden legte ich eine Hand und einen wie im Tod ausgestreckten Arm frei, aber einige weitere Schläge enthüllten das blutbeschmierte Gesicht von Smith. Etwas näher an der Linie, an der sich die Wand der Hütte befunden hatte, versuchte ich es von neuem, und diesmal fand ich ihn.

Er wurde durch einen Ast, der ihn niedergeworfen hatte, auf dem Boden festgehalten, und als ich meine Hand auf seinen Arm legte, stellte ich zu meiner Überraschung fest, daß er noch warm war. Schnell griff ich nach seinem Handgelenk und fand ein schwaches Pulsieren. Fallon lebte noch! Er war weder von der Hand Gatts noch der des alten Feindes gestorben, sondern war erstaunlicherweise trotz der ungezügelten Naturgewalten, die einen ganzen Baum auf die Hütte geschmettert hatten, noch am Leben.

Ich schwang die Machete und fing an, ihn freizuhacken, was nicht allzu schwierig war, weil er in dem Winkel zwischen Fußboden und Wand lag, wodurch er überhaupt vor dem Baum geschützt worden war. Bald konnte ich ihn aus seiner bedrängten Stellung befreien und ihn etwas bequemer in der warmen Sonne betten. Als ich das geschafft hatte, war er zwar immer noch bewußtlos, aber seine Farbe hatte sich gebessert, und abgesehen von einer dunklen Schramme seitlich am Kopf schien ihm nicht viel zu fehlen. Ich glaubte, er würde bald wieder von sich aus das Bewußtsein zurückgewinnen, und überließ ihn sich selbst, um mich Wichtigerem zuzuwenden.

Die Kompressorteile lagen in einem Loch nahe bei der Hütte und waren mit Erde bedeckt, aber die ganze Umgebung war von abgerissenen Ästen und anderen Trümmern, darunter ganzen Baumstämmen, übersät. Ich fragte mich flüchtig, woher sie stammen mochten, und sah über die Cenote zu dem dahinterliegenden Abhang hinüber und zog scharf die Luft ein. Der Höhenzug war von jeder Vegetation leergefegt, ganz als ob Rudetsky und seine Mannschaft ihn mit Motorsägen und Flammenwerfern bearbeitet hätten.

Da war dieser Wind gewesen – ein starker Wind –, der über die Urwaldbäume mit ihren flachverlaufenden Wurzeln hergefallen war und sie glatt aus dem Boden gerissen hatte. Ich drehte mich nach der Hütte um und sah, daß der Baum, dessen Wurzeln so lächerlich in die Luft aufragten, wie ein gewaltiger Speer von der Höhe des Bergzuges heruntergeschleudert worden sein mußte. Und das war der Grund, weshalb das ganze Lager, soweit ich es übersehen konnte, zu einem Trümmerfeld aus Holz und Laub verwandelt worden war.

Der Berghang war bis auf den nackten Fels unter der dünnen Erdschicht bloßgelegt, und oben auf dem Gipfel ragte stolz der Tempel von Yum Chac vor dem Himmel auf, ganz wie er ausgesehen haben mußte, als Vivero ihn zum erstenmal erblickte. Ich trat zurück, um einen besseren Überblick über den ganzen Höhenzug zu gewinnen, und sah an der zertrümmerten Hütte vorbei, und ein tiefes Gefühl der Ehrfurcht überkam mich.

Denn ich sah Viveros Zeichen in brennendem Gold auf den Berghang geschrieben. Ich bin in keiner Weise ein religiöser Mensch, aber meine Beine wurden kraftlos, und ich sank in die Knie, und Tränen traten mir in die Augen. Ein Skeptiker hätte das Ganze selbstverständlich als einen optischen Effekt der Sonne hingestellt, ein Spiel von Licht und Schatten, und auf ähnliche Erscheinungen überall in der Welt hingewiesen, durch die natürliche Felsformationen berühmt und bekannt geworden sind. Doch der Skeptiker hätte nicht das gleiche wie ich an diesem Tage durchgemacht.

Es mochte durch ein Spiel von Licht und Schatten verursacht werden, dennoch war es unverkennbar wirklich – so wirklich, wie wenn ein Meisterbildhauer es geformt hätte. Die sinkende Sonne, die ungleichmäßig durch treibende Wolkenfetzen schien, ergoß ein gespenstiges gelbes Licht über den Bergzug und beleuchtete eine große Figur des gekreuzigten Heilands. Die über den Berghang gespreizten Arme zeigten jeden gefolterten Muskel, und die Nägelköpfe in den Handflächen warfen tiefe Schatten. Der breitgewölbte Brustkorb schrumpfte zu einem eingefallenen Leib am Fuß des Abhangs, und an der Seite unmittelbar unter dem Rippenbogen befand sich ein klaffender Riß, den ein Skeptiker lediglich als eine Höhle abgetan hätte. Die gesamte Struktur der Rippen zeigte so deutlich wie auf einer anatomischen Zeichnung, daß die mächtige Brust keuchend nach Atem rang.

Aber es war das Gesicht, das die Aufmerksamkeit auf sich zog. Das große Haupt war nach der Seite auf eine Schulter gesunken, und ein aufragendes Gebilde spitzer Felsen formte vor dem dunkler werdenden Himmel die Dornenkrone. Tiefe Schatten zogen scharfe Furchen von der Nase zu den Mundwinkeln, die tiefliegenden Augen mit Krähenfüßen in den Winkeln blickten über Quintana Roo hinweg, und die Lippen schienen im Begriff zu stehen, sich zu teilen und mit lauter steinerner Stimme *»Eli, Eli, lama asabthani!«* auszurufen.

Ich bemerkte, daß meine Hände zitterten, und ich konnte mir vorstellen, welchen Eindruck diese wunderbare Erscheinung auf Vivero, das Kind eines simpleren, aber tiefer verwurzelten Glaubens als unserer, gemacht haben mußte. Kein Wunder, daß er seine Söhne drängte, die Stadt Uaxuanoc zu erobern, kein Wunder, daß er die Erscheinung geheimgehalten und in seinem Brief mit Gold als Köder gelockt hatte. Wenn die Erscheinung zu Viveros Zeiten entdeckt worden wäre, hätte man sie zu einem der Wunder der christlichen Welt erklärt, und die Entdecker wären vielleicht als Heilige verehrt worden.

Wahrscheinlich trat die Erscheinung nicht täglich auf, sondern mochte von einem bestimmten Sonnenstand und womöglich auch der Jahreszeit abhängen. Die Mayas, einer andersartigen Tradition der bildlichen Darstellung verhaftet und ohne Kenntnis des Christentums, mochten nicht einmal erkannt haben, was die Erscheinung darstellte. Aber Vivero hatte sie selbstverständlich erkannt.

Gebannt kniete ich mitten in dem verwüsteten Lager und blickte zu dem großen Wunder auf, das jahrhundertelang hinter einem Vorhang von Bäumen verborgen gewesen war. Die Beleuchtung wechselte, als eine Wolke vor der Sonne vorbeizog, und der Ausdruck des riesigen, fernen Gesichts veränderte sich von mildem Leid zu unaussprechlichem Schmerz. Plötzlich überkam mich große Furcht, und ich schloß die Augen.

Zweige knackten hinter mir. »So ist es richtig. Sprechen Sie Ihr letztes Gebet, Wheale«, sagte eine heisere Stimme.

Ich öffnete die Augen und drehte den Kopf. Gatt stand mit einem Revolver in der Hand ganz nahe neben mir. Er sah aus, als ob der ganze Urwald über ihm zusammengestürzt wäre. Die gepflegte Eleganz von diesem Morgen war verschwunden; er hatte seine Jacke verloren, sein Hemd war zerfetzt und zeigte eine haarige, von blutigen Kratzern überzogene Brust. Seine Hose war bis zu den Knien zerrissen, und als er um mich herumging, sah ich, daß er einen Schuh verloren hatte und etwas hinkte. Aber trotz alledem war er in besserer Verfassung als ich – er hatte eine Waffe!

Er wischte sich mit der Hand über sein verschwitztes Gesicht und hinterließ dabei schmutzige Streifen und hob dann die andere mit dem Revolver. »Bleiben Sie genauso, wie Sie sind – auf den Knien.« Er ging noch etwas weiter, bis er unmittelbar vor mir stand.

»Haben Sie gesehen, was da hinter Ihnen ist?« fragte ich leise.

»Ja, ich habe es gesehen«, erwiderte er tonlos. »Tolle Wirkung, was? Besser als Mount Rushmore.« Er grinste. »Haben Sie erwartet, daß es Ihnen was nützt, Wheale?«

Ich gab keine Antwort, sondern sah ihn nur an. Die Machete lag neben mir in Reichweite, wenn ich mich etwas vorbeugte. Ich glaubte nicht, daß Gatt mich dazu kommen lassen würde.

»Sie haben also gebetet, Junge? Na ja, das ist Ihr gutes Recht.« Seine kultivierte Sprechweise war ihm mit seiner eleganten Kleidung abhanden gekommen; er war in seine ordinäre Herkunft zurückgesunken. »Da haben Sie jedes Recht drauf, denn ich lege Sie jetzt um. Wollen Sie noch mehr beten? Nur zu, ich erlaub's Ihnen.«

Ich schwieg weiter, und er lachte höhnisch. »Hat Ihnen die Katze Ihre Zunge geklaut? Haben Sie Jack Gatt nichts mehr zu sagen? Heute morgen konnten Sie noch ganz schön schwätzen, Wheale. Jetzt sage ich Ihnen was, ganz im Vertrauen zwischen uns. Sie haben noch sehr viel Zeit zum Beten, denn Sie werden nicht schnell oder leicht sterben. Ich jage Ihnen eine heiße Kugel ins Gedärm, und dann werden Sie verdammt lange brauchen, bis Sie mit Ihrem Freund da hinten vereint sind.« Er deutete mit dem Daumen über seine Schulter. »Sie wissen ja, wen ich meine – Ihren heiligen Jesus oben im Himmel.«

In seinen Augen lag ein wahnwitziges Funkeln, und ein Tick versetzte seine rechte Gesichtshälfte in Zuckungen. Jetzt war er vollständig übergeschnappt und keiner Vernunft mehr zugänglich. Vergessen war jeder Gedanke, den er vielleicht noch gehegt hatte, mich zu zwingen, nach dem Schatz zu tauchen – jetzt wollte er nur noch seine blutige Rache, seinen Trostpreis dafür, daß er um seinen Gewinn gebracht worden war.

Ich sah die Waffe an, die er in der Hand hielt, und konnte keine Kugeln darin erkennen. Mit dem, was ich von Schußwaffen alles nicht weiß, könnte man eine ganze Bibliothek füllen, aber bei dem Revolver, mit dem ich geschossen hatte, hatte sich die Trommel gedreht, wenn man abdrückte, um die Patrone unter den Hahn zu bringen, und ehe die Waffe abgefeuert wurde, konnte man von vorn die Patrone in der Trommel sehen. In Gatts Revolver konnte ich keine Patrone erkennen.

»Sie haben mir sehr viel Ärger gemacht«, sagte Gatt. »Mehr Ärger als irgendeiner, den ich kannte.« Er lachte rauh. »Begriffen? Ich habe die Vergangenheit gebraucht, weil Kerle, die mir den geringsten Ärger gemacht haben, nicht am Leben geblieben sind. Und Sie werden es auch nicht.« Er fühlte sich sicher und genoß sein Katz-und-Maus-Spiel.

Aber ich fühlte mich alles andere als sicher. Ich stand im Begriff, mein Leben darauf zu setzen, daß es nicht zwei verschiedene Arten von Revolvern gab. Langsam beugte ich mich vor und legte meine Finger um den Griff der Machete. Gatt reckte sich auf und hob den Revolver. »Oh, nein«, sagte er drohend. »Fallen lassen!«

Ich gehorchte nicht. Statt dessen stand ich auf. »Na gut, Mann«, schrie Gatt. »Hier haben Sie es!« Er drückte ab, und der Hammer schlug mit einem trockenen Klick auf eine leere Kammer. Er blickte sie überrascht an und wich dann schnell zurück, als er mich mit erhobener Machete auf sich loskommen sah, machte kehrt und rannte vor mir davon.

Er kletterte über einen Baumstamm und verfing sich in den Zweigen. Ich führte einen Schlag nach ihm, und ein Schwarm von Blättern flatterte auf. Gatt stieß einen Angstschrei aus, riß sich aus den Zweigen los und versuchte das offene Gelände mit dem dahinter liegenden Urwald zu erreichen, aber ich lief um den Baum herum, schnitt ihm den Weg ab, und er wich auf die Cenote zu zurück.

Er hielt immer noch den nutzlosen Revolver gepackt, versuchte aber noch einmal damit zu schießen, und ich durchlebte noch einmal einen bösen Augenblick, aber wieder klickte die Waffe nur harmlos. Ich drang weiter gegen ihn vor, und er trat behutsam rückwärts und wagte nicht, den Blick von mir zu wenden, bis er über das Betonfundament der Hütte stolperte.

Ich muß gestehen, schnell war er. Mit einer unerwarteten Bewegung schleuderte er den Revolver nach mir, und unwillkürlich duckte ich mich. Als ich mich wieder aufrichtete, war auch er mit einer Machete bewaffnet, die er vom Boden der Hütte aufgehoben hatte. Er reckte seine Schultern, und er schien neues Selbstvertrauen zu gewinnen, als er die Waffe mit der breiten Klinge hob. Seine Lippen teilten sich, und er verzog den Mund zu einem Grinsen, aber in seinen wachsamen Augen war kein Humor zu finden.

Automatisch nahm ich Fechtstellung ein – die klassische Position »en guarde«. Ich schwang die Machete. Sie war kein leichter Sportdegen, den man mit einer Bewegung der Finger dirigieren konnte, wie die ungarischen Fechtmeister es gelehrt haben. Die Machete war eher mit einem Entermesser der Marine zu vergleichen.

Gatt sprang vor und führte einen Schlag nach mir, den ich instinktiv parierte, wobei der Stahl klirrte, dann sprang ich zwei Schritte zurück und spürte, wie mir unter dem Gummianzug der Schweiß auf der Brust ausbrach. Ich hatte falsch pariert, hatte vergessen, daß die Machete keinen Handschutz hatte. Gatt hatte einen seitlichen Schlag geführt, und ich hatte seine Klinge mit meiner abgefangen. Wenn ich nicht zurückgesprungen wäre, wäre seine Klinge an meiner entlang gefahren und hätte mir die Hand abgehackt – etwas, das mit einem Säbel nicht passieren kann.

Ich schlug eine Finte, um Zeit zum Überlegen zu gewinnen und seine Reaktionen auf einen Angriff zu beobachten. Ungeschickt versuchte er zu parieren, verfehlte meine Klinge und sprang zurück, wobei er beinahe hinfiel. Aber er war beweglich für sein Alter, hatte sich schnell wieder gefangen und parierte wieder mit Erfolg. Ich wich zurück, zufrieden mit dem, was ich festgestellt hatte. Gatt war eindeutig kein Fechter. Als junger Mafioso mochte er ein gelehriger

Schüler mit dem Messer gewesen sein, aber eine Machete ist eher ein Schwert als ein Messer, und damit war ich im Vorteil.

Nun war es also soweit gekommen. Pat Harris hypothetische Prophezeiung erfüllte sich – Gatt und ich allein in Quintana Roo, und Gatt von seinen Bodyguards getrennt. Ich war entschlossen, es so schnell und kurz wie möglich zu machen. Ich wollte Gatt töten, sobald ich es konnte, vergaß jedoch nicht, daß er im höchsten Maß gefährlich war, und ging mit der angemessenen Vorsicht gegen ihn vor.

Er war so klug, nach der Seite zu manövrieren, damit er die Trümmer der Hütte nicht im Rücken hatte. Das war mir recht, denn er konnte nicht sehr weit zurückweichen, ohne daß er zum Rand der Cenote kam. Er schwitzte und atmete mühsam, stand gerade mit gespreizten Beinen mir gegenüber. Er ging wieder vor, flink, und führte einen Schlag senkrecht nach unten, der mir den Schädel gespalten hätte, wenn er getroffen hätte. Ich parierte mit einer Quint und hielt ihm stand, was er nicht erwartet hatte. Einen Sekundenbruchteil lang war er mir sehr nahe, und seine Augen weiteten sich vor Angst, als ich seine Klinge freigab und nach seiner Seite schlug. Nur durch einen ungeheuren Sprung zurück konnte er ausweichen, aber die Spitze meiner Machete riß ihm einen Fetzen aus seinem Hemd.

Ich nahm den Vorteil wahr und griff ihn weiter an, und er wich langsam zurück, die Augen gebannt auf meine Klinge gerichtet, die zu beobachten das Falsche ist – er hätte meine Fechthand bewachen sollen. Verzweifelt griff er wieder an, und ich parierte, aber mein Fuß rutschte auf einem Zweig ab, der mir unter der Fußsohle fortrollte, so daß ich seitwärts taumelte. Ich verlor den Kontakt mit seiner Klinge, und sie glitt mit einem flachen Schnitt an meiner Seite nach unten.

Doch ich fing mich sofort und fesselte seine Klinge wieder und trieb ihn mit einer Reihe von Finten weiter zurück. Er parierte wild, schwang die Machete von Seite zu Seite. Darauf gab ich Boden preis und legte die Hand an die Seite, als ob ich erschöpft wäre, und für einen Augenblick vernachlässigte er erleichtert seine Deckung. Dann unternahm ich den tödlichen Angriff – ein Stoß und ein Ausfall auf der hohen Linie; er parierte, und ich wich durch eine Finte seiner Parade aus und schlug nach seinem Kopf.

Die Schneide der Machete traf ihn seitlich am Kopf unmittelbar unter dem Ohr, und instinktiv zog ich die Waffe zum Schnitt durch, wie ich es gelehrt worden war, und die Klinge drang tief in seinen Hals. Er war tot, ehe ihm bewußt wurde, daß er getroffen worden war. Er drehte sich im Fall um seine Achse und rollte zum Rand der Cenote, kippte dann langsam über die Oberkante und traf mit einem dumpfen Schlag auf dem hölzernen Dock auf.

Ich machte mir nicht die Mühe, ihm nachzusehen. Ich schwankte nur zum nächsten Halt, der sich bot, und das war ein umgestürzter Baum. Ich lehnte mich an den Stamm. Dann übergab ich mich und brach mir beinahe das Herz aus dem Leib.

3

Ich mußte eine Weile ohnmächtig gewesen sein, denn das nächste, an das ich mich erinnere, war, daß ich auf dem Boden lag und seitlich auf eine Kolonne fleißiger Ameisen starrte, die aus diesem Blickwinkel so groß wie Elefanten erschienen. Ich richtete mich mühsam auf und setzte mich auf den Baumstamm. Irgend etwas rumorte in meinem Kopf – irgend etwas, das ich unbedingt tun mußte. Mein Kopf schmerzte entsetzlich, und kleine sinnlose Gedanken schwirrten darin herum wie Fledermäuse auf einem Dachboden.

Ah ja, das war es, was ich tun mußte. Ich mußte mich vergewissern, daß Jack Edgecombe auf dem Hof nicht alles durcheinanderbrachte; er war von vornherein für die Geschichte nicht besonders begeistert gewesen, und unter diesen Bedingungen konnte jemand alle diese Maya-Ruinen in ein höllisches Chaos verwandeln. Da war diese Säule, die ich unmittelbar neben der von dem Urgroßvater gepflanzten Eiche gefunden hatte – den alten Schieläugigen hatte ich ihn genannt, und Fallon war sehr zufrieden über den Fund gewesen, aber ich durfte Jack Edgecombe nicht in die Nähe der Säule kommen lassen. Keine Sorge, der alte Mr. Mount würde sich schon um alles kümmern – er würde einen Gutsverwalter mit der Ausgrabung des Tempels von Yum Chac beauftragen.

Ich hob die Hände zu meinen Augen und wischte mir die Tränen ab. Warum, zum Teufel, weinte ich nur? Es gab überhaupt nichts zu weinen. Ich würde nach Hause gehen, und Madge Edgecombe würde mir Tee machen, mit Hörnchen, dick mit Devonshire-Sahne und selbstgemachter Erdbeermarmelade bedeckt. Sie benutzte das silberne georgianische Service, das meine Mutter so geliebt hatte, und würde alles auf diesem großen Tablett auftragen.

Das große Tablett!

Das brachte alles auf einen Schlag zurück, und der Kopf barst mir beinahe vor Entsetzen über all die Schrecken, die damit zurückkamen. Ich sah auf meine Hand, die von verkrustetem Blut bedeckt war, und fragte mich, wessen Blut es wohl sein mochte. Ich hatte eine Menge Menschen getötet – wie viele wußte ich nicht –, wessen Blut konnte es also sein? Und an dieser Stelle und in diesem Augenblick legte ich ein Gelübde ab: daß ich nach England zu den geschützten Talmulden von Devon zurückkehren und Hay Tree Farm nie wieder verlassen würde. Ich würde mich eng an das Land meiner Ahnen halten, das Land, das Wheales seit Generationen bestellt hatten, und nie wieder würde ich mich auf eine so verdammte Torheit einlassen, wie Abenteuer suchen. Für mich würde es abenteuerlich genug sein, Vieh zu züchten und in der Kingsbridge Inn eine Halbe zu mir zu nehmen, und falls mich jemals noch jemand einen grauen kleinen Mann nennen sollte, würde ich lachen und zustimmen und sagen, daß ich gar nichts anderes sein wollte.

Meine Seite tat mir weh, und als ich die Hand darauf legte, wurde sie vom Blut klebrig. Als ich an mir hinuntersah, entdeckte ich, daß Gatt mir einen Streifen Haut abgeschnitten hatte. So sauber wie ein Metzger mit einem Hackmesser hatte er den Taucheranzug durchschlagen. Knochen waren zu sehen – meine Rippen – und die Schmerzen setzten erst ein.

Plötzlich dachte ich an Katherine in der Höhle. Mein Gott, ich wollte nicht noch einmal in die Cenote hinunter! Aber ein Mann kann alles, wenn er muß, ganz besonders der graue kleine Mann. Gatt war kein grauer Mann – eher rot mit Hauern und Krallen –, aber die grauen Männer dieser Welt sind den Gatts dieser Welt mehr als gewachsen – zunächst schon einmal, weil sie in der Überzahl sind –, und die grauen Männer lassen sich nicht gern herumschubsen.

Ich riß meine müden Knochen zusammen, war bereit, weiter nach den Teilen des Kompressors zu suchen, und wischte mir mit dem

Handrücken über die Augen, um sie von den letzten Spuren jener Tränen der Schwäche zu befreien. Als ich zu der Stadt Uaxuanoc hinüberblickte, entdeckte ich dort Gespenster, die zwischen den Ruinen schwebten und näher kamen – undeutliche weiße Gestalten mit Gewehren.

Sie kamen auf leisen Sohlen, sahen mich aus harten Augen an, ermunterten sich gegenseitig mit leisen Triumphrufen, bis es im ganzen ein Dutzend waren, die mich in einem weiten Halbkreis umringten – die Chicleros von Quintana Roo.

Mein Gott, dachte ich verzweifelt, soll das Töten nie ein Ende nehmen? Ich bückte mich nach der Machete, umschloß ihren Griff mit der Hand und richtete mich dann widerstrebend auf. »Kommt schon, ihr Schufte!« flüsterte ich. »Kommt. Machen wir endlich ein Ende!«

Sie näherten sich mir langsam, vorsichtig und mit einem seltsamen Respekt in den Augen. Ich hob die Machete, und einer nahm sein Gewehr von der Schulter, und ich hörte den metallischen Laut, als er eine Patrone in die Kammer schob. In meinen Ohren begann es laut zu dröhnen, mir wurde dunkel vor den Augen, und ich fühlte, daß ich taumelte. Durch einen dunklen Nebel sah ich den Kreis der Männer schwanken, einige begannen fortzulaufen, und alle schrien laut.

Ich blickte nach oben und sah eine Wolke Heuschrecken vom Himmel herabsteigen, und dann fiel ich vornüber und sah den Boden mir entgegenkommen.

4

»Aufwachen!« rief mir eine ferne Stimme zu. »Aufwachen, Jemmy!«

Ich bewegte mich und fühlte Schmerz. Irgend jemand sprach irgendwo schnell und fließend spanisch, dann fragte die Stimme dicht neben meinem Ohr: »Jemmy, hören Sie mich?« Weiter entfernt sagte sie dann: »Jemand soll eine Bahre bringen.«

Ein Kopf schwamm in mein Gesichtsfeld, und als ich die Augen zusammenkniff, erkannte ich Pat Harris. »Jemmy, hören Sie mich? Wer hat Sie so zugerichtet? Diese verdammten Chicleros?«

Ich richtete mich auf einen Ellbogen auf, und er stützte mich mit einem Arm im Rücken. »Wo kommen Sie her?«

»Wir kamen mit den Hubschraubern. Die Armee hat eingegriffen.« Er wich etwas zur Seite. »Sehen Sie, da sind sie.«

Ich starrte auf die fünf Hubschrauber, die vor dem Lager standen, und auf die geschäftigen Männer in Uniform, die überall umherliefen. Zwei kamen mit einer Bahre auf uns zugetrabt. Die Heuschrecken, die vom Himmel herabstiegen, dachte ich. Es waren Hubschrauber gewesen.

»Tut mir leid, daß wir nicht schneller kommen konnten«, sagte Pat. »Dieses verdammte Unwetter ist daran schuld. Wir bekamen noch etwas vom Schwanzende dieses Hurrikans ab und mußten auf halbem Weg zwischenlanden.«

»Von wo kommen Sie denn?«

»Von Campeche – auf der anderen Seite von Yucatan. Ich bin heute morgen hier vorbeigeflogen und habe gesehen, daß hier der Teufel los war, darum habe ich die mexikanische Armee alarmiert. Wenn das Unwetter nicht gewesen wäre, wären wir schon vor sechs Stunden gekommen. Aber wo sind denn nur alle?«

Das war eine gute Frage. Mit heiserer Stimme antwortete ich: »Die meisten sind tot.«

Er starrte mich entsetzt an, während ich mich aufrichtete: »Tot?« Ich nickte müde. »Fallon lebt noch, wie ich glaube. Er liegt dort drüben.« Ich packte seinen Arm. »Mein Gott! Katherine ist noch unten in der Cenote – in einer Höhle. Ich muß sie herausholen.«

Er sah mich an, als ob ich plötzlich wahnsinnig geworden wäre. »In einer Höhle? In der Cenote?« wiederholte er verständnislos.

Ich schüttelte ihn am Arm. »Ja, Sie verdammter Idiot! Sie stirbt, wenn ich sie nicht heraushole. Wir hatten uns dort vor Gatt versteckt.«

Pat erkannte, daß ich es ernst meinte, und reagierte so schnell, als ob er einen elektrischen Schlag erhalten hätte. »Sie können da nicht hinunter – nicht in Ihrem Zustand«, sagte er. »Bei den Leuten befinden sich ausgebildete Kampfschwimmer. Ich spreche sofort mit dem Kommandeur.«

Ich sah ihm nach, als er zu einer Gruppe Soldaten ging, stand dann auf, wobei ich starke Schmerzen spürte, und humpelte zur Cenote, blieb am Rand stehen und blickte auf das dunkle Wasser hinab. Pat kam zurückgelaufen. »Der Kommandeur hat vier ausgebildete Taucher bei den Leuten, und bei der Ausrüstung ein paar Flaschen mit Sauerstoff. Wenn Sie den Leuten erklären, wo die Frau ist, können sie ihr Sauerstoff bringen.« Er sah auf die Cenote hinunter. »Mein Gott!« entfuhr es ihm unwillkürlich.

Er sah Gatt an, der mit ausgebreiteten Gliedern auf den Bohlen des kleinen Docks lag.

Gatt hatte den Mund zu einem gespenstigen Grinsen geöffnet – aber es war nicht sein richtiger Mund. »Das ist Gatt«, sagte ich ohne jede Empfindung. »Ich hatte Ihnen vorausgesagt, daß ich ihn töten würde.«

Jedes Gefühl war von mir abgefallen. Ich besaß weder die Kraft zu lachen noch zu weinen, weder Trauer noch Freude zu empfinden. Völlig gefühllos sah ich auf die Leiche hinunter, aber Harris schien übel zu werden. Ich wendete mich ab und sah zu den Hubschraubern hinüber. »Wo bleiben diese verdammten Taucher?«

Schließlich kamen sie, und stockend erklärte ich ihnen, was sie zu tun hatten. Harris übersetzte. Einer der Männer legte mein Tauchgerät an, das sie provisorisch mit einer Sauerstoffflasche ausrüsteten, und dann ging er hinunter. Ich hoffte, er würde Katie nicht erschrecken, wenn er in der Höhle auftauchte. Aber ihr Spanisch war gut, und ich glaubte, es werde alles klappen.

Ich sah zu, wie sie Fallon auf einer Bahre zu einem der Hubschrauber trugen, während ein Sanitäter mich verband. Harris sagte verwundert: »Sie finden immer noch Tote – es muß das reine Massaker gewesen sein.«

»So etwas Ähnliches war es wohl«, antwortete ich gleichgültig.

Ich war nicht von der Stelle am Rand der Cenote zu bewegen, bis sie Katie heraufgebracht hatten, und das dauerte einige Zeit, denn sie mußten erst richtige Tauchgeräte von Campeche herbeischaffen. Danach war es leicht, und sie kam mit eigener Kraft aus der Höhle heraus, und ich war stolz auf sie.

Zusammen gingen wir zu einem der Hubschrauber, wobei ich mich auf sie stützte, denn plötzlich hatte mich alle Kraft verlassen. Ich wußte nicht, was die Zukunft uns bringen würde – ich wußte nicht, ob ein Erlebnis, wie wir es durchgemacht hatten, der ideale Auftakt für eine Ehe sein würde, aber ich war bereit, es zu versuchen, wenn sie das auch war.

An vieles, was danach kam, erinnere ich mich nicht mehr, bis ich in einem Krankenhaus in Mexico City erwachte und Katie neben meinem Bett saß. Das war erst viele Tage später. Doch dunkel erinnere ich mich, daß gerade die Sonne aufging, als der Hubschrauber startete und ich die kleine goldene Statuette umklammert hielt, die Vivero gegossen hatte. Christus war nicht zu sehen, ich erinnere mich aber an die dunklen Formen des Tempels von Yum Chac, der über dem Wasser aufragte, um dann unter dem schweren Klatschen des Rotors zu verschwinden.